아케치

⊃언덕 살인사건

AKECHI : THE MURDER CASE OF D HILL
by EDOGAWA RANPO

Korean translation copyrights © FREEDIUS, 2025.
Illustration © FREEDIUS, 2025.

차례

D언덕 살인사건

*

9월 초순의 무더운 저녁이었다. 나는 D언덕 대로변 중간쯤에 있는 카페 하쿠바이켄에서 아이스커피를 마시고 있었다.

나는 학교를 갓 졸업한 상태였다. 아직 변변한 직업도 없어서 하숙집에서 책이나 읽으며 빈둥거리다 가끔 싫증이 나면 목적 없이 산책을 나갔다. 그러다 비용이 크게 들지 않는 카페들을 순례하는 것이 일과가 되었다.

하쿠바이켄은 단골 카페였다. 하숙집에서 가깝기도 했고 어디로 산책을 나가든 반드시 그 앞을 지나게 되는 위치였다.

나는 카페에서 오래 머무는 버릇이 있었다. 원래 식욕이 적은 편이라 양식 한 접시를 주문하는 대신 싼 커피를 리필해 가며 한두 시간을 보냈다. 주머니 사정도 있었지만 하숙집보다 화려하고 편안해서였다. 웨이트리스에게 마음이 있거나 농담을 건네는 것도 아니었다.

그날 저녁도 평소와 다름없었다. 거리를 향한 테이블에 자리 잡고 아이스커피 한 잔을 천천히 마시며 멍하니 창밖을 바라보고 있었다.

하쿠바이켄이 있는 D언덕은 한때 국화인형 전시장으로 유명했던 곳이다. 좁았던 도로가 도시계획으로 확장되어 대로가 된 지 얼마 되지 않았다. 대로 양쪽에 아직 빈터가 여기저기 남아 있어 붐비는 일은 거의 없다.

하쿠바이켄의 정면에는 헌책방이 하나 있다. 사실 나는 아까부터 그 가게를 바라보고 있었다. 허름한 변두리 헌책방이지만 특별한 관심이 생긴 이유가 있다.

최근 이 카페에서 알게 된 아케치 코고로라는 특이한 남자 때문이었다. 대화를 나눠 보니 정말 괴짜였는데 머리가 좋아 보였고 나처럼 추리소설 애호가였다. 그의 어린 시절 친구가 이 헌책방 주인의 아내라는 얘기를 얼마 전에 들은 것이다.

두어 번 책을 사면서 본 바 상당한 미인이었다. 어딘지 모르게 남자를 끌어당기는 관능적인 매력이 있었다.

가게 안을 살펴보았지만 아직 출근하지 않았다. 밤마다 가게를 관리하러 나오기 때문에 조금만 기다리면 나타날 것이다.

오랫동안 헌책방을 지켜보다 잠깐 지루해져 옆 시계방으로 시선을 돌리려는 순간, 문득 가게와 안채 사이에 있는 미닫이문 중앙의 격자 문이 탁 닫히는 것을 보았다. 보통은 종이를 바르는 중앙 부분에 세로로 된 격자를 내서 열고 닫을 수 있게 만든 곳이다.

이상한 일이다. 헌책방은 도둑맞기 쉽기 때문에 가게에 나와 있는 사람이 없더라도 안채 안에서 격자 문을 통해 지켜보기 마련이다. 그런데 그 문을 닫아버린 것이다. 추운 날싸도 아니고 9월 초의 저녁인데다 애초에 미닫이문이 닫혀 있는 것부터 수상했다. 안채에 무슨 일이 있는 것 같아 시선을 돌릴 수 없었다.

헌책방 주인의 아내에 대해 이 카페 웨이트리스들이 이야기하는 것을 들은 적 있다. 목욕탕에서 만난 아주머니들과 나눈 수다의 연장선이었던 것 같은데, 이런 내용이었다.

"책방 언니는 그렇게 예쁜 분인데 벗고 나면 온몸이 상처투성이래. 분명 맞거나 꼬집힌 자국일 거야. 부부 사이가 나쁜 것 같지도 않은데 이상하지 않아?"

그러자 다른 여자가 이어서 떠들었다.

"그 옆의 아사히야 소바집 아주머니도 상처가 많대. 그것도 맞은 자국 같더래."

나는 이 소문이 무슨 의미인지 깊이 생각하지 않고 그저 남편이 거칠게 대하나 보다 정도로만 여겼다. 하지만 독자 여러분, 그런 게 아니었다. 사소해 보이는 일이었지만 이 이야기 전체와 큰 관련이 있다는 것을 나중에야 알게 되었다.

어쨌든 나는 30분 정도 같은 곳만 지켜보고 있었다. 다른 곳을 보는 사이에 무슨 일이 일어날 것만 같아 도저히 눈을 뗄 수 없었다.

그때 아까 잠깐 언급한 아케치 코고로가 나타났다. 늘 입고 다니는 굵은 줄무늬 유카타를 입고, 어깨를 흔드는 특유의 걸음걸이로 창밖을 지나가다 나를 발견하고 안으로 들어왔다. 곧장 아이스커피를 주문해서 창가 쪽을 향해 내 옆자리에 앉았다.

그러다 내가 한 곳만 뚫어지게 보고 있는 것을 알아차리고 내 시선을 따라 건너편 헌책방을 바라보았다. 그리고 무척 흥미롭다는 듯이 계속 응시하기 시작했다.

우리는 약속을 잡고 만난 것처럼 헌책방을 바라보며 이런저런 잡담을 나누었다. 그때 우리 사이에 어떤 이야기가 오갔는지 세세한 것은 잊어버렸고 이 이야기와도 관련이 없어서 생략하지만, 범죄와 탐정에 관한 것이었던 것은 확실하다. 대략 예를 들면 이랬다.

"절대로 들키지 않는 범죄는 불가능할까요? 저는 꽤 가능성이 있다고 보는데요. 예를 들어 다니자키 준이치로의 〈도상(途上)〉에 나오는 범죄는 절대 발견될 리 없죠. 물론 소설에서는 탐정이 발견하지만, 그건 작가의 상상력이 만들어낸 거니까요."

그의 물음에 나는 이렇게 답했다.

"저는 그렇게 생각하지 않아요. 실제는 몰라도 이론적으로만 보면 탐정이 해결하지 못할 범죄는 없어요. 현재 경찰 내에 〈도상〉에 나오는 대단한 탐정이 없을 뿐이에요."

수다를 떨다 어느 순간 우리는 동시에 입을 다물었다. 이야기를 나누면서도 눈을 떼지 않고 있던 헌책방에서 더 이상 간과할 수 없는 일이 벌어졌기 때문이다.

"보고 계셨죠?"

내가 속삭이자 그가 즉시 대답했다.

"주인도 없는데 사람들이 들어갔네요. 책 도둑일까요? 제가 본 것만 벌써 네 사람이에요."

"아케치 씨가 오신 지 30분도 채 안 됐는데 네 명이나 들어갔다는 건 분명 수상해요. 사실 저는 아케치 씨 도착 전부터 저쪽을 지켜보고 있었어요. 한 시간 전에 저 미닫이문의 격자 부분이 닫히는 걸 목격했는데, 그 뒤로 가게 주인이 보이질 않네요."

"잠깐 어디 나간 건 아닐까요?"

"그건 아닙니다. 미닫이문이 한 번도 열린 적이 없거든요. 물론 뒷문으로 나갈 순 있겠지만, 헌책방은 도둑맞기 쉬워서 좀처럼 비워두지 않는데 벌써 30분째 아무도 모습을 보이지 않고 있어요. 이쯤 되면 직접 가서 확인해봐야 하지 않을까요?"

"그래요. 보고만 있을 순 없네요."

나는 범죄 사건이라면 참 재미있겠다고 생각하며 카페를 나섰다. 아케치도 같은 생각이었는지 적잖이 들떴다.

헌책방은 흔히 볼 수 있는 형태였다. 가게 전체가 흙바닥이고 정면과 좌우에 천장까지 닿을 듯한 책장이 설치되었다. 책장 허리

부분엔 책을 진열하기 위한 선반이, 바닥 중앙에도 섬처럼 책을 쌓아두기 위한 직사각형 선반이 놓여 있었다.

정면 책장의 오른쪽엔 1미터 정도의 폭으로 안채와 이어지는 통로가 나 있고 앞서 말한 미닫이문이 세워져 있었다. 평소에는 미닫이문 앞의 반 다다미 정도 되는 마루에 주인이나 아내가 앉아서 가게를 본다.

아케치와 나는 마루 가까이 가서 안채를 향해 큰 소리로 사람을 불렀지만 아무 대답이 없었다. 정말 아무도 없는 것 같아 미닫이문을 살짝 열어 안채를 들여다봤다.

천장에서 전선을 타고 내려온 백열등이 꺼져 있어 어두웠는데, 어렴풋이 사람 형체가 방 구석에 쓰러져 있는 것 같았다.

다시 한번 소리쳐 봤지만 역시 대답이 없었다.

"들어가 봅시다."

우리는 우당탕탕 안채로 올라갔고 아케치가 전등 스위치를 눌렀다. 그 순간 동시에 "앗!"하고 소리를 질렀다.

밝아진 방 한쪽 구석에 여자의 시체가 누워 있었다.

충격적인 장면을 우두커니 바라보다가 겨우 말이 나왔다.

"이 집 아내 분이네요. 목이 졸린 것 같은데요."

아케치는 옆으로 다가가 여자를 살펴봤다.

"소생할 가망은 없습니다. 빨리 경찰에 알려야겠어요. 제가 공중 전화에 갔다 올 동안 지키고 계세요. 아직 이웃에는 알리지 않는 게 좋겠어요. 단서가 사라질 수 있으니까요."

그는 명령하듯 말하고는 한 블럭 떨어진 공중전화로 달려갔다.

나는 평소엔 범죄니 탐정이니 하며 토론은 열심히 했지만 막상 실제 사건을 마주하니 어찌할 바를 몰랐다. 방의 모습만 살펴보는 게 고작이었다.

방은 다다미 여섯 조 크기(약 3평)의 단일 공간이었다. 오른쪽으로는 좁은 툇마루를 사이에 두고 2평 정도의 정원과 화장실이 있었으며, 정원 너머에는 나무로 된 울타리가 설치되어 있었다. 왼쪽 벽의 절반은 여닫이문이 차지했고 열린 문으로 보니 그 안에는 두 조 정도의 부엌이, 부엌의 좁은 싱크대 옆엔 뒷문이 보였다.

방 정면의 오른편은 네 장의 미닫이문이 닫혀 있었는데 그 안은 이층으로 올라가는 계단과 물건 수납공간인 듯했다.

아주 평범한 장옥*의 구조였다. 시체는 왼쪽 벽 쪽에서 가게 쪽으로 머리를 두고 쓰러져 있었다.

나는 무섭기도 했고, 범행 당시의 모습을 흐트러뜨리지 않기 위에 시체 가까이에 최대한 가지 않았다. 하지만 좁은 방이다 보니

---

* 당시 일본의 서민들이 주로 거주했던 연립주택 형태. 한 건물을 여러 세대가 나누어 사는 구조로, 대개 2층 건물이며 각 세대는 앞뒤로 출입구를 가졌다.

보지 않으려고 해도 자연스레 그쪽으로 눈이 갔다.

여자는 거친 질감의 유카타를 입고 거의 반듯이 누운 자세였다. 옷이 무릎 위까지 걷혀 올라가 허벅지가 드러나 있을 뿐 저항한 흔적은 보이지 않았다. 목 부위는 자세히는 보이지 않았지만 졸린 자국이 보라색으로 변해 있는 것 같았다.

길에는 사람들의 왕래가 끊이지 않았다. 시끄럽게 이야기하며 나막신을 질질 끌고 가는 소리, 술에 취해 유행가를 고래고래 부르며 가는 소리. 천하태평이었다. 그런데 미닫이문 하나를 사이에 두고 한 여자가 잔인하게 살해당해 누워 있다니 얼마나 아이러니한가. 나는 순간 감상적인 기분에 사로잡혔다.

아케치가 숨을 헐떡이며 돌아왔다.

"바로 온다네요."

"아, 그래요."

나는 말을 하는 것조차 힘들었다. 우리는 한동안 말없이 서로 얼굴만 바라보았다.

얼마 지나지 않아 정복 경찰관 한 명이 양복 차림의 남자와 함께 들어왔다. 나중에 알게 된 일이지만 정복 차림은 K경찰서의 사법주임이었고, 다른 한 명은 같은 서에 소속된 경찰의였다.

우리는 사법주임에게 정황을 대략 설명했다. 나는 여기에 덧붙였다.

"아케치 씨가 카페에 들어왔을 때 마침 시계를 봤는데요. 딱 8시 30분이었습니다. 그러니까 미닫이문 격자가 닫힌 건 아마 8시쯤이었을 겁니다. 격자가 닫혔을 땐 분명 내부 전등이 켜져 있었어요. 적어도 8시경에는 살아있는 누군가가 이 방에 있었을 거예요."

사법주임이 우리의 진술을 수첩에 적는 동안 경찰의는 시체 검시를 마쳤다. 그는 우리의 말이 끊기기를 기다려 말했다.

"교살이에요. 손으로 했습니다. 여기 보시면 이 보라색으로 변한 부분이 손가락 자국입니다. 출혈은 손톱이 박혀서고요. 엄지손가락 자국이 목의 오른쪽에 있는 걸 보면 오른손으로 했겠죠. 사망 후 1시간은 넘었습니다. 살아날 가능성은 없습니다."

"위에서 누른 거군요." 사법주임이 생각에 잠겨 말했다.

"하지만 그런 것 치고는 저항한 흔적이 없는데… 급격하게 했나 본데요. 그것도 엄청난 힘으로요."

그리고 나서 그는 우리 쪽을 보며 이 집 주인은 어디 갔느냐고 물었다. 알 턱이 없었다. 그래서 아케치가 재빨리 옆집 시계방 주인을 불러왔다.

사법주임과 시계방 주인의 문답은 대체로 다음과 같았다.

"주인장이 어디에 있는지 아십니까?"

"이 집 주인은 매일 밤 헌책 노점을 하러 나가서 밤 12시는 되어야 돌아옵니다."

"어디서 노점을 하나요?"

"우에노 히로코지로 자주 가는 것 같던데요. 오늘 밤에 어디로 갔는지 잘 모르겠습니다."

"한 시간 전쯤에 무슨 소리 못 들으셨고요?"

"소리요?"

"뻔하잖아요. 이 여자가 살해될 때의 비명이라든가 싸우는 소리 라든가."

"못 들은 것 같은데요."

그러는 사이 이웃 사람들이 소문을 듣고 모여들었고 지나가던 구 경꾼들까지 더해져 헌책방 앞은 인파로 가득 찼다. 그중에는 이웃 인 신발가게 아주머니도 있었는데, 시계방 주인처럼 자신도 소리 를 듣지 못했다고 진술했다.

이웃 사람들은 의논 끝에 헌책방 주인을 부르기 위해 심부름꾼 을 보냈다.

그때 밖에서 자동차가 멈추는 소리가 나더니 여러 사람이 우르르 들어왔다. 경찰의 긴급 연락을 받고 달려온 재판소 사람들과 마침 동시에 도착한 K경찰서장, 그리고 당시 명탐정이라는 소문이 자자 했던 코바야시 형사였다.

물론 이는 나중에 알게 된 사실이다. 내 친구 중 한 명이 사법 기자였는데 그가 이 사건 담당이었던 코바야시 형사와 매우 친했기 때문에 사건 후 여러 후일담을 들을 수 있었다.

먼저 도착해 있던 사법주임이 이들 앞에서 지금까지의 상황을 설명했다. 우리도 앞서 한 진술을 반복해야 했다.

"앞문을 닫읍시다."

갑자기 검은 알파카 상의에 흰 바지를 입은 말단 회사원처럼 보이는 남자가 외치더니 문을 닫기 시작했다. 이자가 코바야시 형사였다.

그는 구경꾼들을 물리친 뒤 수사에 착수했다. 방식은 매우 거침없어서 검사나 서장도 안중에 없어 보였다. 혼자서 일사천리였고 다른 사람들은 그의 민첩한 행동을 지켜보는 구경꾼에 불과했다.

우선 시체를 조사했다. 특히 목 주변을 꼼꼼히 살펴보더니 "손가락 자국에는 특징이 없네요. 평범한 사람이 오른손으로 눌렀다는 것 외에는 알 수 있는 게 없습니다."라고 검사 쪽을 보며 말했다.

다음으로 시체를 알몸으로 살펴보겠다고 했다. 그래서 국회의 비밀회의라도 되는 양, 방청객들은 가게 쪽으로 쫓겨나야 했다.

그래서 그 사이에 어떤 발견이 있었는지는 모르지만, 짐작건대 시신의 몸에 있는 수많은 상처에 주목했을 것이다. 카페 웨이트리스들이 소문내던 바로 그것 말이다.

곧 비밀회의가 끝났지만, 우리는 안채로 들어가기를 꺼려 가게와 안채 사이에서 안쪽을 들여다봤다. 우리는 사건 발견자인데다 나중에 아케치의 지문을 채취해야 했기 때문에 끝까지 쫓겨나지 않고 남아있을 수 있었다. 억류되어 있었다고 하는 편이 정확할 것이다.

코바야시 형사의 수사는 안채에만 국한되지 않았다. 실내외의 넓은 범위에 걸쳐 있었기 때문에 한 자리에 가만히 있던 우리는 수사 상황을 알 수 없었다.

그런데 운 좋게도 검사가 안채에 진을 치고 거의 움직이지 않았기 때문에 형사가 드나들며 일일이 수사 결과를 보고하는 것을 들을 수 있었다. 검사는 그 보고를 바탕으로 서기에게 조서 자료를 받아 적게 했다.

시체가 있던 안채를 수색했지만 유류품과 발자국을 포함해 형사의 눈에 띌 만한 것은 없어 보였다. 단 하나를 제외하고는.

"전등 스위치에 지문이 있습니다."

검은 에보나이트 스위치에 흰 가루를 뿌리고 있던 코바야시 형사가 말했다.

"전등을 끈 건 범인이겠는데… 켠 건 누구죠?"

아케치가 자신이라고 대답했다.

"그렇습니까. 나중에 지문을 채취하겠습니다. 이 전등은 건드리지 말고 이대로 떼어서 가져가도록 하죠."

그러고 나서 형사는 이층으로 올라가 한동안 내려오지 않더니 내려오자마자 골목을 조사하겠다며 나갔다. 10분 정도 걸렸을까. 그는 켜져 있는 회중전등을 한 손에 들고 한 남자를 데리고 돌아왔다.

더러운 크레이프 셔츠에 카키색 바지를 입은 차림새로, 40세쯤 되어 보이는 지저분한 남자였다.

"이 뒷문 근처는 햇빛이 잘 들지 않아서인지 질척거리는 데다가 게다 자국이 어지럽게 나 있어서 발자국은 식별하기 어렵습니다. 그런데 이 사람 말입니다."

방금 데리고 온 남자를 가리키며 말했다.

"이 집 뒷골목이 큰길로 이어지는 길목에서 아이스크림을 파는 장수입니다. 범인이 뒷문으로 도망쳤다면 반대쪽 길이 막다른 데니 반드시 이 사람 눈에 띄었을 거예요."

그리하여 아이스크림 장수와 형사의 문답이 시작되었다.

"오늘 밤 8시 전후로 이 골목을 드나든 사람은 없었나요?"

"한 명도요. 해가 진 뒤로는 고양이 새끼 한 마리도 지나가지 않았습니다." 아이스크림 장수는 제법 요령 있게 대답했다.

"여기서 장사를 오래해서 잘 아는데요. 동네 아주머니들도 밤에는 이 골목으로 지나다니지 않아요. 편하게 발 디딜 곳도 없는 데다 조명이 없어서 어두우니까요."

"손님 중에도 골목 안으로 들어간 사람은 없었나요?"

"없어요. 모두 제 앞에서 아이스크림을 먹고 왔던 길로 돌아갔습니다. 이건 틀림없습니다."

이 아이스크림 장수의 증언을 믿는다면, 범인이 헌책방 뒷문으로 도망쳤다 하더라도 큰 길로 빠져나가지 않았다는 얘기가 된다.

그런데 앞문으로 나오지도 않았다는 것은 우리가 카페 하쿠바이켄에서 지켜보고 있었으니 틀림없다. 도대체 어떻게 된 일인가.

코바야시 형사는 범인이 뒷골목을 둘러싸고 있는 앞뒤 두 줄의 연립주택 어딘가에 숨어 있거나 세입자 중에 범인이 있거나, 둘 중 하나일 것이라고 했다.

이층에서 지붕을 타고 도망가는 방법도 있지만 조사해본 바 길 방향의 앞쪽 창문은 고정 격자가 끼워져 있는 데다 움직인 흔적이 없었다. 뒤쪽 창문은 열 수 있었지만 아직 더운 요즘엔 어느 집이나 이층 문을 열고 물건을 말리거나 더위를 식히러 나오기도 하기 때문에 여기로 도망치긴 어려워 보였다.

관계자들 사이에서 잠시 수사 방침에 대한 의논을 거쳤고, 수색 인원을 나누어 근처를 집집마다 조사해보기로 했다. 앞뒤 주택을 합쳐도 11채밖에 되지 않으니 그리 힘들 일은 아니었다. 동시에 집 안도 마루 밑에서 천장 안까지 구석구석 다시 조사했다.

그러나 소득은 없었다. 오히려 상황이 더 어려워졌다.

헌책방에서 한 집 건너 있는 과자가게 주인이 해 질 무렵부터 방금 전까지 옥상에서 샤쿠하치를 불고 있었다는 사실이 밝혀졌는데, 그 시간 내내 헌책방 이층 창문의 일을 놓칠 수 없는 위치에 앉아 있었던 것이다.

독자 여러분, 사건이 몹시 재미있어지고 있다. 범인은 어디로 들어와서 어디로 도망갔을까? 뒷문도 아니고 이층 창문도 아니며 당연히 앞문도 아니다. 처음부터 존재하지 않았던 것일까, 아니면 연기처럼 사라져버린 것일까?

이상한 점은 그뿐만이 아니었다. 코바야시 형사가 검사 앞에 데려온 두 학생이 실로 기묘한 진술을 했다.

헌책방 뒤편 연립주택에서 하숙하고 있는 공업학교 학생들이었는데, 둘 다 허튼소리를 하는 성격으로는 보이지 않았다. 그럼에도 그들의 진술은 이 사건을 더욱 오리무중으로 만들었다.

검사의 질문에 그들은 대체로 다음과 같이 대답했다.

"마침 8시쯤 이 헌책방 앞에 서서 진열대에 있는 잡지를 펼쳐보고 있었습니다. 그러다 책방 안쪽에서 무슨 소리가 나서 문득 고개를 들어 미닫이문 쪽을 봤는데요. 문은 닫혀 있었지만 격자 문이 열려 있었어요. 그 안으로 한 남자가 서 있었고요.

제가 고개를 드는 것과 그 남자가 격자 문을 닫는 것이 거의 동시여서 자세한 것은 못 봤지만… 허리띠 모양으로 봐서는 남자였다는 건 분명합니다."

"그 외에 눈에 띈 점은 없었나요? 체격이나 옷의 무늬 같은 거요."

"제가 본 건 허리 아래뿐이라 체격은 잘 모르겠지만 옷은 검은색이었습니다. 무늬는 없었어요. 음, 가느다란 줄무늬가 있거나 겉날염이었을 수는 있습니다."

"저도 이 친구와 함께 책을 보고 있었습니다." 다른 학생이 말했다. "마찬가지로 소리가 들려 격자가 닫히는 것을 봤습니다. 그런데 내부의 남자는 흰 옷을 입고 있었습니다. 줄무늬도 무늬도 없는 순백색 옷입니다."

"네? 말이 다른데요. 아무래도 한 사람이 잘못 본 것 같은데……."

"확실해요."

"저도 제대로 봤다고요."

이 두 학생의 엇갈린 진술은 무엇을 의미하는 걸까? 예리한 독자라면 눈치챘을 것이다. 하지만 재판소와 경찰 사람들은 이에 대해 그리 깊이 생각하지 않는 것 같았다.

얼마 지나지 않아 사망자의 남편인 헌책방 주인이 소식을 듣고 돌아왔다. 그는 헌책방 주인답지 않게 젊고 야윈 남자였는데 아내의 시신을 보자 심약한 성격 탓인지 소리내지 않고 눈물을 뚝뚝흘렸다. 코바야시 형사는 그가 진정되기를 기다려 질문을 시작했고 검사도 이를 거들었다.

 하지만 주인은 범인의 단서를 내놓기는커녕 "우리 마누라는 남에게 원한을 살 만한 사람이 아닙니다"라며 울기만 했다.

 이후 조사 결과 사라진 물건이 없어 절도성 범행이 아닌 것으로 결론이 났다. 주인의 경력, 아내의 신원 등도 조사했지만 특별히 의심스러운 점이 없었고 이 이야기의 줄거리와도 큰 관계가 없어서 생략하기로 한다.

 마지막으로 사망자의 몸에 있는 많은 상처에 대해 형사가 질문했다. 주인은 매우 망설이다가 겨우 자신이 낸 것이라고 대답했다. 하지만 그 이유에 대해서는 집요하게 추궁당했음에도 명확한 답을 하지 않았다. 그러나 그날 밤 내내 노점을 하고 있었다는 것이 밝혀져 설령 그것이 학대의 흔적이었다 하더라도 살해 혐의는 없을 터였다. 형사도 그렇게 생각했는지 깊이 캐묻지 않았다.

 그렇게 그날 밤의 조사는 끝났다. 주소와 이름을 적고, 아케치는 지문 조사까지 받은 후 귀가했는데 이미 한 시가 넘어 있었다.

 만약 경찰 수색에 허점이 없었고 증인들도 거짓말을 하지 않았다면 실로 기묘한 사건이다.

 나중에 알게 된 바로는, 다음 날부터 계속 이루어진 코바야시 형사의 모든 조사도 수확이 없어서 사건은 발생 당일 밤부터 조금도 진전되지 않았다.

증인들은 모두 신뢰할 만했다. 11채의 주택 주민들에게도 의심스러운 점은 없었다. 피해자의 고향도 조사해봤지만 이 또한 특별한 점이 없었다. 명탐정이라 소문난 코바야시 형사가 전력을 다해 수색한 한도 내에서는 이 사건은 미제로 결론내릴 수밖에 없었다.

이것도 나중에 들은 얘기지만, 코바야시 형사가 유일한 증거품으로 기대를 걸고 가져간 전등 스위치에서는 실망스럽게도 아케치의 지문 외에 아무것도 나오지 않았다. 아케치는 당시 당황했던 탓인지 거기에 수많은 지문을 남겼는데, 아케치의 지문이 범인의 것을 지워버린 것이라고 형사는 판단했다.

혹시 독자 여러분은 이 이야기를 읽고 포의 〈모르그가의 살인〉이나 도일의 〈얼룩끈의 비밀〉을 연상하지 않았는가? 즉, 이 살인 사건의 범인은 인간이 아닌 존재라고 추측하지 않았는가?

나도 그것을 생각해봤다. 하지만 도쿄의 평범한 언덕 근처에 그런 것이 있을 리 없다. 그리고 미닫이문 틈으로 남자의 모습을 봤다는 증인이 있지 않나. 유인원이었다면 특이한 발자국이 남았을 것이다. 사망자의 목에 있던 것도 분명 손자국이다. 뱀이 감겼다면 그런 흔적은 남지 않는다.

아케치와 나는 그날 밤 흥분된 상태로 걸으며 숱한 이야기를 나누었다. 아래는 하나의 예다.

"당신은 포의 〈모르그가의 살인〉이나 르루의 〈노란 방의 비밀〉

의 소재가 된 파리의 로즈 들라쿠르 사건을 알고 계시죠? 100년이 넘은 지금까지도 여전히 수수께끼로 남아있는 그 불가사의한 살인사건 말입니다. 저는 그걸 떠올렸어요. 범인이 사라진 흔적이 없다는 점에서는 비슷하잖아요."

"그러게요. 흔히들 일본의 건축 구조로는 외국 추리소설에 나오는 것 같은 기이한 범죄는 일어나기 힘들다고 하잖아요. 하지만 저는 그렇지 않다고 봅니다. 지금 이 사건만 봐도 말이죠. 아케치 씨, 저는 끝까지 이 사건을 추리해보고 싶어요."

 그렇게 우리는 어느 골목에서 헤어졌다. 그때 나는 골목을 돌아 어깨를 들썩이는 특유의 걸음걸이로 성큼성큼 돌아가는 그의 뒷모습이, 유카타의 줄무늬 때문에 어둠 속에서도 선명히 보였던 것을 기억한다.

*

 사건으로부터 열흘이 지난 날 아케치의 하숙집을 찾아갔다.
 그 기간 동안 아케치와 내가 이 사건에 관해 무엇을 하고, 무엇을 생각하고, 어떤 결론에 도달했는지 이날 그와 나 사이에 오간 대화를 통해 충분히 짐작할 수 있을 것이다.

그때까지 아케치와는 카페에서 얼굴만 본 정도라 하숙집을 방문하는 것은 처음이었지만, 장소는 잘 알고 있었기에 찾는 데 어려움은 없었다.

나는 담배가게 앞에 서서 주인아주머니에게 아케치가 있는지 물었다.

"계십니다. 잠시만 기다리세요, 불러드릴게요."

그녀는 이렇게 말하고 계단 입구까지 가서 큰 소리로 아케치를 불렀다. 그는 이 집 이층에 세 들어 살고 있었다.

"웃!" 하는 이상한 소리와 함께 아케치가 삐걱거리는 계단을 내려왔는데 나를 발견하자 놀란 얼굴로 "어어, 올라와요."라고 했다. 그의 뒤를 따라 이층으로 올라갔다.

그의 방에 무심코 발을 들여놓은 순간 깜짝 놀라고 말았다. 방의 모습이 너무나 기이했기 때문이다. 아케치가 괴짜라는 것을 모르는 바 아니었지만 이건 또 너무했다.

4조 반 다다미방은 책으로 가득했다. 방 중앙의 다다미가 조금 보이는 것을 제외하면 그야말로 책의 산이었다. 사방의 벽과 미닫이문을 따라 책이 쌓여 아래쪽은 거의 방 전체를 차지했다. 다른 가구는 없었다.

이 방에서 어떻게 생활하는지 의심스러울 정도였다. 두 사람이 앉을 만한 공간조차 없었고, 조금이라도 부주의하게 움직이면 책더미가 무너져 내릴 것만 같았다.

"좁아서 미안해요. 어디 보자, 방석도 없군요. 흠, 저기 저 푹신해 보이는 책에라도 앉아 보시죠."

나는 책더미를 헤치고 겨우 앉을 자리를 찾았고 황당한 나머지 오랫동안 주변을 둘러봤다.

이 기이한 방의 주인인 아케치 코고로의 인물됨에 대해 여기서 설명해두지 않으면 안 되겠다. 하지만 그와는 최근에 알게 된 사이라 그에게 어떤 경력이 있고, 무엇으로 생계를 꾸리며, 무엇을 목적으로 이 세상을 살아가는지는 잘 모른다.

다만 그가 이렇다 할 직업도 없는 일종의 유민(遊民)이라는 것은 확실했다. 굳이 말하자면 서생이랄까. 하지만 서생치고는 좀 이상했다.

언젠가 그가 "인간을 연구하고 있습니다."라고 말한 적이 있지만 그때 나는 그 말이 무엇을 의미하는지 이해하지 못했다. 알고 있는 건 그가 범죄와 탐정에 대해 보통 아닌 흥미와 무시무시하게 풍부한 지식을 가지고 있다는 것 정도다.

나이는 내 또래이니 스물 다섯을 넘지는 않았을 것이다. 약간 마른 편이었고, 앞서 말했듯이 걸을 때 이상하게 어깨를 흔드는 버릇이 있었다.

그렇다고 해서 호걸스러운 것은 아니었고 비유하자면 한쪽 팔이 불편한 강담사 칸다 하쿠류를 연상시키는 걸음걸이였다. 하쿠류라고 하니 아케치는 얼굴 생김새부터 목소리까지 그와 닮은 게 많았다. 하쿠류를 본 적 없는 독자라면 여러분이 아는 사람 중에서 소위 미남은 아니지만 어딘가 매력 있고, 가장 천재적인 사람을 상상하면 된다. 다만 아케치는 하쿠류보다 머리카락이 더 길어 부스스하게 엉켜 있다. 사람과 이야기하는 중에 자주 손가락으로 그 부스스한 머리카락을 더욱 부스스하게 만들려는 듯 긁적이는 것이 버릇이다.

옷차림은 일절 신경 쓰지 않는지 늘 무명옷에 낡은 병아리띠를 매고 있었다.

"처음인데 잘 찾아 오셨네요. 그동안 뵙지 못했는데 D언덕 사건은 어떻게 됐습니까? 경찰도 어지간히 애를 먹는 모양이던데."

아케치는 머리를 긁적이면서 지그시 내 얼굴을 바라봤다. 나는 어떻게 이야기를 시작해야 할지 망설이다가 입을 뗐다.

"실은 저도 그 일로 할 얘기가 있어서 찾아왔습니다. 사건 후로 여러 방면으로 생각해봤어요. 생각만 한 게 아니라 탐정처럼 실제 조사도 해 봤죠. 그리고 하나의 결론에 도달했습니다. 그걸 아케치 씨에게 알려드리려고요."

"호오, 그거 대단하군요. 자세히 듣고 싶은데요."

나는 그의 눈빛에서 '뭘 안다고 그러냐'는 듯한 경멸과 안심의 빛이 스치는 것을 놓치지 않았다. 그것은 망설이던 나를 자극해 기세를 올려 생각을 털어놓기 시작했다.

"제 친구 중에 신문기자가 한 명 있는데요. 그 사람이 사건 담당인 코바야시 형사와 친분이 있어요. 그 친구를 통해 경찰의 상황을 자세히 알 수 있었는데 수사 방침을 도무지 세우지 못하는 것 같더군요. 수사는 하고 있지만 이렇다 할 실마리가 잡히지 않는다는 거죠.

전등 스위치 있잖아요? 그것도 의미 없었어요. 거기에 아케치 씨의 지문밖에 없다는 게 밝혀졌거든요. 경찰은 당신의 지문이 범인의 지문을 가린 것 같다네요.

경찰이 곤란해하고 있다는 걸 알고 나니까 더욱 열심히 조사해 보고 싶어졌어요. 그래서 저는 어떤 결론에 도달했을까요? 그리고 경찰에 알리기 전에 당신을 찾아온 이유가 뭐라고 생각하세요?

그건 그렇고, 저는 그 사건이 있던 날 꿰뚫어본 것이 있었어요. 기억하시죠? 두 학생이 범인으로 보이는 남자의 옷 색깔에 대해 상반된 진술을 했잖아요. 한 사람은 검다고 하고, 한 사람은 희다고 하고. 아무리 사람의 눈이 부정확하다고 해도 정반대인 검정과 흰색을 혼동하는 건 이상하지 않나요?

경찰이 그걸 어떻게 해석했는지 모르겠지만 저는 두 사람의 진술이 모두 틀리지 않았다고 봅니다. 무슨 말인지 아시겠어요?

그건 말이죠. 범인이 흰색과 검은색이 섞인 옷을 입고 있었다는
거예요……. 굵고 검은 줄무늬가 있는 유카타 같은 거요. 마치 여
관에서 빌려주는 것 같은……."

아케치는 머리를 만지작거리며 고개를 가볍게 끄덕이고 있었다.
나는 침을 한 번 삼키고 말을 이었다.

"그런데 왜 한 사람에게는 흰색으로 보이고 다른 사람에게는 검
은색으로 보였을까요? 미닫이문의 격자 문으로 봤기 때문에 마침
그 안을 본 순간 한 사람에겐 흰색 옷 부분이 격자 틈에 들어왔
고, 다른 사람이 봤을 땐 검은색 부분이 그 틈에 딱 맞춰진 거죠.
우연일 수도 있겠지만 불가능한 일이 아니에요. 그리고 이렇게 생
각하는 것 말고는 다른 방법이 없습니다.

자, 범인의 옷 무늬는 알아냈지만 단순히 수사 범위가 좁혀졌다
는 정도일 뿐 확정적인 것은 아닙니다. 두 번째 증거는 전등 스위
치의 지문입니다.

저는 아까 말씀드린 신문기자 친구의 도움으로 코바야시 형사에
게 부탁해서 그 지문을 - 당신의 지문이죠 - 잘 조사해볼 수 있었
어요. 그리고 제가 생각하고 있던 것이 틀리지 않았다는 걸 확인
했습니다. 집에 벼루가 있다면 잠깐 빌려주시겠어요?"

나는 간단한 실험을 보여줬다. 벼루를 빌린 다음, 오른쪽 엄지에
살짝 먹물을 묻혀 주머니에서 꺼낸 반지에 지문을 하나 찍었다.

그리고 그 지문이 마르기를 기다렸다가 다시 한번 같은 손가락에 먹물을 묻혀 앞의 지문 위에, 이번에는 손가락 방향을 바꿔 꾹 눌러 찍었다. 그러자 거기엔 서로 교차된 두 개의 지문이 선명하게 나타났다.

"경찰은 당신의 지문이 범인의 지문 위에 겹쳐져 지문을 가려 버렸다고 해석했지만 방금 보셨듯이 불가능한 일이에요. 아무리 세게 눌러도 지문이라는 것이 선으로 되어 있는 이상, 선과 선 사이에 이전 지문의 흔적이 남아 있어야 합니다.

만약 전후의 지문이 같은 것이고, 두 번째 찍은 지문이 먼저 찍은 자국과 한 치의 오차도 없도록 똑같이 찍혔다면 지문의 모든 선이 일치하니 나중에 찍은 지문이 앞선 지문을 가릴 수 있습니다. 하지만 그런 일이 일어날 리가요. 만에 하나 그랬다 하더라도 결론은 달라지지 않고요.

전등을 끈 것이 범인이라면 스위치에 그의 지문이 남아있어야만 합니다. 저는 경찰이 당신 지문의 선과 선 사이에 남아있는 이전 지문을 놓치고 있는 건 아닐까 해서 직접 조사해봤지만, 아무 흔적이 없더군요.

다시 말해 저 스위치에는 전후를 막론하고 당신의 지문만이 찍혀 있을 뿐입니다. 어째서 헌책방 사람들의 지문이 남아있지 않았는지는 모르겠지만 아마 물걸레 같은 걸로 스위치를 청소한 이후 한 번도 끄지 않았겠죠.

아케치 씨, 이런 사실들이 무엇을 말하고 있는지 아시겠나요? 저는 이렇게 생각합니다.

죽은 여자의 어린 시절 친구였던 남자가 있었을 겁니다. 아마 실연의 아픔을 겪고 있었겠죠. 굵은 줄무늬 옷을 입은 이 남자는 헌책방 주인이 노점을 나간다는 걸 알고 있어서 그 틈을 노려 여자를 습격합니다. 소리를 지르거나 저항한 흔적이 없는 걸 보면 여자는 그 남자과 아는 사이일 거예요.

순조롭게 목적을 달성한 남자는 시체의 발견을 늦추기 위해 전등을 끄고 나가려고 했습니다.

하지만 이 남자의 중대한 실수는 격자 문이 열려 있다는 것을 몰랐다는 것, 그리고 황급히 격자 문을 닫을 때 우연히 가게 앞에 있던 두 학생에게 모습을 들킨 것이었습니다.

그 후 남자는 일단 밖으로 나갔지만 전등을 끌 때 스위치에 지문이 남았다는 것을 깨닫습니다. 이건 어떻게든 지워야겠죠. 하지만 방 안에 또 숨어 들어가는 건 위험하니, 남자는 묘안을 떠올렸습니다.

자신이 살인사건의 발견자가 되는 겁니다. 자연스럽게 자기 손으로 전등을 켜서 남아 있던 지문에 대한 의심을 없앨 수 있을 뿐만 아니라, 설마 발견자가 범인일 거라고는 생각하지 않을 테니 이중의 이득을 노린 거죠.

이렇게 범인은 아무것도 모른다는 얼굴로 경찰의 수사를 지켜보고 있던 겁니다. 대담하게 증언까지 했고요. 게다가 그 결과는 그의 뜻대로. 5일이 지나도 10일이 지나도 아무도 그를 체포하러 오지 않았으니까요."

내 이야기를 아케치 코고로는 어떻게 듣고 있었을까? 나는 말하는 도중 그의 표정이 급변하거나 무슨 말이라도 끼어넣을 거라고 예상했다.

하지만 그의 얼굴엔 어떤 표정도 나타나지 않았다. 평소에도 감정을 드러내지 않는 성격이긴 했지만 머리카락만 태연히 만지작거리고 있을 뿐이었다. 어디까지 뻔뻔하게 구는지 보자 싶어 마지막 논점으로 넘어갔다.

"당신은 이제 틀림없이, 그렇다면 범인은 어디로 들어와 어디로 도망간 거냐고 반문하시겠죠. 맞아요. 그 점이 밝혀지지 않으면 다른 모든 것이 밝혀져도 의미가 없을 거예요. 하지만 그것도 제가 밝혀냈답니다.

사건 당일 수색에선 범인이 빠져나간 흔적은 찾지 못했어요. 하지만 살인이 벌어진 이상 범인이 드나들지 않았을 리 없으니 형사의 수색에 빈틈이 있었다고 생각할 수밖에 없습니다. 경찰도 그점에는 상당히 고심한 것 같지만, 결국 저 같은 한낱 서생만도 못했던 거죠.

저는 이렇게 생각했어요. 이 정도로 경찰이 조사했다면 이웃 사람들에게 수상한 점은 없을 것이다. 그렇다면 범인은 누군가의 눈에 띄어도 범인이라고 생각하지 못할 어떤 방법을 쓴 것이 아닐까, 그래서 목격한 사람이 있어도 거론하지 않았던 건 아닐까 하고요.

범인은 주의력의 맹점을 이용했습니다. 눈에 맹점이 있듯 주의력에도 맹점이 있거든요. 마술사가 관객 눈앞에서 큰 물건을 아무렇지도 않게 숨기듯이 자기 자신을 숨긴 겁니다.

제가 주목한 것은 헌책방에서 한 집 건너에 있는 아사히야 소바집입니다."

헌책방의 오른쪽으로는 시계방, 과자가게가 있고, 왼쪽으로는 신발가게, 소바집이 있었다.

"아사히야에 가서 사건 당일 밤 8시경에 화장실을 빌리러 온 남자가 있었는지 물어봤어요. 당신도 아시다시피 거긴 입구부터 흙바닥이 쭉 이어져 뒷문까지 연결되어 있고, 그 뒷문 바로 옆에 화장실이 있어요. 그러니 누군가가 화장실을 간다며 가게 안쪽으로 들어가는 모습을 봐도 수상하게 여기지 않았을 거예요.

범인은 화장실에 용무가 있는 것처럼 들어가 가게 뒷문을 통해 헌책방에 드나든 겁니다. 아이스크림 장수는 골목 끝 모퉁이에서 장사를 하고 있었으니 들킬 리도 없고요. 참 기막힌 발상이죠. 알아보니 그날 밤은 소바집 주인 아내가 자리를 비워서 주인 혼자 가게에 있었다고 하니 운도 따랐어요.

 역시 딱 그 시간대에 소바집 화장실을 빌린 손님이 있었다는군요. 아쉽게도 주인장은 남자의 얼굴이나 옷의 무늬 같은 건 기억하지 못했지만요.

 저는 곧바로 이 사실을 기자 친구를 통해 코바야시 형사에게 알려줬어요. 형사도 직접 소바집을 조사한 것 같은데 그 이상은 알아내지 못한 모양입니다."

 나는 잠시 말을 끊고 아케치에게 발언할 기회를 주었다. 범인이라면 이 시점에서 뭐라도 한마디 하지 않을 수 없다.

 그런데 그는 여전히 머리만 긁적였다. 나는 지금까지 존중을 표하는 의미로 간접적인 표현을 써왔지만 이젠 대놓고 말할 수밖에 없었다.

 "아케치 씨, 움직일 수 없는 증거가 당신을 가리키고 있어요. 솔직히 저는 당신을 의심하고 싶지 않아요. 하지만 이렇게 증거가 갖춰진 이상 어쩔 수 없습니다.

 연립주택 어딘가에 굵은 줄무늬 유카타를 입은 사람이 없을까 해서 꽤나 고생해가며 조사해봤지만 한 명도 없었습니다. 당연한 일이에요. 같은 줄무늬 유카타라도 저 격자와 일치할 만한 화려한 것을 입는 사람은 드물 테니까요.

지문 트릭이나 화장실을 빌리는 척하는 술수도 교묘해서 당신 같은 범죄 마니아가 아니면 쉽게 생각할 수 없어요.

그리고 무엇보다 수상한 건, 당신은 죽은 여자와 어린 시절 친구라고 했으면서 그날 밤 신원 조사가 있을 때 그 사실을 일절 밝히지 않았잖아요.

자, 이제 당신에게 남은 유일한 희망은 알리바이의 유무입니다. 하지만 그것도 아쉽게 되었어요.

기억하시나요? 그날 밤 저와 돌아가는 길에 제가 하쿠바이켄에 오기 전까지 어디에 계셨는지 물었죠. 당신은 한 시간 정도 그 근처를 산책했다고 했어요. 설령 당신이 산책하는 모습을 본 사람이 있었다 해도 산책 도중에 소바집의 화장실을 빌리는 건 평범한 일이니까요.

아케치 씨, 제 말이 틀렸나요? 그렇다면 어디 변명을 들어봅시다."

독자 여러분. 내가 이렇게 몰아세웠을 때 기인의 반응이 어땠을지 아는가. 체면을 잃고 고개를 숙였을 거라고 생각하는가.

천만의 말씀, 그는 예상치 못한 방식으로 간담을 서늘하게 했다. 갑자기 껄껄 웃기 시작한 것이다.

"아, 죄송죄송. 비웃으려던 건 아니었는데, 당신이 너무 진지해서 그만……."

아케치는 변명하듯 말했다.

"당신의 생각은 참 재미있어요. 저는 당신 같은 친구를 얻게 된 것을 정말 기쁘게 생각합니다. 하지만 지금까지의 추리는 너무 외면적이고 물질적이에요. 예를 들어서 말이죠……."

아케치는 잠깐 뜸을 들여 웃음을 가라앉히고 말을 이었다.

"저와 저 여자의 관계에 대해서요. 당신은 우리가 어떤 친구였는지를 내면적으로, 심리적으로 파악해보셨나요? 제가 이전에 저 여자와 연애를 한 건지, 여전히 그녀를 원망하고 있는지도요. 그런 건 추측할 생각도 없었겠죠?

그날 밤 제가 그녀를 알고 있다는 걸 왜 말하지 않았냐면, 그 이유는 간단해요. 경찰이 참고할 만한 사실을 전혀 알지 못했기 때문입니다. 저는 초등학교에도 들어가기 전에 그녀와 헤어졌고 그이후로 만난 적이 없거든요. 최근에 우연히 그 사실을 알게 되어두세 번 이야기를 나눈 게 다죠."

"……그럼 지문은 어떻게 생각하면 됩니까?"

"당신은 제가 지금까지 아무것도 안 하고 있었다고 생각하는 모양인데, 저도 꽤나 열심히 했답니다. D언덕은 거의 매일 돌아다녔고 특히 헌책방에는 자주 갔죠. 갈 때마다 주인을 붙잡고 여러 가지를 캐물었습니다. 어렸을 때 아내와 친분이 있었다는 것도 말했는데 이 고백이 오히려 수사에 도움이 되었어요. 당신이 신문기자를 통해 경찰의 상황을 알아낸 것처럼 저는 헌책방 주인에게서 그 걸 듣고 있었다고요. 지금 말씀하신 지문 건도 이상한 것 같아 조 사해봤는데, 하하… 참 웃기는 얘기예요.

 단순한 전구 선 문제였어요. 당신도 보셨겠지만 그 백열등, 무척 오래된 것 같았죠? 제가 스위치를 돌려서 불이 들어온 것처럼 보 였지만 그런 게 아니었어요. 시체를 보고 당황한 상태로 스위치를 만진 바람에 등까지 흔들렸는데, 그때 이미 끊어져 있던 텅스텐 선 이 닿아 불이 들어온 겁니다.

 그날 밤 당신이 미닫이문 틈으로 봤을 때는 전등이 켜져 있었다 고 했죠? 그러니까 범인이 전등 불을 끈 게 아니라 오래된 텅스텐 선이 저절로 끊어진 거예요. 낡은 백열등에서는 흔히 있는 일이 죠. 결국 스위치에는 제가 현장을 확인하려고 만졌을 때의 지문만 남아있을 수밖에 없었던 겁니다.

 그리고 범인의 옷 색깔 건은 제가 설명하는 것보다…….”

 그는 그렇게 말하면서 주변의 책더미를 이리저리 파헤치더니 낡 은 양서 한 권을 꺼내왔다.

“읽어보신 적 있나요? 뮌스터베르크의 〈심리학과 범죄〉라는 책인 데 ‘착각’이라는 장의 첫 부분을 열 줄 정도만 읽어보시겠어요?”

 나는 그의 자신만만한 논리를 듣는 동안 점점 내 실수를 의식하 게 되었다. 그가 시키는 대로 그 책을 받아 읽었고, 거기엔 다음과 같은 내용이 적혀 있었다.

오래 전 자동차 범죄 사건이 있었다.

법정에서 진실을 진술하겠다고 선서한 증인 중 한 사람은 문제의 도로가 완전히 말라서 먼지가 날렸다고 주장했고, 또 다른 증인은 비가 온 뒤라 도로가 질척거렸다고 맹세했다.

한 사람은 문제의 자동차가 서행했다고 말했고, 다른 사람은 저렇게 빨리 달리는 자동차를 본 적이 없다고 진술했다.

또 전자는 그 마을길에 두세 사람밖에 없었다고 했고, 후자는 남자, 여자, 아이들이 많이 다니고 있었다고 진술했다.

이 두 증인은 모두 존경할 만한 신사였고, 사실을 왜곡할 만한 어떤 이유도 없는 사람들이었다.

내가 다 읽기를 기다린 아케치는 다시 책의 페이지를 넘기면서 말했다.

"이번에는 '증인의 기억'이라는 장입니다. 그 중간쯤에 계획 실험의 이야기가 나오는데요. 마침 옷 색깔에 관한 내용이 있으니 번거롭겠지만 읽어보시죠."

그 내용은 이랬다.

(전략) 한 예를 들자면, 재작년 괴팅겐에서 법률가, 심리학자 및 물리학자로 구성된 어떤 학술 모임이 열린 적이 있다. 따라서 거기에 모인 이들은 모두 세밀한 관찰에 숙련된 사람들뿐이었다.

그 도시에서 마침 카니발 축제가 벌어지고 있었는데, 갑자기 이 학구적인 모임 한가운데 문이 열리며 현란한 의상을 입은 어릿광대가 미친 듯이 뛰어들어왔다. 그 뒤로 한 흑인이 권총을 들고 쫓아오고 있었다.

홀 한가운데서 그들은 서로 무시무시한 말을 고함치다가 이윽고 어릿광대 쪽이 바닥에 쓰러지자 흑인이 그 위로 덮쳐들었다. 그리고 탕 하고 권총 소리가 났다.

곧 그들은 둘 다 연기처럼 사라져 방을 나가버렸다. 전체 사건은 20초도 걸리지 않았다.

사람들은 물론 크게 놀랐다. 의장 외에는 아무도 그 말과 행동이 미리 연습된 것이며, 그 광경이 사진으로 찍혔다는 것 등을 눈치채지 못했다. 그래서 의장이 법정에 제출될 거라며 회원 각자에게 정확한 기록을 써달라고 부탁한 것은 지극히 자연스러워 보였다.

(중략, 이 사이에 그들의 기록이 얼마나 오류로 가득했는지를 백분율로 보여주며 기록되어 있다.)

흑인이 머리에 아무것도 쓰지 않았다는 것을 맞춘 사람은 40명 중 겨우 4명뿐이었고, 다른 사람들은 중절모를 썼다고 쓴 사람도

있고 실크햇이었다고 쓴 사람도 있을 정도였다.

옷에 대해서도 어떤 이는 빨갛다고 하고, 어떤 이는 갈색이라 하고, 어떤 이는 줄무늬라 하고, 어떤 이는 커피색이라 하는 등 그를 위해 갖가지 색상이 설명되었다. 하지만 흑인은 실제로는 흰 바지에 검은 상의를 입고 큰 빨간 넥타이를 매고 있었다. (후략)

"뮌스터베르크가 일찍이 간파했듯이," 내가 책을 덮자 아케치가 기다렸다는 듯이 설명을 시작했다.

"인간의 관찰력이나 기억력이란 정말 믿을 수 없는 것이에요. 이 예시에 나온 것처럼 학자들조차도 옷 색깔을 구별하지 못했잖아요. 그날 밤의 학생들도 옷 색깔을 잘못 봤다고 생각하는 게 무리일까요? 물론 뭔가를 봤을지도 모릅니다. 하지만 그 사람은 줄무늬 옷 같은 건 입고 있지 않았을 거예요. 당연히 저도 아니었고요. 문 틈새에서 줄무늬 유카타를 떠올린 발상은 재미있기는 하지만 그런 우연의 일치를 믿느니 저의 결백을 믿어주실 수는 없을까요?"

아케치는 답할 틈을 주지 않고 말을 이어갔다.

"마지막으로 소바집에서 화장실을 빌린 남자 말입니다만, 이 점은 저도 당신과 같은 생각이었어요. 아사히야 뒷길 말고는 범인이 헌책방으로 들어갈 통로가 없다고 생각했죠. 그래서 저도 매장에 가서 조사해봤는데 유감스럽게도 당신과 정반대의 결론에 도달했습니다. 실제로는 화장실을 빌린 남자 같은 건 없었어요."

독자들은 눈치챘으리라. 아케치는 증인의 진술도, 범인의 지문도, 유력한 통로마저 부정하며 무죄를 입증하고 있다.

그런데 그것은 동시에 범죄 자체를 부정하는 것 아닌가? 나는 그가 무슨 생각을 하고 있는지 이해할 수 없었다.

"그럼… 아케치 씨는 범인의 윤곽을 잡았다는 건가요?"

"그렇습니다." 그는 머리를 힘없이 만지작거리며 대답했다.

"제 방식은 당신과는 좀 다릅니다. 물질적인 증거라는 건 해석하기 나름이에요. 가장 좋은 탐정 방법은 사람의 마음 깊숙이 들어가 심리를 꿰뚫어 보는 겁니다. 물론 아무나 못하는 능력이긴 합니다만, 어쨌든 전 그 방면에 중점을 두고 조사해봤어요.

처음 제 주의를 끈 것은 헌책방 주인 아내의 몸에 있던 상처들이었습니다. 얼마 지나지 않아 소바집 주인 아내의 몸에도 같은 종류의 상처가 있다는 것도 알아냈어요. 이건 당신도 알고 계실 거예요.

하지만 그 남편들은 그리 난폭한 사람들로 보이지 않았어요. 헌책방 주인이나 소바집 주인이나 얌전하고 이해심 많은 남자였잖아요. 저는 여기에 어떤 비밀이 숨어있는 게 아닐까 의심하지 않을 수 없었습니다.

먼저 헌책방 주인을 붙잡고 그의 입을 통해 내막을 알아내고자 했습니다. 제가 아내의 지인이라는 걸 알게 된 후 어느 정도 마음이 열렸는지 비교적 쉽게 풀렸어요. 그리고 어떤 기이한 사실을 알아낼 수 있었습니다. 반면 소바집 주인은 겉보기와는 달리 꽤나 고집스런 사람이라 알아내는 데 참 고생했어요. 그래도 어떤 방법을 써서 끝내 성공해냈죠.

당신이라면 심리학의 연상 진단이 범죄 수사 분야에도 활용되고 있다는 걸 알고 계시겠죠? 간단한 자극어를 여럿 주고 그에 대해 용의자의 관념 연상이 얼마나 빠르고 느린지 측정하는 방법 말입니다.

그건 심리학자들이 말하는 것처럼 개, 집, 강 같은 간단한 자극어에 국한될 필요도 없고, 언제나 크로노스코프의 도움을 받을 필요도 없다고 저는 생각해요. 연상 진단의 핵심을 깨달은 사람에게 그런 건 형식에 불과합니다.

그 증거로, 심리학이 지금처럼 발달하기 전인 옛날 명판관이나 명탐정들도 자기도 모르게 이 방법을 실행하고 있었어요. 오오카 에치젠도 그중 한 사람이고요. 소설이지만 포의 〈모르그가의 살인〉 첫머리에서 뒤팽이 친구의 몸짓 하나만으로 그가 속으로 생각하고 있는 것을 맞추는 장면이 있잖아요. 코난 도일도 그걸 흉내 내서 〈레지던트 페이션트〉에서 홈즈에게 같은 추리를 시키는

데 이것들 모두 어떤 의미에서는 연상 진단이에요.

심리학자들이 고안한 기계적 방법은 이런 천부적인 통찰력을 가지지 못한 범인을 위해 만들어진 것에 불과하죠.

이야기가 잠시 샜지만, 저는 그런 의미에서 소바집 주인에게 일종의 연상 진단을 했어요. 여러 이야기를, 그것도 아주 시시한 세간 이야기를 계속 꺼내면서 그의 심리 반응을 체크했죠. 하지만 이건 매우 미묘한 심리의 차원이라 설명하자면 상당히 복잡하니 자세한 이야기는 나중에 천천히 해드릴게요.

어쨌든 그 결과 저는 어떤 확신에 도달했어요. 범인을 찾아낸 거죠. 물질적인 증거는 없어요. 그래서 경찰에 고발할 수 없고 설령 고발한다 해도 받아들여지지 않을 겁니다.

제가 범인을 알면서도 가만히 있는 또 하나의 이유는 이 범죄에 전혀 악의가 없었기 때문이에요.

이해가 될지 모르겠지만 이번 살인은 범인과 피해자가 합의한 상태에서 이루어졌어요. 아니, 어쩌면 피해자 자신의 희망에 의한 것일 수도 있겠네요."

나는 부단히 상상해봤지만 그 말이 무슨 의미인지 감도 잡을 수 없었다. 추리의 실패를 부끄러워하는 것도 잊은 채, 그의 말에 계속 귀를 기울였다.

"제 생각을 말씀드리자면, 살인자는 아사히야의 주인입니다. 범행 흔적을 감추기 위해 화장실을 빌린 남자 얘기를 지어낸 거예요. 물론 온전한 그의 창작은 아니었죠. 우리가 잘못한 겁니다. 당신이든 저든, 그런 남자가 있지 않았느냐고 먼저 물음을 던져서 그를 교사한 셈이 되었으니까요. 아마 우리를 경찰 관계자로 착각했을 거예요. 그럼, 그는 왜 살인죄를 저질렀을까요.

저는 이 사건을 통해 겉으로는 극히 평범해 보이는 세상의 이면에 얼마나 뜻밖의, 음침한 사연이 숨겨져 있는지를 생생히 보게 된 것 같습니다. 실로 악몽의 세계에서나 볼 수 있을 법한 것입니다.

아사히야의 주인은 사드 후작의 계보를 잇는 지독한 가학적 색정광이었는데, 이게 무슨 운명의 장난일까요. 한 집 건너에서 여성 마조히스트를 발견한 겁니다. 헌책방 주인 아내가 그에 못지않은 피학적 색정광이었어요.

그들은 그런 성향 특유의 교묘함을 발휘해 누구에게도 발각되지 않은 채 간통을 저질러 왔던 겁니다. 제가 합의한 살인이라고 한 말을 이해하시겠죠?

두 사람은 최근까지만 해도 각자 자신의 남편이나 아내를 통해 그 병적인 욕망을 어느 정도 충족시키고 있었습니다. 헌책방의 아내와 아사히야의 아내의 몸에 상처가 있었던 건 그 증거죠.

하지만 그들은 만족하지 못했고, 서로가 찾아 헤매던 사람을 코앞에서 발견했을 때, 그들 사이에 굉장히 빠른 이해가 이루어졌다는 건 상상하기 어렵지 않습니다.

운명의 장난이 지나쳤던 걸까요. 능동과 수동의 힘이 결합되어 광기는 점점 배가되어 갔습니다. 그리고 마침내 그날 밤, 이런, 그들도 결코 원치 않았을 사건이 일어나고 말았습니다.”

나는 아케치가 말한 전말을 듣고 아주 오래 몸서리를 쳤다. 이게 대체 무슨 사건인가!

그때 아래층 담배가게 주인이 석간신문을 들고 올라왔다. 아케치는 이를 받아 사회면을 보다가 살짝 한숨을 쉬며 말했다.

“아아, 결국 못 견디고 자수했군요. 묘한 우연이에요. 마침 그 이야기를 하고 있던 참에 이런 보도를 접하다니.”

나는 그가 가리키는 곳을 보았다. 짧은 제목 아래 열 줄 정도, 소바집 주인이 자수했다는 내용이 적혀 있었다.

유령

"쓰지도우 그 자식이 드디어 죽었습니다."

심복이 공을 내세우는 듯한 뉘앙스로 보고했을 때 히라타는 적잖이 놀랐다. 오래전부터 그가 병으로 자리에 누워 있다는 소식은 들어 왔다.

그래도 자신을 집요하게 쫓으며 원수를 갚는 것(그자가 멋대로 그렇게 단정지었다)을 평생의 목적으로 삼았던 남자가, "네 놈의 배때기에 단도를 찔러 넣기 전에는 죽어도 죽지 못하겠다"라고 입버릇처럼 말하던 쓰지도우가 죽어버렸다니 도저히 믿기지 않았다.

"정말이냐?"

히라타는 저도 모르게 심복에게 되물었다.

"방금 장례식이 치러지는 걸 확인하고 왔습니다. 혹시나 해서 이웃에도 물어보았는데요. 맞았습니다. 아들 녀석이 가엾게 울면서 관 옆을 따라갔습니다. 아버지와는 달리 겁쟁이더군요."

이 말을 듣자 히라타는 완전히 맥이 빠져버렸다.

저택 주위에 높은 콘크리트 담장을 둘러친 것도, 담장 위에 유리 파편을 박아놓은 것도, 문간채를 거의 공짜나 다름없는 월세로 순경 가족에게 세를 준 것도, 두 명의 서생을 추가로 들인 것도,

밤은 물론이고 낮에도 부득이한 용무 외에는 되도록 외출을 하지 않으려 한 것도, 만약 외출할 경우에는 반드시 서생을 동행하게 한 것도…….

이 모든 것이 단 한 사람, 쓰지도우가 무서웠기 때문이었다.

히라타는 한 세대에 걸쳐 거대한 재산을 일구어낸 사람답게 죄스러운 일도 꽤 저질러 왔다. 그에게 깊은 원한을 품고 있는 사람이 한두 명이 아니었지만 그런 것에 신경을 끄고 살아 왔는데 오직 반광란 상태의 쓰지도우 노인만은 그를 곤혹스럽게 만들었다.

그런 상대가 죽었다는 말을 듣자 히라타는 안도의 한숨을 내쉬면서도 왠지 모를 쓸쓸한 기분이 들었다.

다음 날 히라타는 혹시나 하는 마음에 직접 쓰지도우의 집 근처로 가 은근슬쩍 상황을 살펴보았다. 심복의 보고가 틀리지 않았다는 것을 확인할 수 있었다.

이제야 정말 안전하다고 생각한 그는 그동안의 엄중한 경계를 풀고 오랜만의 여유를 만끽했다. 자세한 사정을 모르는 가족들은 평소 음울했던 히라타가 갑자기 활기를 띠고 들어본 적 없는 쾌활한 웃음소리가 새어 나오는 것을 이상하게 여겼다.

하지만 이런 활기찬 모습은 그리 오래가지 않았다. 가족들은 전보다 더 심해진, 히라타의 우울증을 겪어야 했다.

쓰지도우의 장례식 이후 사흘 동안은 아무 일도 없었다. 그러다 나흘째 되는 날 아침이었다. 서재의 의자에 기대어 그날 도착한 우편물을 살펴보고 있던 히라타는 수많은 봉투와 엽서들 사이에 섞여 있던 한 통의 편지를 발견하고는 몸에서 피가 다 빠져나가는 느낌을 맛봤다.

히라타가 잘 알고 있는 필체로 아래와 같은 글이 쓰여져 있었다.

이 편지는 내가 죽은 뒤에 네놈에게 도착할 것이다. 내가 죽었다 는 소식을 듣고 펄쩍펄쩍 뛰며 기뻐했겠지. 그리고 '이제 살았다' 라면서 한가로운 기분에 취해 있을 거야.

어림도 없다. 내 육신은 죽어도 내 영혼은 네놈을 처치하기 전에 는 절대로 죽지 않을 테니까.

너의 그 바보 같은 조심성은 살아있는 인간에게는 효과가 있었 지. 확실히 나는 손도 발도 쓰지 못했다.

하지만 말야. 아무리 삼엄한 경비라도 연기처럼 스르륵 통과해버 릴 수 있는 영혼이란 것한테는, 네놈이 아무리 부자라도 어찌해 볼 도리가 없을 거다.

나는 말이다. 몸도 움직이지 못하는 중병에 걸려 누워있는 동안 이런 맹세를 했다. 이 세상에서 네놈을 처치하지 못한다면, 죽어 서라도 원령이 되어 반드시 네놈을 죽여주겠다고 말이다. 수십 일 동안 병상에서 그것만 기도했으니 이루어지지 않을 리가 없다.

*조심해라. 원령의 저주라는 건 살아있는 인간의 힘보다도 훨씬
더 무섭다.*

글씨체가 흐트러진 데다가 한자 외에는 전부 가타카나로 쓰여 있
어서 꽤 읽기 힘든 편지였지만 대략 저런 의미였다.

말할 것도 없이 쓰지도우가 병상에서 신음하면서 혼신의 힘을 다
해 쓴 것이다. 이를 자신이 죽은 뒤에 아들에게 부탁해 부친 것이
분명했다.

"허, 말도 안 되는 소리. 이런 어린애나 속을 편지에 내가 벌벌 떨
거라 생각했나. 나이도 먹을 만큼 먹었으면서 병 때문에 노망이
났었나 보군."

히라타는 그 자리에서는 죽은 자의 협박장을 비웃어넘겼지만, 시
간이 흐를수록 불안감이 피어나는 것을 막을 수 없었다.

방어할 방법이 없다는 것, 상대가 어디서 어떤 식으로 공격해 올
지 알 수 없다는 것이 그를 점점 초조하게 만들었다. 그는 밤이고
낮이고 섬뜩한 망상에 시달리기 시작했고 불면증도 심해져 갔다.

쓰지도우의 아들이란 존재도 마음에 걸렸다. 아버지와는 달리 겁
이 많아 보이는 사람이라 설마 그런 일까지 하겠냐마는, 혹시라도
아버지의 뜻을 이어받아 자신을 노리고 있다면 큰일이다.

그 생각이 들자마자 히라타는 예전에 쓰지도우를 감시하기 위해

고용했던 사람을 다시 불러, 이번에는 아들을 감시하라고 명했다.

그로부터 몇 주는 아무 일 없이 지나갔다.

히라타의 신경과민과 불면증은 쉽게 회복되지 않았지만 걱정했던 것처럼 원령의 저주 같은 것도 없었고, 아들 쪽에서도 불온한 기미는 보이지 않았다. 아무리 조심성 많은 히라타도 슬슬 쓸데없는 걱정을 한 자신이 바보 같다고 생각하기 시작했다.

그러던 어느 날 밤의 일이었다.

히라타는 혼자 서재에 틀어박혀 무언가를 쓰고 있었다. 저택 주변은 아직 초저녁이었음에도 이상하리만치 조용했다. 때때로 개 짖는 소리만 외로이 들려왔다.

"놓고 가겠습니다."

서생이 들어와 우편물 하나를 책상 끝에 놓고 나갔다. 멀리서 보아도 사진이라는 것을 알 수 있었다.

열흘 전쯤 어떤 회사의 창립 축하회가 열려 발기인들이 모여서 사진을 찍은 적이 있다. 히라타도 그중 한 사람이었으니 분명 그것이 도착한 것이리라.

히라타는 그런 데 관심이 없었지만 마침 글쓰기에 지쳐 쉬고 싶을 때여서 봉투를 뜯어 사진을 꺼내 보았다.

잠시 사진을 바라보다가, 더러운 것이라도 만진 듯 책상 위로 휙 던져버렸다. 극도로 불안한 눈빛으로 방 안을 신경질적으로 두리

번거렸다. 잠시 후 바닥에 떨어진 사진으로 조심스럽게 팔을 뻗었다. 사진을 뒤집어 잠깐 보자마자 또다시 휙 내팽개쳤다.

두세 번 같은 행동을 반복한 뒤에야 그는 겨우 용기를 내서 사진을 자세히 들여다볼 수 있었다.

결코 환영이 아니었다. 눈을 비비고 보고, 사진 표면을 문지르면서 봐도 사진에 있는 무서운 그림자는 사라지지 않았다. 한기가 등줄기를 오싹하게 만들며 스쳐 지나갔다. 히라타는 발작하듯 일어나 사진을 갈기갈기 찢어 난로 속에 집어넣더니, 서재에서 비틀거리며 도망치듯 나갔다.

사진엔 발기인 일곱 명의 선명한 모습 뒤로 흐릿하게, 거의 사진 표면 전체에 퍼져서, 쓰지도우의 무시무시한 얼굴이 담겨 있었다. 안개 같은 얼굴 속의 칠흑 같은 두 눈이 히라타를 원망스럽게 노려본 것이다.

두려워하던 것이 기어코 찾아왔다. 쓰지도우의 집요한 원령이 그 모습을 드러내기 시작했다. 히라타는 너무나 무서워서 귀신에 놀란 아이처럼 머리끝까지 이불을 뒤집어쓴 채 부들부들 떨며 밤을 새웠다.

날이 밝자 히라타는 햇빛의 원기에 힘입어 이성을 어느 정도 되찾았다.

'흥, 그런 일이 일어날 턱이 있나. 일을 너무 많이 해서 어젯밤엔 눈에 문제가 생겼던 거다.'

억지로 그렇게 생각하면서 아침 햇살이 가득한 서재로 들어갔다. 사진은 다 타버려서 흔적도 없었지만 그것이 꿈이 아니었다는 증거로 사진을 담았던 봉투가 책상 위에 그대로 남아있었다.

생각해 보니 어느 쪽이든 무서운 일이다.

사진에 정말로 쓰지도우의 얼굴이 찍혀 있었다면 예고장의 말이 들어맞은 것이니 이보다 더 섬뜩할 수 있는가. 세상에 이치 밖의 이치라는 것이 없다고 할 수 없다.

실은 아무것도 아닌 사진인데 히라타의 눈에만 그렇게 보였다고 해도 문제다. 쓰지도우의 저주에 걸려 정신이 이상해지기 시작한 것 아닌가.

이삼일 동안 히라타는 다른 일은 하지 못하고 오직 그 사진에 대해서만 골몰했다.

혹시 같은 사진관에서 쓰지도우가 사진을 찍은 적이 있어서, 그 원판과 이번 사진의 원판이 이중으로 인화된 건 아닐까. 한 번이라도 간 적 있는 사진관에 사람을 보내 샅샅이 알아보게 했지만 그런 실수가 있을 리 없었다. 사진관의 장부에도 쓰지도우라는 이름는 없었다.

그로부터 일주일쯤 후였다. 관계하고 있는 회사의 지배인에게 온

전화라고 해서 히라타는 별 생각 없이 탁상 전화의 수화기를 귀에
댔다.

"우후후후……."

음침한 웃음소리가 들려왔다. 멀리서 들리는 것 같기도 하고, 갑
자기 귀 바로 옆에서 큰 소리로 웃는 것처럼도 들렸다. 이쪽에서
아무리 말을 걸어도 상대방은 웃기만 할 뿐이었다.

"여보세요? ××씨 아닙니까?"

히라타가 화를 내며 소리치자 웃음소리는 점점 작아지더니 '우,
우, 우……' 하며 사라졌다. 그리고 "번호, 번호"하는 교환원의 날
선 목소리가 대신했다.

히라타는 쾅 하고 수화기를 내려놓더니 한동안 한 곳만 뚫어지게
보며 꼼짝 하지 않았다. 형용할 수 없는 공포가 마음 밑바닥에서
부터 스멀스멀 올라왔다.

분명 쓰지도우의 웃음소리였다.

히라타는 전화기가 흉기라도 되는 양, 하지만 그것에서 눈을 뗄
수도 없어서 뒷걸음질을 치며 살금살금 방을 빠져나갔다.

이후 히라타의 불면증은 점점 더 심해졌다. 겨우 잠이 들었나 싶
다가 갑자기 짐승 같은 비명을 지르며 벌떡 일어나곤 했다. 가족
들은 주인의 이상한 모습을 크게 걱정하며 의사의 진찰을 받아보
라고 거듭 권했다.

히라타는 아이가 어머니에게 매달리듯 "무서워요"라고 외치며 누군가에게 안기고 싶었다. 그리고 요즘의 사정과 심경을 전부 털어 놓고 싶었다. 하지만 그럴 수 없는 입장이라 "뭐긴 뭐야, 신경쇠약이겠지"라며 가족들 앞에서는 멀쩡한 척을 했고 의사도 만나지 않았다.

그렇게 또 며칠이 지났다.

어느 날, 히라타가 중역으로 있는 회사에 주주총회가 있어서 짧은 연설을 해야 했다. 지난 반년 간 회사 영업 상태가 전례 없는 호성적을 보였고, 크게 우려되는 문제도 없었기에 형식적인 보고만 하면 될 일이었다.

히라타는 백 명 가까이 모인 주주들 앞에 섰는데, 이미 이런 일에는 익숙해서 침착한 태도와 노련한 어조로 연설을 이어 나갔다.

그런데 연설 중간에 문득 이상한 것이 눈에 들어왔다. 히라타는 그것을 발견하자마자 갑자기 말을 멈추고 얼어붙은 듯 서 있을 수밖에 없었다.

수많은 주주들 뒤에서, 죽은 쓰지도우가 이쪽을 뚫어지게 바라보고 있는 것이다.

"아, 앞서 말씀드린 사정으로 인해……."

헛것이다. 히라타는 정신을 바짝 차리고 목소리를 높여 연설을 계속하려 했다. 하지만 아무리 기운을 내보려고 해도 그 섬뜩한 얼굴에서 시선을 뗄 수 없었다.

 연설 내용도 점점 뒤죽박죽이 되었다. 그러자 쓰지도우의 얼굴이 히라타의 당황한 모습을 비웃기라도 하듯 갑자기 씩 웃는 것이 아닌가.

 히라타는 어떻게 연설을 마쳤는지 모를 정도로 정신이 나갔다. 대충 청중에게 인사를 하고 테이블 옆을 떠나, 사람들이 수군거리는 것도 아랑곳하지 않고 출구 쪽으로 달려갔다.

 자신을 위협한 얼굴의 주인은 아무리 찾아도 보이지 않았다. 혹시나 해서 상석 쪽으로 돌아가 주주들의 얼굴을 하나하나 다시 살펴보았지만 쓰지도우를 닮은 얼굴조차 찾을 수 없었다.

 회의장인 대강당은 사람들이 자유롭게 출입할 수 있는 건물 안에 있었다. 아마 우연히 청중 속에 쓰지도우와 닮은 사람이 있었고, 히라타가 찾으러 갔을 때는 이미 자리를 떠난 뒤였을 것이다.

 그래도 저렇게까지 닮은 자가 있을 수 있단 말인가. 히라타는 아무리 생각해도 죽음을 앞둔 쓰지도우의 무서운 선언과 관련이 있다는 의심을 떨칠 수 없었다.

 그 이후로 히라타는 쓰지도우의 얼굴을 자주 보았다. 어떤 때는 극장 복도에서, 어떤 때는 공원의 황혼 속에서, 어떤 때는 여행지의 도시 번화가에서… 그럴 때마다 히라타는 눈앞이 아찔해져 실신할 뻔했다.

어느 깊은 밤, 외출했다가 돌아오던 그의 자동차가 대문을 들어서려 할 때였다. 대문 안쪽에서 사람의 그림자가 스르르 나와 자동차와 스쳐 지나갔다. 찰나의 일이었지만 그림자는 자동차 창문 안을 슬쩍 들여다 봤다.

이번에도 쓰지도우의 얼굴이었다. 히라타는 현관에 나와 기다리고 있던 서생과 하인들의 목소리를 듣고서야 겨우 정신을 차렸고, 급히 운전수에게 명해 노인을 찾아보게 했을 때는 사라진 후였다.

'쓰지도우 이 자식 살아있구나. 몹쓸 연극을 벌여 나를 괴롭히다니!'

히라타의 의심은 거의 확신이 되었다. 하지만 쓰지도우의 아들을 감시하는 심복의 보고로는 수상한 점이 없었다. 만약 쓰지도우가 살아있다면 한 번쯤은 제 아들 집에 나타날 법도 한데 그림자조차 보이지 않았다.

가장 이상한 건 쓰지도우가 살아 있다고 하더라도 어떻게 히라타의 행선지를 그렇게 정확히 알 수 있냐는 것이다. 히라타는 평소에도 은밀히 행동해서 외출할 땐 하인은 물론이고 가족에게도 일정을 잘 알리지 않았다.

그러니 쓰지도우가 히라타가 가는 곳마다 나타나기 위해서는, 그의 저택 앞에 매번 잠복해 있다가 자동차로 미행하는 수밖에 없다.

그런데 그 근처는 한적한 곳이라 모르는 차가 나타나면 눈치채지 못할 리 없고, 자동차를 빌리려고 해도 근처에 영업소가 없다. 설마 도보로 히라타의 차를 쫓을 수도 없을 터. 아무리 생각해 봐도 원령의 저주라고 생각할 수밖에 없었다.

'망상에 빠진 내 착각일까?'

착각이라 해도 무서운 것은 마찬가지였다. 히라타는 끝이 보이지 않는 어두운 수렁으로 떨어지는 기분이었다.

이런 고민이 거듭되던 차에 한 가지 묘안이 떠올랐다.

'그래, 이러면 되겠지. 왜 진작 이 생각을 못했을까.'

히라타는 서재로 들어가 붓을 들더니, 쓰지도우의 고향 관청에 그의 아들 이름으로 호적등본 신청서를 썼다. 만약 등본에 쓰지도우가 살아있는 것으로 나온다면 적어도 환영이 보이는 건 아닐 것이다. 차라리 그랬으면 좋겠다고 히라타는 기도했다.

며칠이 지나자 관청에서 호적등본이 도착했다. 거기에는 쓰지도우의 이름 위에 붉은 선이 십자로 그어져 있었고, 상단에는 사망 연월일 시간과 신고서를 접수한 날짜가 명확하게 기재되어 있었다. 의심의 여지가 없었다.

"요즘 무슨 일 있으십니까? 몸이 안 좋으신 건 아니고요?"

히라타를 만나는 사람마다 걱정스러운 얼굴로 물었다. 히라타 자신도 요 며칠 사이 나이가 부쩍 든 것 같았다. 흰머리도 한두 달

전에 비하면 훨씬 늘어났다.

"어디 요양이라도 다녀오시는 게 어떨까요?"

의사의 말은 소용이 없기에 가족들이 그에게 전지를 권했다.

히라타도 저택 앞에서 그 얼굴을 마주친 이후로는 집에 있어도 마음이 편치 않아서, 여행이라도 가서 기분 전환을 해보는 것도 좋겠다고 생각했다. 그래서 그 권유를 받아들여 따뜻한 해안가로 잠시 요양을 떠나기로 했다.

하인을 통해 단골 여관에 방을 잡는 엽서를 보내고, 요양에 필요한 물건들을 준비하고, 동행할 사람을 고르는 일들이 히라타를 오랜만에 밝게 만들었다.

해안가에 가니 예상했던 것보다 기분이 더욱 가벼워졌다. 바다의 환한 풍경과 순박하고 개방적인 마을 사람들의 기질도 마음에 들었다. 여관 방도 살기 좋았다. 바다 근처이긴 하지만 온천 마을로도 유명한 동네다. 히라타는 온천에 종종 들어가고 따스한 해안을 걸으며 시간을 보냈다.

쓰지도우의 흉측한 얼굴도 이렇게 여유로운 곳까진 나타날 것 같지 않았다.

안정을 되찾은 히라타는 어느날 꽤 먼 곳까지 산책을 나갔다. 하염없이 걷다 보니 어느새 황혼이 다가오고 있었다.

문득 주위를 둘러보니 넓은 모래사장엔 사람이 하나 없고 쏴, 쏴

앗 하고 밀려왔다 되돌아가는 파도 소리만이 울리고 있었다.

약간 조바심이 나 바로 숙소 쪽으로 발길을 돌렸다. 꽤 먼 거리라 잘못하면 절반도 가지 못한 채 해가 완전히 져버릴지도 몰랐다.

터벅터벅터벅, 히라타는 땀이 날 정도로 서둘러 걸었다.

자신의 발자국 소리를 누군가가 따라오는 소리로 듣고 흠칫 놀라 뒤돌아보곤 했다. 무엇이라도 숨어있을 것만 같은 소나무 숲의 어두운 그늘도 신경 쓰였다.

그렇게 정신 없이 걷다 보니 작은 모래 언덕 너머로 어렴풋이 사람 형체가 보였다. 히라타는 안심하며 어서 그의 곁까지 가자는 마음으로 걸음을 재촉했다.

가까이 가서 보니 꽤 나이 든 남자였는데 먼쪽을 향해 웅크리고 앉아 있었다. 깊은 생각에 잠겨 있는 것처럼 보였다.

남자는 히라타의 발자국 소리를 눈치채고 놀란 듯이 고개를 돌아보았다. 회색빛 배경에 허여멀건 얼굴이 둥실 떠올랐다.

"히이익!"

히라타는 그 얼굴을 보자마자 짓눌린 듯한 비명을 지르고 곧장 달리기 시작했다. 시합을 하는 초등학생처럼 정신없이 뛰었다.

이 마을은 안전하다고 여겼건만, 쓰지도우의 얼굴이었던 것이다.

"어어, 위험해요!"

필사적으로 달리던 히라타가 돌에 걸려 쿵 하고 넘어지는 것을 보고 한 청년이 달려왔다.

"어떻게 된 겁니까? 아이고, 많이 다치셨네요."

히라타는 발톱 하나가 완전히 까져 신음을 흘렸다. 청년은 소매에서 꺼낸 손수건으로 솜씨 좋게 상처를 감아준 후, 공포와 고통으로 더 이상 못 걸을 만큼 지친 히라타를 안다시피 해서 숙소로 데려다주었다.

히라타는 밤새 사경을 헤맸지만 아침이 밝자 다행히 눈을 떴다. 통증 때문에 걸어다닐 수는 없었지만 식사는 평소처럼 했다.

아침 식사를 마친 자리에 어제 도움을 준 청년이 문병을 왔다. 그도 같은 여관에 묵고 있었다.

문병 인사와 감사 인사 후에 차차 세간 이야기로 옮겨갔다. 히라타는 고마운 마음에 더해 이야기 상대가 필요했던 터라 평소와 달리 활기차게 대화를 나눴다.

그런데 옆에 있던 히라타의 하인이 자리를 비우자, 청년은 기다렸다는 듯이 태도를 바꿨다.

"사실은 말입니다. 선생님께서 이곳에 도착하신 첫날부터 선생님의 모습을 지켜보고 있었습니다. 무슨 일이 있으신 것 같은데 말씀해주실 수 있을까요?"

뭔가를 알고 있는 듯한 청년의 물음에 히라타는 적잖이 놀랐다. 지금까지 누구에게도 쓰지도우의 이야기를 하지 않았다. 너무 터

무니없는 이야기라 부끄러워서 차마 말할 수가 없었다. 청년의 간
청에도 진실을 털어놓기 싫었다.

하지만 청년은 신기한 화술을 펼치며 굳게 다문 히라타의 입을
그리 어렵지 않게 열어버렸다. 히라타가 실수로 말한 것이 실마리
가 되었다. 상대가 평범했다면 대충 얼버무릴 수 있었겠는데 이 청
년에게는 통하지 않았다. 히라타는 자유를 잃은 사람처럼, 이야
기를 돌리려 하면 할수록 점점 청년의 페이스에 말려들었고, 결국
쓰지도우의 원령에 관한 모든 일을 처음 본 청년에게 남김없이 털
어놓았다.

히라타의 허무맹랑한 이야기를 청년은 가만히 듣더니, 그 능숙한
화술로 다른 세간 이야기로 화제를 돌렸다.

청년이 오래 앉아 있었음을 사과하며 방을 나갈 때쯤에는 히라타
는 부끄러운 이야기를 털어놓게 된 것에 불쾌감을 느끼기는커녕
청년이 듬직하게 느껴졌다.

그로부터 열흘 정도는 별일 없이 지나갔다. 이제 이 마을도 안전
하지 않지만 발의 상처가 아직 아픈 데다가, 도쿄의 적막한 저택
으로 돌아가느니 번화한 여관 생활이 그나마 낫다고 생각했다. 새
로 알게 된 청년이 꽤 재미있는 대화 상대였다는 점도 히라타를
붙잡아두는 데 한몫했다.

그 청년이 오늘 또 그의 방을 찾아왔다. 그러곤 갑자기 실실 웃으면서 이렇게 말하는 것이었다.

"이제 어디를 가서도 괜찮습니다. 유령은 나타나지 않을 거예요."

히라타는 그 말의 의미를 곧바로 이해하지 못했다. 어리둥절한 한편 심히 아픈 곳을 누군가 무심히 건드린 듯한 꽤씸함이 들었다.

"갑자기 말씀드려서 놀라시는 것도 당연합니다만, 농담이 아닙니다. 유령은 이미 잡아두었거든요. 이거 보세요."

청년은 한 손에 쥐고 있던 전보 한 통을 펼쳐서 히라타에게 보여주었다. 거기에는 이런 문구가 적혀 있었다.

명령대로 일체 자백 본인의 처치 지시 바람

"도쿄에 있는 제 친구에게서 온 건데요. 이 '일체 자백했다'는 것은 쓰지도우의 유령…… 아니, 유령이 아닌 살아있는 쓰지도우가 자백했다는 뜻입니다."

히라타는 얼빠진 표정으로 청년과 전보를 번갈아 보기만 했다.

"제가 이런 일을 찾아다니는 사람이거든요. 이 세상 구석구석에 숨어 있는 비밀스러운 사건이나 기이한 일을 찾아내고 그것을 풀어나가는 게 취미입니다."

청년은 빙그레 웃으면서 태연하게 설명을 이어갔다.

"며칠 전 선생님께서 그 괴담을 들려주셨을 때, 제 취미 때문인지 분명 어떤 속임수가 숨어 있을 것 같았습니다. 뵙기에 선생님은 스스로 유령을 만들어낼 만큼 심약한 분 같지 않았거든요.

선생님께서는 알아채지 못한 것 같은데요. 유령이 나타나는 장소가 왠지 제한되어 있지 않습니까?

여행지까지 따라오는 걸 보면 어디든 나타나는 것처럼 보이지만 말씀을 들어보니 거의 실외로 한정되어 있더군요. 설령 실내여도 복도라든지 빌딩 안이라든지, 누구나 출입할 수 있는 곳뿐이었죠.

진짜 유령이라면 밖에서만 모습을 보일 것이 아니라 선생님의 저택 내부에도 나타날 법하지 않습니까? 그런데 저택 쪽에선 누구나 출입할 수 있는 대문 앞에 잠깐 모습을 보인 게 전부입니다. 사진과 전화 사건도 있었지만 그건 실제로 모습을 보인 건 아니니까요.

어떠신가요. 유령의 본성과는 좀 안 맞지 않습니까? 약간 까다로운 작업이 있어서 시간이 다소 걸렸지만, 결국 유령을 잡아두는 데 성공했습니다."

히라타는 도무지 믿을 수 없었다. 그도 쓰지도우가 살아 있는 것이 아닐까 해서 호적등본까지 떼어보았다가 실의에 빠진 적이 있다. 이 청년은 어떤 방법으로 이토록 쉽게 유령의 정체를 밝혀냈

단 말인가.

"아니, 그러니까 정말 간단한 속임수였어요. 너무 간단해서 알아채지 못한 건 아닐까 싶을 정도로요. 하지만 그 '그럴듯한 장례식'은 선생님이 아니라도 속을 만했습니다. 소설도 아니고, 설마 도쿄 한복판에서 그런 연극이 벌어지리라고는 상상하기 힘들죠.

쓰지도우가 인내심 있게 아들과 왕래를 끊고 있었다는 것, 이것이 아주 중요합니다. 대부분의 범죄가 그렇지만 상대를 속이는 비결은 자신의 감정을 억누르고, 세상 일반의 인정과는 정반대의 방식을 취하는 것입니다. 사람들은 보통 자신의 기준으로 다른 사람의 마음을 추측하기 때문에, '살아 있다면 자식은 찾아갈 것'이라고 한 번 단정하면 쉽게 돌이키지 못하거든요.

유령을 나타나게 하는 순서도 잘 짜여 있었습니다. 며칠 전 선생님께서 말씀하신 대로, 그렇게 가는 곳마다 따라다니면 누구라도 섬뜩할 수밖에요. 거기에다 호적등본까지. 준비성이 참 철저한 분입니다."

"바, 바로 그겁니다. 만약 쓰지도우가 살아있다면 납득할 수 없는 것이 일단은 사진인데…… 그건 제가 잘못 본 거라고 치더라도요. 그 다음이 제 행선지를 다 알고 있다는 것과 호적등본이에요. 설마 등본에 잘못이 있을 리 없잖습니까."

청년의 이야기에 끌려든 히라타는 손발을 허우적거리며 물었다.

"저도 그 세 가지가 특히 이상해서 이리저리 골몰했는데요. 그러다 전혀 다른 이것들 사이의 어떤 공통점을 찾았습니다. 참 하찮은 거지만 사건을 해결하는 데는 아주 중요했지요.

모두 우편물과 관련이 있습니다. 사진은 우편으로 왔다고 하셨죠. 호적등본도 마찬가지입니다. 그리고 선생님이 외출하는 곳도, 이것 역시 매일매일 하시는 서신 왕래 중에 담겨 있지 않습니까?

하하하, 이제 아시겠죠? 쓰지도우는 선생님 근처의 우체국 배달부로 일하고 있었습니다. 변장은 했겠지요. 저택에 오는 우편물도 저택에서 나가는 우편물도, 전부 그가 보고 있었을 겁니다.

그 다음은 어려울 게 없어요. 봉투 봉합부를 증기에 대면 흔적도 남지 않게 개봉할 수 있거든요. 사진이나 등본은 이런 방식을 써서 흔적을 남기지 않고 손을 댔을 거예요. 선생님의 행선지도 여러 편지를 보다 보면 자연히 알 수 있는 일이죠. 우체국 비번인 날이 아니면 따로 구실을 만들어 결근해, 선생님의 행선지에 미리 가서 유령 노릇을 했던 것이겠죠."

"……사진이야 그럴 수 있다고 해도 호적등본 같은 건 그렇게 급히 위조할 수 있을까요?"

"위조가 아닙니다. 그저 호적 담당관의 필체를 약간 흉내 내어 덧붙이기만 하면 되는 거예요. 등본 용지에 이미 쓰여 있는 것을 지우는 건 어렵겠지만, 덧붙이는 건 일도 아니에요. 만전을 기한다는 관공서 서류에도 이따금 허점이 있는 법이죠.

 잘 생각해 보세요. 호적등본에는 사람이 살아있다는 것을 증명하는 힘은 없습니다. 호주만 아니라면 이름 위에 붉은 선을 긋고 상단에 사망신고를 접수했다고 적기만 하면 산 사람도 죽은 것으로 만들 수 있지요. 보통 관공서 서류라고 하면 신뢰하기 마련이니 혼란에 빠진 선생님은 더욱 눈치채기 어려웠을 거예요.

 저는 그날 선생님께 들은 쓰지도우의 본적지로 또 한 통의 호적등본을 보내달라고 편지를 썼습니다. 보내온 것을 보니 제 생각이 맞았더군요. 여기 있습니다.”

 청년은 이렇게 말하며 품속에서 한 통의 호적등본을 꺼내 히라타 앞에 내놓았다. 호주 항목에는 쓰지도우의 아들이, 그 다음 항목에 쓰지도우의 이름이 적혀 있었다.

 쓰지도우는 죽은 척하기 전에 미리 호주에서 은퇴한 것이며, 이름 위에 붉은 선도 그어져 있지 않았고, 상단에는 은퇴 신고를 접수했다는 내용만 기재되어 있을 뿐 사망이라는 글자는 보이지 않았다.

 실업가 히라타의 교우록에 아마추어 탐정 아케치 코고로의 이름이 더해진 것은 이런 경위에서였다.

심리검사

*

후키야 세이치로가 왜 이런 끔찍한 악행을 계획하게 되었는지 그 동기는 자세히 알 수 없다. 설령 알게 되더라도 이 이야기와는 큰 관련이 없을 것이다.

그는 아르바이트를 하면서 겨우 학비를 대며 대학을 다녔다. 이로 미루어 보아 돈이 필요했던 것 같다고 어렴풋이 추정할 뿐이다.

그는 보기 드문 수재였고 대단한 공부벌레였다. 학비를 마련하기 위해 시시한 부업으로 시간을 뺏기는 게 안타까웠다. 좋아하는 독서와 사색을 충분히 하지 못하는 것이 특히 그랬다.

하지만 그 정도의 이유로 인간이 그런 큰 죄를 저지를 수 있을까? 아마 그는 선천적인 악인이었는지도 모른다. 학비뿐만 아니라 다른 욕망도 억누르지 못했을 것이다.

어쨌든 후키야가 그 일을 떠올린 지 벌써 반년이 지났다. 그동안 그는 미친 듯이 고민을 거듭했고, 결국 실행하기로 했다.

어느 날 그는 우연한 계기로 동급생인 사이토 이사무와 친해졌다. 그것이 사건의 시작이었다.

처음에는 어떤 속셈도 없었지만 어느덧 후키야는 의도를 갖고 사이토에게 접근했고 흐릿했던 목적 의식은 점점 선명해져 갔다.

 사이토는 1년 전부터 야마노테의 한적한 저택가에서 방을 빌려 살고 있었다. 집주인은 전직 공무원의 미망인이었다. 60세에 가까운 노파였지만 죽은 남편이 남긴 몇 채의 임대주택 수익으로 충분히 살 수 있었다.

 자녀가 없었던 그녀는 "돈만 한 게 없지요"라는 말을 자주 했다. 믿을 만한 지인에게 돈을 빌려주면서 조금씩 저축을 늘려가는 것이 가장 큰 즐거움이었다. 사이토에게 방을 세 준 것도 여자들만 사는 집이라 불안해서였을 테지만, 월세를 받아 저축액이 늘어나는 것도 계산에 넣었을 것이다.

 수전노의 심리는 동서고금이 다 같은 모양인지 은행 예금 외에도 엄청난 현금을 집 안 어딘가에 숨겨두고 있다는 소문도 돌았다.

 후키야는 바로 그 소문에 현혹되고 말았다.

 저 늙은이가 거금을 가지고 있다고 해서 무슨 쓸모가 있나. 그 돈을 자신 같은 앞날이 창창한 청년의 학비로 쓰는 게 훨씬 더 합리적이지 않은가. 이것이 그의 논리였을 것이다.

 그는 사이토를 통해 노파에 대한 정보를 알아내려 했다. 하지만 사이토에게 돈을 숨긴 장소를 발견했다는 이야기를 듣기 전까지는 그 이상의 계획은 없었다.

 "야, 할머니치고는 대단한 발상이야. 보통은 마루 밑이나 천장 속에 돈을 숨기잖아. 근데 할머니가 고른 건 좀 의외의 장소였어.

안쪽 방 도코노마*에 있는 큰 단풍나무 화분 알지? 바로 그 화분 밑이야. 아무리 대단한 도둑이라도 화분에 돈이 숨겨져 있을 거라곤 짐작도 못하겠지. 할머니는 수전노계의 천재였어."

그때 사이토는 이렇게 말하며 재미있다는 듯 웃었다. 그 이후로 후키야의 생각은 조금씩 구체화되어 갔다. 노파의 돈을 자신의 학비로 빼돌릴 방법을 하나하나 따져보며 모든 가능성을 계산했다.

결국 가장 안전한 방법을 찾아냈지만 예상 이상으로 어려운 작업이었다. 아무리 복잡한 수학 문제도 이에 비하면 아무것도 아니었다. 앞서 말했듯 그는 이 계획을 세우는 데만 반년을 썼다.

가장 어려운 점은 역시 어떻게 형벌을 피하느냐였다. 윤리적 장애물, 즉 양심의 가책 같은 것은 그에게는 문제가 되지 않았다. 사람들이 나폴레옹의 대규모 살인을 죄악이라 여기지 않고 찬미하듯, 재능 있는 청년이 그 재능을 키우기 위해 관 속에 벌써 한 발을 들여놓은 늙은이를 희생양으로 삼는 것이 당연하다고 여겼다.

노파는 좀처럼 외출을 하지 않고 하루 종일 안쪽 방에서 웅크리고 있다. 가끔 외출할 때면 시골 출신 가정부가 그녀의 명령을 받아 성실하게 집을 지킨다. 후키야가 아무리 고심해도 노파의 경계

---

* 방의 일부 공간에 인형과 꽃꽂이 등을 장식하고, 붓글씨를 걸어 놓는 곳

에는 빈틈이 없었다.

노파와 사이토가 없을 때를 노려 가정부를 속여 심부름이라도 보낸 후 그 틈에 화분 밑의 돈을 훔쳐낸다. 처음에는 그렇게 생각했다. 하지만 매우 경솔한 생각이었다. 잠깐이라도 그 집에 혼자 있었다는 것이 밝혀지면 그것만으로도 충분히 의심을 살 게 아닌가.

그는 이외에도 여러 어리석은 방법들을 떠올렸다가 지우기를 반복하며 꼬박 한 달을 보냈다.

사이토나 가정부, 아니면 평범한 도둑이 훔친 것처럼 보이게 하기, 가정부 혼자 있을 때 소리 하나 내지 않고 몰래 들어가기, 한밤중 노파가 잠든 사이에 훔치기…… 그 밖에 가능한 모든 경우의 수를 검토했다. 하지만 어느 것이든 들킬 가능성이 다분했다.

노파를 제거하는 수밖에 없다. 후키야는 마침내 이 끔찍한 결론에 도달했다. 노파의 돈이 얼마나 되는지 잘 모르지만 여러모로 따져볼 때 살인의 위험을 무릅쓸 만큼 큰돈은 아닐 것이다. 보잘것없는 돈을 위해 죄 없는 한 사람을 죽여버린다는 건 너무 잔인하지 않은가.

하지만 세간의 기준으로 대단한 금액이 아니더라도 가난한 후키야에겐 만족스러운 금액이었다. 그에게는 돈의 액수보다도 어떻게 하면 절대로 들키지 않고 범죄를 저지를 수 있을지가 더 중요했다. 그러기 위해서라면 어떤 큰 희생을 치르더라도 괜찮았다.

살인은 언뜻 단순 절도보다 몇 배나 더 위험하게 보인다. 착각에 불과하다. 범죄의 경중보다 발각 가능성을 기준으로 생각한다면 경우에 따라서 절도가 더 위험하다. 범죄를 목격한 사람을 없애버린다면 살인은 잔혹해도 위험이 적다.

역사적으로도 큰 범죄를 저지른 자들이 이런 방식으로 증거를 없애 왔다. 그들이 오랫동안 잡히지 않았던 것도 이렇게 대담하게 행동했기 때문일 것이다.

그렇다면 노파를 제거하는 건 정말 발각될 위험이 없을까? 이 문제에 봉착한 후 후키야는 몇 달 동안 생각에 생각을 거듭했다.

그 긴 시간 동안 그가 어떻게 계획을 발전시켜 갔는지는 이야기가 진행되면서 독자들이 알게 될 것이니 여기서는 생략하겠다. 어쨌든 그는 보통 사람은 상상도 못할 만큼 세세한 것까지 분석하고 종합한 끝에 단 한 치의 실수도 없는 안전한 방법을 찾아냈다.

이제 때를 기다리기만 하면 된다. 그런데 그 기회는 의외로 빨리 찾아왔다. 어느 날 사이토는 학교 관련 일로, 가정부는 심부름을 떠나 저녁까지 돌아오지 않을 것이 확실했다. 후키야가 마지막 준비를 마친 지 이틀째 되는 날이었다.

마지막 준비란(이것만큼은 미리 설명해둘 필요가 있다) 사이토에게 돈을 숨긴 장소를 들은 지 반년이나 지난 지금, 돈이 여전히 그곳에 있는지 확인하는 것이었다.

후키야는 살해 이틀 전 사이토를 만나러 찾아간 김에 노파의 방인 안쪽 거실에 들어가 그녀와 이런저런 세상 이야기를 나눴다. 그는 대화를 서서히 한 방향으로 이끌어갔다.

그러면서 점점 노파의 재산 이야기, 그녀가 어딘가에 돈을 숨겨두고 있다는 소문 같은 것을 입에 올렸다. 그리고 '숨기다'라는 말이 나올 때마다 은근슬쩍 노파의 시선을 주시했다.

예상대로였다. 노파는 그때마다 도코노마의 화분(이제는 단풍나무가 아니라 소나무로 바뀌어 있었지만)을 살짝 훔쳐봤다. 후키야는 이를 수차례 반복해 확인했고 더 이상 의심할 여지가 없다고 확신했다.

그토록 신중했던 것은 당연했다. 수개월에 걸친 고심과 계산 끝에 만들어낸 계획이었다. 작은 실수라도 용납할 수 없었다. 가장 가능성 높은 추측마저도 사실을 확인하고 넘어가야만 했다.

마침내 그날이 왔다. 사이토는 학교에, 가정부는 심부름으로 나가 저녁까지는 돌아오지 않는다. 이보다 더 완벽한 기회는 없을 것이다. 후키야는 시간표대로 착착 진행될 자신의 계획에 만족했다.

이제 모든 준비는 끝났다. 그는 마지막 순간까지도 자신의 계획을 반복해서 점검했다. 실수만 없다면 역사상 수많은 평범한 이들이 도전했다가 실패한 완전범죄가 될 것이다.

후키야는 대학 정복과 모자 위에 학생 망토를 걸치고 평범한 장갑을 낀 채 목적지로 향했다.

오랜 고민 끝에 변장하지 않기로 했다. 변장을 한다면 재료 구입, 옷 갈아입을 장소 등 여러 면에서 발각의 단서를 남기게 된다. 일을 복잡하게 만들 뿐 그만한 효과도 없다.

범죄 방법은 들킬 염려가 없는 범위에서 가능한 한 단순하고 명백하게 해야 한다는 것이 그의 철학이었다.

핵심은 그 집에 들어가는 모습을 보이지 않는 것이었다. 그 집 앞을 지나간 것은 알려져도 상관없다. 후키야는 자주 그 근처를 산책하니 이날도 그런 거라고 둘러대면 그만이다.

낮을 택한 것도 같은 이유다. 사이토와 가정부가 둘 다 없는 밤보다 상대적으로 위험한 낮을 선택한 이유는 범죄에서 불필요한 은밀함을 제거하기 위해서였다.

하지만 목적지 앞에 섰을 때는 역시나 그도 평범한 도둑처럼, 아니 어쩌면 그들보다 더 심하게 떨면서 사방을 둘러보았다. 노파의 집은 양옆으로 울타리가 경계를 이루는 단독주택이었고, 맞은편에는 어느 부자 저택의 높은 콘크리트 담이 한 블록이나 이어져 있었다.

한적한 주택가라 낮에도 인적이 전혀 없을 때가 있는데 후키야가 도착했을 땐 마침 거리에 개 한 마리 보이지 않았다. 시끄러운 쇳

소리가 나는 대문을 최대한 조심스럽게 열고 닫았다.

현관에서 아주 낮은 목소리로(이웃집을 의식해서) 노파를 불러 안내를 청했다. 노파가 나오자 사이토에 관해 할 이야기가 있다는 구실로 안쪽 방으로 들어갔다.

자리가 잡히자마자 노파는 "마침 가정부가 없네요"라며 차를 타러 자리를 떴다. 후키야는 바로 이 순간을 기다렸다.

노파가 미닫이문을 열기 위해 몸을 숙이는 순간 뒤에서 덮쳐 양팔로(장갑은 끼고 있었지만 되도록 손가락 자국을 남기지 않으려고) 있는 힘껏 목을 조였다.

노파는 목에서 윽 하는 소리만 내고 발버둥치지도 않았다.

다만 고통에 몸부림치며 허공을 휘젓던 손가락 끝이 거기 세워둔 병풍에 닿아 작은 흠집을 냈다.

화려한 육가선*이 그려진 2폭짜리 금병풍이었는데 병풍에 그려진 오노노 코마치**의 얼굴 부분이 3cm 정도 찢어졌다.

후키야는 노파의 숨이 끊어진 것을 확인하고 시신을 옆으로 눕힌 후 병풍의 찢어진 부분을 살펴보았다. 곰곰이 생각해보니 걱정할 일이 아니었다. 이런 것이 증거가 될 리 없었다.

---

* 9세기 헤이안 시대에 가장 뛰어났다고 평가를 받는 와카 시인 6명
** 헤이안 시대의 대표적인 여류 시인으로 육가선 중 한 명. 절세의 미인으로도 유명했으나, 만년에는 몰락하여 비참한 최후를 맞이했다고 전해짐.

그는 최종 목적지인 도코노마로 가서 소나무 뿌리를 잡고 흙째로 깔끔하게 뽑아냈다. 예상대로 바닥에는 기름종이로 싼 꾸러미가 들어 있었다.

침착하게 꾸러미를 풀고 오른쪽 주머니에서 큰 지갑을 꺼내 절반 정도를 그 안에 넣었다. 지갑을 다시 주머니에 넣고 남은 지폐는 기름종이에 싸서 원래대로 화분 바닥에 숨겼다. 돈을 훔쳤다는 흔적을 감추기 위해서다. 총 저금액은 노파만 알고 있었으니 그것이 반으로 줄었다고 해도 아무도 수상하게 여기지 않을 것이다.

근처의 방석을 말아서 노파의 가슴에 대고(피가 튀지 않게 하기 위해서다) 왼쪽 주머니에서 잭나이프를 꺼내 날을 편 후, 심장을 겨냥해 푹 찔러 넣고 한 번 비틀어서 뽑았다. 그리고 같은 방석 천으로 칼의 피를 깨끗이 닦아내고 다시 주머니에 넣었다.

목 졸라 죽이는 것만으로는 소생할 위험이 있기에 옛날 무사들이 하던 확인 사살과 같은 것이었다. 처음부터 칼을 사용하지 않은 것은 혹시라도 자신의 옷에 피가 튈까 봐 염려했기 때문이다.

여기서 잠시 후키야가 지폐를 넣은 지갑과 방금의 잭나이프에 대해 설명해야겠다. 그는 이 목적만을 위해 어느 축제 노점상에서 그것들을 구입했다. 축제가 가장 붐비는 시간을 골라 가장 손님이 많은 가게를 선택했고, 정가대로 돈을 내고 물건을 집어 들자마자 상인은 물론 수많은 손님들이 그의 얼굴을 기억할 틈도 없이 재빨리 모습을 감췄다. 모두 어떤 특징도 없는 평범한 것들이다.

후키야는 흔적이 남지 않았음을 세심하게 확인한 뒤 미닫이문도 잘 닫고 천천히 현관으로 나왔다. 그는 신발 끈을 매면서 발자국 문제를 생각해보았다. 하지만 이것도 걱정할 필요가 없었다. 현관은 단단한 회반죽이었고 바깥 거리는 날씨가 좋아 바싹 말라 있다. 남은 건 대문을 열고 밖으로 나가는 것뿐이었다. 여기서 실수하면 모든 노력이 물거품이 될 것이다. 후키야는 귀를 기울이며 인내심 있게 거리의 발소리를 들으려 했다…….

조용했다. 어디선가 고토* 소리만 평화롭게 들려올 뿐이었다.

각오를 다지고 조용히 대문을 열었다. 그리고 아무렇지 않게 방금 인사를 하고 나온 손님처럼 거리로 나섰다. 예상대로 거리엔 아무도 없었다.

노파의 집에서 사오백 미터쯤 떨어진 곳에 어떤 신사의 오래된 돌담이 거리를 따라 쭉 이어져 있었다. 후키야는 아무도 보지 않는 것을 확인하고 그 돌담 틈새로 흉기인 잭나이프와 피 묻은 장갑을 밀어 넣었다.

그리고 평소 산책할 때 들르던 근처의 작은 공원으로 느릿느릿 걸어갔다. 공원 벤치에 앉아 아이들이 그네 타며 노는 모습을 한가

---

* 한국의 거문고와 비슷한 일본의 전통 현악기.

로운 표정으로 바라보며 오랫동안 시간을 보냈다.

돌아가는 길에 그는 경찰서에 들렀다. 그리고 "방금 이 지갑을 주웠는데요. 꽤 많이 들어있는 것 같아서 신고합니다"라며 예의 지갑을 내밀었다. 순경의 질문에 주운 장소와 시간(물론 그럴듯한 거짓말이었다), 자신의 주소와 이름(이것은 진짜였다)을 대답했다. 그리고 그의 이름과 금액 등이 적힌 영수증 같은 것을 받았다.

분명 이것은 매우 우회적인 방법이다. 하지만 안전이라는 면에서는 최고의 수였다.

노파의 돈은(반으로 줄었다는 걸 아무도 모른다) 제자리에 있으니 이 지갑의 주인이 나타날 리가 없다. 1년 후면 후키야의 손에 다시 들어올 것이다. 그리고 떳떳하게 쓸 수 있을 것이다. 깊이 고민한 끝에 택한 방법이다.

만약 어딘가에 숨겨둔다면 우연한 계기로 다른 사람이 가로챌 수도 있다. 직접 가지고 있는 건 생각할 것도 없이 위험한 일이다. 게다가 이 방법이라면 설령 노파가 지폐 번호를 적어두었더라도 걱정할 필요가 없다.

'자기가 훔친 물건을 경찰에 신고하는 놈이 있을 거라고는 부처님도 상상 못 할 거야.'

그는 웃음을 참으며 속으로 중얼거렸다.

다음 날 후키야는 하숙집 방에서 평소처럼 편히 잠에서 깨어나

하품을 하며 배달된 신문을 펼쳐 사회면을 훑어보았다. 그런데 뜻밖의 사실을 발견하고 놀랐다. 하지만 생각해 보니 예상치 못한 행운이었다.

친구 사이토가 용의자로 지목된 것이다. 용의자가 된 이유는 그가 신분에 걸맞지 않은 거금을 소지하고 있었기 때문이라고 적혀 있었다.

'난 사이토의 가장 친한 친구니까 경찰에 먼저 가서 이것저것 물어보는 게 자연스럽겠지?'

후키야는 서둘러 옷을 갈아입고 급히 경찰서로 향했다. 그가 찾아간 곳은 어제 지갑을 신고했던 바로 그 경찰서였다. 다른 관할 경찰서를 고르지 않은 것도 그의 철학 때문이었다.

범행은 가능한 한 단순하고 명백하게, 무기교주의로 행해져야 했다.

*

이 사건을 담당한 예심판사 카사모리는 명판사이기도 했지만 특이한 취미가 있어서 더욱 유명했다.

그는 일종의 아마추어 심리학자로, 일반적인 방법으로는 판단하기 어려운 사건을 풍부한 심리학 지식을 활용해 해결하곤 했다.

경력은 짧고 나이도 젊었지만 지방법원의 예심판사로서는 아까울 정도로 뛰어난 인재였다.

이번 노파 살인사건도 카사모리 판사가 맡았으니 쉽게 해결될 것이라고 모두가 생각했다. 카사모리도 그렇게 자신하며 늘 그랬듯이 이 사건도 예심 법정에서 철저히 조사해서 공판 때는 조금의 의문도 없도록 처리하려고 했다.

하지만 조사를 진행할수록 사건이 심상치 않다는 것을 깨달았다. 경찰서에서는 그저 사이토 이사무의 유죄를 주장했는데 카사모리도 그 주장에 일리가 있다는 점은 인정하지 않을 수 없었다.

근래 노파의 집에 출입했던 사람들을 모두 소환해서 꼼꼼히 조사했지만 채무자든 세입자든 지인이든 의심스러운 사람이 한 명도 없었기 때문이다. 다른 뚜렷한 용의자가 나타나지 않는 이상 당장 가장 의심스러운 사이토 이사무를 범인으로 판단할 수밖에 없었다.

사이토에게 불리했던 것은 그가 원체 소심한 성격이어서 법정 분위기에 겁을 먹은 나머지 심문에 제대로 대답하지 못했다는 점이다. 당황한 그는 이전 진술을 자주 취소하거나, 당연히 알고 있을 법한 일을 잊어버렸다고 하거나, 굳이 하지 않아도 될 불리한 진술을 하는 등 의심만 더 깊어지게 만들었다.

그에게 노파의 돈을 훔쳤다는 약점이 있기 때문일 것이다. 사이토는 꽤 똑똑했으니 그것만 아니었다면 아무리 소심하다 해도 실수는 하지 않았을 텐데, 그의 처지는 실로 딱했다.

하지만 사이토를 살인범으로 인정하기에 카사모리에게는 확신이 없었다. 의심만 있을 뿐이었다. 자백도 하지 않았고 분명한 증거도 없었다.

이렇게 사건 발생 후 한 달이 지났고 예심은 아직 끝나지 않았다. 카사모리는 초조해지기 시작했다.

마침 그때, 노파 살인사건 관할 경찰서장에게 주목할 만한 보고가 들어왔다.

사건 당일 5200여 엔*이 든 지갑이 노파의 집에서 그리 멀지 않은 거리에서 습득되었는데, 신고자가 용의자 사이토의 친한 친구인 후키야 세이치로라는 학생이었다는 사실을 담당자의 소홀로 지금까지 알아차리지 못했다는 것이었다.

그 거금의 주인이 한 달이 지나도록 나타나지 않는 것을 보면 무슨 의미가 있지 않을까 하여 보고한다는 내용이었다.

곤란하던 카사모리는 한 줄기 빛을 본 것 같았다. 즉시 후키야 세이치로 소환 절차가 진행되었다.

---

* 현재 시세로 약 5천만 원

하지만 후키야를 심문한 결과, 판사의 의욕과는 달리 얻은 것이 없었다. 사건 직후 조사받을 때 왜 그 거금을 주웠다는 사실을 진술하지 않았냐는 질문에 후키야는 사건과 관련이 있다고 생각하지 않았기 때문이라고 답했다.

이 답변은 일리가 있다. 노파의 재산은 사이토의 허리띠 속에서 발견됐으니 그 외의 돈, 더구나 길거리에서 분실된 돈이 노파의 재산 일부라고 누가 상상이나 하겠는가.

그러나 그저 우연일까? 사건 당일, 현장에서 그리 멀지 않은 곳에서, 게다가 제1 용의자의 친한 친구가(사이토의 진술에 따르면 후키야는 노파가 화분에 돈을 숨겼다는 점도 알고 있었다) 이 거금을 주웠다는 것이?

카사모리는 의미를 찾으려고 고심했다. 가장 아쉬웠던 건 노파가 지폐 번호를 적어두지 않았다는 점이다. 번호만 잘 적어놨어도 이 의심스러운 돈이 사건과 관련이 있는지 바로 밝혀졌을 것이다.

"아주 작은 것이어도 좋다. 단서… 확실한 단서 하나만 잡을 수 있다면……."

판사는 자신의 모든 재능을 쏟아부어 생각했다. 현장 조사도 수없이 반복했다. 노파의 친족 관계도 세세히 조사했다. 하지만 성과 없이 보름가량이 또 헛되이 지나갔다.

카사모리가 겨우 떠올린 것은 후키야가 노파의 돈을 반만 훔치고 나머지는 숨겨둔 후, 훔친 돈을 지갑에 넣어 길에서 주운 것처럼 꾸민 것이라는 가설이었다.

하지만 그런 멍청한 일이 있을 수 있을까? 지갑도 조사해봤지만 이렇다 할 단서는 없었다. 게다가 후키야는 그날 산책하다가 노파의 집 앞을 지나갔다고 진술하지 않았던가. 범인이라면 이토록 대담한 말을 할 수 있을까?

무엇보다 가장 중요한 흉기의 행방을 모른다. 후키야의 하숙집 가택 수색에서도 아무것도 나오지 않았다. 하지만 흉기 이야기를 하자면 사이토도 마찬가지 아닌가? 그렇다면 도대체 누구를 의심해야 하는 걸까.

확증이 하나도 없다. 서장들이 말하는 대로 사이토를 계속 의심하면 범인으로 보이기도 했다. 하지만 후키야도 결코 배제할 수 없었다.

한 달 반 동안의 수사를 종합해 이 둘을 제외하고는 용의자가 존재하지 않는다는 것은 확정할 수 있었다. 카사모리는 이제야말로 비장의 수를 써야 할 때라 여기며 두 용의자에 대해 지금까지 효과를 봤던 심리검사를 실시하기로 했다.

후키야 세이치로는 사건 발생 이틀 후 첫 소환 명령을 받았을 때, 담당 예심판사가 아마추어 심리학자인 카사모리라는 것을 알았다. 아무리 대범한 그라 해도 일본의 한 소시민인 자신에게 심리검사가 행해지리라고는 상상하지 못했기에 몹시 당황했다.

등교를 계속할 여유를 잃은 그는 병을 핑계로 하숙집 방에 틀어박혔다. 그리고 어떻게 이 난관을 헤쳐나갈지만 생각했다. 살인을 실행하기 전처럼, 아니 어쩌면 그 이상으로 꼼꼼하고 열심히 골몰했다.

카사모리는 어떤 검사를 할 것인가?

후키야는 자신이 아는 모든 방법을 떠올리며 어떤 대책이 있을지 고민했다. 하지만 거짓 진술을 밝히기 위해 만들어진 검사를 통과하는 것은 이론상 불가능해 보였다.

후키야가 공부한 결과 심리검사는 그 성질에 따라 크게 두 가지로 나눌 수 있었다. 하나는 순수하게 생리적 반응에 의한 것이고, 다른 하나는 언어를 통해 수행되는 것이었다.

전자는 시험자가 범죄와 관련된 여러 질문을 하고 피험자의 신체상의 미세한 반응을 적절한 장치로 기록해서, 일반적인 심문으로는 알아낼 수 없는 진실을 잡아내는 방법이다.

이는 인간이 말이나 표정으로는 거짓을 완전히 연기할 수 있어도 신경 자체의 흥분은 미세한 육체적 신호로 나타난다는 이론에 기초한다.

대표적으로 자동기록기(Automatograph)로 손의 미세한 움직임을 발견하는 방법, 호흡기록기(Pneumograph)로 호흡의 깊이와 속도를 측정하는 방법, 맥박기록기(Sphygmograph)로 맥박의 높낮이와 속도를 측정하는 방법, 용적기록기(Plethysmograph)로 사지의 혈량을 측정하는 방법, 검류계(Galvanometer)로 손바닥의 미세한 발한을 발견하는 방법, 무릎 관절을 가볍게 쳐서 생기는 근육 수축의 정도를 보는 방법 등이 있다.

후키야는 "당신이 노파를 죽였지?"라는 질문을 받는다면 뻔뻔하게 "무슨 증거로 그런 말씀을 하십니까"라고 대답할 자신은 있었다. 하지만 그와 동시에 맥박이 부자연스럽게 빨라지거나 호흡이 가빠질 수 있는데, 이를 막는 것은 절대 불가능해 보였다. 후키야는 여러 상황을 가정하며 마음속으로 침착하게 실험을 이어갔다.

그런데 후키야가 자신에게 던진 질문은 아무리 위험하고 갑작스러운 것이라도 육체에 변화를 일으키는 것 같지 않았다. 미세한 변화를 측정할 도구가 없으니 확실하게 말할 수 없지만, 신경의 흥분 자체가 느껴지지 않는다면 그 결과인 육체적 변화도 일어나지 않을 것 같았다.

실험과 추측을 계속하던 중 아이디어가 번뜩였다.

연습이 심리검사의 효과를 억제하지 않을까? 똑같은 질문도 처음 받을 때보다 두 번째에, 두 번째보다 세 번째에 신경 반응이 더

약해지지 않을까?

즉, 질문에 익숙해지는 것이다.

후키야가 생각하기에 가능성이 상당했다. 자신이 던진 질문에 반응이 없는 것도 같은 이치다. 질문이 나오기 전에 그 질문을 예상하고 있기 때문이다.

그는 사전에 있는 수만 개의 단어를 하나도 빠짐없이 살펴보고, 조금이라도 질문받을 만한 단어들을 전부 뽑아 적었다. 그리고 장장 일주일 동안 단어들에 대한 신경 반응을 '연습'했다.

다음은 말을 통한 검사다. 이 역시 두려워할 것이 없다. 아니 오히려 말이기에 속이기가 더 쉽다고 할 수 있다. 이것도 여러 방법이 있지만 자주 쓰이는 건 주로 정신분석가가 환자에게 쓰는 연상 진단이다.

아무 단어들을 연이어 차례로 읽어주고 최대한 빨리 그 단어로 연상되는 말을 하게 한다.

예를 들어 '미닫이'를 제시하고 즉시 떠오른 말을 하게 하면 피험자는 '창문', '문지방', '종이', '문' 등 연상되는 단어를 말할 것이다.

제시어 사이에 '칼', '피', '돈', '지갑' 같이 범죄와 관련된 단어를 섞어 놓고 그에 대한 연상을 살핀다.

노파 살인사건을 예로 들면, 부주의한 범인이라면 '화분'이라는 단어에 대해 '돈'이라고 대답할지 모른다. 화분 밑에서 돈을 훔친 것이 인상에 깊이 남아있기 때문이다. 평범한 반응이 아니므로 사실상 죄를 자백한 것이 된다.

하지만 주의 깊은 범인이라면 '돈'이라는 말이 떠올라도 그것을 억누르고 '도자기' 같은 대답을 할 것이다.

시험자에겐 피험자가 꾀를 부리는지 간파하는 두 가지 방법이 있다. 하나는 한 번 제시한 단어를 잠시 시간을 두고 다시 제시하는 것이다. 자연스럽게 나온 대답이라면 대부분의 경우 두 대답이 일치하는데, 일부러 만들어낸 대답은 열에 여덟 아홉은 처음과 달라진다. 예를 들어 '화분'에 대해 처음에는 '도자기'라고 대답하고 두 번째는 '흙'이라고 대답하는 식이다.

다른 한 방법은 질문을 하고 나서 대답을 얻기까지의 시간을 어떤 장치로 기록하는 것이다. 예를 들어 '미닫이'에 대해 '문'이라고 대답하는 데 1초가 걸렸는데 '화분'에 대해 '도자기'라고 대답하는 데 3초나 걸렸다면(실제로는 이렇게 단순하지는 않지만) 그것은 '화분'이라는 말을 듣자마자 떠오른 연상을 억누르느라 시간이 걸린 것이므로 피험자가 수상하다는 결론이 된다. 이 시간 지연 현상은 해당 단어가 아닌 그 다음의 의미 없는 단어에서 나타나기도 한다.

범죄 당시의 상황을 자세히 들려주고 그것을 다시 말하게 하는 방법도 있다. 진짜 범인이라면 다시 말할 때 자기만 아는 사소한 진실을 무심코 말해버리기 마련이다.

후키야는 이런 심리검사를 대비하기 위해 연습뿐 아니라 순진해지는 것이 중요하다고 생각했다. 쓸데없는 기교를 부리지 않아야 한다.

'화분'이라는 제시어에 솔직하게 '돈' 또는 '소나무'라고 대답하는 것이 차라리 안전한 방법이다. 그가 범인이 아니더라도 판사의 조사 등으로 범죄 사실을 어느 정도 알고 있는 게 당연하기 때문이다. 화분 밑에 돈이 있었다는 사실도 최근에 이뤄진 강렬한 인상임이 틀림없으니 연상 작용이 일어나는 것도 지극히 자연스럽다.

카사모리 판사의 심리검사가 어떻게 진행되었는지, 신경질적인 사이토는 어떤 반응을 보였고, 후키야가 어떻게 침착하게 임했는지 자세한 서술은 피하고 그 결과로 직행한다.

심리검사가 실시된 다음 날의 일이다.

카사모리가 자택 서재에서 검사 결과를 적은 서류를 앞에 두고 고개를 갸웃거리고 있을 때 아케치 코고로의 명함이 전달되었다.

'D언덕 살인사건'을 아는 사람이라면 그의 이름이 낯설지 않을 것이다. 그는 그 후에도 어려운 범죄 사건에 관여하며 특별한 재능을 보여 전문가들은 물론 대중에게도 크게 인정받고 있었다. 카사모리와도 어떤 사건을 계기로 친해진 상태였다.

하녀의 안내를 받은 아케치가 미소와 함께 카사모리의 서재에 나타났다. 그에겐 더 이상 앳된 티가 나지 않았다.

"이번 사건 자료인가요."

아케치는 판사의 책상을 들여다보며 말했다.

"네. 정말 난감합니다."

판사가 손님 쪽으로 몸을 돌리며 대답했다.

"노파 살인사건이었죠. 검사 결과는 어땠습니까?"

아케치는 사건 이후 카사모리를 종종 만나 자세한 상황을 듣고 있었다.

"결과는 명백한데 말이죠." 판사가 말했다.

"어쩐지 납득이 안 가는 겁니다. 어제 맥박 시험을 해봤는데 후키야는 거의 반응이 없습니다. 질문 사항과 맥박 기록을 보시면 사이토와 확연히 비교됩니다. 사이토는 정말 두드러진 반응을 보였거든요.

연상 진단도 시행했는데 이것도 마찬가지입니다. '화분'이라는 단어에 대한 반응 시간만 봐도 알 수 있습니다. 후키야는 다른 무의미한 단어보다 오히려 더 짧은 시간 안에 대답했는데, 사이토는 어떻습니까. 6초나 걸렸어요."

카사모리는 연상 진단 결과표를 보여줬다.

자극어	후키야 세이치로		사이토 이사무	
	반응어	소요시간	반응어	소요시간
머리	털	0.9	꼬리	1.2
녹색	파랑	0.7	파랑	1.1
물	탕	0.9	물고기	1.3
노래하다	노래	1.1	여자	1.5
길다	짧다	1.0	끈	1.2
○ 죽이다	칼	0.8	범죄	3.1
배	강	0.9	물	2.2
창문	문	0.8	유리	1.5
요리	양식	1.0	회	1.3
○ 돈	지폐	0.7	쇠	3.5
차갑다	물	1.1	겨울	2.3
병	감기	1.6	폐병	1.6
바늘	실	1.0	실	1.2
○ 소나무	나무	0.8	나무	2.3
산	높다	0.9	강	1.4
○ 피	흐른다	1.0	빨갛다	3.9
새롭다	오래됐다	0.8	옷	2.1
싫다	거미	1.2	병	1.1
○ 화분	소나무	0.6	꽃	6.2
새	날다	0.9	카나리아	3.6
책	전집	1.0	전집	1.3
○ 기름종이	숨기다	0.8	꾸러미	4.0
친구	사이토	1.1	대화	1.8
순수	이성	1.2	말	1.7
상자	책상자	1.0	인형	1.2
○ 범죄	살인	0.7	경찰	3.7
만족	완성	0.8	가정	2.0
여자	정치	1.0	자매	1.3
그림	병풍	0.9	풍경	1.3
○ 훔치다	돈	0.7	말	4.1

"보시다시피 아주 명확해요."

판사는 아케치가 기록을 훑어보기를 기다렸다가 말을 이었다.

"사이토는 대답을 일부러 꾸며내고 있어요. 증거는 역시 반응 시간이 늦다는 건데, 문제가 되는 단어뿐만 아니라 바로 다음이나 두 번째 단어까지 영향을 미치고 있습니다.

또 '돈'에 대해 '쇠'라고 하거나 '훔치다'에 대해 '말'이라고 하는 등 꽤 무리한 연상을 하고 있죠. '화분'에 반응이 가장 오래 걸린 것은 '돈', '소나무'라는 두 가지 연상을 억누르기 위해서겠죠.

반면 후키야는 아주 자연스러워요. '화분'에 '소나무', '기름종이'에 '숨기다', '범죄'에 '살인'. 만약 범인이라면 숨겨야 하는 연상을 태연하게, 그것도 짧은 시간에 대답하고 있어요.

그가 살인범인데도 이런 반응을 보였다면 지능이 낮다고 분석할수도 있겠지만 실제로는 대학생이고 꽤 수재라고 하니 말입니다."

"그렇게 볼 수 있겠네요."

아케치는 생각에 잠긴 채 건성으로 말했다. 카사모리는 그 의미심장한 뉘앙스를 눈치채지 못하고 이야기를 이어갔다.

"그런데요. 후키야는 의심할 여지가 없지만 그렇다고 사이토가 과연 범인이냐 한다면, 검사 결과가 이렇게 명확한데도 확신이 안 생기는 겁니다. 물론 예심에서 유죄를 내려도 최종 결정이 되는 건 아니라 이쯤에서 끝내도 되겠지만, 아시다시피 제가 지기 싫어

하는 성격이라서요. 공판에서 제 판단이 뒤집히는 게 억울하거든요. 그래서 아직도 고민 중입니다.”

“하하, 이걸 보니 정말 재미있네요.” 아케치가 기록을 들고 말을 시작했다.

“후키야도 사이토도 공부를 잘했다던데 ‘책’이라는 단어에 둘 다 ‘전집’이라고 대답한 걸 보면 과연 개성이 잘 드러나는군요.

그런데 후키야의 답변은 어딘가 물질적이고 이성적인 데 반해 사이토의 답변은 비교적 부드러운 면이 있지 않습니까? ‘여자’나 ‘옷’, ‘꽃’, ‘인형’, ‘풍경’, ‘자매’. 단어들이 서정적이랄까요. 그리고 사이토는 체질상 허약할 거예요. ‘싫다’에 ‘병’이라 하고 ‘병’에 ‘폐병’이라고 답했어요. 폐병에 걸릴까 봐 두려워하고 있을 거예요.”

“그런 해석도 가능하죠. 연상 진단이란 게 생각하면 할수록 다양하고 재미있는 판단이 나오는 법이에요.”

“그런데 말입니다.” 아케치는 약간 어조를 바꾸어 말했다.

“판사님은 심리검사의 약점에 대해 생각해 보신 적 있으신가요? 데 키로스는 심리검사를 제창한 뮌스터베르히의 생각을 비판하면서, 이 방법은 고문을 대체하기 위해 고안된 것이지만 그 결과는 고문과 마찬가지로 무고한 사람을 죄에 빠뜨리고 범인을 놓치는 경우가 있다고 했어요.

뮌스터베르히 자신도 심리검사의 진정한 효과는 용의자가 어떤 장소나 사람, 물건에 대해 알고 있는지 여부를 알아내는 경우에만 확실하고 다른 경우에는 위험하다는 식의 말을 어딘가 썼더군요. 판사님이 더 잘 알고 계시겠지만 이건 중요한 점일 텐데, 어떻게 생각하세요?"

"물론 저도 알고 있습니다. 효과를 못 본 사례만 생각하면 그렇죠."

카사모리는 다소 불쾌한 표정을 지으며 대답했다.

"그런 사례가 의외로 가까이 있을 수도 있어요. 예를 들어 매우 신경과민한 성격의 소유자가 무고하게 어떤 범죄의 용의자가 되었다고 해봅시다. 그 사람은 범죄 현장을 발견했고 범죄 사실도 잘 알고 있습니다.

이런 경우 그가 심리검사에서 침착할 수 있을까요? '날 시험하는 거구나, 어떻게 대답해야 의심받지 않을까' 하며 혼란에 빠지는 게 당연하지 않을까요? 이런 상황에서 행해진 심리검사는 데키로스가 말한 '무고한 자를 죄에 빠뜨리는' 결과를 낳지 않을까요?"

"사이토 이사무를 말하는 거군요. 네, 저도 그런 느낌이 들어서 아까 말씀드린 대로 고민 중인 겁니다."

카사모리의 표정이 확연히 어두워졌다.

"사이토가 돈을 훔친 죄는 피할 수 없겠지만 살인을 저지르진 않았다면……."

카사모리는 아케치의 말을 끊으며 물었다.

"짚이는 용의자가 있습니까?"

"있지요." 아케치가 미소를 지으며 대답했다.

"저는 이 연상 진단의 결과로 범인은 후키야라고 생각합니다. 아직 확실하다고는 말할 수 없지만요. 후키야는 집으로 돌아간 것 같은데 다시 슬쩍 부를 수 없을까요? 그러면 제가 진상을 밝혀 드리겠습니다."

"후키야가요? 진단 결과만 보고요?" 카사모리가 적잖이 놀라며 물었다.

아케치는 으쓱거리는 기색도 없이 자세히 자신의 생각을 설명했다. 그리고 그것은 판사를 감탄시켰다.

아케치의 요청이 받아들여져 카사모리는 후키야의 하숙집으로 사람을 보내 "사이토 씨가 마침내 유죄가 될 것 같습니다. 그것에 대해 드릴 말씀이 있으니 제 집으로 잠깐 와주시면 감사하겠습니다."는 내용을 전했다.

후키야는 학교에서 막 돌아온 참이었는데 그 말을 듣자마자 곧바로 달려 왔다. 기쁨으로 들뜬 나머지 무서운 함정이 도사리고 있다는 것을 눈치채지 못했다.

카사모리는 사이토를 유죄로 결정한 이유를 후키야에게 설명한 뒤에 이렇게 덧붙였다.

"의심했던 건 죄송합니다. 사과도 할 겸 이번 상황을 설명해드리고 싶어서 모셨습니다."

그리고 후키야에게 홍차를 내어주며 매우 편안한 분위기로 잡담을 시작했다. 아케치도 대화에 참여했다.

카사모리는 아케치를 지인인 변호사이자 죽은 노파의 유산 상속자로부터 대여금 회수 등을 의뢰받은 사람이라고 소개했다. 거짓말이었지만 친족회의 결과 노파의 조카가 시골에서 올라와 유산을 상속받게 되었다는 것은 사실이었다.

사이토 이야기를 시작으로 여러 화제가 오갔다. 점점 안심한 후키야는 셋 중에서 말을 가장 많이 했다.

그러는 동안 어느새 시간이 흘러 창밖으로 저녁 어둠이 깃들어왔다. 후키야는 창밖을 보더니 귀가 준비를 하려고 일어나며 말했다.

"시간이 늦어서 저는 이만 실례할게요. 다른 용건은 없으시죠?"

"아아, 까먹을 뻔했네요." 아케치가 관자놀이를 긁적이며 말했다. "별건 아닌데요. 아시는지 모르겠지만, 살인이 일어난 방에 2폭 금병풍이 있었는데 거기에 약간의 흠집이 있어서 문제가 되고 있어요.

그 병풍은 할머니 게 아니라 대금 담보로 맡아뒀던 건데요. 소유주 쪽에서는 사건 당시에 생긴 흠집이 틀림없으니 배상하라고 해요. 그런데 조카가 할머니를 닮아서 인색한 사람이라, 원래 있던 흠집일지도 모른다며 배상에 좀처럼 응하지 않네요.

이런 시시콜콜한 문제로 제가 참 곤란합니다. 물론 병풍은 꽤 값이 나가는 것 같지만요.

후키야 씨는 그 집에 자주 드나드셨으니 그 병풍도 알고 계실 텐데, 예전에 흠집이 있었는지 없었는지 기억나시나 해서요. 뭐, 병풍 같은 건 유심히 보진 않으셨겠죠?

실은 사이토 씨에게도 물어봤는데 잔뜩 흥분하면서 모르겠다고만 하고, 가정부는 고향으로 돌아가버려서 편지로 물어볼 순 있지만 이런 건으로 편지까지 하기엔 좀 그러네요."

병풍이 담보물이었다는 것은 사실이었지만 그 외의 것은 지어낸 이야기에 불과했다.

후키야는 병풍이란 말에 순간 흠칫했지만 들어보니 아무것도 아닌 일이었다.

'뭘 또 겁을 먹나 후키야. 사건은 이미 해결됐잖아.'

후키야는 어떻게 대답할지 잠시 망설였지만 이번에도 있는 그대로 말하는 게 가장 좋은 방법이라고 생각했다.

"판사님도 아시겠지만 제가 그 방에 들어간 건 한 번뿐입니다. 사건 이틀 전이었죠."

후키야는 히죽히죽 웃으며 말했다. 이런 식으로 말하는 것이 그저 즐거워 견딜 수 없었다.

"하지만 그 병풍은 기억나네요. 제가 봤을 땐 흠집 같은 건 없었어요."

"그러신가요? 틀림없으시죠? 오노노 코마치의 얼굴 부분에 작은 흠집이 있다던데요."

"아아, 오노노 코마치라고 하니 생각났어요." 후키야는 마치 지금 막 떠올린 것처럼 연기하며 말했다.

"육가선 그림이 그려져 있었죠? 그 시인도 기억나네요. 그런데 흠집이 있었다면 제가 놓칠 리가 없죠. 화려한 색채의 코마치 얼굴에 흠집이 났다면 바로 시선이 갔을 테니까요."

"그러면 번거로우시겠지만 증언을 해주실 수 있을까요? 병풍 주인이란 사람이 정말 욕심이 많아서 이렇게 하지 않으면 처리하기가 곤란하네요."

"좋습니다. 언제든 편한 때 불러 주세요."

후키야는 우쭐해진 채로 변호사라고 믿고 있는 남자의 부탁을 승낙했다.

"감사합니다." 아케치는 부스스하게 자란 머리를 손가락으로 헤집으며 기쁜 듯이 말했다. 그가 달아올랐을 때 보이는 버릇이었다.

"실은 처음부터 후키야 씨가 병풍에 대해 알고 계실 거라 생각했어요. 왜냐하면 어제 심리검사 기록을 보니 '그림'이라는 질문에 '병풍'이라는 대답을 하셨더군요. 오, 여기 있네요. 하숙집엔 보통 병풍 같은 건 없고, 사이토 외에 특별히 친한 친구도 없는 것 같으니, 할머니 방의 병풍이 어떤 이유에서인지 깊은 인상으로 남아있었을 거라고 생각했어요."

후키야는 침을 꼴깍 삼켰다. 이 변호사의 말대로였다. 심리검사에서 어쩌다 병풍이란 말을 했을까? 그리고 지금까지 그것을 깨닫지 못했다니, 지금 좀 위험한 거 아닐까?

하지만 무엇이 위험할까? 살인 직후 병풍의 흠집을 살펴보고 아무 단서도 되지 않을 것을 단단히 확인해 두지 않았던가?

괜찮아… 괜찮아……. 후키야는 기억을 되짚어보곤 평안을 되찾았다. 하지만 이미 명백한 실수를 저지른 후였다.

"그렇군요. 까먹고 있었는데, 말씀하신 대로네요. 날카로운 관찰이에요." 후키야는 끝까지 무기교주의를 잃지 않고 대답했다.

"하하, 검사 결과를 보다가 우연히 눈에 띄었을 뿐입니다."

변호사로 위장한 아케치가 겸손하게 말했다.

"결과지에 재밌는 게 하나 더 있더군요. 아니 아니, 절대 걱정하실 일은 아닙니다.

어제 연상 진단에 여덟 개의 위험한 단어가 포함되어 있었는데 후키야 씨는 훌륭히 통과하셨어요. 완벽했다고 할 정도로요. 조금이라도 꺼림칙한 점이 있었다면 이런 결과가 나올 순 없겠죠. 그 여덟 개의 단어는 여기 동그라미 쳐져 있습니다."

아케치는 기록 용지를 보여주었다.

"그런데 후키야 씨의 이 단어들에 대한 반응 시간이 다른 무의미한 단어들보다 조금씩이지만 더 빨라요. 예를 들어 '화분'에 '소나무'라고 대답하는 데 겨우 0.6초밖에 걸리지 않았어요.

과할 정도로 순진한 반응이에요. 검사에서 제시된 30개의 단어 중에서 가장 연상하기 쉬운 건 아마 '녹색'일 텐데 후키야 씨가 여기에 '파란색'이라고 대답을 하는 데 0.7초 걸렸거든요."

후키야는 불안감을 느끼기 시작했다. 이 변호사는 어째서 이런 말을 늘어놓고 있는 걸까? 호의일까, 악의일까? 다른 속셈이 있는 건 아닐까? 전력을 다해 그 의미를 파악하려 했다.

"'화분'이나 '기름종이', '범죄' 같이 검사에서 중요한 여덟 단어들은 '녹색'이나 '머리' 같은 평범한 단어들보다 연상하기 어려웠을 거예요. 그럼에도 후키야 씨는 그 어려운 연상을 오히려 더 빨리 해냈어요. 이건 무슨 의미일까요?

제가 당신의 심정을 짐작해볼까요? 괜찮겠죠? 그저 재미로 해보는 거예요. 만약 틀렸다면 용서해 주시고요."

후키야는 오한을 느꼈다. 무엇이 몸을 떨게 만들고 있는지 알 수 없었다.

"후키야 씨는 심리검사의 위험성을 잘 알고 있어서 아주 단단히 준비해 뒀을 거예요. 범죄와 관련된 단어들에 대해 이렇게 저렇게 대답하겠다는 복안을 마련했겠죠. 아니, 저는 결코 당신의 방식을 비난하는 게 아닙니다. 사실 심리검사는 경우에 따라서는 매우 위험해요. 범인 대신 무고한 사람을 죄에 빠뜨리지 않는다고 단언할 수 없어요.

그런데 그 준비가 너무 완벽했던 나머지 그 단어들에 대해서만 반응이 빨라져 버린 겁니다. 큰 실수죠. 후키야 씨는 답변 속도가 늦어지는 것만 걱정하다가 너무 빠른 것도 수상하다는 점은 간과했어요. 그 시간 차이는 미미해서 주의 깊은 관찰자가 아니면 그냥 지나치고 말겠지만요. 거짓이란 건 이렇게 어딘가에 허점이 있기 마련이에요."

이는 아케치가 후키야를 의심한 시작점이었다.

"그런데 후키야 씨는 왜 '돈'이나 '살인'이나 '숨기다' 같은 의심받기 쉬운 단어들을 골라 대답했을까요? 이게 바로 당신의 순진한 면이에요. 만약 후키야 씨가 범인이었다면 절대로 '기름종이'라는 말에 '숨기다'라고 대답하지는 않았을 테니까요. 그런 위험한 단어를 태연히 대답할 수 있다는 건 아무런 죄책감이 없다는 증거죠.

그렇죠? 제 말이 맞죠?"

후키야는 신난 듯 입을 놀리고 있는 상대에게서 눈을 돌릴 수 없었다. 코에서 입가까지의 근육이 굳어버려 웃거나 울거나 놀람을 표하는 표정을 지을 수 없었다. 말도 나오지 않았다. 억지로 말을 뱉으려 했다면 그것은 공포어린 비명이었을 것이다.

"이런 순진함, 즉 잔꾀를 부리지 않는다는 게 후키야 씨의 두드러진 특징이에요. 저는 그걸 알았기 때문에 아까 같은 질문을 했던 겁니다. 아, 아직 모르시겠어요?

병풍 이야기 말입니다. 저는 당신이 순진하게도 있는 그대로 대답할 거라 믿어 의심치 않았어요. 실제로 그랬고요. 카사모리 씨께 여쭤보겠는데, 그 육가선 병풍은 언제 그 노파의 집에 들어갔나요?"

아케치는 처음 묻는 듯한 얼굴로 판사에게 물었다.

"범죄 사건 전날입니다. 지난달 4일이죠."

"네? 전날이라고요? 정말이죠? 그렇다면 이상하군요. 조금 전 후키야 씨는 사건 이틀 전, 즉 3일에 그것을 방에서 봤다고 말씀하시지 않았습니까? 앞뒤가 맞지 않아요. 두 분 중 한 분이 착각하신 게 아니라면 말입니다."

"후키야 군이 잘못 생각하고 있는 거겠죠."

카사모리가 빙긋 웃으며 말했다.

"4일 저녁까지 병풍은 원래 주인의 집에 있었다는 게 밝혀져 있습니다."

아케치는 후키야의 표정을 흥미롭게 관찰했다. 금방이라도 울어버릴 것 같은 어린 아이의 얼굴처럼 이상하게 일그러지고 있었다.

이것이 아케치가 파놓은 함정이었다. 사건 이틀 전에는 노파의 집에 병풍이 없었다는 사실을 카사모리로부터 들어 알고 있었던 것이다.

아케치는 난처한 듯한 목소리로 말했다.

"이제 어쩌죠. 돌이킬 수 없는 실수예요. 왜 보지도 않은 것을 봤다고 하셨나요. 후키야 씨는 사건 이틀 전부터는 그 집에 가지 않았을 텐데요. 특히 육가선 그림이 기억난다고 한 것은 치명적이에요. 진실을 말해야지, 진실을 말해야지 하다가 도리어 거짓말을 해버렸어요.

사건 이틀 전 그 방에 들어갔을 때 병풍이 있는지 없는지 신경이나 썼나요? 그럴 리가요. 병풍은 후키야 씨의 계획과는 아무 관계도 없고, 설령 병풍이 있었다 해도 세월의 흔적이 묻어 집의 수많은 물품 중 눈에 띄는 것도 아니었어요.

그러니 사건 당일 본 병풍이 이틀 전에도 같은 자리에 있었을 거라고 생각한 건 아주 자연스러운 일이에요. 물론 제가 그렇게 생각하도록 유도하는 방식으로 질문했고요. 일종의 착각 같은 거지만, 잘 생각해보면 우리에게 일상적으로 있는 일입니다.

보통의 범죄자였다면 절대 당신처럼 대답하지는 않았을 겁니다. 그들은 뭐든지 일단 숨겨야 한다고 생각하니까요. 제게 다행이었던 건 당신이 세상의 평범한 판사나 범죄자보다 열 배, 스무 배는 더 뛰어난 머리를 가지고 있었다는 거예요. 당신은 급소만 건드리지 않는다면 최대한 솔직하게 말하는 게 오히려 더 안전하다는 신념을 가지고 있었어요. 두 수 앞을 본달까요. 그래서 저는 한 수 더 가보기로 한 거죠.

설마 이 사건과 아무 관계없는 변호사가 자백을 받아내기 위해 함정을 파놓았을 거라고는 상상도 못 하셨겠죠. 하하하하!"

후키야는 창백해진 얼굴에 이마가 온통 땀으로 범벅이 된 채 침묵했다. 변명하면 할수록 더 허점만 드러낼 뿐이었다. 머리가 좋은 만큼 자신의 실수가 얼마나 명백한 자백이었는지를 알고 있었다. 그의 머릿속에는 이상하게도 어린 시절부터의 여러 일들이 회전목마처럼 어지럽게 나타났다 사라졌다.

"후키야 씨, 듣고 계십니까?" 잠시 후 아케치가 말했다.

"저기 사락사락 하는 소리가 들리시죠? 그건요. 아까부터 옆방에서 우리의 문답을 받아적고 있는 소리예요……. 자, 이제 됐으니까 가져와 주시겠어요?"

그러자 미닫이문이 열리고 서생처럼 보이는 남자가 양지 뭉치를 손에 들고 나왔다.

"읽어주시죠."

아케치의 말에 따라 남자는 처음부터 낭독했다.

"후키야 씨, 여기 서명하고 엄지 지문을 찍어주시겠어요? 싫다고
는 못 하시겠죠. 병풍에 대해서 언제든 증언하겠다고 약속하셨잖
아요. 이런 식의 증언이 될 줄은 모르셨겠지만."

후키야는 이 시점에서 서명을 거부한다 해도 소용없다는 걸 잘
알고 있었다. 그는 아케치의 추리를 인정한다는 의미로 서명하고
지문을 찍었다. 그리고 체념해 고개를 푹 숙였다.

"앞서도 말씀드렸듯이," 아케치가 턱을 괴고 말했다.

"뮌스터베르히는 심리검사의 진정한 효과는 용의자가 어떤 장소
나 사람, 또는 물건에 대해 알고 있는지를 시험하는 경우에만 확
실하다고 했습니다. 이번 사건으로 말하자면 후키야 씨가 병풍을
봤는지 아닌지가 바로 그 점이었죠.

이 점을 제외하면 백 번의 심리검사도 쓸모없었을 겁니다. 후키야
씨는 모든 걸 예상하고 철저히 준비한 사람이었으니까요.

그리고 한 가지 더 말씀드리고 싶은 건요. 심리검사란 것이 반드
시 책에 쓰여 있는 대로 정해진 자극어를 사용하고 정해진 기계를
써야만 할 수 있는 게 아니라는 겁니다. 제가 방금 실험으로 보여
드린 것처럼 아주 일상적인 대화로도 충분히 가능하죠.

옛날의 명판관들, 예를 들어 오오카 에치젠 같은 사람들은 자신도 모르는 사이에 최근의 심리학이 발명한 방법을 이미 잘 활용하고 있었습니다."

.

흑수조

*

한번 찾아뵙고자 하면서도 막상 기회가 없어
좋은 때를 찾지 못해서 실례만 거듭하옵니다
제법 따뜻한 날들이 이어지는군요 머지않아
꼭 한 번은 찾아뵙도록 하겠습니다 그저께는
보잘것없는 물건을 보내드렸더니 정중하게
감사를 받아서 몸 둘 바를 모르겠나이다 수제
가방은 실은 제가 심심풀이 삼아 수를 놓아서
직접 만든 것이라 꾸중을 들을까 걱정했지요
그저 그런 마음으로만 준비했을 뿐이옵니다
노래는 요즘 어떠신가요 부디 이 시절만큼은
평안하시기를 간절히 바라옵니다 ― 안녕히

一度お伺いしたいたいと存じながらつい好い折がなく失礼ばかり致して居ります

割合にお暖かな日がつゞきますのね是非此頃にお邪魔させていただきますわ切日外はつまらぬ品物をお贈りしました処御叮嚀なお礼を頂き痛み入りますあの手提袋は実はわたくしがつれづれのすさびに自から拙い刺繍をしました物で却っておリりを受けるかと心配したほどですのよ

歌の方は近頃はいかゞが？時節柄御身お大切に遊ばして下さいませ。さよなら

제가 아케치와 알게 된 지 1년쯤 지났을 때의 일입니다.

이 사건은 극적인 면모가 있어 흥미진진할 뿐 아니라, 제 친척의 가정을 중심으로 벌어졌다는 점에서 더욱 잊을 수 없습니다. 이 사건을 통해 저는 아케치가 암호 해독에 뛰어난 재능이 있다는 것을 알게 되었습니다.

독자 여러분의 흥미를 위해 그가 해독한 암호문을 먼저 보여드리겠습니다. 어떤 엽서의 내용으로 원문 그대로 충실히 옮겨 적었습니다. 글자를 지운 부분부터 각 행의 글자 수까지 모두 원문 그대로입니다.

그럼 이야기를 시작할까요. 당시 저는 피서도 할 겸 약간의 일거리를 가지고 아타미 온천의 어느 여관에 머물고 있었습니다. 매일 수차례 목욕을 하고, 산책도 하고, 누워 있기도 하면서 틈틈이 글도 쓰는 등 매우 한가로운 나날을 보내고 있었습니다.

어느 날의 일이었습니다. 목욕을 하고 기분 좋게 몸이 따뜻해진 채로 햇볕이 잘 드는 툇마루의 등나무 의자에 몸을 기대 그날의 신문을 봤는데 큰일이 났더라고요.

당시 도쿄에는 '흑수조'라 자칭하는 도적 무리가 활개를 치고 있었습니다. 경찰의 온갖 노력에도 소용이 없어, 어제는 어느 부호가 당했다, 오늘은 어느 귀족이 습격당했다는 소문이 꼬리를 물고, 도쿄 시민들은 전전긍긍하며 편한 날이 없었습니다. 신문 사회면도 매일 그 일로 시끌벅적했는데 오늘도 '신출귀몰한 도적들'이라는 3단 제목으로 떠들썩하게 보도되고 있었습니다.

 저는 그런 기사들에 이미 익숙해져 별 관심을 두지 않았습니다. 그런데 그 기사 아래쪽, 흑수조 피해자들의 소식을 나열한 곳에 작은 제목으로 '××××씨 습격당하다'라는 12-13줄의 기사를 발견하고 크게 놀란 것입니다.

 그 ××××씨가 바로 제 백부님이었기 때문입니다. 기사가 간단해서 자세한 내용은 알 수 없었지만, 딸 후미코가 납치되어 몸값으로 만 엔을 빼앗겼다는 내용이었습니다.

 제 본가는 매우 가난했고 저 역시 이렇게 온천장까지 와서도 글을 써가며 생계를 꾸려야 할 정도였지만, 백부님은 꽤 부자였습니다. 두세 개의 회사 중역도 맡고 있어서 충분히 흑수조의 표적이 될 만했습니다.

 평소 여러모로 신세를 지고 있기에 무엇보다도 문병을 가봐야 했습니다. 몸값을 빼앗길 때까지 모르고 있었다니 제 불찰입니다. 제 하숙집으로 전화라도 걸었을 텐데, 이번 여행은 누구에게도 알리지 않고 왔기에 신문 기사를 보고서야 이 불상사를 알게 된 것입니다.

 저는 서둘러 짐을 꾸려 도쿄로 돌아왔습니다. 여행 짐을 풀자마자 백부님의 저택으로 향했습니다.

도착하니 백부님 부부는 불단 앞에서 열심히 목탁과 징을 치며 염불을 외고 있었습니다. 백부님 가족은 열성적인 니치렌종* 신자여서 무엇이든 조상님 말씀이 우선이었습니다. 잡상인조차 종파를 확인한 후에야 출입을 허락할 정도였습니다.

하지만 기도 시간도 아닌데 왜 저러실까 사정을 물어보니 놀랍게도 사건이 아직 해결되지 않았다는 것이었습니다.

범인의 요구대로 몸값을 건넸음에도 딸은 아직 돌아오지 않았다고 합니다. 그들이 염불을 외우고 있던 것은 이른바 신불에 매달리는 것으로, 조상님의 도움으로 딸을 되찾고자 하는 심정이었겠지요.

여기서 잠시 흑수조의 수법을 설명할 필요가 있을 것 같습니다. 그때부터 몇 년밖에 지나지 않아서 독자 여러분 중에는 당시 상황을 기억하시는 분도 계실 텐데요. 그들은 먼저 피해자의 자녀를 납치한 뒤 이를 인질로 삼아 거액의 몸값을 요구합니다.

협박장엔 어느 날 몇 시에 어디로 얼마를 가져오라는 상세한 지시가 써 있고, 그 장소에는 흑수조의 두목이 반드시 기다립니다.

---

* 13세기 일본의 승려 니치렌이 창시한 불교 종파. 메이지 시대(1868-1912)에는 도쿄와 그 주변 지역의 상공인들 사이에서 큰 인기를 얻었다. 신자들은 대체로 배타적이고 독실한 신앙 태도를 지녔다.

즉 몸값은 피해자로부터 직접 범인의 손에 전달되는 것입니다. 이 얼마나 대담합니까.

그러면서도 조금의 방심도 보이지 않습니다. 납치든 협박이든 금전 수수든 어떤 단서도 남기지 않습니다.

피해자가 미리 경찰에 신고하여 몸값 전달 장소에 형사들을 매복시켜 두면, 어떻게 알아챘는지 절대 그곳에 나타나지 않습니다. 그리고 피해자의 인질은 혹독한 대가를 치르게 됩니다. 연이은 흑수조 사건을 보면 동네 불량배들의 소행이 아니라, 영리하면서도 대담한 자들의 계획 범죄임이 틀림없었습니다.

이 흉악한 도적의 습격을 받은 백부님의 집안은 앞서 말씀드린 대로 모두 혼비백산한 상태였습니다.

몸값은 빼앗기고 딸은 돌려받지 못했으니, 아무리 실업계에서 산전수전 다 겪은 책사로 꼽히는 백부님이라 해도 어찌할 도리가 없었나 봅니다. 저 같은 풋내기에게도 상담을 청할 지경이니까요.

사촌 후미코는 당시 열아홉 살의 아주 아름다운 처녀였습니다. 몸값을 주고도 돌려보내지 않는 것을 보면 무참하게도 범인들의 욕망의 희생양이 되었거나 범인들이 백부를 만만하게 보고 두 번, 세 번 몸값을 더 갈취하려는 것인지도 모릅니다. 백부님의 걱정은 이만저만이 아니었습니다.

그에겐 후미코 외에 아들도 한 명 있었지만 중학교에 갓 입학한 정도라 도움이 되지 못했습니다. 그래서 제가 조언자 격으로 여러 고민을 들어 드렸습니다. 범인들의 수법은 소문대로 정말 교묘했고 요괴처럼 섬뜩한 면이 있었습니다.

저도 범죄나 탐정 같은 것에 남다른 관심이 있고, 잘 알고 계실 'D언덕 살인사건' 때 그랬듯 아마추어 탐정 행세를 하는 젊은 혈기가 있습니다. 이번엔 전문 탐정에 도전해보고 싶어 여러모로 머리를 짜내보았습니다만 정말 역부족이었습니다. 단서라는 것이 아예 없었으니까요.

물론 경찰에는 신고를 해둔 상태였습니다. 하지만 경찰의 힘으로 해결될 수 있을까요? 적어도 지금까지의 성과로 보면 불가능해 보였습니다.

그러다 자연스럽게 친구 아케치 코고로가 떠올랐습니다. 그라면 이 사건도 어떻게든 실마리를 찾아줄지도 모릅니다.

즉시 백부님과 상의해보았습니다. 백부님도 한 사람이라도 더 많은 조력자가 필요한 상황이었습니다. 제가 평소 아케치의 탐정적 수완에 대해 자주 이야기해왔던 터라, 그의 재능을 크게 신뢰하지는 않는 눈치였지만 불러와 달라고 했습니다.

저는 여러분이 아시는 그 담배가게로 차를 타고 달렸습니다. 그리고 책들이 산더미처럼 쌓여있는 그 좁은 다다미 방에서 아케치를 만났습니다.

다행스럽게도 그는 며칠 전부터 흑수조에 관한 모든 자료를 수집하며 그만의 추리를 조립해나가는 중이었습니다.

아케치에게 백부님의 일을 이야기하자 흑수조 사건을 실제로 접하고 싶었다며 곧바로 승낙했습니다. 다행히 시간을 지체하지 않고 함께 백부님의 집으로 돌아올 수 있었습니다.

얼마 지나지 않아 아케치와 저는 저택의 격조 높은 응접실에서 백부님과 마주 앉게 되었습니다. 백모님과 서생인 마키타도 와서 대화에 참여했습니다. 이 마키타라는 사람은 몸값 전달 당일 백부의 호위 역할로 현장에 동행했던 사람이라 참고를 위해 백부님이 부른 것이었습니다.

황망한 와중에도 홍차와 과자 등이 잘 차려져 나왔습니다. 아케치는 수입 담배를 한 개비 집어 들고 조심스럽게 연기를 내뿜고 있었습니다.

백부님은 오랫동안 사업을 해온 노련한 기업가다운 위엄이 있었습니다. 본래 큰 체구에다 미식과 운동부족으로 살이 쪄서, 이런 상황에서도 상대를 압도하는 듯한 모습을 잃지 않았습니다. 양옆에 백모님과 마키타가 앉아 있었는데 이 둘은 다 마른 체형이었습니다. 특히 마키타는 유난히 작은 키여서 백부의 체격이 더욱 돋보였습니다.

인사가 오간 뒤, 저를 통해 대략의 상황을 들었음에도 좀 더 자세히 알고 싶다는 아케치의 희망에 따라 백부님이 설명을 시작했습니다.

"일이 시작된 것은 그러니까 오늘로부터 6일 전, 13일이었소. 그날 정오쯤 후미코가 친구 집에 잠시 다녀오겠다며 옷을 갈아입고 나간 뒤로 저녁이 되어도 돌아오지 않았소."

백부님은 잠시 숨을 고르고 계속했습니다.

"우리도 흑수조의 소문을 알고 있던 터라 마누라가 곧장 그 친구 집에 전화를 걸어 물어보니, 딸아이가 오늘은 오지 않았다는 대답이 왔소. 아는 친구 집은 모조리 전화를 걸어보았지만 어디에도 들르지 않았더군요. 서생들과 차부들을 모아 사방으로 수색을 했소. 그날 밤은 우리 모두 한숨도 못 잤다오."

"말씀 중에 잠시 여쭙겠는데요. 따님이 나가는 걸 실제로 보신 분이 계셨나요?"

아케치가 묻자 백모님이 대신 대답했습니다.

"네, 여자 하인들과 서생들이 분명히 보았다고 합니다. 특히 우메라는 하녀는 대문을 나서는 뒷모습을 잘 기억하고 있다고 하더군요."

"그 후로는 소식이 없었다는 말씀이군요. 근처 주민이나 지나가는 사람 중에서도 따님을 본 사람이 없었나요?"

"딸아이가 차도 타지 않고 갔으니, 아는 사람을 만났다면 얼굴을 알아봤을 거요. 꽤 수소문해 봤지만 본 사람은 한 명도 없었습니다."

백부님은 잠시 한숨을 쉬고 이야기를 이어갔습니다.

"그래서 경찰에 신고를 할까 말까 망설이고 있던 차에, 다음 날 점심 무렵이었나. 흑수조의 협박장이 날아들었소. 설마 했던 일이라 정말 놀랐습니다. 아내는 울음부터 터뜨렸고."

그때의 감정이 떠올랐는지 눈을 질끈 감았습니다.

"협박장은 경찰이 가져가서 지금은 없지만 내용인즉 몸값 만 엔을 15일 오후 11시에 T원 관목숲의 소나무까지 현금으로 가져와라. 반드시 혼자 와야 하고 만약 경찰에 신고하면 인질의 목숨은 없다. 딸은 몸값을 받은 다음 날 돌려보내겠다. 대충 이런 내용이었소."

T원이란 근교에 있는 연병장인데, 동쪽 구석에 작은 관목숲이 있고 그 한가운데 소나무가 외로이 서 있는 곳입니다. 연병장이라고는 하지만 그 부근은 낮에도 거의 사람이 다니지 않는 곳이고 지금은 겨울이라 더욱 적막해서 비밀 만남의 장소로 안성맞춤이었습니다.

"경찰이 협박장을 조사하고 뭐라던가요?"

아케치가 물었습니다.

"그게 말이오, 전혀 단서가 없다더군요. 종이는 흔한 반지, 봉투도 싸구려 갈색 단봉투라 특별한 표시도 없고. 형사 말로는 필적에도 특징이 없답니다."

"경시청에는 그런 것을 조사하는 설비가 잘 갖춰져 있으니 틀림없을 겁니다. 소인은 어느 우체국 것이었습니까?"

"소인이 없었소. 우편으로 보낸 게 아니라 누군가가 현관의 우편함에 넣고 간 것 같습니다."

"그걸 우편함에서 꺼내신 분은 누구십니까?"

"제가 꺼냈습니다." 서생 마키타가 갑자기 큰 소리로 대답했습니다.

"우편물은 모두 제가 정리해서 마님께 전해드리는데, 13일 오후첫 배달분을 꺼내보니 그 협박장이 섞여 있었습니다."

백부님이 덧붙여 설명했습니다.

"근처 파출소 순경에게도 물어보고 여러 방면으로 조사해봤지만누가 넣고 간 건지 알 순 없었소."

아케치는 여기서 잠시 생각에 잠겼습니다. 이런 의미 없어 보이는문답 속에서 무언가를 발견하려고 애쓰는 듯했습니다.

"그 다음엔 어떻게 하셨습니까?"

잠시 후 고개를 든 아케치가 이야기를 재촉했습니다.

"차라리 경찰에 맡길까도 생각했지만, 딸의 목숨을 빼앗겠다는협박을 받고서 차마 그럴 수는 없었지. 아내마저 극구 말리는 바람에 사랑하는 딸을 포기할 순 없으니 아쉽지만 만 엔을 내기로 했소."

백부님은 잠시 숨을 고르고 이야기를 이어갔습니다.

"협박장의 지시는 15일 오후 11시 T원의 소나무까지 오라는 것이 있는데, 나는 조금 일찍 준비를 하고 백 엔짜리로 만 엔을 만들어 흰 종이에 싸서 품에 넣고 출발했소.

협박장에는 반드시 혼자 오라고 했지만 아내가 몹시 걱정하며 권하기도 했고, 서생 한 명 정도 데려간다고 해서 범인에게 무슨 방해가 되겠나 싶어서 호위 역할로 마키타를 데리고 장소로 갔소."

백부님은 쓴웃음을 지으며 말했습니다.

"내가 이 나이에 처음으로 권총이란 걸 샀다오. 그걸 마키타에게 들려 보냈지요."

저는 그날 밤의 우스꽝스러운 광경을 상상하며 웃음이 터져 나올 뻔한 것을 겨우 참았습니다. 거구의 백부가 초라하기 그지없는 작은 키에 다소 우둔해 보이는 마키타를 데리고, 어둠 속을 조심조심 살피며 현장으로 나아가는 기묘한 모습이 눈에 선했기 때문입니다.

"T원에서 4-5정* 전에 자동차에서 내려 손전등으로 길을 비추며

---

* 약 500미터. 1정은 약 109미터

겨우 소나무까지 찾아갔소. 마키타는 어둠 속이라 발견될 걱정은 없었지만, 되도록이면 나무 그늘을 따라 5-6칸* 간격을 두고 따라오게 했소."

백부님은 설명을 이어갔습니다.

"아시다시피 소나무 주변은 온통 관목숲이라 범인이 어디에 숨어 있는지 알 수 없어서 꽤나 섬뜩했소. 하지만 꾹 참고 거기 서 있었지. 30분 정도 기다렸을까… 마키타, 자네는 그동안 어떻게 있었는가?"

"네, 주인님으로부터 10칸쯤 떨어진 곳 덤불 속에 엎드려서 권총 방아쇠에 손가락을 걸고 주인님의 손전등 불빛만 뚫어지게 보고 있었습니다. 제겐 족히 두세 시간은 흐른 것 같았습니다."

"범인은 어느 쪽에서 나타났습니까?"

아케치가 열심히 물었습니다. 이미 상당히 흥분한 모양입니다. 머리카락을 손가락으로 헝클어뜨리는 버릇이 시작된 것을 보면 알 수 있었습니다.

"들판 쪽에서 온 것 같소. 즉 우리가 걸어온 길과는 반대쪽에서 나타났지요."

"어떤 모습이었습니까?"

---

* 약 10미터. 1칸은 약 1.8미터

"자세히는 알 수 없었지만 새까만 옷을 입고 있었던 것 같소. 머리부터 발끝까지 온통 검은색이었고, 얼굴 일부만 어둠 속에서 희미하게 보였소. 내가 그때 범인을 의식해서 손전등을 꺼버렸거든. 하지만 매우 키가 큰 남자였다는 것은 틀림없소. 나도 5척 5촌*이나 되는데, 그 남자는 나보다도 2-3촌은 더 커 보였지."

"무슨 말을 하덥니까?"

"아무 말도 하지 않았소. 내 앞에 와서는 한 손으로 권총을 겨누고 있다가 다른 손을 쑥 내밀더군. 그래서 나도 말없이 돈뭉치를 건넸지. 그리고 딸 얘기를 하려고 하는데, 그놈이 검지를 입 앞에 세우더니 힘이 잔뜩 실린 목소리로 '쉿' 하는 거요. 조용히 하라는 신호인 줄 알고 그리 했소."

"그 다음엔요?"

"이게 전부요. 권총을 나한테 겨눈 채로 뒷걸음질 치며 숲속으로 사라져버렸소. 나는 한동안 몸도 움직이지 못하고 그대로 서 있다가 이래선 끝이 없겠다 싶어서 뒤를 돌아보고 마키타를 가만히 불렀소. 마키타가 덤불 속에서 부스럭거리며 나와서는 '벌써 갔습니까?' 하고 겁먹은 목소리로 물었지."

"마키타 씨가 숨어 있던 곳에서도 범인의 모습이 보였습니까?"

---

* 약 166센티미터. 1촌은 약 3센티미터

마키타가 곰곰이 생각한 후 답했습니다.

"어둡고 나무가 우거져 있어서 모습은 못 봤지만 발 소리 같은 것을 들은 것 같습니다."

아케치는 다시 시선을 백부님에게 돌렸습니다.

"그리고 어떻게 하셨나요?"

"나는 그만 돌아가자고 했더니, 마키타가 범인의 발자국을 조사해보자는 거요. 나중에 경찰에 알려주면 중요한 단서가 될 거라는 의견이었지. 그랬지, 마키타?"

"네."

"발자국은 찾으셨습니까?"

"그게⋯⋯." 백부님은 고개를 갸우뚱거렸습니다.

"도무지 이해가 안 되는데, 범인의 발자국이 없는 거요."

여기서 목소리를 높이며 강조했습니다.

"우리가 잘못 본 게 아닙니다. 어제도 형사가 조사하러 갔다고 하는데, 우리가 돌아온 후로 사람이 지나다니지 않았는지 우리 발자국은 분명히 남아있었거든. 그런데 그 외의 발자국은 없다더이다."

"호오, 그건 매우 흥미롭군요. 좀 더 자세히 말씀해 주시겠습니까?"

"땅이 드러난 곳은 소나무 바로 아래뿐이고, 그 주변에는 낙엽이 쌓여있거나 풀이 자라서 발자국이 남기 어렵소. 그런데 그 나무 아래에 나와 마키타의 신발 자국밖에 없는 거지. 내가 서 있던 곳까지 와서 돈을 받으려면 범인은 어떻게든 땅이 드러난 부분을 밟았어야 하는데 말이오. 내가 서 있던 땅에서 풀이 자란 곳까지는 가장 짧은 거리로도 2칸은 되었소.”

“동물의 발자국 같은 것도 없었습니까?”

아케치가 의미심장하게 물었습니다. 백부님은 의아한 표정을 지으며,

“음? 동물?”

하고 되물었습니다.

“말이나 개의 발자국 같은 것 말입니다.”

저는 이 문답을 듣고 오래전에 스트랜드 매거진에서 읽었던 범죄 이야기가 떠올랐습니다. 어떤 남자가 말의 편자를 신고 범행 현장을 왕복했기 때문에 무사히 의심을 피했다는 이야기였습니다. 아케치도 분명 그것을 생각했을 것입니다.

“글쎄, 거기까진 신경 쓰지 못했는데. 마키타, 기억나는 게 있나?”

“가물가물합니다만 없었던 것 같습니다.”

아케치는 여기서 다시 생각에 잠겼습니다.

백부님에게 처음 이 이야기를 들었을 때도 놀랐지만, 역시 범인의

발자국이 없다는 점은 사건의 핵심 같았습니다.

잠시 침묵이 이어졌습니다.

"어쨌든 사건이 해결된 줄 알고 나는 안심하며 귀가했소. 그리고 다음 날은 딸이 돌아올 거라 믿고 있었지. 대단한 도적일수록 약속은 반드시 지킨다더군요. 도둑 사이에도 일종의 도리 같은 게 있다는 걸 전부터 들어왔기에 거짓말은 안 하리라 싶었지요."

백부님은 한숨을 쉬고 계속했습니다.

"그런데 어떻게 된 건지 오늘로 벌써 나흘째인데도 딸은 돌아오지 않고 있소. 견디다 못해 어제 경찰에 자초지종을 알렸는데, 경찰도 사건이 많은 와중이라 그런지 신통치 않아. 마침 조카가 당신과 친분이 있다기에 이렇게 수고를 끼치게 된 것이오."

이렇게 백부님의 이야기는 끝났습니다. 아케치는 이후 세세한 점들에 대해 능숙하게 질문을 던지며 사실을 확인해 나갔습니다만 말씀드릴 만한 내용은 아닙니다.

"그런데요." 아케치가 마지막으로 물었습니다.

"최근 따님께 수상한 편지 같은 게 오지 않았습니까?"

이에 대해서는 백모님이 대답했습니다.

"딸에게 오는 편지는 제가 먼저 보고 있어서 수상한 것이 있으면 바로 알 수 있었을 거예요. 그런데 최근에는 이렇다 할······."

"아주 사소한 것도 좋습니다. 조금이라도 눈에 띈 것이 있다면 모조리 알려주셨으면 합니다."

아케치는 백모님의 말투에서 뭔가를 감지했는지 재차 물었습니다.

"그러고 보니… 아니에요. 사건과는 관계없을 것 같은데……."

"말씀해 주시죠. 그런 데서 뜻밖의 단서가 발견되기도 합니다. 부탁드립니다."

"한 달 전쯤부터 우리 딸에게 들어본 적 없는 분의 이름으로 엽서가 몇 통 왔답니다. 언제였더라, 한번은 제가 딸에게 '학창시절 친구니?' 하고 물어본 적이 있었는데, 딸은 그렇다고 대답은 했지만 뭔가 숨기는 듯했어요."

백모님은 잠시 생각에 잠겼다가 다시 말을 이었습니다.

"저도 이상하다 싶어 더 캐물어볼까 하고 있는 사이에 일이 벌어졌어요. 사소한 일이라 잊고 있었는데……. 아, 말씀하시니 생각난 것이 또 있습니다. 딸이 납치되기 바로 전날에도 그 이상한 엽서가 왔어요."

"볼 수 있을까요?"

"딸아이의 문서함 안에 있을 거예요."

그렇게 해서 백모님은 문제의 엽서를 찾아 들고 왔습니다. 날짜는 백모님이 말한 대로 12일이었고, 보낸 사람은 익명인 듯 '야요이'라고만 되어 있었습니다. 시내의 모 우체국 소인이 찍혀 있었습니다. 이 이야기 서두에 적어둔 그것입니다.

저도 그 엽서를 받아들고 자세히 살펴보았지만 별 특이점이 없는, 소녀가 쓴 것 같지만 의미 없는 문구를 늘어놓은 것에 불과해 보였습니다.

그런데 아케치는 무슨 생각이 들었는지 큰일이라도 난 것처럼 그 엽서를 빌려가고 싶다는 것이었습니다. 거절할 이유도 없어 백부님은 승낙했지만 아케치의 심산은 누구도 알지 못했습니다.

이것으로 아케치의 질문은 끝을 맺었고 백부님은 기다렸다는 듯이 그의 의견을 물었습니다. 그러자 아케치는 다음과 같이 대답했습니다.

"지금 들은 것만으로 결론을 내긴 어렵습니다만, 해보겠습니다. 어쩌면 며칠 안에 따님을 모시고 올 수 있을 것 같습니다."

*

백부님의 저택을 나선 우리는 나란히 귀갓길에 올랐는데 그때 저는 여러 말을 꺼내며 아케치의 생각을 알아내려 했습니다. 하지만 그는 실마리를 잡았다는 말만 할 뿐 그 이상은 밝히지 않았습니다.

다음 날 저는 아침 식사를 마치자마자 곧바로 아케치의 여관을 찾아갔습니다. 그가 어떤 식으로 이 사건을 해결해 나갈지 너무나 궁금했기 때문입니다. 평소처럼 책더미 속에 파묻혀 느긋하게 명상에 잠겨 있을 그를 상상하며, 이제 아는 사이인 담배가게 아주머니에게 인사만 하고 계단을 올라가려는데,

"오늘은 안 계세요. 웬일로 아침 일찍부터 나가셨어요."

하고 불러세우는 겁니다. 행선지를 물어보니 특별히 남기고 간 말은 없다고 합니다.

벌써 활동을 시작한 걸까요. 늦잠꾸러기인 그가 이렇게 이른 아침부터 외출한다는 건 드문 일이라고 생각하며 일단 하숙집으로 돌아왔습니다.

하지만 계속 신경이 쓰여 아케치를 세 번이나 찾아갔습니다. 그런데 다음 날 정오까지도 모습을 보이지 않는 게 아니겠습니까.

슬슬 우려가 되기 시작했습니다. 주인 아주머니도 매우 걱정하며 아케치의 방에 뭔가 흔적이 없는지 살펴보았지만, 그런 것도 없었습니다.

일단 백부님께 알려두는 것이 좋겠다고 생각해서 즉시 저택을 찾아갔습니다. 백부님 부부는 여전히 염불을 외우며 조상님께 기도하고 있었는데, 상황을 설명하자 큰일이라며 집안이 다시 소란스러워졌습니다.

"아케치 씨마저 도적의 표적이 된 것은 아닐까······."

"탐정 일을 의뢰한 것이니 우리에게도 책임이 있어······."

"무서운 일이 일어난다면 아케치 씨의 부모님께도 면목이 없는데
······."

모두가 한바탕 걱정하기 시작했습니다. 아케치라면 실수는 하지
않을 거라 믿고 있었지만, 주변에서 떠들어대니 저도 적잖이 동요
되었습니다.

어떡하지, 어떡하지 하면서 시간만 흘러갔습니다.

그런데 그날 오후, 백부님 집 다다미방에서 소다와라 평정을 하
고 있는 중에 한 통의 전보가 배달되었습니다.

후미코상 무사함 곧 데려감

아케치가 소슈의 치바에서 보낸 것이었습니다. 우리는 반사적으
로 환호성을 질렀습니다. 아케치도 무사하고 딸도 돌아온다니, 침
울했던 백부님 집안 전체가 활기를 띠며 새색시라도 맞이하는 듯
일순 분주해졌습니다.

애타게 기다리던 아케치의 웃는 얼굴이 나타난 것은 해질 무렵이
었습니다. 수척해 보이는 후미코가 그의 뒤를 따르고 있었습니다.
회복이 먼저라는 백모님에 의해 후미코는 곧장 안방으로 들어가

휴식을 취했고, 우리 앞에는 술과 안주가 거하게 나왔습니다.

백부님 부부는 아케치의 손을 잡아 상석에 앉히고 감사 인사를 연거푸 늘어놓았습니다. 그야말로 대단한 공적입니다. 상대는 국가의 경찰력으로도 오랫동안 어찌할 수 없었던 흑수조 아닙니까. 아무리 아케치가 탐정계 명인이라 해도 그리 쉽게 딸을 되찾을 수 있으리라고는 생각지 못했던 것입니다.

그런데 어떻습니까? 아케치는 홀로 해내고 만 것입니다. 백부님 부부가 개선장군을 맞이하듯 극진히 대접한 것은 당연한 일이었습니다. 그는 대체 얼마나 놀라운 사람인 것일까요. 저마저도 이번만큼은 감복하고 말았습니다.

모두가 탐정의 모험담을 듣고자 몰려들었습니다. 흑수조의 정체는 과연 무엇이었을까요.

"죄송하지만, 아무것도 말씀드릴 수 없습니다."

아케치가 약간 난처한 표정을 지으며 말했습니다.

"제가 아무리 무모하다 해도 혼자서 흉악한 도적들을 체포할 수는 없지 않겠습니까. 이런저런 생각 끝에 아주 온건하게 따님을 되찾을 방법을 찾았습니다. 도적들이 감사의 뜻까지 담아 돌려보내게 하는 방식이었지요."

아케치는 잠시 말을 고르더니 이어서 설명했습니다.

"저와 흑수조 사이에 이런 약속이 오갔습니다. 흑수조 측에서는 따님과 몸값 만 엔을 돌려주고 앞으로도 이 댁에는 절대로 손을 대지 않는다는 것, 저는 흑수조에 관해서는 일절 입 밖에 내지 않고 앞으로도 흑수조 체포에 절대로 협력하지 않는다는 것."

그는 차분한 어조로 설명을 계속했습니다.

"저로서는 이 댁의 손해만 회복되면 임무가 끝나는 것이니, 무리하게 일을 벌였다가 아무것도 얻지 못하는 것보다는 낫다고 생각해서 도적들의 제안을 받아들이고 돌아온 것입니다.

그런 사정이니 부디 따님께도 흑수조에 대해서는 묻지 말아주시기를… 여기 몸값으로 내신 만 엔입니다. 확실히 전해드립니다."

아케치는 흰 종이에 싼 것을 백부에게 건넸습니다.

애타게 기다렸던 탐정 이야기를 들을 수 없게 되었지만 저는 실망하지 않았습니다. 백부님 부부에겐 말할 수 없을지 모르지만, 아무리 단단한 약속이라 해도 친구인 저에게는 털어 놓으리라 생각했기 때문입니다. 그렇게 생각하니 술자리가 끝나는 것이 무척이나 기다려졌습니다.

백부님은 딸과 집안만 안전하다면 도적이 체포되든 말든 문제가 아니었기에, 아케치에 대한 감사한 마음만으로 흥겨운 술잔이 오갔습니다. 술을 그리 잘 못하는 아케치는 금세 얼굴이 붉어져서 평소의 웃는 얼굴이 더욱 해사해졌습니다. 편안한 잡담에 꽃이 피어 유쾌한 웃음소리가 방 안 가득 퍼졌습니다.

그 자리에서 어떤 이야기가 오갔는지 여기에 전부 기록할 필요는 없겠지만, 다음 대화만큼은 독자 여러분의 흥미를 끌지 않을까 싶습니다.

"정말이지 아케치 씨는 우리 딸의 생명의 은인이오. 내가 여기서 맹세하지요. 앞으로도 당신의 부탁이라면 아무리 무리한 일이라도 반드시 들어주겠소. 혹여 당장 원하는 게 있으시오?"

백부님은 아케치에게 술잔을 건네며 에비스 신처럼 환한 얼굴로 말했습니다.

"감사합니다. 당장이라면, 글쎄요."

아케치는 잠시 생각했습니다.

"그러면 이런 것도 될까요? 제 친구 중 한 사람이 따님을 무척 사모하고 있는데, 그 사람에게 따님을 달라는 소망 정도는요."

"하하하. 당신도 만만치 않구먼. 아케치 씨가 그 사람의 인품만 보증해 주신다면 딸을 드리지 못할 이유도 없지요."

"그 친구가 기독교 신자라면 어떠신가요?"

아케치의 말은 술자리의 농담이라고 하기엔 조금 진지해 보였습니다. 니치렌종에 깊이 빠져있는 백부님은 잠깐 못마땅한 표정을 지었지만,

"좋소. 나는 원래 예수교를 싫어하지만, 다름 아닌 당신의 부탁이라면 긍정적으로 생각해보지요."

"감사합니다. 언젠가 부탁드리러 오겠습니다. 부디 지금 하신 말씀 잊지 말아주시기 바랍니다."

이 한바탕의 수다는 돌이켜보니 더 묘했습니다. 농담으로도 볼 수 있고, 진지한 이야기로 보자면 또 그렇게도 보이는 것이었습니다. 저는 발리모어의 연극에서 셜록 홈즈가 사건으로 알게 된 처녀와 사랑에 빠져 결혼하는 이야기를 떠올리며 혼자 웃었습니다.

이후 백부님은 아케치를 현관까지 배웅하면서 감사의 뜻이라며 그가 사양하는 것도 듣지 않고 이천 엔이 든 봉투를 아케치의 품 안에 밀어 넣었습니다.

"이봐, 아무리 흑수조와 약속했다지만, 나한테는 자초지종을 말해줄 수 있지 않아?"

저는 백부님 집 대문을 나서자마자 참지 못하고 아케치에게 물었습니다.

"그래그래, 좋지." 그는 의외로 쉽게 승낙했습니다.

"커피라도 마시면서 천천히 이야기하지 않겠나?"

우리는 어느 카페에 들어가 안쪽 구석 테이블을 골라 자리를 잡았습니다.

"이번 사건의 출발점은 말이야, 발자국이 없다는 거야."

아케치는 커피를 주문하자마자 이야기를 시작했습니다. 내심 누군가에게 자랑하고 싶었던 걸까요.

"여기에는 현재 여섯 가지 가능성 있어. 첫째는 백부님이나 형사가 도둑의 발자국을 놓쳤다는 가정이지. 도둑이 짐승이나 새의 발자국을 만들어 우리 눈을 속일 수도 있으니까.

둘째는 좀 엉뚱한 상상일 수도 있지만, 도둑이 무언가에 매달리거나 줄타기를 했거나, 어쨌든 발자국을 남기지 않는 방법으로 현장에 왔을 가능성이야."

아케치는 잠시 숨을 고르고 계속했습니다.

"셋째는 백부님이나 마키타가 도둑의 발자국을 지워버렸다는 가정. 넷째는 도둑의 신발이 우연히 백부님이나 마키타의 신발과 같았다는 가정이야. 이 네 가지는 현장을 자세히 조사해보면 알 수 있는 일이지."

그는 커피를 한 모금 마시고 나서 이어갔습니다.

"그리고 다섯째는 도둑이 현장에 오지 않았다, 즉 백부님이 무슨 이유에서인지 혼자 연극을 벌였다는 가정. 여섯째는 마키타와 도둑이 동일인물이라는 가정. 이렇게 여섯 가지야.

나는 현장을 조사해볼 필요가 있다고 생각해서 다음 날 아침 일찍 T원으로 갔어. 만약 거기서 첫 번째부터 네 번째까지의 흔적을 발견하지 못한다면, 자연히 다섯 번째와 여섯 번째 경우만 남게 되니까 수사 범위를 크게 좁힐 수 있지."

아케치의 눈이 아이처럼 반짝였습니다.

"그런데 말이야, 현장에서 무언가를 찾아냈어. 경찰들이 큰 실수를 저지른 거야. 땅에 뭔가 뾰족한 것으로 찌른 듯한 자국이 많더라고. 모두 백부님 일행의 발자국, 그것도 대부분은 마키타의 게다 자국 밑에 숨겨져 있어서 발견하지 못한 거지. 그걸 보고 여러 상황을 짚어보다가 불현듯 어느 기억이 떠올랐어. 하늘이 내린 번뜩임이랄까.

서생 마키타가 작은 체구에 어울리지 않게 굵은 메린스 허리띠를 크게 매듭지어 매고 있었다는 거야. 뒤에서 봤을 때 우스꽝스러워서 기억에 남았던 모양이야. 그 후엔 모든 것이 다 이해됐지."

아케치는 이렇게 말하고 커피를 한 모금 마셨습니다. 그리고는 살짝 약 올리는 듯한 눈빛으로 저를 바라보았습니다. 하지만 저는 아쉽게도 그의 추리를 따라가지 못하고 있었습니다.

"그래서, 그게 어쨌다는 거야?" 저는 답답한 마음에 소리를 높였습니다.

"결론부터 말하자면 아까 말한 여섯 가지 해석 중에서 세 번째와 여섯 번째가 맞았어. 서생 마키타와 도둑은 같은 사람이야."

"마키타가?"

저는 저도 모르게 소리쳤습니다.

"그건 말이 안 돼. 그렇게 어수룩하고 정직하기로 소문난 사람이

......"

"그러면," 아케치는 침착하게 말했습니다.

"네가 말이 안 된다고 생각하는 점들을 하나씩 말해 봐. 내가 답해주지."

"셀 수 없이 많아." 저는 잠시 생각하다가 말했습니다.

"우선 백부님은 도둑이 자신보다 2-3촌이나 더 컸다고 했어. 그러면 5척 7-8촌은 되었을 텐데. 그런데 마키타는 반대로 엄청 작은 사람이잖아?"

"차이가 극단적이면 오히려 의심해 볼 필요가 있지. 한쪽은 일본인으로서는 드물게 큰 사람이고 한쪽은 기형에 가까울 정도로 작은 사람이잖아. 이건 너무나 뚜렷한 대조야. 만약 마키타가 조금 더 짧은 죽마*를 썼다면, 나도 무척 헷갈렸을 거야. 하하하하."

아케치는 웃으며 설명했습니다.

"무슨 말인지 이해되지? 마키타는 말이야. 죽마를 짧게 만들어 미리 현장에 숨겨두고, 그걸 손으로 들지 않고 양발에 묶어서 쓴거야. 어두운 밤이고 백부님과는 10칸이나 떨어져 있었으니까 백부님이 알아차리긴 어려웠어. 도둑 역할을 마친 후에는 죽마 자국을 지우기 위해 도둑의 발자국을 조사하는 척했던 거야."

---

* 대나무로 만들어져 사람이 딛고 설 수 있는 발판. 보통은 30센티미터 이상.

"그런 어린 애도 못 속일 수법을 어떻게 백부님이 알아차리지 못했을까? 그리고 도둑은 검은 옷을 입었다고 했는데, 마키타는 늘 흰빛이 도는 무늬옷을 입고 있지 않았나?"

"검은 옷이 바로 그 메린스 허리띠야. 훌륭한 발상이지. 그 폭 넓은 검은 메린스를 풀어 머리부터 발끝까지 둘둘 말면 마키타의 작은 체구 정도는 쉽게 가릴 수 있으니까."

너무 간단한 속임수라 저는 바보가 된 것 같았습니다.

"그럼 마키타가 흑수조의 앞잡이 노릇을 했다는 건가? 뭔가 이상한데. 흑수조는……."

"어이구, 아직도 그 생각을 하고 있나? 자네답지 않게 오늘은 머리 회전이 좀 느린 것 같군. 백부님도, 경찰도, 심지어 자네까지도 완전히 흑수조 공포증에 사로잡혀 있어. 시기적으로 그럴 만하지만 자네가 평소처럼 냉정했다면 굳이 나를 부를 것도 없이 자네 힘으로도 충분히 이번 사건을 해결할 수 있었을 거야. 이건 흑수조와는 관계없는 일이야."

아케치의 설명을 들으면 들을수록 오히려 진상이 모호해지는 것 같았습니다. 수많은 의문이 머릿속에서 뒤엉켜 무엇부터 물어봐야 할지 갈피를 잡을 수 없을 정도였습니다.

"그럼 아까 자네가 흑수조와 약속했다느니 왜 그런 허튼소리를 한 거야? 일단 이해가 안 되는 건, 만약 마키타의 짓이라면 마키타를 그냥 내버려두면 안 되지 않나? 애초에 마키타 같은 사람이 후미코를 납치하고, 며칠 동안이나 숨겨둘 만한 능력이 있는 것 같지도 않지만……. 무엇보다 후미코가 집을 나간 날 마키타는 하루 종일 백부님 저택에 있었고 한 발자국도 밖에 나가지 않았다고 하지 않았나? 도대체 마키타 같은 사람이 어떻게 이런 일을 해낼 수 있다는 거야? 그리고……"

"의문이 꼬리에 꼬리를 무는군. 하지만 말이야. 만약 자네가 이 엽서의 암호문을 해독했더라면, 최소한 이것이 암호문이라는 걸 알아챘더라면 그렇게까지 의아하진 않을 거야."

아케치는 백부의 집에서 빌려온, '야요이'라는 서명이 있는 엽서를 꺼냈습니다.

"이 암호문이 없었다면 나도 마키타를 의심하지 못했을 거야. 이번 발견의 출발점은 이 엽서라고 해도 좋아. 하지만 이게 암호문이라는 걸 처음부터 알아차린 건 아냐. 의심만 해봤을 뿐이지."

아케치는 엽서를 들여다보며 설명을 이어갔습니다.

"의심한 이유는 말이지. 이 엽서가 후미코 씨가 사라지기 바로 전날에 왔다는 것, 필적은 여성스럽지만 어쩐지 보낸 이가 남자 같다는 것, 백모님이 이에 대해 후미코 씨에게 물었을 때 이상한 태도를 보였다는 것도 있었지만…….

그것보다 이걸 봐. 마치 원고지에 쓴 것처럼 각 행이 18자씩 정말 깔끔하게 쓰여 있어.

자, 이제 여기에다 가로로 선을 쭉 그어보는 거야."

아케치는 그렇게 말하면서 연필을 꺼내 엽서 위에 가로줄을 계속 그었습니다.

"이렇게 하면 잘 보여. 이 선들을 따라 가로로 눈을 옮겨보면, 어느 줄이나 절반 정도는 가나*가 섞여 있잖아? 그런데 단 한 줄이 예외야. 각 행의 첫 글자를 모은 첫 줄. 여긴 전부 한자야."

*一好割此外叮袋自叱歌切***

"봐, 그렇지?"

그는 연필로 첫 줄을 짚어가며 설명을 이어갔습니다.

"우연이라기엔 이상해. 남자의 글이라면 모를까, 가나가 훨씬 많은 여자의 글에서 한 줄 전체에 한자만 나열되긴 어려워. 그날 밤 돌아가서 이리저리 고민했는데 다행히 예전에 암호에 대해 조금 연구한 적이 있어서 금방 풀렸어.

이 첫 줄의 한자만 떼어내 읽으면 뜻이 통하지 않아. 한시나 경문과 관련이 있나 해서 찾아봤지만 아니었어.

---

*   일본어의 음절 문자 체계로 히라가나와 카타카나를 총칭.
** 일본어는 세로 쓰기 시 오른쪽에서 왼쪽으로 읽는다.

그러다 문득 엽서의 두 글자에 지워진 부분이 있는 걸 발견했어. 이렇게 깔끔하게 쓴 글에 지저분하게 지운 자국이 있다는 게 어색하잖아. 그리고 두 글자 모두 두 번째 줄의 글자야."

아케치는 잠시 말을 멈추고 커피를 한 모금 마셨습니다. 신나게 얘기하더니 침이 금방 마른 듯했습니다.

"내 경험상 일본어로 암호문을 만들 때 가장 곤란한 건 탁음과 반탁음*을 처리하는 거야. 지워진 글자는 바로 위에 있는 한자를 탁음으로 읽으라는 지시가 아닐까 생각했지. 잠시 후에 말하겠지만, 첫 행의 한자가 각각 한 글자씩의 가나를 대표해야 하니 이런 처리가 필요했을 거야.

여기까지는 비교적 쉽게 갔어. 다음이 어려웠지만 고생담은 생략하고 바로 결론을 보여주지.

한자의 획수가 열쇠야. 편방과 쓰개를 따로 세는 거야. 예를 들어 '好'는 편방이 세 획이고 쓰개도 세 획이니까 3-3이라는 조합이 돼. 표로 만들어보면 이래."

---

* 탁음은 'が(ga), ざ(za), だ(da), ば(ba)'와 같이 청음에서 두 점(゛)을 찍어 발음이 된소리로 바뀐 것을, 반탁음은 'ぱ(pa)'와 같이 한 점(゜)을 찍어 발음이 파열음으로 변화된 것.

한자	편방 (왼쪽)	쓰개 (오른쪽)
一	1	
好	3	3
割	10	2
此	4	2
外	3	2
叮	3	2
袋	11	
自	6	
叱	3	2
歌	10	4
切	2	2

"숫자를 보면 편방은 11까지, 쓰개는 4까지밖에 없어. 이 숫자들이 언어와 관련된 또 다른 어떤 숫자와 일치하지 않을까 궁리해봤는데 답은 멀리 있지 않았지.

50음도*야. 자음 '아카사타나하마야라와응'을 나열해보면 그 수

---

* 일본어의 음절을 체계적으로 정리한 표로 가로축에 'あいうえお(a,i,u,e,o)'의 모음을, 세로축에 'あかさたな…(a,ka,sa,ta,na…)'의 자음을 배열한 행렬 구조.

가 정확히 11이야.

 편방의 획수는 '아카사타나', 즉 자음의 순서를 나타내고 쓰개의 획수는 '아이우에오', 모음의 순서를 나타내는 것으로 가정해보자. '一'는 한 획인데 쓰개가 없으니 아행의 첫 글자, 즉 '아'가 되고, '好'는 편방이 세 획이니까 사행인데 쓰개가 세 획이니까 세 번째 글자인 '스'가 돼. 이렇게 하나하나 대입해 나가면……."

 一好割此外叮袋自叱歌切 = 아스이치시신하시에키*

"'이(割)'와 '에(歌)'는 와행의 ヰ(이)와 ヱ(에)를 사용했어. '이'와 '에'를 표현하고 싶은데 한 획짜리 편방이 있는 한자를 찾기 어려워서 다른 행인 와행을 대신 사용한 거지. 다시 말해 '이(割)', '에(歌)'는 쓰개 획수만 의미가 있는 셈이고 특수 규칙이 사용되었다는 건 와행을 씀으로써 표현했어. 마지막으로 지워진 흔적이 있는 は와 か의 윗 글자에 탁음을 붙이면."

 아스이치지신바시에키 = 내일 한 시 신바시역

---

* '신'은 시(し)와 ㄴ(ん) 두 글자로 발음된다.

"과연 암호였어. 암호문으로 약속 시간과 장소를 알려준 거지. 필적도 남자 같으니 후미코와의 밀회 약속으로 보였어.

적어도 흑수조 같진 않잖아? 최소한 흑수조를 수색하기 전에 엽서의 발신인을 조사해볼 필요가 있었어.

그런데 엽서의 주인을 후미코 씨 외에는 아무도 모른다는 게 난관이었어. 하지만 이걸 마키타의 행위와 연결지어 생각해 보니 의문이 깨끗이 풀리는 거야.

만약 후미코 씨가 스스로 가출했다면 부모님께 편지나 유서 한장 정도는 남겼을 법하지 않나? 이 점과 마키타가 우편물을 정리하는 역할이라는 점을 연결하면 재미있는 줄거리가 나와. 대략 이렇다는 거야.

마키타가 어떻게든 후미코 씨의 연애 사실을 눈치챘다고 하자. 순진한 사람 중에 그쪽으로 남다른 의심이 많은 자들이 있잖아. 마키타는 후미코 씨의 편지를 가로채고 손수 만든 흑수조의 협박장을 백부님 댁에 보낸 거지. 이건 협박장이 우편으로 오지 않았다는 점과도 들어맞아."

"놀랍군. 하지만…" 제가 떠오르는 의문을 말하려고 하자,

"잠깐만," 그는 각본이라도 있는 듯 제 말을 막았습니다.

"나는 현장을 조사한 뒤 곧바로 백부님 집 대문 앞으로 가서 마키타가 나오기를 기다렸어. 마키타가 심부름 가려 밖으로 나온 걸

회유해서 이 카페로 데려왔지. 마침 지금 우리가 앉아있는 이 테이블이군. 나도 자네와 마찬가지로 마키타의 정직함을 처음 봤을 때부터 느끼고 있었기에, 이번 사건의 이면에 뭔가 다른 사정이 있을 거라고 짐작했어. 그래서 절대 다른 사람에게 말하지 않겠다, 경우에 따라서는 상담 상대가 되어주겠다고 안심시켜서 결국 자백을 받아냈지.

자네라면 핫토리 토키오라는 사람을 알고 있을 거야. 기독교 신자라는 이유로 후미코 씨에 대한 청혼을 거절당했을 뿐만 아니라 백부님 댁 출입까지 금지된 불쌍한 남자 말이야. 부모란 게 어리석은 법이라, 아무리 까다로운 백부님이라도 후미코 씨와 핫토리 군이 오래전부터 연인 사이였다는 걸 눈치채지 못했던 거야.

후미코 씨도 참… 군이 가출까지 할 필요는 없었을 텐데 말이야. 귀여운 딸이니 아무리 종교적 편견이 있다 해도 무리하게 갈라놓을 분도 아닐 것 같거든. 아니면 가출한 뒤에 부모를 협박하면 고집이 꺾일 거라는 얄팍한 생각이었을지도 모르지만, 어쨌든 둘은 손을 잡고 핫토리 군의 시골 친구 집으로 달아난 거지.

거기서 집으로 편지를 자주 보냈다고 해. 그걸 마키타 녀석이 빠짐없이 가로챘던 거고.

나는 치바로 가서, 집에서 흑수조 소동이 벌어지고 있는 것도 모르고 달콤한 사랑에 빠져 있는 두 사람을 밤새도록 설득했어. 결국 두 사람을 주선하겠다는 약속을 하고 겨우 데리고 온 거야.

그 약속도 지킬 수 있을 것 같아. 오늘 백부님의 말씀으로 봐서는 말이야.

이제 마키타 이야기인데, 여기도 역시 여자 문제야. 가엾게도 눈물을 뚝뚝 흘리면서 말하더군. 저런 어수룩한 사람에게도 사랑은 있는 거지. 상대가 누군지는 모르지만 중매쟁이가 은근슬쩍 접근했던 모양인지 그 여자를 얻기 위해 목돈이 필요했던 거야. 끝까지 들어보니 후미코 씨가 돌아오기 전에 도망갈 작정이었다더군.

이번 사건으로 나는 사랑의 위력을 실감했어. 마키타 같은 사람도 담대한 속임수를 생각하게 한 것도 결국은 사랑이었으니까 말이야."

저는 아케치의 이야기를 다 듣고 나서 아주 오래 한숨을 내쉬었습니다. 인간의 마음에 대해 깊이 생각하게 만드는 사건이었습니다. 아케치도 오래 말하느라 지쳤는지 축 늘어져 버렸고, 우리는 잠시 말없이 서로 얼굴만 바라보고 있었습니다.

"커피가 다 식었네. 자, 그만 돌아갈까?"

잠시 후 아케치가 일어섰습니다. 그리고 우리는 각자의 귀갓길에 올랐는데, 헤어지기 전 아케치는 무언가 생각난 듯이 아까 백부님께 받은 이천 엔의 봉투를 제게 내밀며 말했습니다.

"이건 기회 있을 때 마키타에게 주게. 결혼 자금이라고 말이야.

저 사람도 참 딱하지 않나."

저는 기꺼이 받아들였습니다.

"인생은 재미있군. 내가 오늘 연인 두 쌍의 월하빙인 노릇을 했다
니."

아케치는 그렇게 말하며 진심으로 기쁜 듯이 웃었습니다.

다락방의 산책자

1

정신병의 일종이었을 겁니다.

고다 사부로는 이 세상이 하나도 재미있지 않았습니다.

학교를 졸업하고 나서 (그나마도 일 년에 며칠밖엔 출석하지 않았지만) 할 수 있는 직업은 다 시도했습니다. 하지만 평생을 바칠 만하다고 생각되는 일은 아직 찾지 못했습니다. 그를 만족시킬 직업은 이 세상에 존재하지 않는지도 모릅니다.

길어야 일 년, 짧으면 한 달 주기로 직업을 바꿨습니다. 이제는 그것도 기해, 다음 직업을 찾으려 하지도 않고 말 그대로 아무것도 하지 않은 채 무료한 나날을 보내고 있었습니다.

취미도 마찬가지입니다. 카드, 당구, 테니스, 수영, 등산, 바둑, 장기, 심지어 도박에 이르기까지 여기에 다 적을 수 없을 정도로 많은 취미를 서점에서 책까지 사서 시도해 보았습니다. 하지만 직업과 마찬가지로 이거다 싶은 것이 없어 절망하고 말았습니다.

세상에는 여자와 술이라는, 남자라면 평생 질리지 않는 멋진 쾌락이 있지 않느냐고 분명 말씀하실 겁니다.

그런데 고다 사부로는 그 두 가지에도 흥미를 느끼지 못했습니다.

술은 체질에 맞지 않아 한 모금도 마시지 못했고, 여자 쪽은 욕망이 없는 것은 아니어서 꽤 놀기도 했지만 그렇다고 살아갈 가치를 느낄 만큼은 아니었습니다.

'이런 지루한 세상에서 살아갈 바에야 죽어 버리자.'

그는 걸핏하면 이런 생각을 했습니다. 하지만 그런 그에게도 목숨을 지키려는 본능은 남아 있는지 스물다섯 살인 지금까지 '죽겠다 죽겠다' 하면서도 끝내 죽지 못하고 살아 있었습니다.

부모님이 매달 얼마간의 돈을 송금해 줬기에 그는 직업이 없어도 생활에 큰 곤란을 겪지는 않았습니다. 그 안정감 때문에 고다 사부로가 이토록 제멋대로인 사람이 되어버렸는지도 모릅니다.

그래도 그 생활비로 조금이라도 재미나게 살아보려고 애썼습니다. 직업이나 취미처럼 자주 거처를 옮기는 것도 그 일환이었습니다. 과장해서 말하자면 도쿄의 하숙집을 하나도 빠짐없이 알고 있을 정도였습니다.

한 달이나 보름 정도 머물다가 곧바로 다른 하숙집으로 옮겨 다녔습니다. 그 사이에 방랑자처럼 여행을 다닌 적도 있고, 신선처럼 산속 깊이 들어가 살아보기도 했지만 도시에 익숙해진 그는 적막한 시골에 오래 머물 수 없었습니다. 큰맘 먹고 여행을 떠났다가도 어느새 불빛과 번화함이 그리워 도쿄로 돌아오곤 했습니다. 그리고 그때마다 하숙집을 옮겼습니다.

고다 사부로가 이번에 이사 간 곳은 도에이칸이라는, 새로 지은 지 얼마 되지 않아 벽에 습기가 아직 남아 있는 하숙집이었는데, 여기서 그는 굉장한 즐거움을 발견합니다.

이 이야기는 그 발견과 관련된 끔찍한 살인사건을 다룹니다.

본격적으로 이야기를 진행하기 전에 주인공 고다 사부로가 아마추어 탐정 아케치 코고로와 알게 되어, 지금까지 관심을 두지 않았던 범죄라는 것에 새로운 흥미를 느끼게 된 경위를 잠시 말씀드려야겠습니다.

두 사람이 처음 만난 건 어느 카페였습니다. 우연히 마주친 그때, 사부로와 동행하던 친구가 아케치를 알고 있어 소개해 준 것입니다. 사부로는 아케치의 영리한 용모와 말솜씨, 분위기에 매료되어 그 후로도 자주 만나게 되었고, 아케치도 사부로의 하숙집으로 종종 놀러 오는 사이가 되었습니다.

아케치는 사부로의 병적인 성격이 연구 대상처럼 흥미로웠을 겁니다. 반면 사부로는 아케치에게서 듣는 매력적인 범죄 이야기를 순수하게 즐기고 있었습니다.

동료를 살해하고 그 시신을 실험실 화로에서 재로 만들려고 했던 웹스터 박사의 이야기, 여러 나라 언어에 통달하고 언어학상 큰 발견까지 한 유진 에어럼의 살인, 보험 살인마면서 뛰어난 문예 비평가였던 웨인라이트의 이야기, 어린아이의 둔부 살점을 달여서 의붓아버지의 나병을 치료하려 했던 노구치 오사부로의 이야기, 수많은 여자와 결혼한 뒤 차례로 살해한 이른바 푸른 수염의 랑드루나 암스트롱 같은 잔혹한 범죄 이야기들이 삶을 지루해 하던 고다 사부로를 얼마나 즐겁게 했는지 모릅니다.

아케치가 열성적으로 알려 준 범죄 이야기들은 마치 현란한 극채색의 두루마리 그림처럼 깊이를 알 수 없는 매력으로 사부로의 눈앞에 생생하게 떠올랐습니다.

아케치를 알게 된 후 두세 달 동안 사부로는 이 세상의 무미건조함을 거의 잊었습니다. 온갖 범죄 관련 서적을 사들여 매일같이 탐독했는데 그 책들 중에는 포와 호프만, 또는 가보리오와 보아고베 같은 작가들의 탐정소설도 섞여 있었습니다.

'세상에 아직 재미있는 일들이 많구나!'

그는 책의 마지막 장을 덮을 때마다 안도의 한숨을 쉬며 생각했습니다. 그리고 가능하다면 자신도 그 범죄 이야기들의 주인공처럼 눈부신 유희를 해보고 싶다는 생각까지 하게 되었습니다.

하지만 사부로 역시 법적으로 죄인이 되는 것만큼은 어떻게 생각해도 싫었습니다. 아직 부모와 형제, 친척과 지인들의 비탄과 모욕을 무시하면서까지 쾌락에 빠질 용기는 없었던 겁니다.

그 책들에 따르면 아무리 교묘한 범죄라도 반드시 어딘가에 허점이 있어 발각의 실마리가 되며, 평생 경찰의 눈을 피하는 것은 극히 적은 예외를 제외하고는 불가능해 보였습니다. 그가 두려워한 것은 바로 이것이었습니다.

사부로의 불행은 세상 모든 일에 흥미를 느끼지 못하면서 하필이면 범죄에만 형언할 수 없는 매력을 느낀다는 것이었습니다. 그보다 더 큰 불행은 들킬 것을 두려워해 그 일을 차마 저지르지 못하는 것이었습니다.

그는 대안으로, 구할 수 있는 책을 모두 읽은 후 '범죄 흉내'를 내기 시작했습니다. 실제 범죄가 아닌 흉내였기에 처벌을 두려워할 필요는 없었습니다.

이미 오래전에 싫증을 느꼈던 아사쿠사에 다시 흥미를 갖게 되었습니다. 장난감 상자를 쏟아붓고 그 위에 온갖 요란한 물감을 뿌려놓은 듯한 아사쿠사의 유원지는 범죄 애호가에게 더없이 좋은 무대였습니다.

한 사람이 겨우 지나갈 정도로 좁고 어두운 골목이나, 공동화장실 뒤편에 있는 텅 빈 공터를 즐겨 배회했습니다. 마치 범죄자들이 은밀하게 동료와 연락을 주고받듯 분필로 벽에 화살표를 그리거나, 부유해 보이는 행인을 발견하면 소매치기라도 된 양 끝까지 미행해보거나, 이상한 암호문을 적은 쪽지를 (끔찍한 살인에 관한 내용입니다.) 공원 벤치에 끼워두고 나무 그늘에 숨어 누군가가 그것을 발견하기를 기다리며 혼자 즐거워했습니다.

변장하고 거리를 배회하기도 했습니다. 노동자, 거지, 학생 등 여러 변장을 했지만 그중 여장이 그의 병적인 취향을 가장 만족시켰습니다. 옷이나 시계 등을 팔아 돈을 마련해 비싼 가발과 여자 옷가지들을 사 모았습니다.

오랜 시간을 들여 마음에 드는 여자의 모습을 갖춘 후, 머리끝까지 외투를 뒤집어쓰고 늦은 밤에 하숙집을 나섰습니다. 그리고 목적지에서 외투를 벗었습니다. 밤의 공원을 어슬렁거리거나, 문을 닫을 시간이 된 영화관에 들어가 일부러 남자석 쪽에 앉아 있기도 했습니다. 의상으로 인한 착각에 빠져 마치 자신이 뱀녀 오요시 같은 독부가 된 것처럼 남자들을 농락하는 모습을 상상하기도 했습니다.

범죄 흉내는 어느 정도 그의 욕망을 충족시켰고, 때로는 미미한 소동까지 일으켜 당장은 충분한 위안이 되었습니다.

그러나 흉내는 어디까지나 흉내일 뿐이었습니다.

위험이 없다는 점에서 (범죄의 매력은 어떻게 보면 그 위험에 있는 법인데) 그를 계속해서 들뜨게 할 만한 힘이 없었습니다. 3개월 정도 지나자 그는 자연스럽게 흉내의 즐거움에서 멀어지게 되었고, 한때 그토록 매료되었던 아케치와도 점차 소원해졌습니다.

지금까지의 이야기를 통해 고다 사부로와 아케치 코고로의 관계, 사부로의 범죄 취향에 대해 독자 여러분께서 어느 정도 이해하셨을 테니, 이제 본격적으로 도에이칸이라는 새 하숙집에서 고다 사부로가 어떤 즐거움을 발견했는지를 말씀드리겠습니다.

사부로는 도에이칸이 완공되길 기다렸다가 제일 먼저 그곳으로 이사했습니다. 아케치와의 첫 만남으로부터 약 1년이 지난 후였습니다. 그 당시 그는 범죄 흉내에 흥미를 잃은 상태였고 그것을 대체할 만한 것을 찾지 못해 지루한 나날을 어렵게 견디고 있었습니다.

도에이칸으로 이사한 직후에는 몇몇 새로운 친구들이 생겨 기분 전환이 되었지만, 인간이란 얼마나 진부한 생물인지요. 결국은 같은 생각을 같은 표정으로 같은 말로 반복하며 주고받을 뿐이었습니다. 애써 하숙집을 바꾸고 새로운 사람들을 만났음에도 일주일도 채 지나지 않아 그는 또다시 깊은 권태 속으로 빠져들고 말았습니다.

도에이칸으로 이사 온 지 열흘 정도 되었을 때, 사부로는 무료함을 달래려다 문득 재미난 생각이 떠올랐습니다.

그의 2층 방 값싼 도코노마 옆에 약 2미터 폭의 벽장이 있었고, 벽장 안쪽은 높이의 정확히 중간 지점에 튼튼한 선반이 있어 위아래가 두 단으로 나뉘어 있었습니다.

벽장 아래 칸에 가방 몇 개를 넣고 위에는 이불을 올려두었는데, 매번 거기서 이불을 꺼내 방에 깔기보다 선반 위에 올라가 자면 어떨까 싶었습니다. 이불이 있으니 2층 침대처럼 느껴지겠지요.

이전 하숙집이었다면 벽장 안에 같은 선반이 있더라도 벽이 심하게 더럽거나 천장에 거미줄이 쳐져 있어서 그 안에서 자는 생각은 들지 않았을 겁니다. 하지만 여긴 새로 지은 지 얼마 되지 않아 매우 깨끗했습니다. 천장도 새하얗고 노란색으로 칠한 매끈한 벽엔 얼룩 하나 없었습니다. 선반의 제작 방식 때문이겠지만 전체적인 분위기가 대형 선박의 침대와 비슷하기도 해서 이상한 유혹이 느껴진 것입니다.

사부로는 그날 저녁 곧바로 벽장 안에서 잠을 청했습니다. 이 하숙집은 각 방마다 안에서 문을 잠글 수 있어서 하녀들이 무단으로 들어올 일도 없었기에, 그는 안심하고 이 기이한 행동을 이어갈 수 있었습니다.

막상 벽장에 누워 보니 예상 이상으로 기분이 색달랐습니다. 이불 네 장을 쌓아올리고 그 위에 포근히 누워서 60센티미터 정도 위에 있는 천장을 바라봤습니다. 그 상태로 벽장의 미닫이문을 꼭 닫고 틈새로 새어 들어오는 실처럼 가는 전깃불을 보고 있으면 마치 자신이 추리소설 속 인물이 된 것 같아 흥미진진했습니다. 또 문을 살짝 열어서 마치 도둑이 남의 방을 엿보듯이 자신의 방을 들여다보며 극적인 장면들을 상상하는 것도 재미있었습니다.

다음날부턴 낮부터 벽장에 들어가 직사각형 상자 같은 공간에서 담배를 뻐끔뻐끔 피우며 망상에 잠기기도 했습니다. 그럴 때면 닫힌 미닫이문 틈새로 벽장 안에서 불이라도 난 것처럼 엄청난 양의 하얀 연기가 새어 나왔습니다.

하지만 이런 생활도 사흘째가 되니 흥미가 사그라들어, 사부로는 벽장에 누워 벽과 천장 판자에 낙서나 하고 있었습니다.

그런데 천장 판자 하나가 못을 박지 않았는지 들썩들썩 움직이는 게 아닙니까.

무슨 일인가 싶어 손으로 밀어 올려보니 위쪽으로 쉽게 들리는 것이었습니다. 그런데 손을 떼면 마치 용수철 장치라도 단 것처럼 판자는 제자리로 돌아왔습니다. 밀 때는 저항이 없는데 반대 방향의 힘은 느껴져, 마치 누군가 위에서 판자를 누르고 있는 것 같았습니다.

사부로는 천장 위에 무서운 생물이, 이를테면 큰 구렁이 같은 게 있는 건 아닐까 싶어 갑자기 소름이 돋았습니다. 다시 한번 손으로 밀어보았습니다. 묵직한 감촉이 느껴질 뿐 아니라 판자를 움직일 때마다 위에서 둔탁한 소리가 났습니다.

용기를 더 내어 있는 힘껏 판자를 밀쳐냈습니다. 그 순간 우르르 하는 소리와 함께 위에서 뭔가가 떨어졌습니다. 가까스로 옆으로 피했기에 망정이지 자칫 크게 다칠 뻔했습니다.

"뭐야, 시시하네."

떨어진 물건이 특별한 것이길 기대했던 사부로는 어이가 없었습니다. 평범한 돌덩이에 불과했던 것입니다.

조금만 생각해 보면 이상한 일이 아닙니다. 전기공이 천장 안으로 가는 통로로 쓰려고 판자 하나를 일부러 떼어 놓고, 쥐가 벽장으로 들어오지 못하도록 돌덩이로 무게를 더해둔 것이 아니었을까요.

그런데 이 작은 사건이 계기가 되어 고다 사부로는 생애 최고의 즐거움을 만끽하게 됩니다.

사부로는 자신의 머리 위로 열린 동굴 입구 같은 구멍을 바라보다가, 타고난 호기심 때문에 천장 속이 어떤 모습일까 궁금해져서 조심스럽게 구멍으로 머리를 들이밀어 주위를 둘러보았습니다. 때마침 아침이었는데 지붕 위로 햇살이 내리쬐고 있는지 여기저기 틈새로 가느다란 빛줄기들이 스며들어 천장 안은 의외로 밝았습니다.

가장 먼저 눈에 들어온 것은 세로로 길게 누워있는 굵고 구불구불한, 큰 뱀 같은 용마루였습니다. 건물이 가늘고 긴 형태라 용마루도 아주 길었는데 빛이 들어온다 해도 지붕 속이라 그 끝은 안개에 휩싸인 듯 흐릿했습니다.

그리고 그 용마루와 직각으로, 큰 뱀의 갈비뼈처럼 수많은 들보가 지붕 경사를 따라 양쪽으로 쭉쭉 뻗어 있었습니다.

그것만으로도 꽤 웅장한 광경이었는데 천장을 지탱하기 위해 들보에서 가느다란 막대들이 늘어져 있어서, 마치 종유동의 내부를 보는 것 같은 느낌이 들었습니다.

"오… 근사한데?"

지붕 속을 둘러본 사부로는 저도 모르게 중얼거렸습니다. 그는 보통 사람들이 관심 갖는 것들에는 끌리지 않고, 하찮게 여겨지는 것들에서 말로 표현할 수 없는 매력을 느끼곤 했습니다.

그날부터 사부로의 지붕 속 산책이 시작되었습니다. 밤이고 낮이고 시간만 나면, 도둑고양이처럼 발소리를 죽이고 들보 위를 기어 다녔습니다. 다행히 새로 지은 집이라 지붕 안에 꼭 있는 거미줄도 없고 그을음이나 먼지도 쌓이지 않은데다 쥐가 더럽힌 흔적도 없었습니다. 옷이나 손발이 더러워질 걱정이 없었습니다.

사부로는 셔츠 한 장만 입은 채 마음껏 지붕 속을 누비고 다녔습니다. 봄이라 지붕 안이라고 해서 덥지도 춥지도 않았습니다.

이 건물은 당시 흔한 하숙집 구조로, 중앙에 정원을 두고 그 주변으로 방들이 사각형 모양으로 배치되어 있습니다. 다락방 역시 같은 형태로 이어져 있어 막다른 곳이 없었습니다. 사부로의 방 천장 위에서 출발하여 한 바퀴 돌고나면 다시 원래 방 위로 돌아오는 것이죠.

아래의 방들은 벽으로 엄중하게 구획되어 있고 출입구에는 잠금

장치까지 설치되어 있는데, 천장 위는 얼마나 개방적인지 누구의 방 위라도 마음대로 걸어다닐 수 있었습니다.

사부로의 방처럼 돌덩이로 눌러놓은 데가 곳곳에 있어서 마음만 먹으면 그곳을 통해 남의 방에 잠입해 절도를 저지를 수도 있었습니다. 복도를 통해 그런 짓을 하려면 위험합니다. 건물 곳곳에 사람 눈이 있을 뿐 아니라, 언제 다른 투숙객이나 하인과 마주칠지 모르니까요. 천장 위 통로를 이용하면 그런 위험이 없었습니다.

남의 비밀을 엿볼 수도 있습니다. 새로 지었지만 하숙집이므로 건축이 허술한 편이라 천장 곳곳에 틈이 있었습니다. 방 안에서는 눈에 띄지 않았지만 어두운 다락방에서 보면 그 틈이 의외로 커서 깜짝 놀랄 정도였습니다. 간혹 옹이 구멍까지 있었습니다.

다락방이라는 더없이 좋은 무대를 발견하자 사부로에겐 어느새 잊고 있던 범죄 취향이 다시 불끈 솟아올랐습니다. 이 무대라면 예전보다 훨씬 더 자극적인 범죄 흉내를 낼 수 있겠지요. 그렇게 생각하니 사부로는 기쁨을 주체할 수 없었습니다.

'가까운 곳에 재미있는 게 있었는데 왜 여태 몰랐을까……'

사부로는 유령처럼 어둠 속을 돌아다니며 도에이칸 이층의 스무 명 가까운 투숙객들의 비밀을 엿보는 것만으로도 흥분을 주체할 수 없었고, 참으로 오랜만에 삶의 보람까지 느꼈습니다.

그는 이 특별한 산책을 더욱 흥미진진하게 만들기 위해 진짜 범죄자처럼 꾸미는 것을 잊지 않았습니다. 먼저 몸에 딱 맞는 진한 갈색 모직 셔츠와 바지를 입었습니다. 예전에 영화에서 본 여도둑 프로테아처럼 검정 셔츠를 입고 싶었지만, 안타깝게도 소지품 중엔 없었습니다. 다락방은 거칠게 깎은 목재뿐이라 지문이 남을 걱정이 없는데도 버선을 신고 장갑도 착용했습니다. 마지막으로 손에는 권총을…… 들고 싶었지만 그것도 없어 손전등으로 만족해야 했습니다.

낮과 달리 한밤중에는 새어 들어오는 빛이 아주 적어서 코앞도 분간할 수 없는 어둠 속에서 소리를 내지 않도록 더욱 조심해야 했습니다. 범죄자 복장을 하고 용마루를 따라 움직일 때면 마치 뱀이 되어 굵은 나무 줄기를 기어다니는 것 같아 스스로도 섬뜩해졌습니다.

다만 사부로에겐 그 섬뜩함이 행복의 전율이었습니다.

그렇게 며칠 동안 희희낙락하며 다락방 산책을 계속했고, 예상대로 그를 기쁘게 하는 여러 가지 일들이 있었는데, 그것만 기록해도 충분히 한 편의 소설이 될 만했습니다. 하지만 이 이야기의 본질과는 직접적인 관련이 없는 일들이라 아쉽지만 간추려서 두세 가지 예만 말씀드리도록 하겠습니다.

천장에서 아래를 들여다보는 것이 얼마나 색다른 재미가 있는지는 실제 해본 사람이 아니면 상상도 못 할 것입니다.

아래에서 특별한 일이 일어나지 않더라도, 누구도 보고 있지 않다고 믿고 자신의 본모습을 드러내는 사람들을 관찰하는 것만으로 시간 가는 줄 모릅니다. 무엇보다도 사람들이 혼자 있을 때와 다른 이들 앞에서의 모습이 완전히 다른 것에 깊은 인상을 받았습니다. 몸짓이든 표정이든 말입니다.

게다가 같은 눈높이로 보는 것과 달리 위에서 내려다보기 때문에, 각도의 차이로 평범한 방이 새로운 풍경으로 느껴졌습니다. 사람을 위에서 내려다보면 정수리와 양 어깨만이 보이고 방은 책장과 책상, 장롱, 화로 같은 가구들의 윗면만 눈에 들어옵니다. 벽은 거의 보이지 않고 대신 모든 물건의 배경으로 다다미가 가득 펼쳐져 있습니다.

다락방에서 보는 광경은 언제나 흥미롭지만, 종종 우스꽝스럽거나 비참하거나 섬뜩한 장면이 펼쳐지곤 합니다.

평소 과격한 반자본주의 논리를 펼치던 회사원은 아무도 보지 않는 곳에서 오늘 받은 승급 사령장을 가방에서 꺼냈다 넣었다 하며 몇 번이고 흐뭇하게 바라봤습니다.

고급 기모노를 평상복으로 입으며 사치를 뽐내던 어느 주식투자자는 잠자리에 들 때면 낮에 입었던 옷을 곱고 정성스레 개어 이불 밑에 깔고 입으로 얼룩을 정성스레 핥아내는 (기모노의 작은 얼룩은 입으로 핥아내는 것이 가장 좋다고 합니다.) 독특한 클리

닝 의식을 치릅니다.

모 대학의 야구선수라는 여드름투성이 청년은 여자 하인에게 보낼 편지를 저녁 상 위에 올려놓았다가 마음이 바뀌어 도로 거두었다가 다시 올려놓았다가 하며 우물쭈물거렸습니다. 운동선수답지 않게 소심했던 것입니다.

남자들이 대담하게도 창녀를 데려와 말하기도 민망한 난잡한 짓을 벌이는 광경까지도 누구 눈치 볼 것 없이 실컷 구경할 수 있습니다.

하숙생들 사이의 감정 갈등을 연구하는 데도 도움이 되었습니다. 같은 사람이 상대에 따라 태도를 달리하는 건 기본이고, 방금 전까지 웃으며 이야기하던 상대를 옆방에 가서는 마치 불구대천의 원수라도 되는 양 욕하거나, 박쥐처럼 상황에 맞는 말만 하고 뒤에서는 혀를 내밀며 비웃기도 했습니다.

미술을 공부하는 여학생의 사연은 삼각관계라는 말론 설명이 안 될 정도입니다. 오각 육각으로 얽힌 복잡한 관계가 손에 잡힐 듯 선명할 뿐만 아니라, 경쟁자들 누구도 모르는 당사자의 진의가 이 다락방의 산책자에게는 또렷이 보이지 않습니까. 동화에 나오는 투명 망토를 걸친 것이나 다름없었습니다.

다른 사람들의 방 천장 판자를 벗기고 방으로 몰래 들어가 장난을 칠 수 있었다면 더욱 재미있었겠지만, 사부로에겐 그럴 용기가 없었습니다. 세 칸마다 한 곳 정도의 비율로 사부로의 방처럼 돌덩이로 무게를 둔 판자가 있어서 잠입하는 건 어렵지 않았지만, 방 주인이 언제 돌아올지 모릅니다. 창문이 투명한 유리라 밖에서 들킬 염려도 있었습니다.

또 천장 판자를 들추고 내려가 벽장 문을 열고 방으로 들어간 뒤, 다시 벽장 선반으로 기어올라 다락방으로 돌아가는 동안 어떻게든 소리가 날 수밖에 없습니다. 복도나 옆방에서 그 소리를 눈치채면 끝장입니다.

어느 늦은 밤의 일이었습니다. 사부로는 다락방 산책을 한 바퀴 돌고 방으로 돌아가던 중이었는데, 그의 방과 정원을 사이에 두고 마주 보는 공간의 구석에서 여태 모르고 있던 틈새를 발견합니다.

조심스레 손전등을 비추어 살펴보니 나무 옹이였는데 꽤 컸습니다. 옹이의 위쪽 절반은 판자에서 떨어진 상태지만 나머지 절반은 붙어 있어 아직 구멍으로 뚫리지 않았습니다. 그곳에서 실보다 더 가는 빛줄기가 새어 나오고 있었습니다. 손톱으로 살짝만 비틀어도 쉽게 벌어질 것 같았습니다.

사부로는 다른 틈새로 아래를 들여다보고 방 주인이 이미 잠들었음을 확인한 후, 소리가 나지 않도록 주의하며 오랜 시간에 걸쳐 그것을 떼어냈습니다. 떼어낸 후의 구멍은 술잔 모양처럼 아래로 갈수록 좁아지는 형태라 떼어낸 나무 옹이를 원래대로 끼워 두면 아래로 떨어질 일이 없었습니다.

사부로는 짜릿한 기회라고 생각하며 그 구멍으로 아래를 들여다 봤습니다. 다른 틈새는 세로로 길더라도 너비가 기껏해야 3밀리미터 정도라 들여다보기 불편했는데, 이 구멍은 아래쪽도 직경이 3센티미터는 되어서 방 전체를 편하게 둘러볼 수 있었습니다.

그곳은 도에이칸의 투숙객 중에서 사부로가 가장 꺼리는 엔도라는 남자의 방이었습니다. 치과의학교 졸업생이자 현재 어느 치과 의사의 조수로 일하는 것으로 알고 있습니다.

그 엔도가 구역질이 날 것 같은 밋밋한 얼굴을 한층 더 밋밋하게 한 채, 바로 아래에서 자고 있었습니다.

엔도는 지독하게 꼼꼼한 남자입니다. 방 안은 다른 투숙객의 방보다 훨씬 깔끔하게 정돈되어 있었습니다. 책상 위 문구의 위치, 책장 안의 책 정리 방식, 이불을 깐 모양새, 베개 옆에 나란히 놓인 낯선 모양의 자명종 시계, 칠기 담배 케이스, 색유리 재떨이 등 무엇을 봐도 물건 주인의 성격을 보여주고 있었습니다. 잠든 자세도 참 바릅니다.

다만 전반적인 광경과 어울리지 않는 것은 그가 커다란 입을 벌리고 천둥 같은 코골이를 하고 있다는 점이었습니다.

사부로는 더러운 것이라도 보듯 눈살을 찌푸리며 엔도의 잠든 얼굴을 바라보았습니다.

잘생겼다면 잘생긴 편이었습니다. 엔도 스스로 뻐기듯이 여자들에게 인기 있는 얼굴일지도 모르겠습니다.

하지만 얼마나 늘어지고 길쭉합니까. 짙은 머리카락, 전체적으로 긴 얼굴에 비해 이상하게 좁은 이마, 짧은 눈썹, 가는 눈, 항상 웃는 것 같은 눈가의 주름, 긴 코, 그리고 유난히 큰 입. 사부로는 이 입이 도저히 마음에 들지 않았습니다.

코 밑부터 계단처럼 위턱과 아래턱이 불룩 앞으로 튀어나와 있고, 창백한 얼굴과 대조를 이루는 자주빛 입술은 늘 벌어져 있습니다. 그 큰 입을 벌린 채 호흡합니다. 비후성 비염이라도 있는지 항상 코가 막혀 있던 엔도인데 입을 벌리고 다니는 것도 코를 고는 것도 비염 때문일 겁니다.

사부로는 평소에 엔도의 얼굴을 볼 때마다 등줄기가 근질근질해지면서 그의 밋밋한 뺨을 당장이라도 한 대 쳐주고 싶었습니다.

엔도의 잠든 얼굴을 보던 사부로는 짓궂은 생각이 떠올랐습니다.

'이 구멍으로 침을 뱉으면 입 안으로 들어가지 않을까…….'

엔도의 떡 벌어진 입이 절묘하게도 구멍 바로 아래 있었기 때문입니다.

사부로는 속바지 아래 입고 있던 팬티의 끈을 뽑아 구멍 위에 수직으로 늘어뜨리고, 한쪽 눈을 끈에 바짝 붙여 마치 총의 조준경을 맞추듯 시험해봤습니다.

놀라운 우연입니다. 끈과 구멍, 그리고 엔도의 입이 완벽하게 일직선상에 있는 것입니다. 구멍으로 침을 뱉으면 틀림없이 그의 입으로 떨어집니다.

하지만 침을 진짜 뱉을 수는 없으니 사부로는 구멍을 원래대로 메워두고 자리를 뜨려 했습니다.

그때 사부로의 머릿속에 무서운 생각이 스쳤습니다.

사부로는 다락방의 암흑 속에서 새파랗게 질려 부들부들 떨었습니다.

그것은 다름 아닌, 엔도를 죽여야겠다는 생각이었습니다.

2

사부로는 엔도에게 어떤 원한도 없을 뿐만 아니라 알고 지낸 지 보름도 되지 않았습니다. 두 사람의 이사 날짜가 같았던 것이 인연이 되어 두세 번 방문을 주고받은 정도일 뿐 특별한 사연이 있는 것도 아니었습니다.

그렇다면 왜 엔도를 죽이겠다는 생각이 들었을까요. 앞서 말했듯이 그의 용모와 언행이 주먹으로 치고 싶을 만큼 마음에 들지 않았던 것도 있었지만, 주요한 건 역시 평소 마음에 품고 있던 살인 행위에 대한 동경일 것입니다.

지금까지 이야기한 대로 사부로의 정신 상태는 매우 변태적이어서 범죄 기호증이라고 할 만한 병을 가지고 있었고, 그 범죄 중에서도 가장 매력을 느낀 것이 살인죄였기에 이런 생각이 든 것도 우연이 아니었습니다. 지금까지는 살의가 생기더라도 죄가 발각될 것이 두려워 실행으로 옮기지 못 했을 뿐입니다. 하지만 이번엔 의심받거나 발각될 걱정이 없었습니다.

사부로는 왜 하필 이번은 들킬 걱정이 없다고 믿었을까요. 거기에는 다음과 같은 사정이 있었습니다.

도에이칸으로 이사하고 4-5일쯤 지났을 때였습니다. 사부로는 막 친해진 하숙집 투숙객과 함께 근처 카페에 갔는데 마침 엔도도 같은 카페에 와 있었습니다. 셋이서 한 테이블에 모여 술을 (술을 싫어하는 사부로는 커피를 마셨지만) 마시며 즐거운 시간을 보내다가 함께 하숙집으로 돌아왔습니다.

"2차 가시죠. 제 방으로 오세요."

술에 취한 엔도가 두 사람을 억지로 자기 방으로 끌어들였습니다. 엔도는 혼자 들떠서 밤이 늦은 것도 아랑곳하지 않고 하인을 불러 차를 끓이게 하고 카페에서부터 이어오던 연애 자랑을 계속했습니다.

사부로가 그를 진심으로 싫어하기 시작한 것은 그날 밤부터였습니다. 엔도는 붉어진 입술에 침을 바르며 호기롭게 이런 말을 했습니다.

"그 여자랑 말이죠, 특별한 정사를 시도한 적이 있어요. 아직 학교 다닐 때인데 제가 이래 봬도 의학대 아니겠어요? 약을 구하는 건 어렵지 않았죠. 두 사람이 딱 죽을 만큼의 모르핀을 준비해서 시오바라로 여행을 간 거예요."

그러더니 그는 비틀거리며 일어나 벽장으로 가서 미닫이문을 덜컹덜컹 열더니 벽장 안에 쌓여있던 여행 가방 바닥에서 아주 작은, 새끼손가락 끝마디 크기의 갈색 병을 꺼내 왔습니다. 병 안에는 반짝반짝 빛나는 가루가 미량 들어 있었습니다.

"이겁니다. 이 정도로도 두 사람이 죽는다니까요……. 여러분, 이 얘기는 절대 다른 데서 하시면 안 됩니다."

다락방의 사부로는 독약의 존재를 떠올렸습니다.

'천장의 옹이 구멍에서 독약을 떨어뜨려서 살인을 하다니, 이 얼마나 기발한 범죄인가!'

그리고 이 묘책에 완전히 들떠버렸습니다. 잘 생각해보면 이만큼 번거롭지 않은 살인 방법은 얼마든지 있었을 텐데, 비정상적 발상에 사로잡힌 그는 다른 생각을 할 여유가 없었습니다.

사부로의 머릿속에는 오직 이 계획만이 가득했습니다.

우선 약을 훔쳐내야 했습니다. 어렵지 않은 일이었습니다. 엔도의 방을 찾아가 이야기를 나누다 보면 화장실을 간다든지 해서 자리를 비울 때가 있을 것입니다. 그때 여행 가방에서 약병만 꺼내면 됩니다.

엔도가 늘 가방 바닥을 확인하진 않을 테니 며칠 동안은 알아차릴 리 없습니다. 설령 알아챘다 해도 독약을 소지하는 것 자체가 이미 불법이라 공론화될 리도 없고, 사람이 많이 드나드는 방이니 누가 훔쳤는지도 알기 어려울 겁니다.

천장으로 숨어 들어가 훔치는 편이 더 쉽지 않겠냐고요? 아뇨, 그건 위험합니다. 앞서 말했듯 엔도가 언제 돌아올지 모르고 유리문 밖에서 보일 위험도 있습니다. 무엇보다 엔도의 방 천장에는 사부로의 방 천장처럼 돌덩이로 눌러 놓은 판자가 없었습니다. 못으로 고정된 판자를 떼어내려고 했다간 반드시 들킵니다.

이제 직접 훔쳐온 약을 물에 녹여서 비염 때문에 항상 벌어져 있는 엔도의 큰 입에 떨어뜨리기만 하면 됩니다. 약을 진하게 녹이면 몇 방울이면 충분하니 깊이 잠든 상태라면 느끼지도 못할 테고 알아챘다 해도 뱉어낼 경황이 없겠지요.

사부로는 모르핀이 쓴 약이라는 것을 잘 알고 있었습니다. 하지만 아무리 쓰더라도 적은 양인데다 설탕을 섞어두면 실패할 걱정은 없습니다.

다만 확실히 죽일 수 있는지는 미지수입니다. 엔도의 체질을 모르니 용량이 너무 적다면 고통만 겪을 뿐 죽지 않을 수도 있습니다.

그렇게 된다면 매우 유감이지만, 사부로 자신에게 위험이 미칠 일은 없을 것 같았습니다. 구멍은 원래대로 덮개를 닫아버릴 것이고 천장 안쪽에는 아직 먼지가 쌓이지 않았기 때문에 흔적은 남지 않을 것입니다. 지문은 장갑으로 닦아내면 되고 설령 천장에서 독약을 떨어뜨렸다는 사실이 밝혀져도 누구의 소행인지 알 수 없을 것입니다.

사부로와 엔도는 원한 관계가 아니라는 것이 주지의 사실이니 그에게 혐의가 갈 이유도 없었습니다. 아니, 거기까지 생각할 것도 없이 깊이 잠든 엔도가 약이 떨어진 방향 같은 것을 알아챌 리 없었습니다.

이것이 사부로가 다락방에서, 그리고 자기 방으로 돌아와서 생각해낸 이기적인 논리입니다. 예리한 독자들은 모든 것이 잘 진행된다 해도, 중대한 착오가 있다는 것을 알아채셨을 겁니다. 하지만 사부로는 실행에 착수할 때까지 그것을 깨닫지 못했습니다.

적당한 때를 노리던 사부로가 엔도의 방을 방문한 것은 그로부터 나흘쯤 지난 때였습니다. 그 사이에도 거듭 생각한 끝에 위험이 없다고 확신할 수 있었습니다.

새로운 궁리까지 더했습니다. 예를 들어 살해 후 독약 병은 어떻게 처리할 것인가. 엔도를 성공적으로 죽인다면 그 병을 구멍으로 떨어뜨릴 작정이었습니다. 그렇게 함으로써 사부로는 몇 가지 이득을 얻을 수 있었습니다.

살인의 중요한 단서인 독약 병을 어설프게 숨겼다간 오히려 덜미를 잡힙니다. 시신 곁에 독약 병이 떨어져 있다면 누구라도 엔도가 자살했다고 생각하겠지요. 그 병이 엔도의 소유물이라는 사실은 예전에 사부로와 함께 그의 연애 이야기를 들었던 남자가 증명해 줄 것입니다.

게다가 엔도는 매일 밤 꼼꼼하게 문단속을 하고 잡듭니다. 입구는 물론 창문까지도 안쪽에서 걸쇠로 잠가두어 외부에서는 절대 들어올 수 없습니다. 자살은 더욱 유력해집니다.

그날 사부로는 비상한 인내심으로 얼굴만 봐도 구역질이 나는 엔도와 오랫동안 잡담을 나눴습니다. 대화 중에 은근히 살의를 내비쳐 상대를 겁주고 싶은 위험천만한 욕망이 여러 번 일어났지만 겨우 참았습니다.

'곧 증거도 남지 않는 방법으로 죽여주마. 네가 그렇게 계집처럼 지껄이는 것도 얼마 남지 않았어. 지금이라도 실컷 떠들어 두는 게 좋을 거야.'

사부로는 멈출 줄 모르고 나불거리는 상대방의 큼직한 입을 바라보며 속으로 이런 말을 되풀이했습니다. 이 남자가 곧 시퍼런 시체가 된다고 생각하니 더없이 짜릿했습니다.

 자기 이야기에 심취하던 엔도가 화장실에 갔습니다. 때는 밤 10시쯤이었을까요. 사부로는 철저하게 주변을 살피고 유리창 밖까지 충분히 확인한 뒤, 소리 나지 않게 벽장을 열어 가방에서 약병을 찾아냈습니다.

 가슴이 두근거리고 겨드랑이에서 식은땀이 흘렀습니다. 이번 계획 중 가장 위험한 일은 이 독약을 훔쳐내는 것입니다. 엔도가 갑자기 돌아올 수도 있고 누군가 몰래 보고 있을지도 모릅니다.

 하지만 사부로는 이렇게 생각했습니다.

 훔치는 게 발각되어도 살인 계획을 포기하면 그만이다.

 훔친 후에 엔도가 약병이 없어진 것을 알아차려도 마찬가지다.

 독약을 훔친 것만으로는 큰 죄가 되지 않을 테니까요. 그에게는 여전히 천장을 통한 엿보기라는 무기가 있으니 아쉽지만 다음 기회를 노리면 됩니다.

 어쨌든 사부로는 누구에게도 들키지 않고 약병을 무사히 손에 넣었습니다. 엔도가 화장실에서 돌아오자 그는 자연스럽게 대화를 마무리 짓고 자신의 방으로 돌아왔습니다.

 창문의 커튼을 빈틈없이 치고 출입문을 잠근 뒤 책상 앞에 앉아 주머니에서 앙증맞은 갈색 병을 꺼내 자세히 들여다보았습니다.

MORPHINUM HYDROCHLORICUM(o.g.)

작은 라벨에 이런 글자가 적혀 있었습니다. 사부로는 예전에 약물학 서적을 읽은 적이 있어 모르핀에 대해 어느 정도 알고 있었지만, 실물을 보는 것은 처음이었습니다. 아마 염산모르핀일 겁니다.

병을 전등 앞으로 가져가 비춰 보니 찻숟가락 절반도 안 되는 아주 적은 양의 하얀 가루가 아름답게 빛나고 있었습니다. 이런 것으로 사람이 죽을 수 있다니, 믿기 힘들 정도였습니다.

사부로는 그것을 잴 만한 정밀한 저울이 없었기에 용량에 관해서는 엔도의 말을 믿을 수밖에 없었습니다. 당시 엔도는 술에 취해 있었지만 그의 태도와 말투로 미루어 보면 허튼소리로 들리지 않았습니다. 라벨에 적힌 수치도 사부로가 알고 있던 치사량의 두 배 정도였습니다.

병을 책상 위에 놓고 그 옆에 미리 준비해둔 설탕과 정수를 나란히 놓은 뒤 약사처럼 꼼꼼하게 조제를 시작했습니다. 하숙생들은 모두 잠들었는지 주변은 쥐 죽은 듯 고요했습니다.

성냥개비에 적신 정수를 조심스럽게 한 방울 한 방울 병 안에 떨어뜨리는 동안 자신의 숨소리가 악마의 한숨처럼 섬뜩하게 울렸습니다. 그 순간이 사부로의 변태적인 취향을 얼마나 만족시켰을까요. 문득 그의 눈앞에 어둠 속 동굴에서 부글부글 거품을 내며 끓어오르는 독약 솥을 보며 웃고 있는, 옛날 이야기 속 무시무시한 마녀의 모습이 떠올랐습니다.

하지만 한편으로는 공포와 비슷한 감정이 사부로의 마음 한구석에서 피어나기 시작했습니다. 예상치 못한 그 감정은 시간이 흐를수록 조금씩 조금씩 커졌습니다.

MURDER CANNOT BE HID LONG, A MAN'S SON MAY, BUT AT THE LENGTH TRUTH WILL OUT. (살인은 오래 숨길 수 없다. 자식은 숨길 수 있겠지만, 진실은 결국 드러난다.)

어느 책의 인용문으로 기억하고 있던 셰익스피어의 불길한 문구가 눈이 부실 정도로 강렬한 빛을 내며 사부로의 뇌리에 박혔습니다. 이 계획에는 절대로 허점이 없다고 굳게 믿으면서도 시시각각 커져가는 불안감을 어쩌지 못했습니다.

아무런 원한도 없는 사람을 단지 재미로 죽이려 한다는 것이 제정신인가. 너는 악마에게 홀린 것인가, 아니면 미쳐버린 것인가. 자기 자신이 무섭지도 않은가.

밤새 조제를 마친 독약병을 앞에 두고 사부로는 오랫동안 고민에 잠겼습니다. 계획을 포기할까 몇 번이나 생각했지만, 끝내 살인의 매력을 저버리긴 어려웠습니다.

그런데 이런저런 생각을 하던 중에 치명적인 문제 하나가 머릿속을 스쳤습니다.

"후후후후후⋯⋯."

사부로는 참을 수 없이 우스웠지만 잠든 이들을 의식하여 숨죽여 웃음을 터뜨렸습니다.

'이런 바보 같은⋯ 이런 허술한 계획을 진지하게 세우다니⋯⋯. 이제 네 마비된 머리는 우연과 필연을 구별하지도 못하는 거냐⋯⋯. 엔도가 한 번 그 옹이구멍 바로 밑에서 입을 벌렸다고 해서 다음에도 같은 자리에 있으리란 법이 어디 있나. 그런 일은 이제 일어날 수 없지 않은가!'

우스꽝스러운 착오였습니다. 사부로의 계획은 이미 출발점부터 거대한 망상에 빠져 있었던 것입니다.

이렇게 뻔한 사실을 어째서 지금까지 깨닫지 못했던 걸까요. 실로 이상하다 하지 않을 수 없습니다. 그토록 영리한 척하던 사부로의 머리에 심각한 결함이 있었다는 증거가 아닐까요.

착오를 알아챈 사부로는 크게 실망했지만, 동시에 마음이 편안해지는 것을 느꼈습니다.

하지만 이후 다락방 산책을 할 때마다 예의 그 구멍을 열어 엔도의 동정을 살피는 것을 게을리하지 않았습니다. 엔도가 독약을 훔친 것을 눈치챘을까 걱정됐기 때문입니다만 지난번처럼 그의 입이 구멍 바로 아래에 벌어져 있지 않을까 기대를 품은 것도 부인할 수 없습니다.

그래서 사부로는 다락방 산책을 할 때마다 셔츠 주머니에 그 독약을 넣고 다녔습니다.

그러던 어느 날 밤의 일이었습니다. 사부로가 다락방 산책을 시작한 지 이미 열흘 정도가 지난 때였습니다.

사부로는 또다시 엔도의 방 천장 위를 배회하고 있었습니다. 마치 제비뽑기라도 하듯이 길이냐 흉이냐, 오늘이야말로 혹시 길하지 않을까, 제발 길한 결과가 나오기를 하고 그 구멍에 얼굴을 댔습니다.

그런데, 아아, 그의 눈이 잘못된 것일까요?

전에 봤을 때와 똑같은 모습으로 코를 골며 자고 있는 엔도의 입이 마침 구멍 바로 아래에 와 있지 않겠습니까.

사부로는 몇 번이나 눈을 비비고 다시 보았고, 심지어 속옷 끈을 빼서 눈대중으로 재어보기까지 했지만 틀림없었습니다. 끈과 구멍과 입이 정확히 일직선상에 있었던 것입니다. 사부로는 벌컥 소리를 지르려다 겨우 참았습니다.

마침내 그 순간이 왔다는 기쁨과 말로 표현할 수 없는 공포, 이 두 감정이 교차하는 기이한 흥분 때문에 그는 어둠 속에서 하얗게 질려 버렸습니다.

사부로는 주머니에서 독약 병을 꺼내들었습니다.

떨리는 손끝을 가까스로 진정시키며 마개를 열고 끈으로 위치를 가늠했습니다.

그 순간의 형언할 수 없는 심정이란……

똑… 똑… 똑…

겨우 몇 방울을 떨어뜨리고는 눈을 질끈 감았습니다.

'눈치챘다! 분명 눈치챘을 거야! 이제 곧 비명을 지르겠지!'

양손이 자유로웠다면 귀까지 막고 싶을 정도였습니다.

하지만 걱정과는 달리 구멍 아래 엔도는 아무런 반응도 보이지 않았습니다. 독약이 입안으로 떨어진 것은 확인했으니 실수는 없었을 텐데 이 고요함은 어찌 된 일일까요.

사부로는 조심스레 눈을 뜨고 구멍을 들여다보았습니다.

엔도는 입을 우물거리며 양손으로 입술을 문지르는 듯하더니, 그 동작을 끝으로 다시 쿨쿨 잠들어 버렸습니다.

걱정은 늘 현실보다 크다는 말이 떠올랐습니다. 잠결의 엔도는 무서운 독약을 삼킨 것을 알아채지 못한 것입니다.

사부로는 불쌍한 희생자의 얼굴을 미동도 없이 뚫어지게 바라보습니다. 실제로는 20분도 지나지 않았는데 두세 시간이나 그러고 있었던 것처럼 느껴졌습니다.

그때 엔도가 홀연히 눈을 떴습니다.

반쯤 몸을 일으키더니 의아한 듯 방 안을 둘러보았습니다. 어지러운지 고개를 흔들어보기도 하고, 눈을 비비기도 하며, 잠꼬대처럼 알 수 없는 말을 중얼거리기도 했습니다.

어딘가 미친 듯한 몸짓들을 보이다가 다시 베개에 누웠는데 이번에는 연신 뒤척거렸습니다.

이윽고 뒤척이는 움직임이 점점 약해지더니 이제는 미동도 없어졌다 싶을 때, 천둥 같은 코골이 소리가 울리기 시작했습니다.

다시 보니 얼굴색이 마치 술이라도 취한 듯 새빨개져 있었고 코끝과 이마에는 구슬 같은 땀방울이 솟아나고 있었습니다.

깊이 잠든 그의 몸속에서 세상에서 가장 격렬한 생사의 결투가 벌어지고 있는지도 모릅니다. 그것을 생각하니 사부로는 등골이 오싹해졌습니다.

잠시 후 붉었던 얼굴색이 점차 사그라들어 종이처럼 하얗게 변하더니 순식간에 청람색으로 변해갔습니다.

어느새 코고는 소리가 멎었고 들이쉬고 내쉬는 숨소리도 점점 약해져 갔습니다.

문득 가슴의 움직임이 멈춰 드디어 끝인가 싶다가도 무언가 기억해낸 듯 다시 입술이 파르르 떨리며 둔탁한 호흡이 돌아오곤 했습니다.

그런 일이 두세 번 반복되고 나서야 최후를 맞이했습니다.

엔도는 더 이상 움직이지 않았습니다.

베개에서 내려와 축 처진 얼굴에는 현실 세계의 것이 아닌 은근한 미소가 떠올라 있었습니다. 부처가 되어버린 것입니다.

숨을 죽이고 손에 땀을 쥔 채 그 모습을 지켜보던 사부로는 처음으로 안도의 한숨을 내쉬었습니다.

결국 살인자가 되고 말았습니다. 하지만 이 얼마나 편안한 죽음인가요. 희생자는 비명 한 번 지르지 않고 고통스러운 표정도 짓지 않은 채 코를 골다가 죽었습니다.

'살인이란 게 이렇게 싱거운 거였나.'

사부로는 왠지 실망하고 말았습니다. 상상 속에서는 더할 나위 없이 매력적이었던 살인이 실제로 해보니 다른 일상적인 일과 다를 바 없었습니다.

'이런 거라면 더 많이도 죽일 수 있겠어.'

그런 생각을 하면서도 맥이 빠진 그의 마음속에 정체 모를 두려움이 스며들기 시작했습니다.

어두운 다락방, 종횡으로 얽힌 괴물 같은 마룻대와 들보, 그 아래에서 도마뱀처럼 달라붙어 시신을 바라보고 있는 자신의 모습이 문득 섬뜩하게 느껴졌습니다.

목덜미가 오싹거렸고 귀를 기울이니 어디선가 자신의 이름을 천천히 부르는 것 같았습니다.

옹이 구멍에서 눈을 떼어 어둠을 둘러보았는데 오랫동안 밝은 곳을 본 탓인지 눈앞에 크고 작은 노란 고리 같은 것들이 계속해서 나타났다 사라졌습니다.

고리를 뚫어져라 보고 있으면 고리 뒤에서 엔도의 기괴하게 큰 입술이 불쑥 튀어나올 것 같았습니다.

사부로는 정신을 바짝 차리고 계획했던 일을 실행했습니다. 옹이 구멍에서 약병을 떨어뜨리는 일(그 안에는 아직 몇 방울의 독액이 남아 있었습니다)과 구멍을 메우는 일, 천장 안에 작은 흔적도 남지 않도록 전등을 켜서 살피는 일까지.

빠뜨린 것이 없다고 확신한 사부로는 서둘러 대들보를 타고 자신의 방으로 돌아왔습니다.

머리도 몸도 저리면서 무언가를 놓친 것 같은 불안한 기분에 휩싸였지만, 사부로는 이를 애써 떨쳐내며 벽장 안에서 옷을 갈아입었습니다.

그때 문득 거리를 재는 데 사용했던 속옷 끈을 어떻게 했는지 기억나지 않았습니다.

혹시 그곳에 두고 온 것은 아닐까 생각하며 허둥지둥 허리 주변을 더듬었지만 없었습니다.

진땀을 흘리며 온몸을 뒤져보았습니다.

아아, 어쩌다 여기 두었던 걸까요. 속옷 끈은 셔츠 주머니에 들어 있었습니다.

다행이라고 안도하며 주머니에서 그 끈과 전등을 꺼내려는 순간 사부로는 다시 깜짝 놀랐습니다.

주머니 안에 또 다른 물건이 들어 있었던 것입니다.

독약 병의 코르크 마개였습니다. 아까 독약을 떨어뜨릴 때, 나중에 잃어버리면 큰일이라고 생각해서 마개를 주머니에 넣어두었는데 깜빡 잊고 병만 떨어뜨리고 온 모양입니다.

작은 물건이지만 이대로 두면 범죄의 단서가 됩니다. 사부로는 두려운 마음을 다잡고 다시 현장으로 되돌아가 그것을 옹이 구멍으로 떨어뜨려야만 했습니다.

그날 밤 사부로가 잠자리에 든 것은 새벽 세 시경이었습니다. 그 때쯤엔 이미 벽장에서 자는 것을 그만둔 상태였습니다.

흥분이 가라앉지 않아 좀처럼 잠들 수가 없었습니다. 마개를 떨어뜨리는 것도 깜빡했을 정도니 뭔가 또 실수한 게 있을지 모른다. 그렇게 생각하니 애간장이 탔습니다.

혼란스러운 마음을 가라앉히면서 그날 밤 행동을 순서대로 하나하나 떠올려보며 실수가 없었는지 점검해보았습니다.

아무것도 없었습니다.

그의 범죄는 털끝만큼의 허점도 없었습니다.

그는 그렇게 밤새 생각에 잠겨 있다가, 이른 아침 일어난 하숙생들이 세면실로 가기 위해 복도를 걷는 발소리가 들리자 벌떡 일어나 외출 준비를 시작했습니다. 엔도의 시신이 발견되는 순간이 두려웠기 때문입니다. 그때 어떤 태도를 취해야 할지는 계획에 없었습니다. 혹시라도 의심을 살 만한 행동을 하면 큰일입니다.

그 시간에 외출해 있는 것이 안전할 것 같았지만 아침 식사도 하지 않고 나간다면 오히려 더 수상하지 않을까요? 그래서 다시 이불 속으로 기어들어갔습니다.

그로부터 식사 시간까지 약 두 시간을 사부로가 얼마나 조마조마한 마음으로 보냈겠습니까. 다행히 그가 식사를 마치고 하숙집을 빠져나갈 때까지 아무 일도 일어나지 않았습니다.

3

사부로는 하숙집을 나선 후 특별한 목적지도 없이 그저 시간을 때우기 위해 거리를 방황했습니다.

정오쯤 돌아왔을 때는 이미 엔도의 시신이 수습되고 경찰의 검시도 끝난 상태였습니다. 들어 보니 예상대로 누구 하나 엔도의 자살을 의심하는 사람이 없었고, 당국자들도 형식적인 조사만 하고 곧바로 돌아갔다고 합니다.

엔도가 자살한 원인은 알 수 없었지만 평소의 행실로 미루어 보아 연정의 결과라는 데 모두의 의견이 일치했습니다. 실제로 최근에 어떤 여자와 헤어졌다는 사실까지 드러났습니다. "헤어졌다, 헤어졌다"라는 말은 엔도 같은 남자에게는 입버릇 같은 것이라 큰 의미는 없었지만 달리 원인이 짚이지 않아 그렇게 결론이 난 모양입니다.

또한 원인이 있든 없든 그가 자살했다는 사실에 한 점의 의심도 없었습니다. 출입구와 창문이 모두 안쪽에서 잠겨 있었고, 베개 옆을 구르는 독약 병이 그의 소지품이었다는 것도 밝혀졌으니까요. 천장에서 독약을 떨어뜨렸을지도 모른다는 황당한 의심을 품는 사람은 아무도 없었습니다.

그래도 마음을 완전히 놓을 수 없었던 사부로는 그날은 하루 종일 전전긍긍했습니다. 하지만 하루 이틀이 지나면서 차츰 마음이 가라앉았을 뿐만 아니라 자신의 수완을 자랑스러워 할 여유까지 생겼습니다.

'어떠냐, 이 몸의 솜씨가. 같은 하숙집에 무시무시한 살인범이 있다는 걸 누구 하나 눈치도 못 채지 않느냐.'

사부로는 이런 식이라면 세상에 수많은 범죄가 처벌받지 않고 은폐되어 있을 것이라고 생각했습니다. '하늘의 그물이 성기되 빠뜨

림이 없다'는 말은 분명 예로부터 통치자들의 선전이거나 민중의
미신일 뿐입니다. 실제로는 조금만 교묘하다면 어떤 범죄라도 영
원히 드러나지 않은 채 넘어갈 수 있었던 것입니다.

밤이 되면 엔도의 죽은 얼굴이 눈앞에 아른거리는 듯했고 그날
밤 이후 다락방 산책도 중단한 상태였지만 그것은 마음의 문제이
니 곧 괜찮아질 것입니다. 죄만 발각되지 않으면 됩니다.

엔도가 죽은 지 사흘째 되는 날이었습니다. 사부로가 저녁 식사
를 마치고 이쑤시개를 쓰면서 콧노래를 흥얼거리고 있을 때, 오랜
만에 아케치 코고로가 찾아왔습니다.

"어, 왔군."

"오랜만이네."

두 사람은 매우 반갑게 인사를 나눴지만 사부로는 때가 때인 만
큼 탐정의 방문이 여간 불편하게 느껴지지 않을 수 없었습니다.

"이 하숙집에 독을 마시고 죽은 사람이 있다고 하던데."

아케치는 자리에 앉자마자 사부로가 피하고 싶어 하는 화제를 꺼
냈습니다. 누군가로부터 엔도의 자살 소식을 듣고, 마침 같은 하
숙집에 사부로가 있어서 탐정적 흥미로 찾아온 것 같았습니다.

"아아, 엔도 씨? 나는 그 소동이 있을 때 자리에 없어서 자세한
건 모르지만 아무래도 실연 때문인 것 같아."

사부로는 그 주제를 피하고 싶어 하는 것을 눈치채지 못하도록

일부러 관심이 있는 듯이 답했습니다.

"엔도는 어떤 사람이었지?"

아케치가 곧바로 물었습니다. 그 후 잠시 동안 그들은 엔도의 인품과 사인, 자살 방법에 대해 문답을 이어갔습니다.

사부로는 처음에는 조심스럽게 아케치의 질문에 답했지만, 점차 건방져져서 아케치를 놀리고 싶은 마음까지 들었습니다.

"자네는 어떻게 생각하나? 혹시 이거 타살이 아닐까? 뭐, 근거가 있는 건 아니지만 자살이라고 믿었다가 실은 타살로 밝혀지는 경우가 종종 있으니 말이야."

명탐정도 이건 모르겠지, 하고 속으로 비웃으며 사부로는 이런 말까지 뱉었습니다. 그에게는 더할 나위 없는 쾌감이었습니다.

"아직 뭐라고 단정 짓기 어렵군. 나도 지인에게 이 이야기를 들었을 때 사인이 좀 모호하다는 생각이 들었어. 엔도 씨의 방을 볼 수 있을까?"

"당연하지."

사부로는 의기양양하게 대답했습니다.

"옆방에 엔도 씨의 동향 친구가 있는데, 그 친구가 엔도 씨의 아버지로부터 짐을 보관해 달라는 부탁을 받았거든. 그 친구에게 자네 얘기를 하면 기꺼이 보여줄 거야."

복도를 앞장서 걸으면서 사부로는 기묘한 감정에 사로잡혔습니다.

'범인이 탐정을 직접 살인 현장으로 안내하다니, 예나 지금이나 없었을 일이지.'

웃음이 나오려는 것을 사부로는 겨우 참았습니다. 평생 이때만큼 자신감에 찬 적이 없었을 겁니다.

'멋지다, 멋져!'

자신에게 그런 추임새라도 넣어주고 싶을 만큼 악당 기질에 물이 올랐습니다.

아까 말한 엔도의 친구 키타무라는 엔도가 실연했다고 증언했던 남자입니다. 키타무라는 아케치의 이름을 알고 있어서 흔쾌히 엔도의 방을 열어 주었습니다. 엔도의 아버지가 고향에서 올라와 가임장을 치른 것이 겨우 오늘 오후의 일이라, 방 안에는 엔도의 물건들이 아직 포장되지 않은 채 놓여 있었습니다.

엔도의 변사가 발견된 것은 키타무라가 회사에 출근한 후라 발견 당시의 상황은 잘 모르는 듯했지만, 다른 사람들에게 들은 이야기들을 종합해 꽤 자세히 설명해 줬습니다. 사부로도 이 사건과 관계 없는 사람처럼 수다스럽게 소문 이야기를 늘어놓았습니다.

아케치는 두 사람의 설명을 들으며 전문가다운 안목으로 방 안을 살펴보다가 책상 위에 놓인 자명종 시계를 발견하고는 무슨 생각이 들었는지 한참이나 바라보았습니다. 특이한 장식이 시선을 사로잡았을까요.

"자명종 시계군요."

"네, 엔도가 자랑하던 물건입니다. 꼼꼼한 사람이라 매일 밤 빠짐없이 시계를 감아서 아침 6시에 울리게 해뒀죠. 저는 옆방이라 그 소리에 잠에서 깨곤 했습니다. 죽은 날도 마찬가지였어요. 그날 아침에도 시계가 울려서 설마 그런 일이 일어났으리라고는 상상도 못 했는데."

이 말을 듣자 아케치는 긴 머리카락을 손가락으로 헝클어뜨리며 심각한 표정을 지었습니다.

"그날 아침 자명종이 울린 게 확실합니까?"

"그럼요."

"이 사실을 경찰에게 말씀하셨나요?"

"아니요. 그건 왜 물으십니까?"

"이상하지 않습니까. 그날 밤 자살을 결심한 사람이 다음 날 아침 자명종을 맞춰 놓았다는 게……."

"어, 그러고 보니 그렇네요."

키타무라는 지금까지 이 점을 깨닫지 못하고 있었습니다. 게다가 아케치의 말이 무엇을 의미하는지도 아직 명확히 이해하지 못하는 것 같았습니다.

그것도 당연했습니다. 출입구가 잠겨 있었다는 점, 독약 병이 시신 옆에 떨어져 있었다는 점, 그 외 모든 정황이 엔도의 자살을 의심할 여지가 없는 것으로 보이게 했으니까요.

하지만 이 대화를 들은 사부로는 발 아래 땅이 갑자기 무너지는 것 같은 충격을 받았습니다. 그리고 왜 이런 곳에 아케치를 데리고 왔을까 하며 자신의 어리석음을 후회하지 않을 수 없었습니다.

이후 아케치는 더욱 세밀하게 방 안을 조사하기 시작했습니다.

천장도 놓치지 않았습니다. 천장 판자를 하나하나 만져 가며 사람이 드나든 흔적이 없는지 꼼꼼히 살펴보았습니다.

다행히 명석한 아케치도 작은 구멍에서 독약을 떨어뜨린 뒤 구멍을 막아 둔 참신한 수법은 눈치채지 못한 듯했습니다. 천장 판자가 들썩이지 않는 것을 확인하곤 더 이상의 조사는 하지 않았습니다.

아케치는 사부로의 방으로 돌아와 사부로와 좀 더 잡담을 나누고 돌아갔습니다.

다만 그 잡담 중에 있었던 다음의 대화는 언급해야겠습니다. 얼핏 하찮은 것 같지만 이 이야기의 결말과 관련이 있기 때문입니다.

당시 아케치는 소매에서 꺼낸 담배에 불을 붙이며 문득 생각난 듯이 이렇게 말했습니다.

"자네 오늘은 담배를 피우지 않는 것 같은데, 끊었나?"

그 말을 듣고 보니 사부로는 며칠 동안 그토록 좋아하던 담배를 존재조차 잊어버린 듯 한 번도 피우지 않았습니다.

"그러게. 완전히 잊고 있었네. 자네가 피우고 있어도 피우고 싶다는 생각도 안 들고."

"언제부터지?"

"여기 있는 시키시마를 산 게 일요일이었으니까 꼬박 사흘 동안 한 개비도 안 피운 셈이야. 신기하네."

"엔도 군이 죽은 날부터군."

그 말을 듣자 사부로는 흠칫했습니다. 사부로의 담배 혐오가 살인 이후 시작된 것은 맞지만 설마 엔도의 죽음과 담배를 피우지 않는 것 사이에 인과가 있을 리가요. 사부로는 그저 웃어넘겼습니다.

그러나 이것이 결코 웃어넘길 만한 일이 아니었다는 걸 머지않아 깨닫게 됩니다.

사부로는 이후 며칠이나 시계 일이 신경 쓰여 제대로 잠을 이루지 못했습니다. 엔도가 자살한 것이 아니라는 사실이 밝혀진다 해도, 자신이 범인으로 지목될 만한 증거는 없을 텐데 말입니다.

하지만 그것을 짚어낸 사람이 아케치라고 생각하니 도저히 마음을 놓을 수가 없었습니다.

그러나 그 이후 보름 정도는 아무 일도 없이 지나갔습니다. 아케치도 그 후로 나타나지 않았습니다.

'휴⋯⋯ 이제 다 끝났구나.'

대단원의 막까지 내렸다고 판단한 사부로는 방심하기 시작했습니다. 가끔 무서운 악몽에 시달리긴 했지만 대체로 즐거운 나날을 보냈습니다. 그를 특히 기쁘게 한 것은, 살인을 저지른 이후로 전혀 흥미를 느끼지 못했던 취미나 놀음들이 재미있어졌다는 점입니다. 거의 매일 밖으로 나가 이곳저곳을 돌아다녔습니다.

그날도 사부로는 밖에서 늦게까지 놀다가 열 시 넘어 집에 돌아왔습니다. 잠을 자려고 이불을 꺼내기 위해 무심코 벽장 문을 열었을 때였습니다.

"으악!"

사부로는 비명을 지르며 뒷걸음질 쳤습니다.

꿈일까요? 아니면 미쳐버린 걸까요?

죽은 엔도의 머리가 머리카락을 흩날리며 천장에서 거꾸로 매달려 있었습니다.

사부로는 도망치려고 방 입구까지 갔지만, 혹시 다른 것을 잘못 본 것은 아닐까 하는 생각에 조심스럽게 돌아와 벽장 안을 들여다보았습니다.

잘못 본 게 아니었을 뿐만 아니라, 이번에는 그 머리가 갑자기 활짝 웃지 않겠습니까.

사부로는 소리를 지르며 단숨에 입구까지 가서 미닫이문을 열고 도망치려 했습니다.

그때였습니다.

"사부로 군. 사부로 군."

벽장 안에서 누군가가 그의 이름을 불렀습니다.

"나야, 나라고. 도망가지 않아도 돼."

엔도의 목소리가 아니었습니다. 어디서 들어본 듯한 목소리였습니다. 사부로는 도망을 멈추고 두려움에 떨며 뒤돌아보았습니다.

"놀라게 해서 미안하네."

그렇게 말하며, 이전에 사부로가 자주 그랬던 것처럼 벽장 천장에서 내려온 것은 뜻밖에도 아케치 코고로였습니다.

벽장에서 나온 양복 차림의 아케치가 빙그레 웃으며 말했습니다.

"자네가 한 짓을 그대로 따라해 봤어."

사부로는 그 순간 눈앞의 인물이 차라리 엔도의 유령이길 바랐습니다. 아케치가 모든 것을 깨달았음이 틀림없었습니다. 지금까지의 모든 일이 머릿속에서 풍차처럼 빙글빙글 돌아, 아케치의 얼굴만 멍하니 바라볼 뿐이었습니다.

"바로 본론으로 들어갈게. 이건 자네 셔츠 단추지?"

아케치는 사무적인 어조로 말을 시작했습니다. 손에 든 작은 조개 단추를 들고 사부로의 눈앞에 내밀면서 말입니다.

"다른 하숙생들도 조사해봤지만 이런 단추를 잃어버린 사람은 아무도 없더군. 아, 지금 입은 셔츠의 단추구나. 봐, 두 번째가 떨어져 있잖아."

흠칫 놀라 가슴팍을 보니 과연 단추 하나가 떨어져 있었습니다. 사부로는 그것이 언제 떨어졌는지 기억나지 않았습니다.

"모양도 같고 틀림없네. 그런데 이 단추를 어디서 주웠을 것 같나? 천장이야. 그것도 엔도 씨의 방 위에서."

사부로는 어떻게 단추를 떨어뜨리고도 눈치채지 못했을까요? 그때 손전등으로 충분히 살펴봤을 텐데 말입니다.

"엔도 씨 자네가 죽인 거지?"

아케치는 사부로의 갈 곳 잃은 눈동자를 들여다보며 마지막 일격을 가했습니다. 천진난만한 웃음이 무섭게 느껴졌습니다.

아케치가 교묘한 추리만 펼쳤다면 반박할 수 있었을 것입니다. 하지만 이렇게 명백한 증거물을 들이대니 논쟁이 무슨 소용이 있겠습니까. 사부로는 금방이라도 울음을 터뜨릴 것 같은 아이 같은 표정으로 굳은 채 앉아 있었습니다. 흐릿하게 흐려지는 눈앞에는 아주 먼 옛날의 일들이 환영처럼 떠올랐습니다.

그로부터 두 시간 동안 그들은 자세 한 번 바꾸지 않은 채 마주 앉아 있었습니다.

"고맙네, 진실을 털어놓아줘서." 자백을 다 들은 아케치가 말했습니다.

"나는 자네를 경찰에 고발하지 않을 거야. 다만 내 판단이 맞았는지 확인하고 싶었을 뿐이지. 알다시피 나의 관심사는 오직 진실이 무엇인지거든. 그 이상은 어떻게 되든 상관없어. 게다가 이 범죄엔 증거도 없으니까.

셔츠 단추? 하하, 그건 가짜야. 증거가 없으면 자네가 인정하지 않을 것 같아서 말이야. 지난번 방문했을 때 두 번째 단추가 떨어진 걸 발견해서 이용해 본 거라고. 이건 내가 단추 가게에서 구해 온 거야. 단추가 언제 떨어졌는지는 누구든 잘 기억하지 못하고, 자제는 범행 전후에 몹시 예민한 상태였을 테니 분명 통할 거라고 생각했지.

알고 있겠지만, 내가 엔도 씨의 자살을 의심한 건 그 자명종 때문이야. 그 후 관할 경찰서장을 찾아가서 현장을 조사했던 형사로부터 당시 상황을 자세히 들었는데, 모르핀 약병이 담뱃갑 안에 굴러다니고 있었고 병 안의 내용물이 궐련에 쏟아져 있었다더군.

경찰은 주목하지 않은 것 같지만 조금만 생각해보면 이상하지 않나?

엔도 씨는 매우 꼼꼼한 사람이라고 들었는데 침대에 누워 죽을 준비까지 해놓은 사람이 독약 병을 담뱃갑 안에 넣어두고 내용물까지 흘렸다는 건 부자연스럽지 않냐는 거야.

그래서 의심이 깊어졌는데 그때 자네가 엔도가 죽은 날부터 담배를 피우지 않았다는 게 떠올랐지. 이 두 가지 일은 우연의 일치치고는 참 잘 맞아떨어져.

자네는 예전에 범죄 흉내를 내며 즐거워했잖아. 그 변태적인 취향은 이미 잘 알고 있었다고. 나는 그 후 여러 번 이 하숙집에 와서 자네 모르게 엔도 씨의 방을 조사했어. 그리고 범인이 천장 외에 다른 통로를 이용할 수 없다는 것을 확신했고, 방금 자네가 말한 '다락방 산책'을 통해 하숙생들의 상태를 살펴보기로 했지.

특히 자네 방 위에서는 몇 번이나 오랫동안 웅크리고 앉아서 그 안절부절못하는 모습을 모조리 엿봤지.

조사하면 할수록 모든 정황이 당신을 가리키고 있지만 안타깝게도 확실한 증거는 안 나왔어. 그래서 단추를 이용한 연극을 생각해냈네, 하하하하.

이만 돌아갈게. 아마 다시는 만나지 못할 거야. 왜냐면 자네는 이미 자수하기로 결심했으니까."

아케치의 말을 듣고 있는 사부로는 이미 몇 분 전부터 시체라도 된 듯이 아무런 감정도 일어나지 않았습니다. 아케치가 떠나가는 것도 모른 채 '사형당할 때의 기분은 어떨까' 하는 생각만 하고 있었습니다.

사부로는 지금까지 독약 병을 구멍에서 떨어뜨렸을 때 어디로 떨어졌는지 보지 못했다고 생각했지만 사실은 아니었습니다.

병이 몇 번 튀어 담뱃갑에 들어간 것과 병 안에 남은 독약이 궐련에 스민 장면을 찰나의 시간이지만 목격했습니다.

그 기억이 무의식을 억누르며 그를 정신적으로 담배 혐오에 빠뜨린 것입니다.

누군가

1

 어느 여름 나는 친구인 코다 신타로의 권유로, 코다와 유난히 가까운 사이였던 친구 유키 히로이치의 집에 보름 정도 머문 적이 있다. 그때 일어난 일이다.

 히로이치는 육군성 군무국에서 중요한 자리를 차지하고 있는 유키 소장의 아들이었는데, 아버지의 저택이 가마쿠라의 바다 근처에 있어서 휴가를 보내기에는 안성맞춤이었다.

 우리 셋은 그해 대학을 갓 졸업한 동기였다. 히로이치는 영문과, 나와 코다는 경제학과였지만 고등학교 시절 같은 하숙집에서 지낸 적이 있어서 전공은 달라도 친한 사이였다.

 한가로웠던 학창시절과 작별하는 여름이었다. 코다는 9월부터 도쿄의 어떤 상사에 취직하기로 되어 있었고, 히로이치와 나는 군대에 차출되어 연말에 입대한다. 내년부터는 이런 자유로운 여름휴가는 즐길 수 없는 처지였다.

 그래서 이번 여름만큼은 후회 없이 실컷 놀아보자는 마음으로 히로이치의 초대에 응한 것이다.

 히로이치는 외동아들이라 넓은 저택을 제 집처럼 휘젓고 다니며 사치스럽게 지내고 있었다. 아버지는 육군 소장이자 선조가 어떤 다이묘의 중신이어서 상당한 재력가였다. 손님에게도 그의 저택은 눌러 앉고 싶을 만큼 쾌적했다.

저택엔 우리와 함께 어울릴 아름다운 여성이 한 명 있었다. 시마코라고, 히로이치의 사촌 여동생으로 아주 오래전에 부모를 잃은 뒤로 소장 저택에서 맡아 키운 사람이다.

여학교를 마치고 당시엔 음악 공부에 열중하고 있었다. 바이올린은 들어줄 만큼은 연주했다.

날씨만 좋으면 우리는 해변에서 놀곤 했다. 저택은 유이가하마 해변과 카타세 해변의 중간쯤에 있었는데, 우리는 주로 번화한 유이가하마 쪽을 골랐다. 바다에는 우리 넷 말고도 많은 사람들이 있어서 지루할 틈이 없었다.

대형 비치 파라솔 아래서, 우리는 시마코와 그녀의 친구들과 함께 새까맣게 탄 어깨를 나란히 하고 깔깔거리며 웃고 떠들었다.

바다에 질리면 저택의 연못에서 잉어 낚시를 했다. 커다란 연못에는 유키 소장의 취미로 낚시터처럼 잉어가 많이 풀려 있어서 초보자도 쉽게 낚을 수 있었다. 소장에게 낚시 요령을 배우기도 했다.

정말 여유로운 나날이었다. 하지만 불행이란 마물은 아무리 밝은 곳이라도, 오히려 밝으면 밝을수록 그것을 질투하듯 뜬금없이 찾아오는 법이다.

어느 날 소장의 저택에 느닷없는 총성이 울렸다. 이 이야기는 그 총성을 신호로 막이 오른다.

그날 저녁은 소장의 생일을 맞아 지인들이 초대되어 잔치가 벌어졌다. 코다와 나도 그 자리에 함께했다.

본채 이층의 다다미 15-16장* 정도 되는 일본식 방이 연회장으로 쓰였다. 주빈들 모두 유카타 차림의 편안한 연회였다.

취기가 오른 유키 소장이 평소답지 않게 기다유의 한 대목을 흥얼거렸고, 시마코는 모두의 청에 못 이겨 바이올린을 연주했다.

연회는 별 탈 없이 끝나 10시쯤에는 손님들이 대부분 돌아갔고, 주인 측 사람들과 일부 손님만이 여름밤의 흥을 아쉬워하며 자리에 남아 있었다.

유키 소장과 유키 부인, 히로이치, 시마코, 나 외에도 예비역 장교인 키타가와라는 노인과 시마코의 친구인 코토노라는 아가씨까지 일곱이었다.

저택 주인인 소장은 키타가와 노인과 바둑을 두고 있었고, 다른 사람들은 시마코의 바이올린 연주를 듣고 있었다.

"난 이제 일하러 가봐야겠어."

---

* 약 7.5평

바이올린 연주가 끝나자 히로이치가 자리에서 일어나며 말했다. 그 당시 그는 어떤 지방 신문에 소설을 연재하고 있어서, 밤 10시가 되면 소설을 쓰기 위해 별채인 서양관에 있는 아버지의 서재로 들어가는 게 일상이었다.

그는 재학 중엔 도쿄에서 집을 빌려 살았다. 중학생 시절 쓰던 서재는 지금은 시마코가 쓰고 있어서 본채에 자기 서재가 없는 상태였다.

히로이치가 계단을 내려가 복도를 지나 서양관에 도착했을 때쯤 갑자기 뭔가를 내리치는 듯한 소리가 모두를 움찔하게 했다.

나중에 생각해 보니 그것이 문제의 피스톨 소리였다.

다들 머뭇거리던 차에 서양관 쪽에서 날카로운 비명이 들려왔다.

"누구 좀 와주세요! 큰일 났어요. 히로이치 군이!"

아까부터 자리에 없었던 코다 신타로의 목소리였다.

그때 자리에 있던 사람들이 각각 어떤 표정을 지었는지는 기억나지 않는다. 모두 한꺼번에 일어나 사다리처럼 가파른 계단으로 달려갔다.

서양관으로 가보니 소장의 서재 안에 히로이치가 피투성이가 되어 쓰러져 있었고, 그 옆에는 코다가 하얗게 질린 얼굴로 서 있었다.

"무슨 일이냐!"

소장이 불필요하게 크게, 마치 호령하듯 외쳤다.

"저기… 저기요…….."

코다는 긴장한 나머지 말도 제대로 하지 못한 채 정원 쪽으로 난 유리창을 가리켰다. 창문이 활짝 열려 있었고, 유리 한쪽에 불규칙한 원형의 구멍이 뚫려 있었다. 누군가가 밖에서 유리를 도려내 잠금장치를 풀고 창문을 열어 잠입한 것 같았다. 카펫 위에는 불길한 진흙 발자국이 점점이 찍혀 있었다.

유키 부인은 쓰러져 있는 히로이치에게 달려갔고 나는 열린 창문 쪽으로 갔다. 창문 밖에는 아무도 보이지 않았다. 범인이 그때까지 꾸물거리고 있을 리 없었다.

그런데 같은 순간 히로이치의 아버지인 유키 소장은 어떻게 했냐면, 아들의 상처는 보지도 않고 먼저 방 구석에 있는 금고로 달려가 번호판을 돌려 그 내부를 확인했다.

그것을 나는 이상하게 여겼다. 다친 아들을 내버려두고 재산부터 확인하다니 군인다운 행동이 아니었다.

이후 소장의 지시로 서생이 경찰과 병원에 전화를 걸었다.

유키 부인은 기절한 히로이치의 몸에 매달린 채 흐느끼며 연신 아들의 이름을 불렀다. 나는 출혈을 멈추기 위해 손수건을 꺼내 히로이치의 다리를 묶었다.

총알이 발목을 관통한 상태였다. 시마코는 눈치 있게 부엌에서

물 한 컵을 가져왔다. 그녀는 부인처럼 슬퍼하지 않았고 사건에 놀란 것뿐이었다. 어딘가 냉담한 기색도 보였다.

그녀가 언젠가 히로이치와 결혼하는 것으로 알고 있던 나는 그것이 왠지 어색하게 느껴졌다.

하지만 금고부터 확인한 소장이나 묘하게 차분한 시마코보다 더 이상한 것이 있었다. 유키 저택의 하인인 쓰네라는 노인의 행동이었다.

그 역시 소란을 듣고 우리보다 조금 늦게 서재로 달려왔는데, 들어오자마자 히로이치 주위를 둘러싼 우리 뒤에 있는 창문으로 달려가더니 그 창가에 털썩 주저앉아 버렸다.

소란스러운 와중에 아무도 늙은 하인의 행동을 신경 쓰지 않았지만, 나는 이를 보며 쓰네 씨가 정신이 나간 건 아닐까 싶었다.

쓰네 씨는 모두가 소란스럽게 움직이는 걸 두리번거리며 보면서 자리도 자세도 바꾸지 않았다. 놀라서 다리가 풀린 것도 아닐 텐데 말이다.

그러는 사이에 의사가 왔고, 얼마 안 있어 가마쿠라 경찰서에서 하타노 경부가 부하들을 데리고 도착했다.

히로이치는 들것에 실려 어머니와 시마코와 함께 가마쿠라 외과병원으로 이송됐다. 그는 그때쯤 의식을 되찾았지만, 성격이 약한 탓에 고통과 공포에 짓눌려 갓난아기처럼 울부짖었다. 하타노 경부가 범인의 인상착의를 물어도 대답하지 못했다.

목숨이 위험할 정도는 아니었지만 발목뼈가 산산조각 나 중상으로 보였다.

조사 결과 이 흉악한 행위는 도둑의 짓으로 밝혀졌다.

도둑은 뒷마당에서 잠입해 물건을 훔치고 있던 중 히로이치가 들어와 소지한 권총을 발사한 것으로 추정됐다. 히로이치는 입구에 쓰러져 있지 않았기 때문에 도둑을 쫓아가다가 변을 당한 것으로 보였다.

사무용 책상의 서랍이 모두 열려 있었고, 안에 있던 서류들이 사방에 흩어져 있었다. 하지만 소장의 말로는 서랍 안에 대단히 중요한 것은 없었다.

같은 책상 위에 소장의 큰 지갑이 던져져 있었다. 지갑 안에는 백 엔짜리 지폐가 몇 장 들어 있었는데, 그건 전혀 손대지 않은 상태였다.

책상 부근에서 또 도난당한 건 지갑 바로 옆에 놓여 있던 작은 금제 탁상시계, 금 만년필, 금테 회중시계와 시계의 금 체인이었다.

가장 값이 나가는 것은 방 중앙의 원형 테이블 위에 있던 금제 담배 세트(담배 케이스와 재떨이만 없어졌고 쟁반은 남아있었다. 쟁반은 적동으로 만든 것이었다.)였다.

이게 도난품의 전부였다. 아무리 찾아봐도 사라진 다른 물건은 없었다. 금고 안의 물건도 그대로였다.

 즉 이 도둑은 다른 물건은 쳐다보지도 않고 서재에 있던 금제품만을 모조리 훔쳐간 것이다.

"미친 사람의 소행 같은데요. 황금수집광이랄까요."

 하타노 경부가 한숨을 내쉬며 말했다.

 정말 이상한 도둑이었다. 수백 엔이 든 지갑은 그대로 두고, 그다지 값어치도 없는 만년필이나 회중시계에 집착하는 도둑의 마음을 이해할 수 없었다.

 다만 금 만년필은 유키 소장이 한 사단의 연대장으로 있을 때 같은 부대의 지체 높은 분에게 하사받은 거라 소장에게 돈으로 매길 수 없는 가치가 있었고, 금제 탁상시계는 담뱃갑 절반 사이즈의 작은 것이지만 해외 여행 기념으로 파리에서 사온 것이라 그 정도의 정교한 기계는 쉽게 구할 수 없을 거라며 아쉬워하는 정도였다.

 모두 도둑은 느끼지 못할 개인적인 의미였다.

 하타노 경부는 실내부터 꼼꼼하게 현장 조사를 시작했다. 그가 현장에 도착했을 때는 권총이 발사된 지 20분이나 지난 뒤였기에, 도둑의 뒤를 쫓는 어리석은 짓은 하지 않았다.

 나중에 알게 된 사실이지만, 하타노 경부는 범죄수사학의 신봉자로 과학적 정밀함을 모토로 삼는 경찰관이었다.

그가 시골의 평범한 형사였을 때, 바닥에 흘린 한 방울의 혈흔을 상관이 도착할 때까지 완벽하게 보존하기 위해 그 위에 그릇을 엎어두고 그릇 주변의 땅을 밤새 막대기로 두드렸다는 이야기도 있었다. 지렁이가 혈흔을 먹어버리는 것을 막기 위해서였다.

이런 주도면밀함으로 지금의 지위를 만든 사람답게 그의 조사에는 머리카락 하나 들어갈 틈이 없었다. 검사든 예심판사든 그의 보고서라면 전적으로 신뢰했다.

그러나 하타노 경부의 수사에도 방 안에서는 이렇다 할 증거가 발견되지 않았다. 이제 유리창의 지문과 실외의 발자국만이 희망이었다.

창문 유리는 다들 예상한 대로 걸쇠를 풀기 위해 도둑이 유리칼과 흡착판을 사용해 둥글게 잘라낸 것으로 밝혀졌다. 지문 담당이 오기를 기다리는 동안 하타노 경부는 준비해 온 손전등으로 창문 밖 지면을 비춰보았다.

다행히 비가 막 그친 뒤라 창문 밖에는 발자국이 선명하게 남아 있었다. 일꾼들이 신는 버선 신발 자국으로 고무창의 무늬가 도장을 찍은 듯 선명했고, 그것이 뒤편 흙담까지 두 줄로 이어져 있어 도둑이 동선을 드러냈다.

"여자처럼 안쪽으로 걷는 녀석이군."

경부의 혼잣말대로 과연 그 발자국은 모두 발끝이 뒤꿈치보다 안쪽을 향해 있었다. 물론 안짱다리 남자도 이렇게 걸을 테니 여자라고 단정할 수는 없었다.

경부는 부하에게 신발을 가져오게 해서 신은 후 실례를 무릅쓰고 창문을 넘어 밖으로 내려가 손전등을 의지해 발자국을 따라갔다.

남다르게 호기심이 강한 나는 방해가 될 줄 알면서도 가만히 있을 수 없어 마루의 툇마루를 돌아 경부의 뒤를 쫓아갔다. 도둑의 발자국을 가까이 보기 위해서였다.

그런데 조사를 방해하는 사람이 나 혼자가 아니었다. 역시 생일 축하에 초대됐던 아카이 씨도 그곳에 있었다. 언제 나왔는지 정말 재빠른 사람이었다.

아카이 씨가 어떤 내력의 사람인지, 히로이치 가족과 어떤 관계가 있는지 나는 몰랐다. 히로이치조차 확실한 건 모르는 듯했다.

그는 20대 후반의 마른 체격의 남자로 무척 과묵한 데다 항상 히죽히죽 웃음을 띠고 있는 정체불명의 인물이었다. 머리카락은 늘 부스스했다.

아카이 씨는 저택에 바둑을 두러 자주 왔다. 늘 밤늦게까지 있다가 가끔 자고 가기도 했다. 소장은 그를 어떤 클럽에서 만난 좋은 바둑 상대라고 했다.

그날 밤도 소장에게 초대받아 연회에 참석했는데, 사건이 일어났을 때 연회가 있던 이층 큰 방에서는 보이지 않았다.

나는 우연한 계기로 이 사람이 추리를 좋아한다는 것을 알고 있었다. 내가 저택에 묵기 시작한 지 이틀째였던가, 아카이 씨와 히로이치가 이번 사건이 일어난 서재에서 이야기하는 걸 우연히 본 것이다.

아카이 씨는 서재에 들여놓은 히로이치의 책장을 보며 뭔가 말하고 있었다. 히로이치는 추리물을 무척 좋아했기 때문에 범죄학 책과 추리소설이 특히 많았다.

둘은 국내외 유명한 탐정에 대해 토론하는 것 같았다. 프랑수아 비도크 이후의 실제 탐정들이나 뒤팽 이후의 소설 속 탐정들이 화제에 올랐다.

또 히로이치는 거기 있던 〈아케치 코고로 탐정담〉이라는 책을 가리키며 이 인간은 지나치게 이론만 따진다며 비판했다. 아카이 씨도 끄덕거렸다. 그들은 탐정에 대해 잘 알고 있어서 그 방면으로 대화가 무척 잘 통하는 듯했다.

그런 아카이 씨가 이번 사건에 흥미를 보이고 나보다 먼저 발자국을 보러 나온 것은 놀라운 일이 아니었다.

하타노 경부는 발자국을 밟지 않도록 조심하라며 두 방해꾼에게 주의를 주면서 우직하게 조사를 이어갔다.

도둑이 흙담을 넘어 도망친 정황이 보였다. 경부는 흙담 밖을 조사하기 전에 서양관 쪽으로 되돌아가서 저택 사람들에게 뭔가를 부탁하는 것 같더니, 얼마 안 있어 주방에서 쓰는 절구를 안고 와서 가장 선명한 발자국 하나 위에 그것을 덮었다. 이후 틀을 뜰 때까지 원형이 망가지지 않게 하기 위한 조치였다.

그러고 나서 우리 셋은 뒷문을 열고 담장 밖으로 나왔다. 그 일대는 한때 누군가의 저택이 있던 빈터였는데 지금은 사람이 다니지 않기 때문에 수사를 방해하는 다른 발자국은 없었고, 도둑의 발자국만이 선명하게 남아 있었다.

손전등을 비추며 빈터를 30미터 정도 걸어갔을 때였다. 하타노 경부가 갑자기 멈춰 서서 당황한 듯이 외쳤다.

"어라, 우물로 뛰어들었다?"

경부의 뜬금없는 말은 살펴 보니 일리가 있었다. 발자국은 빈터 한가운데 있는 낡은 우물 옆에서 끝나 있었다. 발자국의 출발점도 거기였다.

아무리 전등으로 비춰 봐도 우물 주변 사방 십여 미터 안에는 다른 발자국이 없었다. 그 주변은 발자국이 나지 않을 만큼 단단한 땅도 아니었고 발자국을 가릴 만큼 풀이 자라지도 않았다.

회반죽으로 만든 둥근 우물틀이 거의 다 허물어져서 왠지 으스스한 우물이었다. 전등 빛으로 안을 들여다보니 심하게 금이 간 회반죽이 깊숙이까지 이어져 있었다. 바닥에서 둔하게 빛나는 것은 썩은 물일 것이다. 요괴가 헤엄치고 있다고 해도 이상하지 않았다.

도둑이 우물에서 나타났다가 다시 우물 속으로 사라졌다니 도저히 믿기 힘든 일이었다. 하지만 열기구라도 타고 하늘로 올라가지 않은 이상 이 발자국은 도둑이 우물 안으로 들어갔다고밖에 해석할 수 없었다.

과학수사의 달인인 하타노 경부도 여기서는 막막해 보였다. 경부는 부하 형사에게 대나무 장대를 가져오게 해서 우물 안을 휘저어 보았지만 아무런 반응도 없었다. 혹시나 해서 우물 벽에 비밀 통로로 연결되는 장치가 있진 않은지도 확인해 봤다.

"어두워서 이 이상은 알 수가 없군. 내일 아침에 다시 조사해 봐야겠어."

하타노 경부는 중얼거리며 저택 쪽으로 돌아갔다.

법원 일행이 도착하기를 기다리는 동안 부지런한 경부는 저택 안 사람들의 진술을 청취했다. 그리고 항상 휴대하고 있는 줄자를 꺼내서 부상자가 쓰러져 있던 위치(혈흔으로 알 수 있었다), 발자국의 보폭, 도둑이 올 때와 돌아갈 때의 발자국 간격, 서양관의 구조, 창문의 위치, 정원의 나무와 연못과 담장의 위치 등을 불필요할 정도로 꼼꼼하게 재서 수첩에 약도를 그려 넣었다.

경부의 노력은 결코 헛되지 않았다. 언뜻 불필요해 보였던 것들도 나중에는 매우 중요했다는 것이 밝혀졌기 때문이다.

기억을 되짚어 당시 약도를 독자 여러분을 위해 첨부해두겠다.

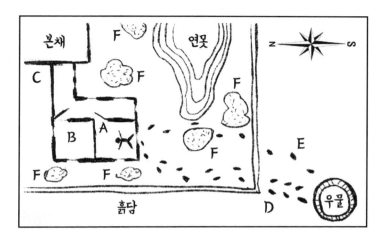

A. 소장의 서재 B. 시마코의 서재 C. 부엌 부근 D. 접근한 발자국

E. 돌아간 발자국 F. 나무 * 우물과의 거리는 실제와 약간의 차이가 있음

사건이 해결된 후 기억에 의존해 내가 다시 만든 것이라 경부가
그린 것과 똑같진 않을 것이다. 그래도 사건 해결과 관련이 있는
부분은 빠뜨리지 않았고 심지어 다소 과장해서 표현해두었다.

다시 말하지만 이 도면은 사건에 대해 의외로 많은 것을 말해주
고 있었다.

예를 들자면, 도둑의 발자국 그림은 그가 발을 안쪽으로 향하며

걸었다는 것뿐 아니라 D보다 E의 보폭이 두 배나 넓은 것도 반영되어 있다. 각각 조심스러운 발걸음과 황급히 도망가는 발걸음을 나타낸다. 즉 D가 저택으로 진입할 때, E가 우물로 돌아갈 때의 발자국인 것이다.

하타노 경부는 이 두 보폭을 정밀하게 재서 도둑의 신장 계산의 기초로 삼기도 했지만 이는 너무 지루해질까 봐 생략한다.

그런데 이 발자국 그림엔 더 깊은 의미가 있다. 또 부상자의 위치를 비롯한 두세 가지 점이 나중에 중대한 의미를 갖게 된다. 이야기 순서대로 적기 위해 지금은 언급하지 않겠지만, 독자 여러분은 이 그림을 부디 잘 기억해두기 바란다.

다음으로 저택 안 사람들의 조사 결과다. 첫 번째로 심문을 받은 것은 최초 목격자인 코다 신타로였다.

그는 히로이치보다 20분 정도 먼저 본채 이층에서 내려와 아래층 화장실에 들어갔다가, 용변을 마친 후 현관에서 술로 달아오른 얼굴을 식히고 있었다.

다시 이층의 연회 자리로 돌아가기 위해 복도를 걷다가 갑작스러운 총성에 이어 히로이치의 신음을 들었다고 한다.

곧바로 서양관으로 달려가 보니 유키 소장의 서재 문이 반쯤 열려 있었고 내부는 전등이 켜져 있지 않아 캄캄했다. 이때 경부는 확인하듯 되물었다.

"전등이 꺼져 있었다고요?"

"네. 서재로 가자마자 스위치를 눌러서 전등을 켰더니 방 한가운데 히로이치가 피를 흘리면서 쓰러져 있었어요. 저는 바로 본채 쪽으로 달려가면서 사람들을 불렀습니다."

"그때 코다 씨는 범인의 모습을 못 봤다는 거죠?"

경부는 도착하자마자 들었던 이야기를 재차 확인했다.

"못 봤습니다. 창문 밖으로 나가버렸을 거예요. 바깥이 캄캄해서 얼마나 도망갔는지는 모르겠습니다."

"그 외에 특이한 점은 없었나요? 아주 사소한 것이라도."

"글쎄요, 딱히… 아, 별건 아니지만 제가 달려갔을 때 서재 안에서 고양이가 튀어나와서 깜짝 놀랐던 게 기억납니다. 히사마쓰 녀석이 총알처럼 튀어나왔어요."

"히사마쓰가 고양이 이름인가요?"

"네, 시마코의 애완 고양이입니다."

경부는 그 말을 듣고 착잡한 표정을 지었다. 어둠 속에서 범인의 얼굴을 본 존재가 있긴 했다. 하지만 고양이는 말을 할 수 없다.

이후 하인들을 포함해 유키 집안의 사람들, 아카이 씨, 나, 그 외 모든 손님들이 순서대로 심문을 받았는데 누구도 단서가 될 만한 대답은 하지 않았다.

병원에 따라가 그 자리에 없었던 유키 부인과 시마코는 다음 날 조사를 받았는데, 그때 시마코의 대답이 조금 수상했다고 나중에 전해 들어 여기에 기록해 둔다.

경부의 "아무리 사소한 것이라도"라는 말에 이끌려, 그녀는 다음과 같은 진술을 했다.

"제 착각일 수도 있지만 제 서재에도 누군가 들어온 것 같아요."

도면에 기록된 대로 그녀의 서재는 문제의 소장 서재 옆방이다.

"없어진 건 없는데요. 책상 서랍을 누가 열어본 것 같아요. 어제 저녁에 서랍에 넣어두었던 제 일기장이 오늘 아침에 보니까 책상 위에 펼쳐진 채로 난폭하게 던져져 있었어요. 서랍도 열린 채였고요. 집안 분들 누구도 제 서랍을 열어볼 리가 없는데……."

경부는 시마코의 이 증언을 흘려들었지만 사건이 해결된 후에 보니 이 사건도 꽤 의미가 있었다.

이야기를 원점으로 돌려, 그로부터 얼마 후에 법원 일행이 도착했다. 전문가가 와서 지문을 조사하기도 했다. 하지만 하타노 경부가 조사한 것 이상의 수확은 없었다.

문제의 유리창은 천으로 닦아낸 흔적이 있어서 지문은 나오지 않았다. 창문 밖 바닥에 흩어져 있던 유리 파편도 마찬가지였다. 이것만 봐도 범인이 보통내기가 아니라는 걸 알 수 있었다.

끝으로 경부는 부하에게 명령해서 절구로 덮어둔 발자국의 형틀을 뜨게 해 경찰서로 소중하게 가져 갔다.

소란이 잠잠해지고 모두가 겨우 잠자리에 든 것은 밤 두 시경이었다.

나는 코다와 나란히 누웠지만 둘 다 흥분 때문에 잠을 이루지 못하고 뒤척이기만 했다. 그러면서도 사건에 대해서는 한 마디도 나누지 않았다.

평소 늦잠을 자지만 그날은 오전 다섯 시에 잠자리에서 일어났다. 범인의 불가사의한 발자국을 날이 밝을 때 살펴보고 싶어서였다. 나도 제법 기이한 것을 좋아하는 편이었다.

코다는 조금 전 겨우 잠들어서 나는 최대한 소리를 내지 않으려 조심하며 툇마루의 미닫이문을 열고 정원용 나막신을 신고 서양관 밖으로 나갔다.

놀랍게도 이번에도 나보다 먼저 온 사람이 있었다. 역시 아카이 씨였다. 늘 나보다 한발 앞서 움직이는 남자다.

그런데 아카이 씨는 발자국이 아닌 다른 무언가를 보고 있었다. 시마코의 서재 쪽에서 몸을 숨긴 채 머리만 쏙 내밀어 어딘가를 엿보고 있었다.

거기에 뭐가 있다는 걸까. 그 방향은 서양관 뒤편으로 본채의 부엌문과 쓰네 씨가 취미로 가꾸는 화단이 있을 뿐이었다. 화단엔 예쁜 꽃이 피어 있지도 않았다.

선수를 빼앗겨 약간 심술이 났던 터라 아카이 씨를 놀래켜주려고 발소리를 죽이며 뒤로 다가가 어깨를 두드렸다.

그러자 아카이 씨는 예상 이상으로 크게 놀라 돌아보더니 어이없이 큰 소리로 말했다.

"우앗! 마쓰무라 씨!"

그 소리에 내가 더 혼비백산할 정도였다.

아카이 씨는 나를 슬며시 밀어내면서 시시한 날씨 얘기 같은 것을 꺼내기 시작했다.

그 어색한 반응이 나를 더 자극했다. 나는 아카이 씨의 기분을 개의치 않고 그를 밀쳐내고는 그가 있던 자리에서 본채 쪽을 바라보았지만 특별한 건 없었다. 일찍 일어난 쓰네 씨가 화단 손질을 하고 있을 뿐이었다. 아카이 씨는 무엇을 그리 열심히 엿보고 있었을까.

의심 가득한 눈으로 아카이 씨를 노려보니 그는 맥락 없이 히죽히죽 웃기만 했다.

"방금 뭘 보고 계셨습니까?"

용기를 내어 물어보았다. 그러자 그는,

"아무것도 아닙니다. 그건 그렇고 어젯밤처럼 발자국을 조사하러 나오신 거죠? 아닌가요?" 하고 얼버무렸다.

할 수 없이 그렇다고 대답하자,

"그럼 같이 보러 가죠. 저도 다시 보러 가려던 참이었어요."

이렇게 권하는 것이었다.

 그의 말이 거짓말이었다는 것은 금방 드러났다. 담장 밖으로 나가 보니 아카이 씨의 발자국이 네 개 찍혀 있었다. 우물까지 두 번 왕복한 흔적이었다.

 한 번은 어젯밤에 찍힌 것일 테니, 남은 건 오늘 아침에 다녀온 흔적일 것이다. 무슨 이제부터인가, 벌써 보고 왔으면서.

 우물가에 도착해 그 주변을 살펴보았지만 어젯밤과 다른 점은 없었다. 발자국은 분명 우물에서 시작해서 우물에서 끝나고 있었다. 그 외에는 어젯밤 조사하러 온 세 사람의 발자국과 그 주변을 돌아다닌 들개의 발자국이 있을 뿐이었다.

 "개 발자국이 신발 자국이었다면 좋았을 텐데."

 나는 문득 혼잣말을 했다. 왜냐하면 들개의 발자국은 버선 신발과 반대로, 우물가로 와서 그 주변을 돌아다니다가 다시 원래 방향으로 돌아갔기 때문이다.

 그때 나는 외국의 어떤 범죄 사건이 떠올랐다. 예전에 스트랜드 매거진에서 읽은 것이었다.

 들판의 외딴집에서 살인사건이 일어났다. 피해자는 혼자 사는 독신자로 범인은 외부에서 온 사람이 분명했다.

 그런데 기묘하게도 살인이 일어나기 전에 그친 눈 위에 사람의 발자국이 없었다. 범인이 살인을 저지르고 그대로 하늘로 올라갔다고밖에 생각할 수 없는 일이었다.

 하지만 사람이 아닌 것의 발자국은 있었다. 한 마리의 말이 그 집까지 왔다가 다시 돌아간 듯한 말발굽 자국이었다.

 한때는 피해자가 말에게 걷어차여 죽은 것이 아닌지 의심했지만, 결국 범인이 발자국을 감추기 위해 자신의 신발 밑창에 말발굽을 달아 걸었다는 것이 밝혀졌다는 이야기였다.

 나는 들개의 발자국도 그런 것이 아닐까 잠시 생각했다. 제법 큰 개 같아서 사람이 네발로 기어 다니면서 개의 발을 본뜬 틀로 이런 자국을 만들었다는 것도 아예 불가능해 보이진 않았다. 흙이 마른 정도로 보아 개의 발자국이 생긴 때도 버선 신발을 신은 인물이 걸어간 때와 비슷해 보였다.

 내가 그 생각을 말하자 아카이 씨는 살짝 빈정대는 듯한 어조로,

 "와, 마쓰무라 씨 명탐정이군요?"

 라고 말하고는 뚱하니 입을 다물어 버렸다.

 나는 혹시 몰라 개의 발자국을 따라 빈터 너머의 도로까지 가보았지만, 도로가 자갈길이라 그 이후 개의 행방은 알 수 없었다. 개는 그 도로에서 오른쪽이나 왼쪽으로 돌아갔을 것이다.

 그로부터 한 시간쯤 지나 하타노 경부가 재조사를 하러 왔지만 여기에 덧붙일 만한 발견은 없었다.

 아침 식사를 마친 후 코다와 나는 일단 저택을 떠나기로 했다. 이

런 소란 속에 남의 집에 계속 머물기 난처했기 때문이다. 나는 속으로는 사건의 추이가 궁금했지만 혼자 남아있기에도 좀 그랬다.

돌아가는 길에 유키 소장과 아카이 씨와 함께 히로이치가 있는 병원에 들렀다. 유키 부인과 시마코는 병원에서 묵었는데 밤에 한숨도 못 잤다며 수척한 얼굴을 하고 있었다.

정작 히로이치는 만날 수 없었다. 아버지인 소장만이 병실에 들어가는 것이 허락되었다. 생각보다 상태가 심각한 것 같았다.

2

집으로 돌아온 지 사흘째 되는 날, 나는 히로이치의 문병도 할 겸 그 후의 상황을 보기 위해 다시 가마쿠라로 갔다.

히로이치는 수술 후의 고열이 가라앉아 고비를 넘겼다고는 하지만, 심하게 쇠약해져 말할 기력도 없어 보였다.

마침 그날 하타노 경부도 와서 히로이치에게 범인의 모습을 기억하고 있는지 물었는데 그는 "손전등 빛과 검은 그림자 외에는 기억나지 않는다"고 대답했다. 그것을 나는 유키 부인에게 들었다.

병원을 나온 나는 소장에게 인사를 드리기 위해 잠깐 저택에 들렀다. 그런데 인사를 드리고 집으로 돌아오는 길에 정말 기이한 것을 보았다. 내 머리로는 도저히 이해할 수 없는 일이었다.

 저택에서 나와 우물가를 한 번 더 둘러보고, 들개의 발자국이 사라졌던 자갈길 도로를 통해 큰길로 돌아서 역으로 향하던 중이었다.

 그러다 빈터에서 한 블록도 떨어지지 않은 곳에서 아카이 씨와 마주쳤다. 아이고, 또 아카이 씨였다.

 그는 거리에 면해 있는 부유해 보이는 어느 상가 집의 격자문을 열고 나왔는데, 멀리서 나를 알아본 게 분명한데도 어째선지 얼굴을 돌리고 도망치듯 반대쪽으로 성큼성큼 걸어갔다.

 나는 오기가 생겨서 발걸음을 재촉해 아카이 씨의 뒤를 쫓았다. 그가 나온 집 앞을 지날 때 표찰을 보니 '코토노 산에몬'이라고 적혀 있었다. 그것을 잘 기억해두고 아카이를 쫓아가 마침내 따라잡았다.

 "아카이 씨죠?" 하고 말을 걸자 그는 체념한 듯이 돌아보며,

 "하하, 당신도 오셨군요. 저도 오늘은 소장 님을 뵙고 왔어요."라고 변명하듯 말했다. 코토노 산에몬을 방문한 것에 대해서는 말하지 않았다.

 그런데 내 쪽을 향한 아카이 씨의 모습을 보고 나는 깜짝 놀라고 말았다.

 금박장이의 견습생이나 표구사의 제자처럼 온몸이 금가루투성이

였다.

양손은 물론이고 가슴과 무릎까지 금색 가루가 묻어 있었고, 그것이 한여름 태양에 비춰져 눈부시게 반짝이고 있었다. 자세히 보니 코끝까지도 불상처럼 금색이었다.

그 이유를 물어도 "뭐, 그냥 좀"이라며 어설프게 얼버무리기만 했다.

하필 금이기에 '그냥 좀'으로 넘어가긴 어려웠다. 히로이치를 쏜 도둑은 금제품만을 훔쳐 간 이른바 황금수집광이었다. 범행 날 유키 저택에 있던 정체불명의 아카이 씨가 지금 금가루를 뒤집어쓴 채 나를 피하려고 하는 것이 아닌가.

우리는 어색해져 말수를 줄인 채 역까지 걸었는데, 나는 전부터 마음에 걸렸지만 묻지 못했던 것을 결심하고 물었다.

"엊그제 밤이요. 총성이 울릴 때 아카이 씨는 이층 객실에 안 계셨는데, 그때 어디셨나요?"

"저는 술이 약해서요."

아카이 씨는 준비하고 있었다는 듯 곧장 대답했다.

"속이 금방 매스꺼워져요. 시원한 공기도 쐬고 싶었고 마침 담배도 떨어져서 밖에 나와 있었어요."

"그럼 총소리는 못 들으셨겠네요."

"네."

이 정도의 대화 후 우리는 다시 말문이 막혀버렸는데, 잠시 걷다가 이번에는 아카이 씨가 이상한 말을 꺼냈다.

"저 낡은 우물 반대편 빈터에 말이죠. 사건이 있기 이틀 전까지는 근처 고물상의 폐자재가 가득 쌓여 있었다고 해요.

만약 그 자재들이 팔리지 않았더라면, 그게 방해가 되어서 들개 발자국 같은 건 남지 않았을 거예요. 그렇겠죠? 저도 조금 전에 이 얘기를 들었어요."

아카이 씨는 시시한 얘기를 대단한 의미라도 있다는 듯이 말했다. 낯간지러움을 감추려는 것일까. 아니면 그냥 똑똑한 척하는 바보인 것인가.

사건 이틀 전에 그곳에 자재가 있었다고 해도 사건과는 관계가 없으며 발자국 조사에 방해가 될 리도 없다.

무의미한 얘기라고 내가 넌지시 말하자,

"그렇게 생각하면 그렇지만요."

라며 뭔가 더 있다는 듯이 굴었다. 참 이상한 남자였다.

그로부터 일주일쯤 지나서 나는 세 번째로 가마쿠라에 갔다. 히로이치는 아직 입원 중이었지만 컨디션이 좋아져서 이야기하러 오라는 연락을 받았기 때문이다.

그 일주일 동안 경찰의 수사가 어떻게 진행되었는지는 별도로 연락도 오지 않았고 신문에도 기사가 나오지 않아 몰랐다. 다만 아직 범인은 잡히지 않은 모양이었다.

병실에 들어가 보니 히로이치는 아직 창백하긴 했지만 제법 원기가 있어 보였고, 여러 곳에서 보내온 꽃다발과 어머니, 간호사에게 둘러싸여 있었다.

"잘 왔어, 마쓰무라."

그는 내 얼굴을 보자 기쁜 듯이 손을 내밀었다. 나는 손을 잡고 회복을 축하했다.

"하지만 이 다리는 평생 고치지 못할 거야. 장애인이 되었네."

히로이치가 침울하게 말했다. 나는 대답할 말을 찾지 못했고 유키 부인은 시선을 피하며 눈만 깜빡이고 있었다.

잠시 잡담을 나누다가 부인이 밖에 볼일이 있다며 나에게 간호를 부탁했다. 히로이치는 간호사까지 내보내 우린 이제 어떤 이야기도 나눌 수 있었다.

곧장 화제에 오른 것은 역시 사건이었다. 히로이치의 말에 따르면 경찰은 낡은 우물을 파 보고, 발자국의 버선 신발과 같은 물건을 판 가게를 조사하기도 했다.

하지만 우물 바닥에서는 아무것도 나오지 않았고, 해당 버선 신발은 어느 가게에서나 하루에 몇 켤레씩 팔리는 흔한 것으로 밝혀졌다. 아무런 소득이 없었다는 것이다.

하타노 경부는 유키 소장이 육군성의 중요 인물이기에 지역 유력자에 경의를 표하기 위해 히로이치를 자주 문병하러 왔다. 그때마다 히로이치가 수사에 관심이 있다는 것을 알고는 수사 상황을 세세히 알려줬다.

"그래서 경찰이 알고 있는 만큼은 나도 알고 있는데, 참 기묘하지. 도둑의 발자국이 빈터 한가운데서 뚝 끊어졌다니 마치 추리소설 같잖아. 금제품만 훔쳤다는 것도 이상하고. 넌 뭔가 더 들은 거 없어?"

히로이치는 사건의 피해자였을 뿐만 아니라 평소의 추리 취미 때문인지 사건에 대단한 흥미를 보였다.

나는 그가 모를 사실들, 이를테면 아카이 씨의 기이한 행동과 들개 발자국의 존재, 사건 당일 밤 쓰네 씨가 창가에 앉은 행동 등을 전해줬다.

히로이치는 내 이야기를 "흠흠" 하며 듣다가 내가 말을 마치자 눈을 감고 깊은 생각에 잠겼다. 표정이 점점 안 좋아져 건강에 해로운 건 아닐지 걱정됐다.

잠시 후 눈을 뜬 히로이치는 한층 더 진지해졌다.

"어쩌면…… 우리가 생각하는 것보다 훨씬 더 무서운 범죄일지도 몰라."

"무섭다니? 도둑질이 아니라는 거야?"

히로이치의 공포어린 표정에 영향을 받아 덩달아 긴장이 되었다.

"이건 도둑질 같은 경범죄가 아니야. 소름 끼치는 음모야. 무섭기도 하지만 동시에 경멸해야 할 악마의 소행이지."

히로이치는 야윈 얼굴로 침대에 누워 천장을 뚫어지게 바라보면서 수수께끼 같은 말을 뱉었다.

한여름의 대낮임에도 매미 소리가 뚝 그친 듯했다. 주변은 꿈속의 사막처럼 고요해졌다.

"너…… 무슨 생각을 하고 있는 거야?"

"아직은 내 백일몽에 불과하니 다시 차분히 생각해보자. 재료는 이미 풍부해. 이 사건은 기괴한 사실이 가득한 겉모습과 달리 이면에 숨은 진실은 의외로 단순할 거야."

히로이치는 자기 자신에게 하는 듯한 말을 남기고 다시 눈을 감은 채 침묵해버렸다. 그의 머릿속에서 어떤 진실이 서서히 형태를 갖춰가고 있는 것 같았다. 나는 그것이 무엇인지 가늠도 되지 않았다.

"첫 번째 의문은 우물에서 시작해서 우물에서 끝나는 발자국이야."

히로이치는 눈을 감고 정리된 생각을 꺼냈다.

"낡은 우물에 어떤 의미가 있을까? 애초에 이런 생각이 잘못됐어. 경부님이 현장의 약도를 보여준 적이 있어서 요점을 기억하고 있는데, 그 발자국에는 이상한 점이 있어. 도둑이 발끝을 안쪽으로 하고 걸었던 게 전부가 아냐. 경부님은 내가 그걸 지적해도 귀 담아듣지 않았고 너도 아직 눈치채지 못했을 거야.

저택으로 오는 발자국과 우물로 돌아가는 발자국이 부자연스럽게 떨어져 있었어. 급박한 경우라면 가장 빠른 길을 택하는 게 자연스럽지 않아? 두 점 사이의 최단거리를 걸을 거라고.

그런데 오가는 발자국이 우물과 서양관의 창문을 기점으로 바깥쪽으로 볼록한 두 개의 호를 그리고 있어. 사이에 큰 나무가 끼어 있을 정도로 말이야."

히로이치의 화법은 평소에도 이랬다. 추리소설을 좋아하는 만큼 논리적 유희를 즐기곤 했다.

"그런데 그날 밤은 유독 캄캄했잖아. 게다가 도둑은 사람을 쏘고 나서 당황한 상태였고. 왔을 때와 다른 길로 간 건 그럴 수 있겠다 싶은데?"

나는 그의 논리 일변도가 마음에 들지 않아 반박했다.

"아냐. 캄캄했기 때문에 저런 모양의 발자국이 난 거야. 네가 좀 잘못 생각하고 있는 것 같은데 내 말은 단순히 경로가 달랐다는 게 아니야.

두 발자국이 굳이 떨어져 있다는 건, 도둑이 자신이 왔을 때의 발자국을 밟지 않으려고 했기 때문이야. 어두운 밤이니 그러기 위해

선 꽤 멀리 떨어져서 걸어야 했지.

확인차 경부님께 오가는 발자국 중에 서로 겹친 곳이 있냐고 물어봤더니 한 군데도 없다고 했어. 어두운 밤에 같은 두 지점 사이를 걸은 왕복 발자국이 하나도 겹치지 않았다는 건 우연이라기엔 이상해."

"하지만 도둑은 왜 그런 수고를 해야 했을까? 그럴 필요가 없잖아."

"있어. 하지만 우선 다음 걸 생각해 보자."

히로이치는 셜록 홈즈처럼 결론을 미뤘다. 이것도 그의 평소 버릇이었다.

얼굴은 창백하고 숨소리는 거칠며, 붕대를 감은 부위가 아직 아픈지 가끔 눈살을 찌푸리면서도 추리 이야기가 나오니 놀라운 열정을 보인다.

게다가 그는 사건의 피해자일 뿐만 아니라 사건 이면의 무시무시한 음모를 감지했다. 이토록 진지해진 것도 당연하다.

"두 번째 의문은 도난품이 금제품에 한정되어 있다는 점이야. 도둑은 왜 현금에는 관심을 보이지 않았을까?

도둑이 금제품만 훔쳤다는 걸 들었을 때 곧바로 떠오른 인물이 있어. 이 지역에서도 극소수만 아는 비밀이야. 경부님도 그 인물에 대해서는 아직 모르고 있는 것 같고."

"내가 모르는 사람이야?"

"모를걸. 내 친구 중엔 코다만 알고 있어. 전에 이야기한 적이 있거든."

"그러면 그 사람이 범인이라는 거야?"

"그렇지는 않을 거야. 그래서 경부님께도 그 인물에 대해 말하지 않았어. 너에게도 얘기 안 할 거야. 잠깐 의심했을 뿐이고 내 착각이야. 그 사람이라면 다른 점들이 전혀 맞지 않거든."

그렇게 말하고는 그는 다시 눈을 감아버렸다. 참 사람 애태운다. 하지만 추리에 있어서는 나보다 한 수 위였으니 어쩔 수 없었다.

환자의 말동무를 하는 셈 치고 끈기 있게 기다렸다. 몇 초 후 그는 눈을 번쩍 떴는데 영롱한 빛을 발하고 있었다.

"도난당한 금제품 중 가장 큰 게 뭐인 것 같아? 탁상시계일 거야. 세로가 10센티미터, 가로와 깊이가 5센티미터, 대충 그 정도였지. 무게는 1킬로그램쯤 되지 않았을까?"

"시계의 크기나 무게가 사건과 무슨 관계인데?"

나는 히로이치의 몸에 열이 나 들뜬 것이 아닌가 싶어 그의 이마에 손을 가져다 댈 뻔했다.

"아니, 가장 중요한 점이야. 나도 겨우 생각이 거기까지 미쳤어. 도난품의 크기나 무게는 중요한 의미를 가지고 있어."

"도둑이 들고 나갈 수 있느냐 없느냐 때문인가?"

나중에 생각해 보니 이 얼마나 어리석은 질문인가. 히로이치는 내 질문에 답하지 않고 다시 뜬금없는 말을 꺼냈다.

"저기 뒤에 있는 꽃병의 꽃을 빼고 꽃병만 창밖으로 힘껏 던져 줘."

병실에 장식되어 있던 꽃병을 창문 밖의 담을 향해 던지라는 것이었다. 미친 짓이었다. 꽃병은 높이 한 뼘 정도의 평범한 도자기 제품이었다.

"무슨 소리야. 그러면 꽃병이 깨질 텐데. 누가 나보고 미쳤다고 해도 할 말이 없어."

"괜찮아, 깨져도. 우리 집에서 가져온 거니까. 자, 어서."

그래도 내가 망설이자 히로이치는 자신이 하기 위해 침대 위에서 일어나려는 기색을 보였다. 몸을 움직이는 것조차 금지된 상태다.

결국 터무니없는 부탁을 승낙했다. 열린 창문에서 6-7미터 정도 떨어진 콘크리트 담을 향해 꽃병을 힘껏 던졌고, 꽃병은 담에 부딪혀 산산조각이 났다.

히로이치는 고개를 들어 꽃병의 최후를 지켜보더니 이제야 안심한 듯 축 늘어져서 원래 자세로 돌아갔다.

"좋아, 좋아, 그거면 됐어. 고마워."

태평스러운 인사다. 나는 누가 오지 않을까 조마조마한데.

"그런데 쓰네 영감의 그 행동 말이야."

히로이치가 갑자기 다른 이야기를 꺼냈다. 그의 사고력이 흐트러진 것 같아 걱정이 되기 시작했다.

"난 이번 사건의 가장 유력한 단서라고 봐."

그는 내 걱정 따위 신경 쓰지 않고 말을 이어갔다.

"모두가 서재로 달려갔을 때 쓰네 영감은 창가로 가서 주저앉아 버렸다지? 재미있지 않아? 그런 행동엔 반드시 이유가 있어야 해. 미친 게 아니라면 아무 이유 없이 그런 짓을 할 리가 없거든."

"이유야 있었겠지. 그게 뭔지 모르니까 이상하다고 생각하는 거잖아."

나는 약간 짜증이 나서 나도 모르게 거칠게 대답했다.

"난 알 것 같은데."

히로이치는 씨익 웃었다.

"사건 다음 날 아침에 쓰네 영감이 뭘 하고 있었는지 생각해 봐."

"다음 날 아침? 쓰네 씨가?"

나는 그의 의도를 이해하지 못했다.

"뭐야. 아카이 씨만 신경 쓰느라 알아차리지 못한 거야? 네가 아까 말했잖아. 아카이 씨가 서양관 반대편을 엿보고 있었다고."

"그랬지."

"네가 따로따로 생각하니까 잘 안 되는 거야. 아카이 씨가 엿본 건 다른 게 아니라 쓰네 영감이었다고 생각할 수는 없겠어?

영감은 화단을 손질하고 있었어. 하지만 거기엔 지금 가꿀 만한 꽃도 별로 없고, 씨를 뿌릴 시기도 아니야. 다른 뭔가를 하고 있었다고 보는 게 자연스러워."

"다른 뭔가라면?"

"사건 당시 영감은 서재 안의 부자연스러운 장소에 한동안 앉아 있었어. 그 다음날 이른 아침엔 화단 손질이야. 이 두 가지를 연결하면 결론은 하나뿐이지. 영감은 뭔가를 숨겼어.

뭘 숨겼는지, 왜 숨겼는지는 모르겠어. 하지만 영감이 뭔가를 숨겨야만 했다는 것만은 틀림없어. 창가에 앉은 건 그 물건을 다리 밑에 깔아 숨기기 위해서겠지. 영감이 뭔가를 숨기고자 한다면 가장 자연스러운 장소는 화단이야. 부엌에서 가장 가깝고 식물을 가꾸는 척할 수도 있으니까.

부탁이 있는데, 지금 우리 집에 가서 그 화단을 파보고 숨긴 물건을 가져와줄래? 묻은 곳은 흙의 색을 보면 금방 알 수 있을 거야."

나는 히로이치의 추리에 할 말을 잃었다. 내가 두 눈으로 보고도 알아내지 못했던 것을 병상에서 깨우친 것이다.

"가보는 건 좋지만⋯ 너는 아까 이 사건이 도둑질이 아니라 악마의 소행이라고 했잖아. 확실한 근거가 있는 거야? 또 하나 이해가 안 되는 건 아까 꽃병을 던지라고 한 이유야. 다녀오기 전에 먼저 설명해줄 수 있어?"

"미안해. 전부 내 상상에 불과한 데다 경솔하게 말할 수 없는 성질의 일이라 지금은 묻지 말아 줘. 다만 내 상상이 틀리지 않았다면 이 사건은 드러난 것보다 훨씬 더 무서운 범죄라는 것만 마음에 새겨 둬. 그렇지 않다면 환자인 내가 이렇게 무리할 리 없잖아."

나는 간호사에게 뒷일을 부탁하고 병원을 나왔는데, 내가 병실을 나가려 할 때 히로이치가 콧노래 부르듯이 독일어로 "여자를 찾아라, 여자를 찾아라"라고 중얼거리는 것이 들렸다.

유키 저택을 찾아간 것은 황혼 무렵이었다. 소장은 부재중이어서 서생에게 인사만 하고 틈을 보아 슬쩍 정원으로 나갔다.

문제의 화단을 파본 결과를 간단히 말하자면 히로이치의 추측은 적중했다. 물건이 나왔다. 낡은 싸구려 알루미늄제 안경 케이스였는데 최근 묻은 것이 분명했다.

나는 쓰네 씨에게 들키지 않도록 그 케이스를 한 하녀에게 보여주며 주인이 누구인지 물어보았는데, 뜻밖에도 그것은 쓰네 씨 자신의 돋보기 케이스임이 밝혀졌다. 하녀는 표시가 있어서 분명하다고 했다.

쓰네 씨는 자기 물건을 숨긴 것이다.

그것이 범죄 현장에 떨어져 있었다면 화단에 묻어둘 것 없이 그냥 사용하면 됐을 텐데. 그리고 평소 쓰던 케이스가 갑자기 없어지는 게 누가 보기에 더 이상하지 않은가.

아무리 생각해도 이해가 되지 않아 일단 히로이치에게 가져가기로 했다.

하녀에게는 함구를 당부한 뒤 본채 쪽으로 돌아갔을 때, 또다시 이해할 수 없는 일과 마주쳤다.

해가 거의 다 져서 발밑이 흐릿할 만큼 어두워져 있었다. 본채의 미닫이문은 모두 닫혀 있었고 주인이 부재라 서양관의 창문에도 불빛은 보이지 않았다.

그 어스름한 정원에서 한 그림자가 이쪽을 향해 걸어오고 있었다.

거리가 점점 줄어들었다.

그림자는 셔츠 차림의 아카이 씨였다.

이 사람은 주인도 없는 집에, 그것도 이 시간에 이런 차림으로 무엇을 하러 온 걸까.

그는 내 모습을 보고 깜짝 놀라 멈춰 섰는데 이번엔 어찌 된 건지 맨발에다 허리 아래는 온통 젖어서 흙투성이였다.

"아카이 씨… 어떻게 된 거예요?"

내가 묻자 그는 난처한 표정으로 변명하듯 말했다.

"아아, 잉어를 낚다가 미끄러졌어요. 저 연못 밑은 진흙이 꽤 깊군요."

3

 얼마 지나지 않아 나는 다시 히로이치의 병실에 있었다.

 히로이치의 어머님은 나와 엇갈려 저택으로 돌아가셨고, 그의 침대 곁에는 간호사가 지루한 듯 앉아있었다.

 내가 들어서자 히로이치는 간호사를 내보내며 수색 결과를 물었다.

 "네 추측이 맞았어. 화단에 이게 묻혀 있었어."

 나는 안경 케이스를 침대 위에 올려놓았다. 히로이치는 놀란 듯한 표정으로 "역시…" 하고 중얼거렸다.

 "이게 묻혀 있다는 걸 알고 있었어? 하녀에게 물어보니 쓰네 씨의 돋보기 안경 케이스라는데, 쓰네 씨는 왜 자신의 물건을 묻어야만 했을까?"

 "그래, 그건 쓰네 영감 물건이 맞아. 하지만 거기엔 그 이상의 의미가 있어."

 "뭔데 그게?"

 "이제 의심할 여지가 없어. 끔찍해……. 그자가 어떻게 그런 짓을

……."

히로이치는 내 질문에는 대답하지 않은 채 상기된 얼굴로 혼잣말을 했다. 범인을 확정한 모양이다.

범인의 정체를 물어보려던 순간 문을 두드리는 소리가 들렸다.

하타노 경부였다. 히로이치가 입원한 이래 몇 번째인지 모를 방문이었다. 그는 유키 가에 대해 공무 외에도 호의를 가지고 있었다.

"많이 좋아지신 것 같네요."

"경부님 덕이죠. 잘 회복 중입니다."

이런 인사가 오간 뒤, 경부는 약간 정색을 하더니 "늦은 시간에 찾아온 건 급히 알려드릴 일이 생겼기 때문입니다"라며 나를 힐끗 쳐다보았다.

"마쓰무라는 제 친구예요. 신경 쓰지 마시고 말씀하세요."

히로이치가 재촉하자 경부가 말을 이었다.

"기밀까지는 아니니 말씀드리겠습니다만… 범인을 찾아냈습니다. 오늘 오후에 체포했어요."

"뭐라고요?"

히로이치와 내가 동시에 외쳤다.

"범인은 누굽니까?"

"히로이치 씨. 혹시 코토노 산에몬이라는 이 근처 지주를 아십니까?"

과연 코토노 산에몬과 관련이 있었다. 독자들은 기억할 것이다. 아카이 씨가 그 산에몬의 집에서 금박투성이가 되어 나온 적 있었다는 것을.

"네, 압니다만. 그러면……"

"그의 아들이 미쓰오라는 정신병자입니다. 집에 가두어두고 외출도 허락하지 않는다고 하니 아마 모르실 테지요. 저도 오늘에야 알았습니다."

"그 사람도 알고 있습니다. 그럼 미쓰오가 범인이라는 건가요?"

"네. 체포해서 기본 조사도 마쳤습니다. 확실한 자백은 받지 못했지만요. 미쓰오에겐 좀 특이한 정신병이 있는데, 황금광이랄까요? 금색 물건에 비정상적으로 집착하고 있어요.

그의 방을 보고 깜짝 놀랐습니다. 방 안이 불단처럼 온통 금빛이에요. 도금이든 황동 가루나 금박이든, 가치와 상관없이 금색을 띤 것이라면 액자에서 금종이, 줄밥에 이르기까지 무차별적으로 수집하고 있었습니다."

"그것도 언뜻 들은 바 있어요. 그러니까 그 사람이 황금광이라서 우리 집에서 금제품만 훔쳐갔다는 거죠?"

"네. 지폐가 든 지갑은 그대로 두고 금제품만을, 그것도 별 가치도 없는 만년필까지 빠짐없이 가져간 건 어떻게 생각해도 이해가 되지 않았습니다.

저는 처음부터 이 사건에 어딘가 비정상적인 기미를 느꼈는데 과연 범인은 정신병자였네요. 그것도 황금광이었죠. 딱 들어맞지 않습니까?"

"그래서 도난품은 찾았나요?"

방금 히로이치의 말투엔 가까운 사람이 아니면 알아차리기 힘들 정도로 비꼬는 뉘앙스가 섞여 있었다.

"아직이요. 수색은 했지만 방 안에는 없더군요. 기벽이 동해 어떤 엉뚱한 곳에 숨겼을 거예요. 더 철저히 수색하면 나올 겁니다."

"알리바이는 없었나요? 사건이 일어난 날 밤 미쓰오가 집에 없었다는 게 확인됐나 해서요. 가족들은 미쓰오가 집을 나간 걸 몰랐고요?"

히로이치가 끈질기게 캐묻자 경부는 못마땅한 표정을 지었다.

"가족들은 몰랐던 것 같지만, 미쓰오는 별채에 있었으니 창문으로 나가서 담을 넘으면 누구의 눈에도 띄지 않을 수 있었어요."

"그렇군요, 그렇군요." 히로이치는 뭔가 탐탁지 않은 것 같았다.

"현장의 발자국은요? 우물에서 시작해서 우물에서 끝나는 발자국을 어떻게 해석하셨나요? 이건 상당히 중요한 것 같은데요."

"마치 제가 심문을 받는 것 같군요."

경부는 잠깐 내 얼굴을 보면서 태연한 척 웃어 보였지만 불쾌해하는 기색이 역력했다.

"히로이치 씨가 왜 그런 것까지 신경 쓰십니까? 그건 경찰이나 법원의 몫입니다."

"화내지 마시죠. 제가 피해자인데 참고 삼아 여쭤볼 수 있지 않습니까?"

"아까부터 명확하지 않은 점만 골라서 물으시는데요." 경부는 어쩔 수 없다는 듯 웃으며 말했다.

"발자국 건도 조사 중이니 조금 더 기다리시죠."

"그럼 확실한 증거는 하나도 없다는 얘기군요. 미쓰오의 황금광 성향과 금제품만 도난된 점이 우연히 일치한 것 말고는."

히로이치가 거침없이 말했다. 옆에서 듣고 있던 나는 아찔해졌다.

"우연한 일치라고요?" 인내심 많은 하타노 경부도 이번엔 욱한 것 같았다.

"왜 그런 식으로 말씀하십니까? 경찰이 잘못된 수사를 하고 있다는 뜻입니까?"

"그렇습니다." 히로이치가 단호한 일격을 가했다.

"경찰이 코토노 미쓰오를 체포한 것은 터무니없는 실수입니다."

"뭐라고요?" 경부는 어이없다는 표정을 지었지만, 그냥 넘어갈 수 없다는 듯 반문했다.

"증거라도 있습니까? 그렇지 않다면 함부로 할 얘기는 아닙니다."

"증거는 차고 넘칠 만큼 있지요."

히로이치는 이번엔 느긋하게 말했다. 병상에 누워서 경찰을 들었다 놓았다 한다.

"말도 안 됩니다. 사건 이후 줄곧 누워 있던 히로이치 씨가 어떻게 증거를 모았다는 말입니까? 아직 몸이 성치 않으신 거예요. 망상입니다. 마취제의 꿈이라고요."

"하하하하, 두려우신가요? 당신의 실수가 밝혀지는 게 겁나세요?"

히로이치는 끝내 경부를 화나게 만들고 말았다. 그렇게까지 말했으니 상대가 소장의 아들이든 환자든 그냥 넘어갈 리 없었다. 경부는 얼굴을 바위처럼 굳힌 채 의자를 바짝 끌어당겼다.

"그럼 들어보죠. 누가 범인이라는 겁니까?"

박력 있게 다그쳤지만 히로이치는 쉽게 대답하지 않았다. 생각을 정리하는 건지 천장을 보며 눈을 감아버렸다. 그는 아까 쉽게 의심받을 인물을 알고 있지만 진범이 아니라고 했다. 이제 보니 황금광 코토노 미쓰오를 말한 것이다.

하지만 미쓰오는 확실히 의심스럽다. 미쓰오가 아니면 누가 범인일까? 또 다른 황금광이 있다는 얘기인가?

혹시 아카이 씨는 아닐까? 사건 이후 아카이 씨의 행동은 하나같이 수상했다. 코토노 집에서 금박투성이가 되어 나온 적도 있지 않은가. 그 정도면 다른 의미로 '황금광'이 아닐까?

문득 내가 화단을 조사하러 유키 저택으로 나설 때 히로이치가 한 말이 떠올랐다. "여자를 찾아라"라는 뜻의 독일어였다. 죄의 이면에 '여자'가 있다는 뜻일까? 여자라고 하면 바로 떠오르는 건 시마코 씨인데, 그녀가 이 사건과 관련이 있다는 것일까?

그리고 보니 도둑의 발자국은 여자처럼 안쪽으로 모아져 있었다. 그리고 권총 소리가 난 직후에 서재에서 히사마쓰라는 고양이가 뛰쳐나왔다. 시마코 씨가 아끼는 고양이다. 그렇다면 그녀가?

그 외에도 수상한 인물이 더 있다. 늙은 하인 쓰네 씨다. 그의 안경 케이스가 범행 현장에 있었고 그는 일부러 그것을 화단에 묻지 않았던가.

잠시 후 히로이치가 눈을 번쩍 뜨더니 하타노 경부를 향해 낮은 목소리로 말하기 시작했다.

"미쓰오가 집안 사람들 모르게 집을 빠져나갈 수는 있었을 거예요. 하지만 정신병자라 해도 발자국을 내지 않고 걸을 수는 없죠. 우물가에서 사라진 발자국을 어떻게 해석할 것인가. 이것이 사건 전체를 좌우하는 근본적인 문제입니다. 이를 해결하지 않고 범인을 잡으려는 건 너무 안이한 생각이에요."

히로이치는 숨을 고르기 위해 잠시 멈췄다. 상처가 아픈지 심하게 눈살을 찌푸리고 있었다. 경부는 히로이치의 자신감에 찬 모습에 압도되었는지 잠자코 기다렸다.

"여기 있는 마쓰무라 군이," 히로이치가 다시 입을 열었다.

"그에 대해 매우 흥미로운 가설을 세웠습니다. 아시는지 모르겠지만, 그 우물 반대편에 들개 발자국이 있었어요. 그게 반대쪽 도로까지 이어져 있었다는데 혹시 범인이 개 발자국을 본뜬 것을 손발에 끼우고 네발로 빠져나간 것이 아닐까 하는 겁니다.

그런데 이 가설은 흥미롭긴 해도 비현실적이에요. 왜냐하면," 그는 나를 보며 말했다.

"개 발자국이라는 트릭을 생각해낸 범인이라면 왜 우물가까지는 진짜 발자국을 남겼을까요? 절묘한 계획이 무용지물이 되지 않습니까. 일부러 절반만 개 발자국으로 남기는 건 정신병자의 소행이라 해도 이해하기 어려워요. 그래서 유감스럽지만 이 가설은 탈락이에요. 발자국의 수수께끼는 여전히 남아 있어요.

그런데 경부님, 며칠 전에 보여주신 현장 약도를 그린 수첩은 갖고 계신가요? 그 안에 이 수수께끼를 풀 열쇠가 숨어있지 않을까 싶은데요."

다행히 하타노의 주머니에 수첩이 있었다. 하타노는 약도가 그려진 페이지를 펴서 히로이치의 베개 옆에 놓았다.

"보세요. 아까 마쓰무라에게도 말했지만, 저택으로 가는 발자국과 우물로 돌아오는 발자국 사이의 간격이 부자연스럽게 벌어져 있어요. 급한 상황에 이렇게 돌아갈 여유가 있을까요?

또 하나, 왕복 발자국이 단 하나도 겹치지 않는 것도 부자연스러워요. 제가 무슨 말을 하는지 아시겠습니까? 이 두 가지 어색함은 한 가지 사실을 가리킵니다.

범인이 발자국이 겹치지 않도록 세심하고도 고의적인 주의를 기울였다는 거예요. 어둠 속에서 발자국이 겹치지 않게 하려니 꽤 간격을 벌려 왕복할 수밖에 없었고요."

"발자국이 겹치지 않았다는 건 확실히 부자연스럽네요. 말씀하신 대로 일부러 그랬을지도 모르고요. 하지만 그게 어떤 의미를 가진다는 거죠?"

하타노 경부가 어리석은 질문을 했다. 히로이치는 답답한 표정을 지었다.

"이것도 모르시다니. 경부님은 구제할 수 없는 심리적 착각에 빠져 계신 겁니다. 보폭이 좁은 건 저택으로 온 자국이고 넓은 쪽은 급히 도망갈 때 찍힌 자국이라는 생각. 따라서 발자국은 우물에서 시작해서 우물에서 끝난다는 미신에요."

"히로이치 씨는 발자국이 우물에서 우물로가 아니라, 서재에서 나와 서재로 돌아간 자국이라고 말씀하시는 건가요?"

"네, 저는 처음부터 그렇게 생각했습니다."

"아니요, 아닙니다." 경부는 필사적으로 반박했다.

"일리는 있지만 그 설명도 결함이 있어요. 그토록 치밀한 범인이라면 왜 맞은편 도로까지 걸어가지 않고 우물에서 멈췄을까요? 중간에 발자국이 사라져버리면 애써 만든 트릭이 아무런 소용이 없게 됩니다. 범인이 그런 실수를 저질렀을까요?"

"저질렀습니다. 아주 단순한 이유로요."

히로이치는 거침없이 대답했다.

"그날 밤이 너무 어두웠기 때문입니다."

"어둡다? 어두워서 우물까지는 걸을 수 있었던 사람이 거기서 얼마 더 되지 않는 도로까진 못 갔다는 게 말이 됩니까?"

"그런 뜻이 아닙니다. 범인은 우물 너머로는 발자국을 남길 필요가 없다고 잘못 판단한 겁니다. 황당한 심리적 착오죠.

경부님은 모르시겠지만 그 사건이 있기 2-3일 전까지 한 달 넘도록 우물 뒤쪽 빈터에 헌 목재가 가득 쌓여 있었어요.

범인은 그걸 봤기 때문에 착각한 거예요. 목재가 치워진 걸 모르고 그날 밤에도 거기에 목재가 있다고 생각한 거죠. 범인이라면 목재 위를 밟고 지나갈 테니 발자국이 남지 않을 것이고, 그러면 그 이상 발자국을 남길 필요가 없다고 생각했을 거예요.

그날 밤이 너무 어두워서 목재가 없어졌다는 걸 몰랐기 때문에 범인은 계획을 수정하지 못했습니다. 어쩌면 범인의 발이 우물가에 튀어나온 회반죽에 부딪혀서, 그걸 목재로 착각해버린 걸 수도 있겠네요."

허무할 만큼 명료한 해석이었다. 나 역시 그 목재 더미를 본 적이 있고, 아카이 씨가 의미심장하게 헌 목재 이야기를 했던 것도 들은 바 있다. 그런데도 병상의 환자가 추리할 수 있었던 것을 깨닫지 못한 것이다.

"그러니까 범인이 저택 외부에서 침입한 것으로 보이게 하려는 발자국 트릭이란 얘기네요. 그러면 범인은……."

"네, 사건 당시 저택에 있었어요."

이제 하타노 경부도 창백한 탐정에게 고개를 숙인 듯, 어서 그의 입을 통해 진범의 이름을 듣고 싶어 하는 것 같았다.

"발자국이 가짜라면 범인은 공중을 날지 않는 한 저택 안에 있었다고 볼 수밖에요."

히로이치가 살며시 끄덕이며 추리를 이어갔다.

"범인이 금제품만 노린 것도 발자국 트릭과 같은 의도로 풀려요. 코토노 미쓰오라는 황금광이 있다는 걸 알고 그의 짓처럼 꾸민 거죠. 그런데 이유가 하나 더 있었어요. 제품들의 크기와 무게에 관련된 거예요."

히로이치는 한 손으로 수첩을 들어 약도를 경부와 내 쪽으로 보이게 했다.

"이 약도가 말해주고 있어요. 경부님, 이 서양관 근처의 연못은 무슨 생각으로 그려두신 건가요?"

"그게 무슨… 아, 히로이치 씨…"

경부는 그 말의 뜻을 깨달은 듯했으나 이내 "설마 그럴 리는…" 하며 반신반의했다.

"값비싼 금제품이니 도둑이 노렸다고 해도 이상하진 않습니다. 동시에 모두 작고 무게도 적당하죠. 도둑질한 것처럼 보이게 하고 연못에 던져넣기에 안성맞춤이에요.

마쓰무라, 아까 꽃병을 던지게 한 건 도난당한 탁상시계와 무게가 비슷할 거 같아서 얼마나 멀리 던질 수 있는지 실험해본 거야. 도난품이 연못 어디쯤 가라앉아 있을지 알아보려고."

이때 경부가 응당한 질문을 던졌다.

"하지만 범인은 왜 그렇게 번거로운 짓을 해야 했을까요? 도둑질로 위장했다고 하셨는데, 대체 무엇을 도둑질로 위장한 겁니까? 범인의 진짜 목적은 알고 계십니까?"

"뻔하지 않습니까? 저를 죽이는 것입니다."

"네? 히로이치 씨를 죽이다니? 대체 누가요? 무슨 이유로요?"

"잠깐만요. 우선 제가 왜 그렇게 생각하는지 말씀드릴게요. 당시 도둑은 저에게 발포할 필요가 없었어요. 어둠을 틈타 도망치기만 해도 충분했잖아요.

권총 강도라 해도 보통은 권총을 협박용으로만 쓰지 함부로 발사하진 않습니다. 고작 금제품 몇 개 훔치려고 사람을 죽이면 도둑

입장에서도 손해예요. 절도죄와 살인죄는 형량이 크게 다르니까요.

이렇게 보면 그 발포는 매우 부자연스러워요. 제 의심은 여기서 시작됐어요. 도둑질은 위장이고 진짜 목적은 살인이 아니었을까."

"의심 가는 사람이 있습니까?" 하타노가 조급해하며 물었다.

"아주 간단한 산수입니다. 저는 처음부터 누군가를 의심하진 않았습니다. 여러 정보의 관계를 논리적으로 검토해서 마땅한 결론에 도달했을 뿐이에요. 그 결론이 맞는지는 실제로 조사해 보시면 알 수 있겠죠. 예를 들어 연못 속에 도난품이 정말 가라앉아 있는지를요.

제가 산수라고 한 건 2에서 1을 빼면 1이 남는다는 아주 명확한 이치이기 때문입니다. 간단하다 못해 뻔한 일이죠."

히로이치는 계속 이어갔다.

"정원의 발자국이 위장이라면 범인은 복도를 통해 본채 쪽으로 도망가야 합니다. 그런데 그 복도에는 권총이 발사된 순간 코다 신타로가 지나가고 있었죠.

아시다시피 서양관의 복도는 하나뿐이고 전등도 켜져 있었습니다. 코다의 눈을 피해 도망치는 건 불가능했어요.

서재 옆방인 시마코의 방은 여러분이 곧바로 수색했지만 범인이 숨은 곳은 아닙니다. 논리적으로 따지면 이 사건에는 범인이 존재할 여지가 없다는 결론이 나옵니다.”

“저도 그 점은 알고 있었습니다. 도둑은 본채 쪽으로 도망갈 수 없었어요. 그래서 범인이 외부에서 왔다는 결론이 나왔던 거예요.”

“범인이 외부에도 내부에도 없었다면, 남는 건 피해자인 저와 최초 발견자인 코다 신타로, 두 사람뿐입니다. 하지만 피해자가 범인일 리는 없죠. 세상 어디에 자기 자신을 쏘는 바보가 있겠습니까. 2에서 1을 뺀다는 얘기가 바로 이겁니다. 두 사람 중 피해자를 빼면 남는 건 가해자일 수밖에 없어요.”

“코다 신타로?” 경부와 내가 동시에 외쳤다.

“네. 우리는 착각에 빠져 있었어요. 한 사람이 우리의 사각지대에 몸을 숨기고 있었습니다. 코다 신타로는 피해자의 친구이자 사건의 최초 발견자라는 기묘한 위장막을 둘러쓴 채 자신을 감추고 있었던 겁니다.”

“논리적으로는 그럴 수 있겠지만, 설마 그렇게 얌전한 코다가…….”

나는 뜻밖의 결론을 도무지 믿기 어려웠다.

“나도 내 친구를 범인으로 만들고 싶진 않아. 하지만 가만히 있다간 불쌍한 광인이 누명을 쓸 수밖에 없어.

그리고 마쓰무라, 코다는 우리가 생각하는 것처럼 선량한 사람이 아니야. 이번 수법을 봐. 온갖 간교한 꾀를 다 짜냈어. 보통 사람은 생각해낼 수 없는 일이지. 악마의 소행이라고."

"확증은 있습니까?" 하타노 경부는 실무자답게 물었다.

"그가 아니면 범행을 저지를 수 있는 사람이 없다는 게 가장 큰 증거 아닙니까? 뭐, 원하신다면 증거는 있어요. 마쓰무라, 코다가 평소에 어떻게 걷는지 기억할 수 있겠어?"

그 말을 듣자 문득 떠올랐다. 코다가 범인이라고는 꿈에도 생각지 못해서 잊고 있었는데, 분명 발끝을 안쪽으로 하고 걷는 버릇이 있었다.

"으응. 코다는 안짱다리니까."

"그리고 더 확실한 게 있습니다."

히로이치는 안경 케이스를 시트 밑에서 꺼내 경부에게 건네며 쓰네 씨가 그것을 숨긴 경위를 설명했다.

"이 케이스는 원래 영감의 물건입니다. 만약 영감이 범인이었다면 화단에 묻을 것도 없이 모르는 척 사용하면 됐어요. 현장에 케이스가 떨어져 있었다는 건 아무도 몰랐으니까요. 케이스를 숨긴 건 오히려 그가 범인이 아니란 증거죠.

그럼 왜 숨겼을까요? 이유가 있습니다. 마쓰무라 너는 어떻게 눈치도 못 챘냐. 매일 같이 바다에 갔으면서."

히로이치의 설명에 따르면 코다 신타로는 근시 안경을 쓰지만 유키 저택에 올 때마다 안경 케이스를 챙기지 않았다.

케이스가 항상 필요한 건 아니지만 수영할 때만큼은 벗은 안경을 둘 곳이 없어 곤란하다. 이를 안타깝게 본 쓰네 씨가 자신의 안경 케이스를 코다에게 빌려줬다. 이 사실은 히로이치뿐 아니라 시마코와 유키 저택 서생들도 잘 알고 있었기에 쓰네 씨는 현장의 케이스를 보고 코다를 감싸기 위해 재빨리 숨긴 것이다.

쓰네 씨가 코다의 죄를 감추려고 한 건 그가 코다의 아버지에게 많은 신세를 졌기 때문이다. 유키 저택에 고용된 것도 코다 아버지의 소개 덕분이었다고 한다. 그래서 쓰네 씨는 은인의 아들인 코다에게 각별한 호의를 보여 왔다. 이런 사정은 나도 전부터 대략 알고 있었다.

"하지만 범행 현장에 안경 케이스가 떨어져 있었다고 해서 곧바로 코다를 범인으로 의심했다고요? 고작 케이스뿐인데요."

하타노 경부가 정곡을 찌르는 질문을 했다.

"거기에도 이유가 있습니다. 이걸 말씀드리면 자연스럽게 코다의 범행 동기도 밝혀집니다."

히로이치는 조금 말하기 곤란한 듯 머뭇거리다 이야기를 시작했다.

긴 사연을 요약하면 히로이치, 시마코, 코다의 이른바 삼각관계였다. 오래 전부터 아름다운 시마코를 두고 히로이치와 코다 사이에

암묵적인 다툼이 있었던 것이다.

이 이야기의 처음에도 말했듯이 히로이치와 코다는 나보다 훨씬 더 친한 사이였다. 유키 부자와 코다 부자가 오랜 친구 사이였기 때문이다.

히로이치와 시마코가 정략결혼 상대라는 것은 알고 있었고 시마코에 대해 코다가 무관심하지 않다는 것도 어렴풋이 알고 있었지만, 상대를 죽여야 할 만큼 절박한 심정이라고는 꿈에도 몰랐다.

"부끄러운 얘기지만, 코다와 저는 아무도 없는 곳에서는 자주 다퉜어요. 애들처럼 몸싸움까지 했죠. 진흙 위를 뒹굴며 시마코는 내 거다, 내 거다 하고 마음속으로 외치고 있었던 거예요.

가장 큰 문제는 시마코의 애매한 태도였어요. 오랫동안 우리 둘 중 어느 쪽에도 확실하게 선을 긋지 않았거든요. 코다 입장에서는 정략결혼 상대라는 이점을 가진 저를 죽여버리면 시마코와 이어질 수 있다고 생각했을 거예요.

우리의 반목을 쓰네 영감은 잘 알고 있었어요. 심지어 사건이 있던 날도 우리는 정원에서 심하게 싸웠는데 그것도 영감의 귀에 들어갔을 거예요. 그래서 코다가 흘린 케이스를 보자 충직한 하인의 직감으로 범인임을 깨달은 거죠. 그 서재엔 코다가 좀처럼 들어가지 않는데다, 코다가 그저 목격자라면 서재 안쪽 창가에 안경 케이스가 떨어져 있을 리 없거든요."

이로써 모든 것이 명백해졌다. 히로이치의 논리정연한 추리에 경부도 더 이상 이의를 제기할 생각이 없어 보였다. 이제 연못 바닥의 도난품을 확인하는 일만 남았다.

잠시 후, 경찰서에서 하타노 경부에게 좋은 소식을 전해 왔다. 그날 밤 연못 바닥에 있는 도난품을 경찰에 신고한 사람이 있었다.

연못 바닥에는 도난된 금제품 외에도 범행에 사용된 권총과 발자국을 남긴 버선 신발, 유리 절단 도구까지 가라앉아 있었다.

독자 여러분도 이미 짐작했겠지만 이 물건들을 연못 바닥에서 찾아낸 사람은 아카이 씨였다.

그가 그날 저녁 흙투성이가 되어 있던 건 실수로 연못에 빠진 게 아니라 도난품을 꺼내기 위해 자발적으로 들어갔기 때문이다.

나는 그를 범인이 아닐까 의심하기도 했지만 큰 오해였다. 그 역시 뛰어난 탐정이었다.

내가 그 이야기를 하자 히로이치는 이렇게 말했다.

"그렇지, 나는 애초부터 알고 있었어. 아카이 씨가 쓰네 영감을 엿보고 있었던 것도, 코토노 산에몬의 집에 몰래 들어가 반짝이며 나온 것도 모두 수사의 일환이었다는 걸 말야.

모두 나한텐 큰 도움이 됐어. 안경 케이스를 발견할 수 있었던 것도 결국 아카이 씨 덕분이니까. 방금 네가 아카이 씨가 연못에 빠졌다고 했을 때는 '드디어 거기까지 눈치챘구나' 하고 깜짝 놀랄 정도였지."

 이후에 들은 얘기를 정리해 두면, 연못에서 나온 버선 신발은 금으로 만든 재떨이와 함께 손수건에 쌓인 채 가라앉아 있었다. 물 위로 떠오르는 것을 막기 위함일 것이다.

 그런데 그 손수건이 코다 신타로의 것임이 밝혀졌다. 손수건 끝에 S·K라는 그의 이니셜이 먹으로 쓰여 있었다. 코다도 가라앉을 손수건의 표시까지는 신경 쓰지 못했던 것이다.

 살인미수 용의자로 체포된 코다는 얌전해 보이는 겉모습과는 달리 무척 고집스러웠다. 아무리 추궁해도 좀처럼 실토하지 않았다.

 사건 직전에 어디에 있었냐고 다그치면 입을 다물고 아무 말도 하지 않았다. 그래서 총격이 있기 전까지의 알리바이도 성립하지 않았다.

 처음에는 얼굴을 식히려고 현관에 나갔다고 진술했지만, 그것은 유키 저택 서생의 증언으로 곧바로 뒤집혀버렸다. 서생이 그날 밤 내내 현관이 잘 보이는 옆방에 있었던 것이다. 아카이 씨가 담배를 사러 나간 것이 사실이었다는 것도 그 서생의 입을 통해 밝혀졌다.

 고집을 부려봤자 증거가 많았고 알리바이조차 성립되지 않았다. 결국 코다 신타로는 기소되어 정식 재판을 받게 되었다. 미결수가 된 것이다.

4

 그로부터 일주일쯤 지나 유키네를 방문했다. 히로이치가 퇴원했다는 연락을 받았기 때문이다.
 저택 안에는 아직도 무거운 공기가 감돌고 있었다. 외아들인 히로이치가 퇴원은 했지만 평생 다리를 못 쓰게 되었으니 당연했다. 유키 소장도 부인도 각자의 방식으로 나에게 한탄을 털어놓았다.
 가장 괴로워한 건 시마코였다. 그녀가 죄책감 때문인지 자상한 아내처럼 히로이치를 지극정성으로 돌보고 있다고 부인이 말했다.
 그래도 히로이치는 원기를 회복해 피비린내 나는 사건은 잊어버린 듯 소설 구상 같은 것을 이야기했다.
 저녁엔 아카이 씨가 방문했다. 나는 이 사람을 의심했던 것이 미안해서 전보다 더 친근하게 대화를 걸었다. 히로이치도 탐정의 방문을 반겼다.
 저녁 식사 후 우리는 시마코를 데리고 넷이서 해변 산책을 나섰다.
 "목발이란 게 생각보다 편하네. 봐봐, 이렇게 뛸 수도 있어."
 히로이치는 유카타 자락을 휘날리며 우스꽝스러운 모습으로 뛰어보였다. 새 목발 끝이 땅에 닿을 때마다 쿠당쿠당 소리가 났다.

"히로이치 군, 위험해요."

시마코는 그를 졸졸 따라다니며 조마조마한 듯 소리쳤다.

"여러분, 유이가하마 축제나 구경하러 갈까요?" 히로이치가 신이
나서 제안했다.

"걸을 수 있겠습니까?" 아카이 씨가 걱정스레 물었다.

"괜찮아요. 축제장까지는 20분도 안 걸려요."

새내기 장애인은 막 걷기 시작한 아이처럼 목발 생활을 즐기고
있었다.

우리는 농담을 주고받으며 달밤의 시골길을 시원한 해풍을 맞으
며 걸었다.

길 중간쯤에서 대화가 끊기고 네 사람 모두 말없이 걷고 있을 때,
무슨 생각이 났는지 아카이 씨가 킥킥 웃기 시작했다.

무척 재미있는 일인 듯 한참 동안 웃음이 멈추지 않았다.

"아카이 씨, 재미있는 게 있으면 같이 웃어요." 시마코가 참다못
해 넌지시 물었다.

"하하, 별건 아닌데요." 아카이 씨는 여전히 웃으며 대답했다.

"발에 대해 생각하고 있었어요. 체구가 작은 사람은 발도 작을 것
같지만 꼭 그렇지만은 않아요. 체구는 작은데 발이 유독 큰 사람
도 있다는 걸 방금 알았거든요. 웃기지 않나요? 발만 크다니요."

아카이 씨는 그렇게 말하고는 또 킥킥 웃기 시작했다. 시마코는 예의상 웃어보였지만 어디가 재미있는지 모르겠다는 표정이었다.

여름밤의 유이가하마는 어딜 가도 밝고 활기찼다. 해변 무대에서는 가구라와 비슷한 여흥이 시작되어 사람들이 까맣게 몰렸고 무대를 둘러싸고 갈대발로 만든 노점들이 늘어서 있었다.

카페, 레스토랑, 잡화점, 과자 가게. 그리고 100촉광의 전등과 축음기, 진한 백분을 바른 소녀들······

우리는 어느 밝은 카페에 자리를 잡고 차가운 음료를 마시며 축제의 경관을 즐기고 있었는데, 거기서 아카이 씨가 무례한 행동을 했다.

그는 며칠 전 연못 바닥을 뒤지다가 유리 조각에 손가락을 다쳐서 붕대를 감고 있었다.

카페에 있는 동안 붕대가 풀어져서 입으로 다시 매려고 했지만 잘 안되는 것 같았다. 시마코가 안타까워하며 "제가 해 드릴까요?"라며 물었는데, 아카이 씨는 그 제안을 무시하고 반대쪽에 앉아 있던 히로이치 앞으로 손가락을 불쑥 내밀었다.

"죄송하지만 이것 좀."

이 사람은 근본적으로 예의가 없는 건가, 아니면 자기 생각에 갇힌 고집쟁이인가.

얼마 지나지 않아 히로이치와 아카이 씨 사이에 탐정 이야기가 다시 시작됐다. 둘 다 이번 사건에서 경찰을 앞지르는 공을 세웠으니 대화는 활기가 띠었다.

대화가 무르익자 그들은 예전처럼 국내외 실제 혹은 소설 속 탐정들을 비판하기 시작했다. 히로이치가 평소 눈엣가시로 여기던 아케치 코고로도 다시 도마에 올랐다.

"그놈은 아직 진짜 똑똑한 범인을 만난 적이 없어요. 평범한 범인이나 잡고 건방을 떨고 있으니 명탐정이라고 할 수 있나요."

카페에서 나온 뒤에도 둘의 대화는 끝날 줄 몰랐다. 자연스럽게 우리는 두 조로 나뉘었고, 시마코와 나는 이야기에 열중한 두 사람을 앞질러 걸었다.

시마코는 인적 없는 파도가 치는 바닷길을 노래하며 걸었다. 나도 아는 곡은 함께 불렀다.

달빛은 수십억 개의 은가루가 되어 파도 위에서 춤추고, 바닷바람은 노래 소리를 저 멀리 소나무 숲으로 날려보냈다.

"우리, 저 사람들 깜짝 놀라게 해줄까요?"

시마코가 장난기 어린 표정으로 내게 속삭였다. 돌아보니 두 탐정은 여전히 대화를 나누며 100미터 정도 뒤에 걸어오고 있었다.

시마코는 옆의 큰 모래언덕을 가리키며 "저기요, 저기" 하고 계속 재촉했고 우리는 숨바꼭질하는 아이들처럼 그 모래언덕 그늘에 몸을 숨겼다.

"응? 어디 갔지?"

잠시 후 두 사람의 발자국 소리가 가까워지며 히로이치의 목소리가 들렸다. 그들은 우리가 숨은 걸 모르고 있었다.

"길을 잃지는 않았겠죠. 그보다 여기서 잠깐 쉬어 가면 어떨까요? 모래는 목발로 걷기 힘드실 텐데."

아카이 씨의 제안으로 두 사람은 자리에 앉은 것 같았다. 우연히도 모래언덕을 사이에 두고 우리와 등을 맞댄 위치였다.

"여기라면 듣는 사람이 없겠죠. 사실은 말이죠, 히로이치 씨에게만 몰래 말씀드리고 싶은 게 있었어요."

아카이 씨의 목소리였다. 이제 막 "와악!" 하고 뛰쳐나가려고 준비하고 있던 우리는 그 말에 다시 주저앉았다.

아카이 씨의 목소리가 돌연 착 가라앉았다.

"코다 군이 정말 진범이라고 믿습니까?"

이제 와서 이상한 소리를 하는구나.

하지만 그 물음엔 귀를 기울이지 않을 수 없었다.

"믿고 말고가 있나요?" 히로이치가 답했다.

"현장에는 두 사람밖에 없었고, 한 명이 피해자였다면 다른 한 명이 범인일 수밖에 없잖아요? 손수건에 발자국에 안경 케이스에 … 증거도 너무 많고요. 아카이 씨는 아직도 미심쩍은 게 있다고 보세요?"

"실은 말이죠, 코다 군이 마침내 알리바이를 주장했습니다. 제가 어떤 사정으로 담당 예심판사와 친분이 있어서 아직 세상이 모르는 사실을 알게 됐어요.

코다 군이 총소리를 들었을 때 복도에 있었다는 것도, 그 전에 현관에 얼굴을 식히러 나갔다는 것도 모두 거짓말이었다고 합니다.

왜 그런 거짓말을 했냐면요. 그때 코다 군은 도둑질보다도 더 부끄러운 일을 하고 있었거든요.

시마코 씨의 일기장을 몰래 읽고 있었다네요.

이는 정황과도 잘 맞아떨어져요. 총소리에 놀라 뛰쳐나왔기 때문에 일기장이 그대로 책상 위에 널브러져 있었던 거예요. 그런 일이 없었다면 의심받지 않도록 일기장을 서랍에 다시 잘 넣어 놨겠죠."

"코다가 왜 시마코의 일기장을 읽고 있었을까요?"

"어, 모르세요? 코다 군은 시마코 씨의 진심을 알 수가 없었던 거예요. 일기장을 보면 혹시 알 수 있지 않을까 싶었겠죠. 불쌍한 코다 군이 얼마나 안달이 났는지 히로이치 씨는 공감하실 줄 알았는데."

"하하하, 그 예심판사란 분은 코다의 주장을 믿었고요?"

"아니요. 말씀하신 대로 코다 군에게 불리한 증거가 너무 많아요."

"그렇겠죠. 그 정도의 심증이 무슨 소용이 있겠어요."

"그런데 제가 보기엔 코다 군에게 불리한 증거도 많은 반면, 유리한 정황도 몇 개 있어요.

첫째로 코다 군이 당신을 죽이는 것이 목적이었다면 왜 생사도 확인하지 않고 사람들을 불렀을까요?

아무리 당황했다고 해도 미리 가짜 발자국까지 만들어 놓을 만큼 치밀했던 사람인데 앞뒤가 잘 안 맞지 않습니까?

둘째, 발자국의 방향이 들키지 않도록 서로 겹치지 않게 신중하게 찍어놓은 코다 군이, 정작 자신의 독특한 걸음걸이의 흔적은 남겨두었다는 점도 부자연스러워요."

아카이 씨의 목소리가 계속됐다.

"살인이란 단순하게 보면 사람을 죽이는 한 번의 행위에 불과하지만, 실상은 수많은 사소한 행동들이 모여 이루어집니다. 특히 죄를 타인에게 뒤집어씌우려는 속셈이 있는 경우는 더욱 그렇습니다.

이번 사건만 해도 안경 케이스, 버선 신발, 가짜 발자국, 책상에 놓인 일기장, 연못 바닥의 금제품 등 주요 증거들만 해도 상당해요. 각각의 요소들에 대한 범인의 행동을 자세히 추적해보면, 그 속에는 수많은 세부적인 행동들이 숨어있음을 알 수 있습니다.

만약 탐정이 영화 필름의 한 장면 한 장면을 검토하듯 그 세세한 행동들을 하나하나 추리할 수 있다면, 아무리 머리가 비상하고 치밀한 범인이라도 처벌을 피하기는 어려울 거예요.

하지만 안타깝게도 그런 수준의 추리는 인간의 능력으로는 불가능합니다. 그래서 우리는 아무리 미세한 단서라도 놓치지 않으려 주의를 기울이며, 필름 속 결정적인 장면을 발견하기를 기대할 수밖에 없죠.

이러한 이유로 저는 어린 시절부터 사람들의 무의식적 습관에 주목해 왔어요.

걸을 때 어느 발을 먼저 내딛는지, 수건을 짤 때 어느 방향으로 비트는지, 옷을 입을 때 어느 팔을 먼저 끼우는지 같은 사소한 행동들까지 말이에요. 이런 하찮아 보이는 습관이 수사에서 결정적인 단서가 될 수 있기 때문입니다.

자, 이제 코다 군을 위한 세 번째 반증인데요. 버선 신발과 추로 쓴 재떨이를 싸고 있던 손수건의 매듭입니다.

저는 그 매듭을 풀지 않고 물건들을 꺼냈어요. 손수건은 묶인 채로 하타노 경부에게 건네줬죠. 손수건도 중요한 단서로 봤거든요.

손수건의 매듭은 제 고향에서 '서서 매기'라고 부르는 방식이었어요. 두 매듭 끝이 매듭 아래 부분과 직각을 이루어 십자 모양으로 보이는, 주로 어린아이들이 하는 서투른 매듭이에요. 어른들은 좀처럼 이런 매듭을 하지 않습니다. 일부러 시도해도 잘 되지 않을 정도입니다.

저는 코다 군의 집을 방문해서 어머님께 부탁드려 코다 군이 직접 묶어놓은 물건들을 찾아 봤어요.

다행히 코다 군의 버릇을 알 수 있는 것들이 여럿 발견되었습니다. 공책을 묶은 실이나 서재의 전등을 매단 굵은 끈 등 서너 가지였는데, 이것들은 모두 일반적인 매듭이었어요.

코다 군이 손수건의 매듭까지 속였을 리는 없어요. 이미 그보다 훨씬 위험한, 이름의 이니셜이 새겨진 손수건을 아무렇지 않게 사용했을 정도니까요. 이 사실은 코다 군에게 중요한 반증이 됩니다."

아카이 씨의 유수 같은 설명에 히로이치는 아무 말도 하지 않았다. 그의 세밀한 관찰에 감명을 받은 것 같았다.

엿듣고 있던 우리도 진지하게 귀를 기울였다. 특히 시마코는 숨소리도 거칠어지고 몸이 떨리고 있었다. 혹시 이 소녀는 이미 무언가를 알고 있는 걸까.

아카이 씨가 키득키득 웃는 소리가 들려왔다. 그는 섬뜩할 정도로 한참 웃더니 이야기를 재개했다.

"그리고 네 번째이자 가장 중요한 반증은 말이죠. 흐흐흐흐, 정말 웃겨요. 버선 신발에 관해서 어처구니없는 실수가 있었어요. 연못 바닥에서 나온 버선 신발은 분명 지면의 발자국과는 일치합니다. 거기까지는 문제없죠. 물에 젖었다고는 해도 고무 밑창은 수축되지 않으니 원래 모양이 그대로 남아있거든요. 제가 시험삼아 그 치수를 재어보니 10문(약 24cm) 버선과 같은 크기였습니다. 그런데 말이죠."

아카이 씨는 다시 잠시 말을 멈췄다. 다음 말을 꺼내기가 아까운 듯했다. 아카이 씨의 목구멍 깊숙이 키득거리는 소리가 말에 섞여 들었다.

"그 버선 신발은 코다 군의 발에는 너무 작아서 맞지 않아요. 매듭 건으로 코다 군의 집을 방문했을 때 어머님께 여쭤보니, 코다 군은 작년 겨울에 이미 11문(약 26.4cm)의 버선을 신고 있었다고 하더군요. 자기 발에 맞지도 않는 신발이라면 자신에게 절대 불리한 증거가 아닐 텐데, 뭐 하러 추까지 달아서 가라앉혔겠습니까. 이것만으로도 코다 군의 무죄는 확실해요.

경찰이나 법원에서도 이건 아직 모르고 있는 것 같습니다. 예상 밖의 터무니없는 실수니까요. 조사가 진행되면 실수가 밝혀질 수도 있겠죠. 다만 그 버선을 진짜 범인에게 신겨볼 기회가 없다면 아무도 모른 채로 묻혀버릴 순 있겠네요.

어머님도 말씀하셨지만 코다 군은 키에 비해 발이 무척 큰 편입니다. 이게 실수의 원인이에요. 짐작컨대 진범은 코다 군보다 약간 키가 클 겁니다.

범인은 자신의 버선 치수로 판단해서, 자신보다 키가 작은 코다 군이 설마 자신보다 큰 버선을 신을 리 없다고 확신했기 때문에 이런 우스운 실수가 일어난 거죠.”

“증거 나열은 이제 충분합니다.” 히로이치가 갑자기 짜증내며 소리쳤다.

“결론을 말씀해 주세요. 누가 범인이라고 보시는 건가요?”

“바로 당신입니다.”

아카이의 차분한 목소리가 마치 검지로 얼굴을 가리키는 것처럼 날카로웠다.

“하하하, 농담하지 마세요. 세상에 어떤 아들이 아버지가 소중히 여기는 물건들을 연못에 던져버리고, 스스로를 쏘는 바보 짓을 하겠습니까? 아직 몸도 안 좋은데 놀라게 하지 마세요.”

히로이치가 히스테리컬한 목소리로 항변했다.

“범인은 당신이에요.”

아카이 씨는 같은 어조로 반복했다.

“아카이 씨… 진심으로 하는 말씀입니까? 증거는요? 제가 무슨 이유로요?”

“당신의 말씀을 빌리자면 산수 문제처럼 명백합니다. 2에서 1을 빼면 1. 두 사람 중 코다 군이 범인이 아니라면 아무리 부자연스러워 보이더라도 남은 당신이 범인입니다.

허리띠 매듭을 만져 보시겠어요? 매듭 끝이 매듭 아래와 직각으로 되어 있죠? 당신은 어릴 적 생긴 잘못된 버릇을 어른이 되어서도 계속하고 있는 겁니다. 다른 건 똑 부러져도 그 점은 서툴러요. 하지만 허리띠는 뒤에서 매는 것이라 예외일 수도 있으니 아까 당신에게 제 붕대를 매어달라고 했던 겁니다. 보세요. 역시나 십자 모양의 매듭이에요. 이 정도면 유력한 증거가 되지 않을까요?"

아카이 씨는 끝까지 정중한 말투를 사용했다. 그리고 그것이 오히려 으스스한 분위기를 만들었다.

"하지만 제가 왜 저 자신을 쏴야 했단 말입니까? 저는 겁도 많고요. 단순히 코다를 함정에 빠뜨리려고 큰 고통을 감수하고, 평생 불구로 살아야 하는 어리석은 짓은 하지 않습니다. 코다를 괴롭히려면 다른 방법도 얼마든지 있었을 거예요."

히로이치의 목소리에는 확신이 가득했다. 그렇다. 아무리 코다를 미워했다 해도 자신에게 평생 남을 큰 부상을 입힌다는 말이 되지 않는다. 아카이 씨가 큰 착각을 하고 있는 것 아닌가.

"바로 그겁니다. 그 믿기 힘든 점에 이 범죄의 가장 큰 속임수가 숨어 있어요. 그래서 모든 사람이 최면에 걸린 것처럼 근본적인 착각에 빠져 있습니다. '피해자는 가해자일 수 없다'라는 미신 말입니다.

또한 이 범죄가 그저 코다 군에게 누명을 씌우기 위해 행해졌고 생각하는 것도 큰 착오입니다. 그건 부산물에 불과하죠."

아카이 씨는 말 속도를 줄여가며 신사답게 설명했다.

"정말 잘 짜인 범죄지만 저에겐 악인의 발상이 아니라 소설가의 상상 같은 게 떠오릅니다. 당신은 혼자서 피해자, 범인, 탐정, 이 세 역할을 연기한다는 발상에 너무 들떠버렸어요.

코다 군의 케이스를 훔쳐내 현장에 버려둔 것도 당신입니다. 금제품을 연못에 던진 것도, 창문 유리를 자른 것도, 가짜 발자국을 남긴 것도 당신이죠.

아마 코다 군이 시마코 씨의 일기장을 훔쳐 보도록 지속적으로 암시를 줬을 거예요. 시마코 씨의 서재에서 코다 군이 일기장을 읽고 있는 틈을 이용해, 당신은 화약 그을음이 남지 않도록 권총을 높이 들어 가장 멀리 떨어진 발목을 쐈습니다.

그 소리를 듣고 옆방의 코다 군이 달려올 것을 예상했고, 좋아하는 사람의 일기를 몰래 읽는다는 부끄러운 행위 때문에 코다 군이 알리바이를 주장할 때 미심쩍은 태도를 취할 것도 예상했겠죠.

총을 쏜 다음에는 당신은 고통을 참으면서 마지막 증거물인 권총을 창문을 통해 연못에 던져 넣었습니다. 당신이 쓰러져 있던 발의 위치가 창문과 연못을 잇는 일직선상에 있다는 것이 증거죠. 이건 경부님이 그린 약도에도 분명히 나타나 있습니다.

모든 일이 끝나자 당신은 기절해서 쓰러졌어요. 뭐, 그것까지 계산된 행동이라고 보는 게 좋을 것 같군요.

발목의 상처는 결코 가벼운 것은 아니었지만 목숨이 위험할 정도는 아니었으니까요. 당신의 목적에 딱 맞는 상처였습니다."

"하하하하하. 그렇군요. 논리는 맞네요." 히로이치의 목소리는 미세하게 파르르 떨리고 있었다.

"하지만 그 정도 목적을 이루기 위해 평생 불구자가 된다니요. 아무리 증거가 많아도 이것만으로 저는 무죄가 될 수 있을 거예요."

"아까도 말씀드렸죠? 코다 군에게 누명을 씌우는 것도 하나의 목적이긴 했지만, 진짜 목적은 따로 있었어요.

당신은 스스로 겁쟁이라고 하셨죠. 맞습니다. 자기 자신을 쏜 것은 당신이 극도의 겁쟁이였기 때문입니다.

이런, 아직도 얼버무리려고 하시는군요. 제가 그걸 모를 거라고 생각했나요? 그럼 말씀드리죠.

당신은 극단적인 군대 공포증 환자입니다. 당신은 징병 검사에 합격해서 연말에 입대해야 했어요. 그걸 어떻게든 피하려고 했던 겁니다.

저는 당신이 학생 시절에 근시안 안경을 써서 시력을 나쁘게 만들려고 했던 사실도 알아냈습니다. 또 당신 소설을 읽고 무의식 속에 잠재된 군대 공포의 유령도 발견했죠.

특히 당신은 군인의 아들이에요. 소극적인 수단은 오히려 발각될 위험이 있어요. 그래서 눈을 나쁘게 하거나 손가락을 자르는 식의 상투적인 방법을 버리고 과감한 방법을 선택했습니다. 그것은 일석이조의 명안이었고요.

앗, 괜찮으신가요? 정신 차리세요. 아직 할 말이 남았습니다.

기절하는 줄 알고 놀랐네요. 저는 당신을 경찰에 넘길 생각은 없습니다. 단지 제 추리가 맞는지 확인하고 싶었을 뿐이에요. 그리고 당신은 이미 가장 무서운 처벌을 받아버렸습니다.

이 모래언덕 뒤에서 당신이 가장 들키고 싶지 않았던 여성 분이 지금 말씀드린 모든 것을 듣고 있으니까요.

자, 이제 보내 드리겠습니다. 혼자 시간을 보내면서 이제 어떻게 할 것인지 잘 생각해보세요.

다만 작별 인사 전에 제 본명을 밝혀두죠.

저는 당신이 경멸하는 아케치 코고로입니다. 당신 아버님의 의뢰로 육군의 어떤 도난 사건을 조사하기 위해 가명으로 이 댁에 드나들었던 겁니다.

아케치 코고로가 이론만 따진다고 하셨죠. 하지만 그 제가, 적어도 상상력 좋은 소설가보다는 실제적이라는 걸 깨달으셨을까요?"

당혹감으로 멍한 내 귀에 아케치 코고로가 모래를 밟으며 멀어지는 발소리가 희미하게 들려왔다.

1

　고바야시 몬조는 술에 잔뜩 취해 야스기부시를 공연하는 미소노
관에서 나왔다.
　기묘한 합창 – 무대 위 여인들의 필사적인 고음과 그에 호응하는
관객석의 우렁찬 함성 – 이 머리를 멍멍하게 울려 극장을 나온 뒤
에도 뱃멀미를 하는 것처럼 발걸음이 휘청거렸다. 주변에 늘어선
포장마차들이 마치 자신을 향해 밀려오는 것 같았다.
　그는 지나가는 사람들에게 얼굴을 보이지 않으려 턱을 가슴에 붙
이고 공원 쪽으로 서둘러 걸었다. 근처를 산책하던 지인들이 행여
극장에서 나오는 자기 모습을 봤을지도 모른다고 생각하니 마음
이 급해지고 걸음도 빨라졌다.
　어스름한 공원 입구가 나왔다. 넓은 사거리를 경계로 인적이 드
물어졌다. 몬조는 연못 철책 근처에 있는 오뎅 가게의 붉은 등롱
빛에 비춰 손목시계를 들여다봤다. 벌써 10시가 넘었다.
“집으로 갈까? 아니야, 돌아간들 뭐가 다르겠어.”
　세들어 사는 집의 적막한 분위기를 떠올리자 돌아가고 싶은 마
음이 쏙 들어갔다. 봄밤의 아사쿠사 공원도 이상하게 그를 끌어당

겼다. 결국 몬조는 집의 반대 방향인 공원 안으로 들어갔다.

공원은 오늘따라 한층 더 신비로운 매력이 있었다. 어느 구석에 선가 뜻밖의 일을 마주칠 것만 같았다.

몬조는 공원을 가로지르는 어두운 대로를 걸었다. 오른쪽으로는 여러 광장을 품은 숲이, 왼쪽으로는 작은 연못이 이어졌다. 연못 에서는 가끔 첨벙첨벙 잉어가 뛰어오르는 소리가 들렸다. 조금 더 걷자 등나무 덩굴로 천장을 이룬 콘크리트 다리가 보였다.

"형님, 형님."

그때 숲 방면 캄캄한 어둠 속에서 누군가 그를 불렀다. 발성이 좋 지 않은 억눌린 목소리였다.

"뭐야!"

몬조는 강도라도 만난 것처럼 놀라 무의식적으로 방어 자세를 취 했다.

"잠깐만요. 형님, 다른 사람한테는 말하면 안 됩니다. 이거 보 세요. 재미있는 거라고요. 아주 귀한 건데 딱 50전만 받을게요. 네?"

줄무늬 기모노에 사냥모자를 쓴, 서른 살쯤 되어 보이는 남자가 히죽대며 다가왔다.

"그게 뭐요?"

"헤헤헤… 잘 알면서. 아주 잘빠진 여자랍니다."

남자는 주변을 두리번거린 뒤, 종이 한 장을 가로등 빛에 비춰 보여줬다.

"음… 줘 봐요."

꼭 필요한 건 아니었지만 오늘따라 호기심이 발동해 은화와 종이를 교환했다. 그리고 다시 걷기 시작했다.

'어째 좋은 일이 생길 징조 같은데…….'

겁이 많지만 모험을 좋아하는 몬조에겐 방금 전의 조우가 기분 좋은 신호처럼 느껴졌다. 그의 앞으로 요시와라의 가게 주인으로 보이는 네다섯 명이 곤드레만드레 취해 어깨동무한 채 음정이 맞지도 않는 도도이쓰를 시끄럽게 부르며 지나갔다.

몬조는 공중화장실에서 오른쪽으로 돌아 광장으로 들어갔다. 구석마다 놓인 공용 벤치엔 늘 그렇듯 부랑자들이 잠자리를 준비하고 있었다.

벤치 옆 곳곳엔 바나나 껍질이 짓밟혀 있었다. 부랑자들의 저녁거리였다. 두셋씩 모여 근처 식당에서 얻어온 음식을 나눠 먹고 있었다. 높은 가로등이 그 광경을 연극 무대처럼 비췄다.

몬조가 그곳을 지나가려 두세 걸음 나아갔을 때, 바로 옆에서 무언가 또 움직이는 기척을 냈다. 어둠 때문에 잘 보이진 않았지만 기괴한 것이 서 있었다.

어둠에 눈이 익숙해지자 상대의 정체가 드러났다.

불쌍한 일촌법사[*]였다.

어린이의 몸통 위에 어딘가에서 빌려온 듯한 어른 얼굴이 얹혀 있었다. 살아 있는 인형 같은 형체가 점잖게 자신을 바라보는 모습이 웃기기도 하고 무섭기도 했다.

몬조는 계속 쳐다보면 안 될 것 같아 아무렇지 않은 듯 지나갔다. 뒤돌아보고 싶었지만 꾹 참았다.

날씨가 좋아서 벤치마다 사람들이 가득했다. 색이 바랜 법피 차림의 사람들이 벤치에 길게 누워 있었다. 이미 코를 골며 깊이 잠든 이도 있었다. 초보 부랑자들은 순경의 눈을 피해 철책 안의 어두운 수풀 속에 잠자리를 마련했다.

이 광장의 밤은 보통 이렇게 잠자리를 찾는 부랑자, 형사, 칼을 달그락거리며 30분마다 순찰하는 제복 순경, 몬조와 같은 호기심 꾼들이 메운다.

그런데 어디에도 속하지 않는 특이한 부류가 있었다.

그들은 벤치에 잠깐 앉았다가 일어나 같은 길을 여러 번 왔다 갔다 했다. 나무 사이 어두운 오솔길에서 다른 산책자와 마주치면 상대의 얼굴을 슬쩍 들여다보거나, 자신도 가지고 있으면서 상대방의 성냥을 빌리곤 했다. 수염을 깔끔하게 깎아 얼굴이 매끈했

---

[*] 일본 전래동화에 등장하는, 키가 한 치(약 3cm) 정도로 매우 작은 소인.

고, 대부분 줄무늬 기모노에 각대를 매고 있었다.

몬조는 예전부터 이들에게 흥미를 갖고 있어 어떻게든 정체를 알아내고 싶었다. 걸음걸이를 통해 짐작되는 게 있긴 했지만, 그러기엔 모두 지저분했고 삼사십대의 나이든 사람들이라는 게 수상했다.

지붕이 있는 정자 모양의 벤치 옆을 지나가는데, 그 안쪽 어두운 곳에서 싸움 소리 같은 것이 들렸다. 이 공원의 부랑자들은 겁쟁이라 위험하지 않다고 생각했던 몬조는 의외라는 생각이 들었다.

도망칠 자세를 취하며 몰래 보니 역시 싸움이 아니라 양복 차림의 신사가 경찰관에게 붙잡혀 있었다. 두세 마디 고함을 지르던 신사는 순식간에 포승줄에 묶여버렸고 둘은 말없이 나란히 파출소 쪽으로 걸어갔다. 신사는 걸으면서도 봄 외투로 포승줄을 가리려고 애썼다. 그들의 뒤를 쫓는 구경꾼도 없었다.

몬조는 불규칙한 돌계단을 올라 언덕 위로 나왔다. 듬성듬성 나무가 둘러싸고 있는 서른 평 정도의 평평한 곳에 서너 개의 벤치가 늘어서 있었고, 그곳에 사람 몇 명이 동상처럼 띄엄띄엄 앉아 있었다. 가끔 담뱃불이 붉게 빛날 뿐 아무도 움직이지 않았다. 시계는 거의 12시를 가리키고 있었다.

몬조는 용기를 내어 그중 한 벤치에 앉아 먼저 와 있던 사람들을 관찰했다. 한 벤치에는 콧수염을 기른 엄격해 보이는 양복 차림의 남자가, 다른 벤치에는 생선가게 주인처럼 생긴 한량 같은 남자가 공원을 두리번거렸다. 그리고 또 다른 벤치에는… 조금 전에 만난 기괴한 일촌법사가 가만히 앉아 있었다.

'이 자식… 설마 나를 쫓아온 건 아니겠지?'

가로등이 마침 몬조의 뒤쪽에 있어서, 나뭇가지 사이로 비치는 빛이 일촌법사의 기형의 전신을 선명하게 밝혔다.

부스스한 짙은 머리카락 아래로 비정상적으로 넓은 이마가 자리했다. 얼굴은 흙빛이고 입과 눈은 균형이 맞지 않고 어이없이 컸다. 가끔 경련하듯 얼굴 전체의 근육이 움직이곤 했다. 뭔가 불쾌한 것을 느껴 얼굴을 찌푸리는 것 같기도 했고, 어떻게 보면 쓴웃음을 짓는 것처럼도 보였다. 그때마다 얼굴 전체가 다리를 뻗은 여왕거미 같았다.

거친 무명 옷을 입고 팔짱을 끼고 있었는데, 어깨 너비에 비해 팔이 매우 짧아서 양쪽 손목이 윗팔까지 닿지 않고 가슴 앞에서 칼끝을 맞댄 것처럼 교차됐다. 몸 전체가 거의 머리와 몸통으로만 이루어져 있어서 다리는 형식적으로 달려 있는 것 같았다. 높은 박달나무 게다를 신은 굵고 짧은 다리가 지상 5-6센티미터 위에서 흔들거리고 있었다.

몬조는 자기 쪽이 그늘진 것을 다행으로 여기며 좋은 구경거리라도 생긴 것처럼 상대를 훑어 봤다. 처음엔 보는 것도 불쾌했지만 보다 보니 기묘한 매력이 느껴졌다. 서커스단 같은 곳에서 일하고 있을 텐데 저 커다란 머릿속에 어떤 생각을 품고 있을지 궁금했다.

그런데 일촌법사는 아까부터 한곳만 훔쳐보듯이 계속 응시하고 있었다. 시선을 따라가니 다른 벤치에 앉아있는 두 남자였다. 양복 신사와 한량처럼 생긴 풍풍한 남자는 어느새 같은 벤치에 나란히 앉아 담소를 나누고 있었다.

"생각보다 따뜻하네요."

신사가 콧수염을 쓰다듬으며 낮은 목소리로 말했다.

"그러게요, 요며칠 꽤 좋았죠."

한량처럼 생긴 이가 작은 목소리로 대답했다. 둘은 처음 만난 것 같은데 왠지 이상한 조합이었다. 나이는 둘 다 마흔 언저리로 보였지만, 한쪽은 말단 관리 같은 꼿꼿한 남자였고 다른 한쪽은 순수한 아사쿠사 토박이 같았다.

그런 둘이 전차도 끊길 시간인 이 늦은 밤에 한가롭게 날씨 얘기나 하고 있다니, 분명 무슨 사연이 있을 것이다. 몬조는 일촌법사를 뒤로 하고 그들에게 호기심이 일었다.

"어때요, 경기는?"

신사는 상대방의 살찐 몸을 뚫어지게 보며 태연하게 물었다.

"글쎄요."

살찐 남자는 무릎 위에 두 팔꿈치를 대고, 그 위로 고개를 숙인 채 우물쭈물 대답했다.

그런 시시한 대화가 한동안 이어졌다. 몬조는 일촌법사를 따라 오랫동안 두 사람에게서 눈을 떼지 않았다.

이윽고 양복 신사는 "아아" 하며 기지개를 피우며 일어났다가 몬조 쪽을 슬쩍 보더니 다시 같은 벤치에 살찐 남자와 맞닿을 듯이 앉았다. 살찐 남자는 신사가 바짝 붙어 앉은 것을 느끼고 잠깐 그를 쳐다보았다가, 곧 다시 고개를 숙였다. 대머리가 되어가는 이 남자는 마치 수줍어하는 여자처럼 어색한 몸짓을 했다.

양복이 갑자기 긴 팔을 뻗어 살찐 남자의 손을 잡았다. 그러더니 다시 한동안 소곤소곤 속삭이다가, 동시에 벤치에서 일어나 팔짱을 끼다시피 하며 언덕을 내려갔다.

몬조는 오싹해졌다. 이상한 비유지만 오래 전 인체박람회에서 밀랍 인체 모형을 봤을 때 느낀 한기와 비슷했다. 불쾌함이나 공포로 설명할 수 없는 기분이었다.

더 끔찍한 것은, 함께 두 남자를 지켜보던 일촌법사가 내려가는 그들의 뒷모습을 바라보며 킥킥 웃기 시작한 것이다. (몬조는 그 기괴한 표정을 그 후로도 오랫동안 잊을 수 없었다.) 그는 소녀처럼 손을 입에 대고 몸을 살짝 비틀며 하염없이 웃어댔다.

몬조는 발버둥쳐도 벗어날 수 없는 악몽에 갇힌 기분이 들었다.

귓가에서는 둥둥둥 하고 멀리서 북이 울리는 듯한 소리가 들렸다.

잠시 후 일촌법사는 희극적인 몸짓으로 벤치에서 내려와 깡충깡충 그의 쪽으로 다가왔다. 몬조는 말을 걸어올까 봐 저도 모르게 몸을 굽혔지만 그가 앉아있던 자리가 큰 나무 기둥 그늘에 가려 있었기 때문에, 사람이 있다는 것을 눈치채지 못한 듯 그를 지나쳐 내리막길 쪽으로 걸어갔다.

그렇게 몇 걸음 지나갔을 때, 일촌법사의 품 안에서 검은 물건이 굴러 떨어졌다.

공단 보자기 같은 것으로 싼 30센티미터 정도의 긴 물건이었는데 보자기 한쪽이 풀려 내용물이 살짝 보였다.

사람의 손목이었다.

가녀린 다섯 손가락이 단말마의 표정으로 허공을 움켜쥐고 있었다.

일촌법사는 보는 사람이 없다고 생각했는지 그리 서두르지도 않고 떨어진 물건을 주워 품 안에 쑤셔 넣고는 빠른 걸음으로 사라졌다.

'하하… 바보 같은 녀석이군. 죽은 사람의 팔을 소중하다는 듯이 품에 넣고 다니다니……'

일촌법사가 사람의 팔을 가지고 있다는 사실이 아주 잠시 동안 현실적이었다. 하지만 이내 몬조의 동공은 지진이 난 것처럼 흔들렸다.

 일촌법사와 사람의 팔이 조합이 피비린내 나는 범죄를 연상시켰
다. 몬조는 벌떡 일어나 그를 쫓았다.

 소리가 나지 않게 조심하며 돌계단을 내려가자 그의 뒷모습이 보
였다. 몬조는 상대가 눈치채지 못하도록 적당한 거리를 유지하며
따라갔다. 어둠 속에서 일촌법사가 갑자기 돌아서며 "야!" 하고 소
리칠 것만 같았다. 하지만 그의 뒷모습에서 도저히 눈을 뗄 수 없
었다.

 일촌법사는 짧은 걸음으로 깡충깡충 빠르게 걸었고, 어두운 골
목을 여러 번 돌아 관음상 옆을 지나 뒷길을 따라 아즈마 다리 쪽
으로 향했다. 어째선지 으슥한 곳만 골라 다녀서 마주치는 사람도
거의 없었다. 고요한 한밤의 거리를 홀로 걸어가는 그의 모습은
한층 더 기괴했다.

 아즈마 다리는 혼잡한 낮과 달리 행인이 없었고, 철제 난간은 기
분 탓인지 평소보다 더 길어 보였다. 가끔 자동차가 다리를 흔들
며 지나갔다.

 그때까지 곁눈질도 하지 않고 서둘러 걷던 일촌법사는 다리 중간
쯤에서 우뚝 멈춰 섰다. 그리고 갑자기 뒤를 돌아봤다.

 열 발짝쯤 떨어져서 미행하던 몬조는 불의의 습격에 화들짝 놀랐
다. 훤히 트인 다리 위라 몸을 숨길 곳도 없어서 할 수 없이 평범

한 행인인 척 걸었다.

하지만 미행을 눈치챈 것 같았다. 일촌법사는 잠깐 품에 손을 넣어 보자기를 꺼내려다가, 몬조를 발견하자 황급히 손을 거두고 아무 일도 없었다는 듯 다시 걷기 시작했다.

'저 자식, 팔을 강물에 버리려고 했구나.'

몬조는 보통 일이 아니라고 확신했다.

옛날부터 내려오는 시체 은닉 방법에 관한 기사를 읽은 적이 있다. 살인자들은 은닉을 위해 시체 절단을 선호하며, 혼자 옮기려면 여섯 조각이나 일곱 조각으로 나누는 것이 적당하다고도 쓰여 있었다.

기사엔 머리는 어느 포장도로 밑에 묻고, 몸통은 어느 수문에 버리고, 다리는 어느 도랑에 내다 버렸다는 식의 범죄 사례가 나열되어 있었다. 그들은 시체 조각들을 가능한 한 멀리 떨어진 곳에 따로 숨기고자 한다.

몬조는 상대가 자신을 눈치챈 것 같아 약간 겁이 났지만 미행을 포기할 생각은 없었다. 전보다 더 멀리 떨어져서 조심조심 일촌법사의 뒤를 쫓았다.

다리를 다 건넌 곳에 파출소가 있었고, 붉은 전등 아래 제복을 입은 순경 한 명이 서 있었다. 몬조는 그를 보자마자 달려가려 했지만 이내 멈췄다. 지금 경찰에 알리기에는 왠지 아깝다는 생각이 들었다.

몬조의 미행은 정의를 위한 것이 아니었다. 비정상적인 것을 추구하는 성향이 모험심을 작동한 것이다. 배후를 깊이 파고들어가서 참혹한 광경을 목격하고 싶다. 범죄 사건의 소용돌이에 휘말리는 것도 나쁘지 않다. 몬조는 겁쟁이지만 목숨을 거는 무모함도 있었다.

그는 파출소를 힐끔거리며 다시 득의양양해져 미행을 이어갔다.

일촌법사는 대로에서 나카노고의 좁은 뒷길로 들어갔는데 그 주변은 빈민가가 있고, 도쿄에도 이런 곳이 있었나 싶을 정도로 복잡한 미로를 이루고 있다. 그곳을 여러 번 꺾어 돌아가는 바람에 미행이 점점 더 어려워졌다. 파출소에서 300미터도 채 걷기 전에 후회가 밀려왔다.

몬조는 아슬아슬하게 일촌법사를 따라잡으며, 한쪽은 모두 문을 닫아 어두운 민가, 다른 쪽은 듬성듬성 삼나무 울타리로 둘러싸인 묘지에 이르렀다. 가로등 하나만이 쓰러진 비석들을 비추고 있었다.

그 묘지를 커다란 머리의 일촌법사가 깡충깡충 서둘러 가는 모습은 단연 비현실적이었다. 오늘 밤 내내 어지러운 꿈을 꾸고 있는 것 같았다. 당장이라도 누군가가 "야, 몬조, 몬조!" 하고 깨울 것 같았다.

일촌법사는 미행자를 잊은 건지 오랫동안 한 번도 뒤를 돌아보지 않았다. 그럼에도 몬조는 충분히 조심하며 상대가 모퉁이를 돌 때까지 모습을 드러내지 않고 처마 밑으로만 이동했다.

묘지를 한 번 돌자 작은 절의 문이 나왔다. 일촌법사는 거기서 잠깐 뒤를 돌아보며 아무도 없는 것을 확인하고는, 삐걱 소리와 함께 쪽문을 열고 안으로 사라졌다. 몬조는 숨어있던 곳에서 나와 급히 문 앞까지 갔다.

잠시 상황을 살피다가 살며시 쪽문을 밀어봤지만 안쪽에서 빗장을 걸었는지 꿈쩍도 하지 않았다. 일촌법사가 이 문으로 들어갈 때 잠겨 있지 않았다는 건 그가 이 절에 살고 있다는 얘기 아닐까. 물론 절 뒤편 묘지로 도망갈 수도 있으니 안심은 이르다.

몬조는 왔던 길을 급히 되돌아가 삼나무 울타리의 틈새로 절 뒤편을 들여다봤다. 묘지 건너편에 승려 숙소로 보이는 건물이 있었고, 마침 그곳의 입구가 열려 누군가 들어가는 중이었다.

그때 문틈으로 새어 나오는 빛에 비친 그림자는 틀림없이 일촌법사였다. 그 모습이 숙소 안으로 사라지자 문을 잠근 듯 쇠붙이 소리가 희미하게 들려왔다.

더 이상 의심할 여지가 없었다. 일촌법사는 뜻밖에도 이 절에 살고 있는 것이다.

몬조는 더 확실히 하기 위해 삼나무 울타리 틈을 지나 승려 숙소

가까이까지 가서 잠시 기색을 살폈다. 안에서는 전등을 끈 듯했고 귀를 기울여도 아무 소리도 들리지 않았다.

2

다음 날 몬조는 거의 열 시까지 잤다. 근처 초등학교 운동장에서 들려오는 시끌벅적한 함성 소리에 눈을 떴을 때, 빗장문 틈새로 새어 들어온 햇빛이 그의 기름진 콧날을 눈부시게 비췄다.

잠자리에서 손을 뻗어 창문을 반쯤 열어두고 이불 속에 엎드린 채로 담배를 피우기 시작했다.

"어젯밤엔 내가 제정신이 아니었을 거야."

잠에서 겨우 깬 입을 우물거리며 혼잣말을 했다.

모든 게 꿈만 같았다.

어두운 절의 승려 숙소 앞에 서서 안의 기척을 살피는 동안 흥분이 사그라들었다. 한밤중의 찬 기운이 온몸으로 파고드는 것 같았고, 가로등의 역광을 받아 시커멓게 늘어선 크고 작은 비석들이 마치 마물의 무리처럼 보였다.

어디선가 사냥이라도 당한 듯한 닭의 절박한 울음소리가 들렸다.

그 소리를 듣자 몬조는 더는 버틸 수 없었다. 묘지를 지날 때는 정체 모를 무언가에 쫓기는 것 같았다.

꿈속을 헤매듯 아무리 가도 출구가 나오지 않는 복잡한 미로를 겨우 빠져나와, 전차가 다니는 대로에서 지나가던 택시를 세워 하숙집으로 돌아왔다.

"착각이겠지. 사람 팔이 보자기에 싸여 있다니 나한테 그런 일이 일어날 리가 없잖아."

방 안에 봄바람이 차오르자 그의 기분은 단번에 상쾌해졌고 어젯밤의 야행은 모두 거짓말처럼 느껴졌다.

몬조는 크게 기지개를 켜고, 하숙집 주인이 놓고 간 머리맡의 신문을 펼쳐 습관처럼 사회면을 훑었다.

2단, 3단 크기의 큰 제목들은 대부분 잔인한 범죄 기사였는데, 무시무시한 사건이 활자로 설명된 것을 보니 다른 나라의 일처럼 실감이 나지 않았다.

다른 면을 넘기려던 찰나, 어떤 기사가 그의 주의를 끌었다. 제목을 읽자마자 등허리에 소름이 돋았다.

도랑에서 여자의 한쪽 다리 발견. 무참한 살인사건인가

아래엔 다음과 같은 기사가 실려 있었다.

지난 6일 오후 도쿄부 센주 나카구미 X번지 도랑을 청소하던 중 인부 키다 산지로가 건져 올린 진흙 속에서, 줄무늬 목면 보자기에 싸인 사람의 한쪽 다리가 추로 쓰인 돌과 함께 발견되어 큰 소동이 벌어졌다.

의학박사 도야마의 감정에 따르면 절단 후 3일 정도 지난 20세 전후의 건강한 여성의 오른 다리를 무릎 관절 부분에서 절단한 것으로, 절단면이 거칠게 처리된 것으로 보아 외과의 등이 범인일 가능성은 낮다.

근처에 이와 관련된 살인사건이나 여성의 실종 신고가 없어 현재 누구의 시신인지 불명이나, 서에서는 매우 교묘하게 저질러진 살인사건으로 보고 엄중히 조사 중이다.

신문에서 그다지 중대하게 다루고 있지 않았고 기사도 짧았지만, 몬조의 눈에는 글자 하나하나가 활활 타오르는 것처럼 느껴졌다. 이불에서 벌떡 일어나 같은 기사를 다섯 번이고 여섯 번이고 반복해서 읽었다.

'우연의 일치겠지. 어젯밤 일은 내 환각이니까.'

억지로 마음을 진정시키려 했지만 곧이어 일촌법사의 기괴한 모습이, 변두리 도랑가에 서서 보자기 꾸러미를 던지려고 했던 그의 섬뜩한 표정이 생생하게 눈앞에 떠올랐다.

몬조는 어찌해야 할지 모르다가 무언가에 쫓기듯 잠자리에서 일어나, 양복장에서 갓 지은 새 정장과 봄 외투를 옷장에서 꺼냈다. 학교를 졸업하고 아직 직장을 구하지 못한 그에겐 유일한 양복이자 꽤 자랑스러운 물건이었다. 상하의 모두 세련된 하늘색으로 그의 용모를 한층 더 돋보이게 했다.

"웬일로 이렇게 멋을 냈어요?"

아래층 거실을 지나갈 때 주인아주머니가 뒤에서 말을 걸었다. 몬조는 어색한 인사를 하고 서둘러 구두끈을 맸다.

하지만 대문을 나선 후에도 어디로 가야 할지 갈피를 잡을 수 없었다. 경찰에 신고할까 하는 생각도 들었지만 그만한 확신이 없었고, 왠지 아직은 이 일을 비밀로 두고 싶었다.

몬조는 어젯밤의 절을 다시 가서 상황을 살펴보기로 했다. 환각이나 꿈이라는 생각이 자꾸 들어 밝을 때 확인해두지 않고서는 마음이 놓일 것 같지 않았다.

몬조는 카미나리몬에서 전차를 내려 아즈마바시를 건너 어렴풋이 기억나는 골목으로 들어섰다. 그 일대는 낮과 밤의 모습이 완전히 달라서 비슷한 길을 몇 번이고 왔다 갔다 하다가, 마침내 절 대문 앞에 도착했다.

그 주변은 번잡한 마을에 둘러싸여 있으면서도 빈터가 많아 묘하게 쓸쓸한 곳이었다. 대문 앞에 외따로 촌스러운 과자가게가 있었는데 할머니가 가게 앞에서 꾸벅꾸벅 졸고 있었다.

몬조는 맑은 구두 소리를 울리며 절의 대문 안으로 들어갔다. 그리고 어젯밤의 승려 숙소 입구에 서서 과감히 미닫이문을 열었다. 우당탕 시끄러운 소리가 났다.

"저기요."

"누구십니까?"

열 평 정도의 휑하고 어두운 방에 마흔 살쯤 되어 보이는 스님이 흰 도포를 입고 앉아 있었다.

"한 가지 여쭤봐도 될까요? 여기에 그… 몸이 불편한 분이 살고 계신가요?"

"몸이 불편하다니, 어떤 분 말씀이신지요?"

스님은 눈을 깜빡이며 되물었다.

"키 작은 난쟁이입니다. 분명 어젯밤 아주 늦게… 돌아온 것… 같은데요."

몬조는 이상한 소리를 꺼냈다고 의식하자 말이 더듬더듬 나왔다. 오는 길에 생각해둔 전략은 온데간데없이 사라졌다.

"절을 잘못 찾으신 게 아닐까요? 여기는 다른 사람을 들이지 않습니다. 난쟁이라니 본 적도 없고요."

"이 절이 맞습니다. 이 근처에 다른 절은 없잖습니까?"

몬조는 의심스러운 듯 승려 숙소 안을 둘러보며 말했다.

"없긴 하지만… 말씀하시는 그런 사람도 여기 없습니다."

스님은 꺼지라고 말하지 않은 것이 다행일 정도로 몬조를 수상하게 노려보며 무뚝뚝하게 대답했다.

몬조는 긴장되어 이만 돌아갈까 했지만 마지막 용기를 짜냈다.

"아니 그게 저… 사실은 말이죠. 어젯밤에 여기서 이상한 걸 봤거든요." 그렇게 말하면서 성큼성큼 안으로 들어가 문턱에 앉았다.

"서커스 같은 데서 공연하는 난쟁이가 있잖아요. 그 사람이 뭔가를 들고 이 숙소로 들어오는 걸 봤다니까요. 물론 저쪽 삼나무 울타리 밖에서 봤지만요. 정말 모르시나요?"

몬조는 말을 하면서 점점 더 어색해지는 것을 느꼈다.

"허어, 그러셨나요." 스님은 비웃는 어조로 돌변했다.

"전혀 모르겠는데요. 착각하신 게 틀림없습니다. 그런 일이 있을 리가 있나요. 하하하하하."

"누구신지 모르겠지만 당신도 참 이상한 트집을 잡으시네요."

한동안 실랑이를 벌이다 스님이 결국 화를 냈다.

"난쟁이가 어쩌고 사람의 팔이 어쩌고 하시는데 꿈이라도 꾼 건 아닌가요? 모른다고 하면 모르는 겁니다. 보시다시피 좁은 숙소인데 숨을 만한 곳이 어디 있겠습니까? 의심스럽다면 집안을 수색해도 좋고 이웃들에게 물어보셔도 좋습니다. 이 절에 그런 사람이 살고 있는지."

"그러니까… 음… 스님을 의심하는 건 아닙니다." 이제 몬조는 완전히 말이 꼬였다.

"수상한 남자가 어젯밤 여기에 몰래 들어오는 것을 봤기 때문에 주의를 드리고 싶어서 찾아온 겁니다. 하, 근데 참 이상하네요. 분명히 봤는데……."

"그래요. 본 걸로 하죠. 제가 지금 좀 바빠서요."

스님은 더 이상 미친 사람과 상대할 시간이 없다는 듯 얼굴을 잔뜩 찌푸렸다.

몬조는 어쩔 수 없이 자리에서 일어났다. 그리고 정신없이 대문 밖까지 걸어갔다.

'내가 진짜 어떻게 돼버린 건까. 미친놈이나 다를 바 없잖아. 스님이 비웃는 것도 당연해. 저 태도를 보면 숨기는 것도 없어 보이는데. 정말 이해가 안 되는군.'

그는 잠시 멍하니 대문 앞에 서 있다가 할머니가 졸고 있는 과자 가게 앞으로 갔다.

"할머니, 거기 있는 전병 50전어치만 주세요." 뭐라도 사야 협조를 얻을 수 있을 것 같았다.

"이 근처에 아이처럼 키가 작은 난쟁이가 살지 않나요?"

"내가 여기 토박인데 그런 사람은 소문으로 들은 적도 없네요."

할머니는 의아해하며 대답했다.

"그럼 이 앞의 절 말이에요. 주지 스님 외에 또 누가 살고 있어요?"

"요겐지요? 거기 참 이상한 절이에요. 주지 스님 혼자뿐이랍니다. 얼마 전까지 젊은 스님이 한 분 계셨는데 그분도 쫓겨났다나 뭐라나 해서 안 보이네요. 주지 스님은 정말 괴팍한 분이에요. 무슨 일 있을 때 제 남편이 일손을 거들러 가서 잘 알고 있답니다."

할머니는 말하기를 좋아하는 듯 능청스럽게 이야기를 이어갔다. 하지만 여기서도 특별히 얻을 만한 것이 없었다. 몬조는 적당히 이야기를 마무리 짓고, 전병 봉지를 짐스럽게 들고 전찻길 쪽으로 걸었다.

가는 길에 술집이나 마차 회사 등에 들러 같은 이야기를 물어보았지만 난쟁이를 아는 사람은 없었다.

카미나리몬에서 전차를 탄 뒤에도 몬조는 멍하니 있었다. 머릿속에 얇은 막이 씌워진 것 같은 기분이었다.

"어머, 고바야시 씨 아니세요?"

전차가 우에노 야마시타를 지날 때 누군가 그의 앞에 다가와 말을 걸었다. 생각에 잠겨 있던 몬조는 그 작은 목소리에 펄쩍 뛸 정도로 놀랐다. 무슨 나쁜 짓을 하다 들킨 것처럼 상대방이 누군지 알아보기도 전에 이마가 새빨개졌다.

"호호호, 무슨 생각 중이셨어요?"

뜻밖에도 야마노 부인이 방긋 웃으며 서 있었다.

"고바야시 씨? 어디 가세요?"

그녀는 황망해 하는 몬조의 코앞에서 버릇처럼 고개를 살짝 기울이며 물었다.

사업가 야마노 다이고로 씨의 부인이 이 시간에 만원 전차의 손잡이를 잡고 있다니.

"사모님. 오랜만에 뵙습니다. 여기 앉으시죠."

몬조는 일단 자리에서 일어나 자리를 양보하려고 했다. 그때 마침 전차가 커브를 돌아 비틀거렸고, 균형을 잡으려다가 그만 부인의 허벅지에 손이 닿아버렸다. 몬조는 얼굴이 후끈거려서 어쩔 줄을 몰랐다.

"고마워요. 만나서 잘 됐네요. 제가 여쭤볼 게 있어서요. 다음이 히로코지죠? 괜찮으시다면 다음 정류장에서 저와 함께 내려주실래요?"

"알겠습니다."

몬조는 부인의 하인이라도 된 것처럼 허리를 깊이 숙이며 대답했다.

그는 평소부터 야마노 부인의 미모에 대해 존경과도 같은 감정을 느끼고 있었다. 같은 고향 선배인 부인의 남편 야마노 다이고로보다도 부인을 대할 때 더욱 긴장됐다.

우에노 히로코지에서 내려, 둘은 나란히 공원 쪽으로 걸어갔다.

"아직 점심 안 드셨죠? 저도 그런데, 잠깐 산책 먼저 할 수 있을까요? 다른 사람이 들으면 곤란한 이야기거든요. 대신 이야기가 끝나면 세이요켄에서 식사를 대접할게요."

무슨 이야기인지 부인은 매우 신중한 태도를 보였다. 하지만 몬조는 이야기가 무엇이든 간에 그녀와 나란히 걸을 수 있다는 것만으로도, 게다가 식사까지 할 수 있다는 생각에 이미 들뜬 상태였다. 유일한 양복을 입고 나온 것도 행운이었다.

'이 정도면 사모님께 창피를 드리지는 않겠지. 옷도 서로 잘 어울리는 것 같고.'

몬조는 한 걸음 뒤에서 부인의 굴곡진 뒷모습을 바라보며 그런 생각을 하고 있었다.

"있잖아요, 고바야시 씨. 전에 당신 지인 중에 유명한 사립 탐정이 계시다고 들었어요. 제가 잘못 알고 있나요?"

부인은 공원 입구의 한산한 곳에 이르자 갑자기 몬조 쪽으로 돌아서서 이상한 질문을 했다.

"네? 아, 아케치 코고로 말씀이신가요? 친구라고 할 정도는 아니지만 잘 알고 있습니다. 아케치 씨가 상하이에 오래 가 있다가 반년 전쯤에 돌아왔는데, 그때 이후로 한동안 못 봤네요. 돌아온 뒤엔 사건을 잘 맡지 않는다던데…… 사모님께서 탐정은 어쩐 일로요?"

"저희 집 딸 미치코 아시죠? 미치코가 가출했거든요."

"미치코 씨가요? 언제 일인가요?"

"5일째예요. 마치 증발이라도 한 것처럼 사라져버렸어요. 아무리 생각해도 왜 가출했는지, 어디로 갔는지 모르겠어요. 경찰에도 비밀리에 수색을 요청해 두었고 남편을 비롯해 거래처 분들도 나눠서 여기저기 찾고 있지만, 단서가 없어요. 저희 사정 아시잖아요. 정말 난감해졌어요.

오사카 쪽에서 실마리를 잡았다며 남편은 어젯밤에 갑자기 그쪽으로 떠났고, 저는 저대로 아침부터 이렇게 아는 사람이란 아는 사람은 다 찾아다니고 있어요. 일부러 전차 같은 것도 타보고… 마치 탐정 같죠?"

부인은 어색한 웃음을 지으며 미치코 이야기와는 관계없는 말을 덧붙였다.

"그건 그렇고, 요겐지 주지 스님을 아세요?"

몬조는 적잖이 당황했지만, 동시에 어떤 망상이 떠올랐다.

"아는 사이는 아닌데요. 왜 물으십니까?"

"아까 요겐지 앞에서 당신을 봤거든요." 부인은 재미있다는 듯이 말했다.

"대문 앞 빈터에서 스쳐 지나갔는데 뭔가에 정신이 팔려 있더라고요. 미치코 일로 저도 절에 잠깐 들렀는데, 그분 정말 괴짜예요. 남편과는 동향 사람이더군요. 그러면 고바야시 씨와도 동향인 건데 모르셨어요?"

"그런가요. 몰랐네요. 실은 저도 어젯밤부터 여우에 홀린 것 같아요. 사모님을 뵙고도 알아차리지도 못하고… 정신이 나갔나 봐요."

"고민이 있어 보이던데 무슨 일 있으세요?"

"혹시 오늘 아침 신문 기사 읽으셨나요? 센주의 도랑에서 젊은 여자의 한쪽 다리가 발견됐다는 기사요."

"아, 읽었어요. 미치코가 사라진 상황이라 저도 깜짝 놀랐죠. 하지만… 설마요."

부인은 살짝 웃었다.

"저는 그 일로 큰 곤란을 겪었습니다. 실은 어젯밤 아사쿠사 공원에 갔었거든요. 어두운 공원에서 어떤 괴물 같은 녀석을 만났는데, 그 뒤로 정신이 오락가락해요."

부인이 호기심을 보이는 것 같아 몬조는 어젯밤 있었던 일을 대략 이야기했다.

"어머나, 소름 끼치네요." 부인은 눈썹을 찌푸렸다.

"하지만 아마 잘못 본 걸 거예요. 요겐지 스님은 거짓말을 하실

분이 아니에요. 이웃 사람들도 주변에 난쟁이가 산다면 모를 리가 없잖아요."

 그들은 그렇게 30분 이상 우에노 산내를 걸었다. 몬조는 미치코의 가출 경위를 전해 들었고, 야마노 부인은 아케치 코고로의 인품을 물었다. 그러다 아케치의 숙소를 방문하기로 정해졌다.

 둘은 세이요켄에서 식사를 마치고 자동차를 불러, 아케치가 묵고 있는 아카사카의 기쿠스이 여관으로 향했다.

 몬조는 내심 기분이 좋았다. 아름다운 야마노 부인과 마주 보고 식사를 했다는 것도, 그녀와 나란히 차에 앉아 있다는 것도, 그리고 그 목적지가 탐정 아케치 코고로의 숙소라는 것도 혼란했던 마음을 즐겁게 했다.

 차에서 내려 여관의 넓은 현관을 오를 때 몬조는 눈에 띄게 들떠 있었다. 야마노 부인이 그의 연인이고 그녀가 남편의 눈을 피해 그를 만나고 있다는 불경스러운 상상의 나래를 펼쳤다.

 아케치는 여관에 있었다. 가벼운 차림으로 복도까지 나와 둘을 맞이했다.

 햇볕이 잘 드는 열 평 정도의 방이었다. 셋은 자단으로 만든 탁자를 둘러싸고 앉았다. 아케치는 강담사 하쿠류를 닮은 얼굴로 싱글벙글하며, 손님들이 용건을 꺼내기를 기다리고 있었다.

 야마노 부인은 처음 만난 이 탐정에게 호감을 느낀 듯했고, 미소를 지으며 미치코의 가출에 관해 이야기를 시작했다. 웃을 때면 소녀처럼 순진한 표정이 되어 더욱 매력적이었다.

상하이에서 돌아온 후 약 반년 동안 아마추어 탐정 아케치 코고로는 무위를 견디며 괴로워 하고 있었다.

탐정 취미엔 싫증이 났다고 말하면서, 실제로는 아무것도 하지 않고 여관 방에서 빈둥거리는 것이 죽을 만큼 지루했다. 때마침 가난했던 시절 같은 하숙집에 살았던 인연으로 알게 된 고바야시 몬조가 흥미로운 사건을 들고 찾아온 것이다.

야마노 부인의 이야기를 듣는 동안 아케치는 오랜 경험을 통해 꽤 재미있는 사건이라고 직감했다. 길게 기른 머리카락을 손가락으로 휘젓는 버릇이 시작됐다.

야마노 부인의 이야기는 꽤 장황했지만, 아케치는 자기 방식대로 요점을 정리해 필요한 부분만 기억에 남겼다.

실종자: 야마노 미치코, 19세, 야마노 씨의 외동딸, 작년 여학교 졸업

부친: 야마노 다이고로, 46세, 철재상, 토지회사 중역

모친: 유리에, 30세, 미치코의 친모는 수년 전 사망하고 유리에 부인은 계모.

사환: 하녀 둘, 보조 하녀 둘, 서생, 운전기사, 조수

"단서가 전혀 없다는 말씀이시죠?"

아케치는 부인의 이야기를 모두 듣고 다시 요점을 질문했다.

"네. 이상하죠. 아까도 말씀드렸듯이 미치코의 침실은 서양관 2층에 있는데요. 서양관에는 출입구가 하나밖에 없고 출입구 바로 앞에는 부부가 쉬는 방이 있어서, 미치코가 서양관에서 나오면 바로 알 수 있어요.

설령 저희가 못 봤다 하더라도 현관을 비롯해 모든 문이 안쪽에서 잠겨 있었거든요. 열쇠 없이는 나갈 수 없었을 거예요."

"서양관 창문도 모두 잠겨 있었나요?"

"네. 모두요. 창문 바깥 땅은 비가 온 뒤라 물러져 있었는데 발자국도 없었어요."

"그 전날 밤에 특이한 일은 없었나요?"

"이렇다 할 일은⋯ 저녁 내내 피아노 소리가 들리더니, 9시쯤 방에 갔을 땐 깊이 잠들어 있었어요. 남편이 그날 밤늦게까지 미치코 방 바로 아래 서재에서 오랫동안 서류를 검토했거든요. 미치코가 방에서 내려온다든가 누군가가 몰래 들어왔다면 남편이 못 봤을 리 없어요. 남편이 잠에 들 때쯤엔 하인들도 다 자고 있었고, 모든 문단속이 끝나서 나갈 방법이 없었을 거예요."

"아가씨가 정말로 증발해버렸을 리는 없으니 분명 어딘가 빈틈이 있을 겁니다."

"하지만 문단속은 정말 확실했어요. 경찰도 꼼꼼히 조사해 주셨는데, 형사님들도 참 이상하다고만 하시더라고요."

"아침에 나간 건 아닐까요?"

"코마쓰라는 하녀 아이가 아침 우편물을 가지고 갔을 때 미치코의 침대가 비어 있다는 걸 알았는데요. 그때만 해도 대문을 열지 않은 상태였고, 서생이 현관을 쓸고 있었어요. 부엌 쪽도 막 자물쇠를 푼 참이고 하녀들이 계속 부엌에 있었기 때문에 뒷문으로도 몰래 나갈 순 없었을 거예요."

"아가씨가 가출할 이유도 짚이는 바가 없다고 하셨죠?"

아케치는 계속해서 질문했다.

"네… 떠오르는 게 없어요. 다만 제가 계모라 그런지 이상한 의심을 받진 않을까 괴로워요. 하루라도 빨리 미치코의 안부를 알고 싶어요. 남편이 안 계실 때 이곳을 찾아온 것도 가만히 있을 수가 없어서였어요."

야마노 부인은 자신의 곤란한 입장을 다시 장황하게 설명했다.

"혼담이 오가거나 연애 중이진 않았고요?"

"선은 두세 건 있기는 했지만 본인이 마음에 들지 않는다고 해서 아직 결정된 것은 없고, 연애도 딱히……."

부인은 뭔가 말하기를 꺼리는 듯했다.

"그럼 남편께서 오사카 쪽으로 가셨다고 하신 것은?"

"아, 그것은 저…" 부인은 왠지 당황한 기색을 숨기지 못했다.

"오사카에 미치코가 매우 좋아하는 이모가 있거든요. 그쪽에 숨어 있지 않을까 싶어서요."

방금 야마노 부인은 진짜 이유를 숨긴 것 같았다. 아케치도 느꼈겠지만 더 캐묻지 않았다.

"마땅한 출구가 없는 집 안에서 따님이 사라지는 건 불가능해요. 어딘가에 아주 사소한, 나중에는 웃어넘길 만한 허점이 있을 겁니다. 그리고 그 점이 밝혀지면 의외로 쉽게 따님의 행방을 알 수 있을지도 몰라요. 따님의 방을 볼 수 있을까요?"

"그러시죠. 마침 차가 기다리고 있으니 지금 가보실래요?"

아케치가 옷을 갈아입기를 기다려 세 사람은 기쿠스이 여관을 나섰다. 아케치는 상하이에서 가져온 자랑스러운 중국옷을 입고 그에 어울리는 중절모를 썼다. 예전에 비해 멋쟁이가 되었다.

"아주 사소한 것, 일반인이 생각하기에 바보 같은 일이 수수께끼를 푸는 데 중요한 역할을 하곤 합니다. 기이한 범죄는 상식을 벗어난 어리석은 행동이 따른다. 그런 걸 무시하지 않는 것이 해결하는 자의 비결이다… 이런 말을 외국의 어느 유명한 탐정이 남겼더군요."

아케치는 조용한 차 안에서 혼잣말을 했다. 스스로 마음을 다지는 것 같았다.

세 사람이 앉을 수 있는 좌석에 야마노 부인 유리에를 가운데 두고 오른쪽은 아케치, 왼쪽에 고바야시 몬조가 앉았다.

몬조는 차가 흔들려 야마노 부인의 무릎이 자신의 무릎에 닿을 때마다 몸을 움츠리며 구석으로 옮겼다. 그러면서도 처음 겪는 이 경험을 은근히 즐겼다.

차는 곧 스미다 강을 건너 무코지마로 향했다. 아즈마바시를 지날 때 몬조는 아침의 불쾌했던 일을 떠올렸다.

미치코의 실종과 일촌법사가 들고 있던 생생한 팔뚝이 불길한 연상으로 그의 머릿속에 떠올랐다.

야마노 저택은 무코지마 고우메초의 조용한 입지에 있었다. 자동차는 기세 좋은 사이렌을 울리며 카부키몬을 지나 들어갔다.

깨끗이 쓸린 자갈길을 지나 자동차는 현관 앞에 멈춰 섰다. 일본식 본채의 오른쪽에는 ㄱ자 모양의 이층짜리 작은 서양관이 있었고, 본채에서 조금 떨어진 왼쪽에는 목조 차고가 보였다. 웅장하지는 않지만 풍요로운 느낌을 주는 저택이었다.

현관에 올라서자 야마노 부인은 마중 나온 서생에게 무언가를 묻는 듯하더니 곧 긴 복도를 통해 두 사람을 서양관 1층 응접실로 안내했다.

그리 넓지는 않았지만 벽지와 창문 장식, 양탄자 등의 색감과 가구 배치에 세심한 주의를 기울여 아늑했다. 한쪽 구석에는 피아노가 놓여 있었고 그 반짝이는 표면에는 양탄자의 무늬가 비치고 있었다.

"신발은 확인해 보셨습니까?"

흰 마포로 덮인 팔걸이 의자에 푹 앉자마자 아케치는 불쑥 이상한 질문을 던졌다.

"네?"

부인은 그의 뜬금없는 질문에 놀라 되물었다. 자기 방으로 가려다가 아케치가 말을 걸 것 같아 다시 의자에 앉았다.

"가출했다면 따님의 신발이 없어졌을 텐데요."

아케치가 설명했다.

"평소에 신던 허름한 것이 보이지 않습니다. 숄과 작은 그물 손가방도 없어졌고요."

"옷은 어떤 것이 없어졌습니까?"

"검은빛이 도는 메이센을 입고 나간 것 같아요. 평상복입니다."

"그러니까 결국," 아케치는 약간 비아냥거리는 투로 말했다.

"철저한 문단속으로 밖으로 한 발짝도 나갈 수 없었을 텐데, 한편으로는 숄이나 신발처럼 가출했다는 증거가 갖춰져 있다는 말씀이군요."

"……그렇습니다." 부인은 눈에 띄게 동요하며 대답했다.

"이제 서양관을 자세히 보겠습니다."

아케치는 말하면서 이미 일어서고 있었다.

1층은 응접실과 주인 서재 두 방뿐이었다. 아케치는 서재를 둘러본 뒤, 바깥 복도 끝의 계단을 올라갔다. 몬조와 야마노 부인이 그 뒤를 따랐다.

2층은 세 개의 방으로 나뉘어 있었는데 그 전체가 외동딸 미치코의 것이었다.

방의 모습으로 미치코가 그리 깔끔한 성격이 아님을 알 수 있었다. 화장실 전신거울 앞에 각종 화장도구가 어지럽게 놓여 있었고 서재에는 책장과 책상 위가 무질서하게 흐트러져 있었다.

부인은 벽장을 하나하나 열어서 내부를 보여줬다. 책상 서랍에서 최근의 편지들을 꺼내 보여줬지만 아케치의 관심을 끄는 것은 없었다.

"벽장 안에 밖으로 이어지는 통로가 있는지 찾아봤지만 없었습니다."

부인은 조금의 소홀함도 없었음을 강조했다.

"유령이 아닌 이상 문단속이 된 방을 빠져나갈 수 없었을 텐데 말이죠."

아케치는 벽지를 만져본 후 창문의 잠금장치를 살펴보며 말했다.

"아직 집 안에 있는 건 아닐까요?"

그 말을 들은 몬조는 미치코가 5일 동안이나 집 안에 숨어 있었다면 이미 시체가 되어 있을 것이라 생각했다. 어젯밤부터 계속된 끔찍한 연상이 계속되고 있었다.

미치코의 방을 다 둘러본 후 세 사람은 응접실로 돌아왔다.

"따님은 피아노를 좋아하시는 것 같은데 사모님도 연주할 줄 아십니까?"

아케치는 응접실의 큰 그랜드 피아노 앞에 서서 건반 뚜껑을 열며 물었다.

"저는 전혀요."

"따님 외에는 피아노를 치는 분이 없다 이거죠?"

부인이 그렇다고 고개를 끄덕이자, 아케치는 무슨 생각이 들었는지 갑자기 피아노 의자에 앉아 건반을 두드리기 시작했다.

아케치의 어린아이 같은 행동에 두 사람은 놀랐다. 하지만 그보다 더 이상한 것은 피아노 소리였다. 아케치의 손가락이 건반에 닿자 태엽이 풀린 시계 같은 소리가 울려 퍼졌다.

"고장 났어요."

아케치는 손을 멈추고 부인의 얼굴을 보았다.

"그럴 리가요. 미치코가 그날도 쳤는데……."

아케치가 방금 쳤던 건반을 다시 누르자, 역시 같은 소리가 났다.

그 다음 건반도 천식을 앓는 소리가 났다.

세 사람은 문득 말을 멈추고 서로를 바라보았다. 그리고 매우 불길한 예감에 사로잡혔다. 야마노 부인은 창백해진 얼굴로 아케치의 눈을 바라보았다.

"열어봐도 될까요?"

아케치가 진지한 표정으로 물었다.

"그러세요."

아케치는 건반 아래의 금속 장치를 움직여 뚜껑을 조심스럽게 열고 안을 들여다보았다.

몬조는 차마 피아노 내부는 보지 못하고 아케치의 뒤에서 그의 표정을 주시했다. 피아노의 공명상자에서 끔찍한 것이 나올 것을 같았다. 팔과 다리가 잘려 피투성이가 된 여자의 시체가 눈앞에 선명하게 떠올랐다.

하지만 별 이상이 없는 것 같았다. 언뜻 종횡으로 교차된 스프링만이 보일 뿐이었다.

몬조는 안도하며 편한 자세로 돌아왔다. 그리고 방금 전 자신의 바보 같은 상상이 우스워졌다. 부인과 눈을 마주치니 미소를 교환할 수 있었다. 부인도 같은 마음이었을 것이다.

하지만 아케치는 심각한 표정으로 피아노 내부를 계속 살펴보더니, 벌떡 일어나 두 사람 쪽을 돌아보며 낮은 목소리로 말했다.

"사모님, 이건 평범한 가출이 아닙니다. 더 끔찍한 사건이에요. 부디 놀라지 마시길……."

3

"이 머리핀, 따님 거죠?"

"네."

아케치는 가느다란 금속 머리핀을 보여 줬다.

"피아노 내부 스프링에 걸려 있었습니다. 그래서 그런 둔탁한 소리가 났던 거겠죠. 따님의 머리카락은 가늘고 약간 붉은 편이었나요?"

아케치는 머리핀 외에도 한 가닥의 머리카락을 손가락에 감고 있었다.

"어머나, 그럼." 야마노 부인이 놀라서 외쳤다.

"따님과 숨바꼭질을 하신 건 아닐 테고 혼자서 이 안에 들어가 뚜껑을 닫는 것은 불가능합니다. 누군가가 따님을 여기에 숨겼다고 생각할 수밖에 없어요."

아케치는 잠시 망설이다가 말을 이었다.

"아직 추측이지만, 범인은 일시적으로 따님을 숨겨두고 실종을 가장한 뒤, 모두의 관심이 다른 곳으로 향했을 때 따님을 집 밖으로 옮겼습니다."

"하지만 그날은 손님도 없었고, 여기는 저희 방과 가장 가까운 곳이라 누군가 몰래 들어왔다면 금방 알았을 텐데요."

부인은 어떻게든 아케치의 추측을 부정하려 했다.

"따님은 자유롭게 움직일 수 없는 상태였을 수도 있습니다." 아케치는 아랑곳하지 않고 추리를 이어갔다.

"소리를 질렀다면 누군가 알아차렸을 테니 소리도 못 내는 상태였을 거예요. 피아노가 숨기기에 적합한 장소는 아니지만, 급박한 상황이라면 다른 방법이 없었겠죠. 범인들은 우리가 감히 상상하지 못할 터무니없는 판단을 내리곤 하거든요. 따님 말고 피아노를 치는 다른 분이 없었으니 운도 따랐고요.

그리고 의외로 침착하게 행동한 것 같습니다. 피아노 덮개의 칠 위에 지문이 남아있지 않나 살펴보았지만 아무것도 없어요. 깨끗이 닦아 놓았습니다."

처음에는 믿기지 않았지만 아케치의 설명을 들을수록 사건의 성격이 분명해져 갔다. 가장 먼저 걱정되는 것은 미치코의 안위였다. 야마노 부인은 그 말을 꺼내기가 두려운 듯 망설이다가 일부러 아무렇지 않은 듯이 말했다.

"미치코가 납치됐다는 말씀이신가요? 아니면 더 끔찍한 일이 일어났다는 뜻인가요?"

"아직 뭐라 말씀드릴 수 없지만 지금 상황으로 봐서는 낙관할 수 없습니다."

"하지만 미치코를 여기에 잠시 숨겼다 해도 어떻게 밖으로 운반할 수 있었을까요? 낮에는 저희를 비롯해 많은 사람의 눈이 있고, 밤에는 문단속을 하니까 몰래 들어오거나 나가면 저희가 모를 리가 없어요. 아침에 문이 열려 있지도 않았고요."

"저도 그걸 생각하고 있었습니다……. 유리창도 아침마다 잠금장치를 확인하시나요?"

"네. 남편이 워낙 조심성이 많아서 하인들에게도 잘 살피라고 당부하고 있고요. 그 일이 있고 나서는 모두가 더 주의하고 있어요."

"혹시 따님이 사라지신 후에," 아케치는 문득 떠오른 듯 말했다.

"큰 물건을 밖으로 내보낸 적은 없으십니까? 범인이 따님을 숨기는 데 피아노를 이용한 만큼 운반하는 데도 독특한 발상을 했을 겁니다. 의외의 물건 속에 숨겨서 가지고 나갔을 수도 있어요."

"음… 그 정도로 큰 물건을 내보낸 적은 없어요."

"하지만 따님이 저택에 계시지 않다면, 어떤 방법으로든 밖으로 운반되었을 거예요. 피아노 속 상태로 봐서는 따님이 스스로 외출하셨다고 생각하긴 어렵습니다."

아케치는 잠시 망설이다가 결심한듯 말했다.

"번거로우시겠지만 하인들을 전부 여기로 불러주실 수 있을까요? 물어보고 싶은 게 있습니다."

부인은 집안의 모든 하인을 응접실로 불러 모았다.

다섯 명의 남녀가 입구 문 앞에 일렬로 어색하게 서 있었다. 그들은 정체를 알 수 없는 아케치의 중국옷 차림을 의심스러운 눈초리로 바라봤다.

하인 중 두 명은 자리에 없었다. 하녀 코마쓰는 두통이 있다며 하녀방에서 자고 있었고, 운전기사 후키야는 며칠 전 본가에 갔다.

몬조가 알기에 아케치는 이렇게 많은 사람을 한 곳에 모아놓고 심문하는 것을 그리 좋아하지 않는다. 미치코의 몸이 어떻게 야마노 저택에서 빠져 나갔는지 서둘러 알아내고 싶은 모양이다.

야마노 부인은 난처한 표정을 짓고 있는 하인들에게 아케치 코고로를 소개하며, 그의 질문에 거리낌 없이 대답하라고 일렀다.

"아가씨가 실종된 날, 즉 4월 2일 이후로 이 저택에 출입한 사람들을 최대한 떠올려 주셨으면 합니다."

아케치는 곧바로 본론으로 들어갔다. 먼저 현관을 지키는 서생 쪽으로 시선을 돌렸다.

서생 야마키는 여드름 난 얼굴을 붉히며 기억을 더듬어가며 방문자들의 이름을 열거했다. 남녀 합쳐 15-16명의 방문자들은 모두 집안의 오랜 지인들이라 의심할 점이 없다고 덧붙였다. 부인도 같은 의견이었다.

"그중에 저택에서 큰 물건을 가지고 나간 사람은 없었습니까? 방문객뿐 아니라 집안사람이라도 좋습니다."

"큰 물건이라 해봐야 기껏해야 가방 정도예요." 서생이 의아한 듯 대답했다.

"자동차를 타고 온 분들도 있긴 했는데 그 정도의 큰 물건을 싣고 가신 분은 없었어요."

다른 하인들도 그 이상은 알지 못했다.

"뒷문으로 누군가 드나든 적 없습니까?"

아케치는 마지막으로 두 명의 하녀를 바라보았다.

"부엌 쪽에서 본 건 얼굴만 아는 외판원 정도였어요."

한 하녀가 다른 하녀를 보며 동의를 구하듯 말했다.

결국 아무것도 알아내지 못했다. 운전기사도 주인 외에는 아무도 태우지 않았다고 했고, 큰 물건을 운반한 기억도 없다고 단언했다.

정말 하인들이 놓친 점이 없다면 천장 밑이나 마루 밑 같은 저택 구석구석을 살펴보는 수밖에 없었다. 하지만 그마저도 야마노가의 사람들이 수색을 마친 상태였다.

야마노 미치코는 정말 연기처럼 사라져버린 것인가.

"사람이 증발하는 건 불가능합니다. 놓친 것이 있을 거예요. 실제로 여러분은 이 피아노를 놓쳤잖아요. 좀 더 주의 깊게 살펴보았다면 운반되기 전에 아가씨를 발견했을지도 모르죠. 지금도 아주 사소한 것을 놓치고 있는 겁니다.

방금 말씀하신 것 외에 빠뜨린 것은 없나요? 예를 들어 서생께선 우편배달부가 문을 드나든 건 말씀하지 않으셨어요. 물론 우편배달부가 아가씨를 데리고 나갈 순 없겠지만 이 정도의 사소한 것까지 떠올리셔야 해요."

"청소부나 인부도 있겠네요."

문득 생각난 듯 몬조가 옆에서 끼어들었다.

"그래요. 그런 식으로요."

"아, 청소부라고 하니까, 저기 기미짱." 한 하녀가 동료를 돌아보며 갑자기 소리쳤다.

"미치코님이 없어진 다음 날이요. 아침 일찍 쓰레기를 가지러 구청 위생반 직원이 왔었잖아요."

"평소와 다른 점은 없었나요?"

"글쎄요…… 아, 날짜가 일렀어요. 보통은 열흘 정도 간격으로 오는데 이번엔 2-3일 전에 왔다가 또 온 거거든요."

"쓰레기통은 부엌 입구에 있습니까?"

"네, 뒷문 바로 안쪽에 있어요."

"직원은 어떤 모습이었죠? 얼굴은 기억나나요?" 아케치는 호기심을 보이는 듯했다.

"자세히 기억나진 않는데… 작업복을 입은 지저분한 남자였어요. 늘 그런 행색이긴 하지만요."

"그 남자가 뒷문으로 들어왔다는 거죠? 쓰레기를 가지고 나가는 걸 보셨나요?"

"그걸 본 건 아니에요. 심부름 중이었어서 문에서 스쳐 지나갔어요. 기미짱은 어때?"

"나도 잘 보진 못했어. 그러고 보니 이상한 일이 있었어. 위생반 직원이 쓰레기를 가져간 지 얼마 안 됐는데 우리 쓰레기통이 벌써 가득 차 있었거든. 그날 아침 쓰레기를 버리러 갔다가 이게 뭐야 싶었던 기억이 나."

"쓰레기통은 얼마나 큽니까?"

몬조는 아케치의 질문을 기다리지 못하고 물었다. 이런 특이한 사건에 누구보다도 끌리는 몬조는 미치코의 행방에 대해 자신만의 추리를 시도하고 있었다.

"상당히 커요."

"사람이 들어갈 만한가요?"

"충분히요."

이런 문답이 오간 후 아케치 일행은 부엌 입구의 쓰레기통을 조사하러 갔다. 정문과 반대쪽에 있는 높은 콘크리트 담장에 쪽문이 나 있었고, 가까이에 검은색으로 칠해진 대형 쓰레기통이 놓여 있었다.

"쓰레기통 안에 사람을 숨기고 그 위에 더러운 쓰레기를 덮어 둔 후 위생반 직원으로 위장해 쓰레기차에 실어 어딘가로 옮긴다……. 어이없는 상상입니다만, 기이한 사건일수록 이런 터무니없는 가정이 진실로 밝혀지기도 합니다."

이후 아케치는 저택 내부를 면밀히 수색했다. 하인들도 계속해서 조사를 받았다. 두통이 있다며 방에 누워있던 보조 하녀 코마츠에겐 아케치가 직접 방문해 이것저것 물었다.

야마노가의 분위기에 젖어 들면서, 아케치는 무언가를 조금씩 깨달아갔다. 야마노 부인을 비롯한 하인들의 말과 표정에서 희미하지만 동일한 판단이 형성되어 가는 것 같았다.

아케치와 몬조는 저녁 식사를 대접받아 밤이 되어서야 야마노가를 떠났다. 몬조는 아케치의 추리를 듣고 싶어 했지만, 아케치는 몬조가 차에서 내려 그의 하숙집 쪽으로 발걸음을 옮길 때까지 침묵을 지켰다.

그로부터 이틀 동안은 표면적으로 아무 일도 일어나지 않았다. 아케치는 독자적으로 수사를 진행하고 있었을 것이다. 몬조도 자신의 판단에 따라 야마노가를 방문하거나, 아사쿠사 공원이나 혼조의 요겐지 부근을 돌아다녀 보기도 했다.

하지만 사흘째 되는 4월 10일 밤, 긴자 거리의 유명한 백화점에서 전대미문의 기이한 일이 발생했다.

동시에 야마노 미치코의 실종이 결코 평범한 가출이 아니라는 것이 밝혀졌다.

오전 2시, 백화점 3층에서 젊은 점장이 소년 점원을 데리고 순찰하고 있었다. 이 백화점에서는 매일 밤 점장, 소년 점원, 경비원, 토목공 등 당직자를 정해 넓은 매장을 구석구석 밤새도록 순찰하게 했다.

낮에는 사람들로 붐비던 곳이라 한 명의 손님도 없는 넓은 매장은 이상하리만큼 섬뜩했다. 대부분의 전등이 꺼진 가운데 계단 위나 모퉁이 등에 희미하게 남은 불빛만이 통로를 어슴푸레 비추고 있었다.

매장의 진열대는 모두 흰 천으로 덮여 있었고, 높낮이가 다양한 흰 형체들이 시체처럼 늘어서 있었다.

점장은 물건의 그림자에 주의를 기울이며 어두운 통로를 걸어갔다. 그러다 가끔 멈춰 벽에 걸려 있는 작은 상자 내부의 열쇠를 꺼내서 순찰 시계에 도장을 찍었다. 곳곳에 서 있는 굵은 기둥이 살아있는 거인처럼 느껴졌다.

소년 점원은 손전등을 켜고 점원 앞에서 걸어갔다. 무서운 마음에 허세를 부리며 거칠게 걸음을 옮기거나 휘파람을 불어보기도 했다. 하지만 그런 소리가 넓은 공간 구석구석에 울려 퍼지자 더욱 기괴한 기분이 들었다.

가장 기분 나쁜 것은 포목 매장 중앙에 있는 실물 크기의 마네킹이었다. 세 명의 여성이 각각 유행하는 봄옷을 입고 큰 벚나무 아래 서 있었다.

매장에서는 그 마네킹들에게 오마쓰, 오타케, 우메라는 이름을 붙이고 마치 살아있는 사람처럼 "오마쓰 씨의 띠예요" 또는 "우메 씨의 숄이에요"라고 말하곤 했다. 우메라고 불리는 마네킹은 셋 중에서도 가장 젊고 예뻤다.

이 마네킹들에 얽힌 풍문은 참 많다. 어느 점원이 어떤 마네킹에게 반했다는 소문, 어느 남자 손님이 한밤중에 몰래 와서 마네킹과 이야기를 나누다가 짓궂은 장난을 친다는 소문도 있었다.

그래서인지 이 마네킹이 일반 공산품이 아니라는 생각이 들기도 한다. 낮에는 인조물인 척하다가 밤이 되면 꿈틀꿈틀 움직이진 않을까. 야간 순찰 때도 마네킹 앞에 서서 그 얼굴을 뚫어지게 보고 있으면, 갑자기 방긋 웃을 것 같다.

지금 순찰자들의 눈에 그 세 마네킹들은 먼 전등의 아른거리는 빛을 받아 새까맣게 보였다.

"잠깐, 잠깐만요! 언제부터 저기에 어린이 마네킹이 있었죠?"

우뚝 멈춘 점원이 점장의 소매를 잡아당겼다.

"어린이 마네킹? 말 같지도 않은 소리 하지 마."

점장은 화난 듯이 점장의 말을 부정했지만 이미 단단히 겁을 먹었다.

"하지만 보세요. 저기, 오마쓰 씨와 오타케 씨가 어린이의 손을 잡고 있잖아요?"

점원은 그렇게 말하며 인형 쪽으로 손전등을 비췄다. 멀어서 잘 보이지는 않았지만, 거기에는 우메의 그림자에 가려진 어린이 하나가 서 있었다.

저 매장에 어린이 마네킹이 있을 리 없다. 순찰자들은 무서워지기 시작했다.

"야, 스위치 눌러! 샹들리에 좀 켜보라고."

점장은 도망치고 싶은 충동을 간신히 참으며 점원을 재촉했다.

점원은 스위치를 누르러 가려고 했지만 당황한 나머지 그 위치를 까먹었다. 점장은 조바심이 난 소년의 손에서 손전등을 빼앗아 수상한 마네킹을 향해 빛을 비추며 다가갔다.

긴 진열대를 하나 돌자 약간의 빈 공간이 나왔고, 그 한가운데에 세 개의 인형이 서 있었다.

손전등의 둥근 빛이 떨리면서 바닥을 타고 올라갔다.

마네킹 주위를 둘러싼 철책, 인조 잔디, 오마쓰의 발, 우메의 발, 오다케의 발이 차례로 둥근 빛 속으로 들어왔다.

거기서 둥근 빛은 잠시 망설였다. 사실을 확인하는 것이 두려운 듯 떨고 있었다.

그러다 결심한 듯 공중을 가르며 빛이 날아가 멈춘 곳에는, 세상에서 가장 기이한 것이 클로즈업되었다.

그것은 사냥모자를 쓰고 검은 옷을 입은 채, 아까 점원이 말한 대로 오마쓰와 오다케 두 여인에게 손이 잡혀 있었다.

하지만 어린이는 아니었다.

큰 얼굴에 큰 눈과 코가 달려 있고, 뺨 근처에 굵은 주름이 새겨져 있었다. 소위 말하는 난쟁이였다. 어른인데도 어린이 키밖에 되지 않았고, 손전등의 빛 속에서 가슴 위만 크게 확대된 채 '나는 인형입니다'라는 표정으로 눈 한 번 깜빡이지 않았다.

대낮에 이 모습을 봤다면 아름다운 인형과 난쟁이의 조합에 누구라도 웃었을 것이다. 하지만 어두운 밤 손전등의 둥근 빛 속에 떠오른 엄숙한 얼굴은 온몸에 털이 다 설 만큼 섬뜩했다.

"누구냐!"

점장이 고함을 쳤다. 대답 대신 둥근 빛 속의 반신상은 마치 영화 필름이 끊어진 것처럼 갑자기 어딘가로 사라졌다. 도망친 것이다.

점원이 겨우 스위치를 찾아내어 순식간에 그 주변이 밝아졌지만 그때쯤 난쟁이는 철책을 넘어 진열대 사이를 빠져나갔다. 둘은 반사적으로 난쟁이를 쫓았지만 종횡으로 늘어서 있는 무수한 진열대 사이를 진열대보다 작은 사람이 휘젓는 것을 잡을 순 없었다.

얼마 지나지 않아 점장의 비상 신호로 당직자 전원이 3층에 모여 전등을 있는 대로 다 켜고 대대적인 수색을 시작했다.

진열대의 천을 하나하나 걷어내고, 진열대 밑이나 각종 문 안도 모두 조사했다.

3층에 숨어있지 않다는 것을 확인하고 전원이 두 팀으로 나뉘어 한 팀은 4층 이상을, 한 팀은 2층 이하를 수색하기로 했다.

하지만 온갖 물건들이 빽빽하게 진열된 백화점 안에서 난쟁이를 찾아내는 것은 애초에 불가능한 일이었다.

거의 새벽녘까지 대규모 수색이 계속되었지만 결국 알게 된 것은 어떤 물건도 도난당하지 않았다는 것, 창문이나 기타 사람이 출입할 수 있는 곳은 모두 완벽하게 잠겨 있어서 외부에서 누군가 침입한 흔적이 없다는 것이었다.

도난당한 물건이 없으니 당직자들에게 잘못은 없었고, 감봉을 두려워할 일도 없었다.

"저 친구가 겁쟁이라서 말이야. 뭔가를 잘못 본 거야."

새벽의 수색은 그렇게 흐지부지 끝나버렸다.

날이 밝자 백화점의 모든 창문과 문이 열리고, 평소와 다름없는 혼잡이 시작되었다.

지배인은 출입구 담당 직원들을 불러 키 작은 손님을 보지 않았는지 물었지만, 어제도 오늘도 그런 자를 본 사람은 아무도 없었다. 그렇게 특이한 체형를 가진 사람이었다면 누군가의 눈에는 띄었을 텐데 말이다. 도난당한 물건도, 출입구가 아닌 곳으로 침입한 흔적도 없었다.

점장의 착각이거나 다른 점원들 중 어느 장난꾸러기가 겁 많은 점장을 놀라게 하려고 일부러 인형 흉내를 낸 것일 수도 있다. 점장이 동료들의 빈축을 사며 사건은 일단락되려 하고 있었다.

하지만 그날 정오쯤 3층 포목 매장에서 또 소동이 일어났다.

화사한 벚꽃 조화 아래의 마네킹들은 여느 때처럼 사람들 사이에 둘러싸여 인기를 구가하고 있었는데, 어른들에게는 그 발상이 너무나 기발했던 것일까. 그것을 뒤늦게나마 발견한 것은 두 명의 초등학생이었다.

그들은 똑같은 남색 교복을 입고, 난간 가장 앞에 서서 인형을 올려다보고 있었다.

"있잖아, 형, 이 인형 이상해. 오른손이랑 왼손이랑 색깔이 완전 다르잖아. 누가 만든 건지 참 서툴러."

한 학생이 인형의 제작자를 비평했다.

"건방진 놈." 형은 주위의 구경꾼들을 의식해 동생을 나무랐다.

"봐봐. 손가방을 들고 있는 손은 색이 좀 이상하긴 해도, 세공이 정말 섬세하게 되어 있잖아. 만든 분을 무시하지 마."

"그래도 오른쪽이랑 왼쪽이랑 저렇게 느낌이 다르다니… 세공은 섬세하지만 그래도 이상해. 오른손은 작은 주름이 하나하나 그려져 있는데, 왼손은 손가락만 있지 주름이 없어서 밋밋하잖아. 오른손에는 솜털까지 나 있는데…….

어, 어, 형! 이거 진짜 사람 손이야. 물컹물컹해. 반지가 손가락을 파고 들어가 있어……. 시체 아니야?"

동생은 뜻밖의 발견에 숨을 헐떡이며 외쳤다. 시체라는 한마디에 인형의 의상과 용모만 보고 있던 구경꾼들의 시선이 일제히 손으로 향했다.

젊고 아름다운 우메의 오른쪽 소매 끝이었다.

자세히 보니 색감이며 잔주름의 모양이며 솜털이며, 마네킹의 손이 아니었다. 하지만 상식적인 어른들은 그때까지도 자신들의 눈을 의심했다. 이런 일이 일상에 일어날 리 없다고 굳게 믿었다.

"아주머니, 진짜 사람 손이에요."

동생은 한 부인을 붙잡고 자신의 발견을 확인받으려 했다.

"아이고, 그만해라 얘. 말도 안 되는 일이지."

부인은 즉각 부정했지만, 눈으론 문제의 손목을 뚫어지게 바라보고 있었다.

"네 말이 맞다면 울타리 안으로 들어가서 확인해 보면 되겠네."

다른 부인이 놀리듯 말했다.

"그러네요."

말이 끝나기가 무섭게 동생은 울타리를 넘어 우메 옆으로 달려갔다. 형이 말리려 했지만 이미 늦었다.

"이것 보세요!"

동생은 우메 씨의 오른손을 뽑아 높이 구경꾼들을 향해 들어올렸다. 그것을 보자 어어어어 하는 술렁임이 일었다.

기모노 소매에 가려져 있던 팔은 팔꿈치 부분에서 잔인하게 잘려나가, 절단 면에 검붉은 핏자국이 잔뜩 묻어 있었다.

4

백화점에서 마네킹 소동이 있던 날 오후, 아케치 코고로는 야마노가의 현관을 찾았다. 마침 야마노 부인이 있어서 곧바로 서양관의 응접실로 안내됐다.

간단한 인사가 끝나자 아케치는 대화의 순서를 무시하고 용건으로 들어갔다.

"미치코 씨의 지문이 필요한데 방을 한 번 더 볼 수 있을까요?"

"올라오세요."

야마노 부인은 앞장서서 2층의 미치코 방으로 향했다.

서재도 화장실도 이전과 비교하면 완전히 다른 방처럼 정돈되어 있었다. 미치코의 지문을 찾는 것은 어렵지 않았다. 우선 서재 책상 위에 오래 쓴 흡취지가 있었는데, 오른쪽 엄지 지문이 검게 나타나 있었다.

화장실에서는 화장대나 손함 등은 깨끗이 청소가 되어 있어 지문이 남아 있지 않았지만, 화장대 서랍 안의 화장품 용기엔 어느 것이나 몇 개의 뚜렷한 지문이 있었다.

"가져가도 괜찮을까요?"

"네. 도움이 된다면요."

아케치는 주머니에서 마 손수건을 꺼내 몇 개의 화장품 용기를 조심스럽게 그 안에 쌌다.

응접실로 돌아온 아케치는 테이블 위에 방금의 화장품 용기들과 흡취지, 그리고 다른 종이 한 장을 늘어놓았다. 종이엔 누군가의 한쪽 손 지문이 뚜렷하게 찍혀 있었다. 아케치는 거기에 휙 하고 돋보기 하나를 던져 놓았다.

"사모님. 이 종이의 다섯 지문과 따님 방에 있던 흡취지와 화장품 용기의 지문을 비교해 보세요. 돋보기로 크게 보면 문외한이라도 할 수 있습니다."

"아아." 부인은 얼굴이 창백해져서 몸을 뒤로 뺐다.

"제발 아케치 씨가 살펴봐 주세요. 무서워서 도저히……"

"저는 이미 두 지문이 같다는 걸 압니다. 사모님도 보시는 게 좋을 것 같아서요."

"아케치 씨가 같다고 하셨으니 충분하지 않나요? 저 같은 사람이 봐도 잘 모를 거예요."

"그럼 말씀드릴게요. 따님은 누군가에게 살해당했습니다. 이쪽은 그 시신의 한쪽 손에서 채취한 지문이고요."

야마노 부인은 비틀거리며 거의 쓰러질 듯하다가 겨우 균형을 잡았다.

"시신은… 어디에 있었나요?"

커다란 눈으로 아케치를 노려보며 말을 더듬거렸다.

"긴자 백화점의 포목 매장입니다. 마네킹 한쪽 손이 어젯밤 사이에 시신의 손목과 바꿔치기되어 있었어요. 경무계에 지인이 있어서 지문을 슬쩍 채취해달라고 했고요. 손가락에 큰 루비가 박힌 반지가 끼워져 있었다는데, 기억나시죠?"

"루비 반지… 네, 미치코 거예요. 미치코의 손목이 백화점 매장에 있었다니, 어떻게 그런 일이…… 실감이 나지 않아요."

"최대한 빨리 받아들이셔야 합니다. 오늘 석간신문에 이 사건이 자세히 보도될 테고, 경찰은 따님의 실종 사건과 연결지어 생각하겠죠. 사모님 댁에는 슬픈 것과 별개로 꽤 성가신 일들이 일어날 겁니다."

"아아, 아케치 씨, 이제 어떻게 하면 좋을까요?"

야마노 부인은 눈에 가득 눈물을 머금은 채 기이하게 일그러진 표정으로 아케치에게 매달리듯 말했다.

"범인을 빨리 찾아내 따님의 시신을 되찾는 수밖에 없습니다. 이렇게 된 이상 경찰도 더 면밀히 수색할 테니 금방 해결될 수도 있어요. 그런데 그 후에 남편 분은 돌아오셨나요?"

"네. 전보를 쳐서 그저께 돌아왔습니다만 워낙 자식 사랑이 깊은 분이라서… 피아노 얘기만 듣고도 이미 살아있지 않을 거라며 낙담한 상태예요. 아픈 사람처럼 생기를 잃더니 사람을 만나는 게 싫다며 방에 틀어박혀 계셔요. 지금 말씀하신 일도 남편에게 알려야 할지 고민이 됩니다."

"안타깝군요. 그런데 남편 분의 낙담이 너무 심한 것 같은데요. 그럼 오늘은 뵐 수 없을까요?"

"아까도 탐정님이 오셨다고 말씀드렸지만, 대면은 어렵겠다고 하시더군요."

부인은 난처한 표정으로 말했다.

"알겠습니다. 그럼 오늘까지 조사한 내용을 보고하겠습니다." 아케치는 잠시 생각을 정리한 후 이어 말했다.

"우선 위생반 직원의 행방입니다. 쓰레기통에서 따님의 시신을 가져 갔을지도 모른다는 그 청소부 말입니다. 저는 그 다음날 하루 종일 그자의 움직임을 추적했습니다. 아즈마바시 동쪽 끝까지는 주변 사람 몇 명이 목격한 것 같더군요.

그런데 그 이후 다리를 건넜는지 강가를 따라 우마야바시 쪽으로 갔는지, 아니면 왼쪽으로 돌아 나리히라바시 쪽으로 향했는지 알수 없었습니다. 지금도 제 부하 한 명이 수색에 매달려 있지만 좋은 소식이 없습니다.

다음은 사모님 댁의 후키야라는 운전기사입니다."

아케치는 슬며시 웃으며 부인의 얼굴을 보았다.

"사모님께서 숨기고 싶으셨던 것 같은데요. 이해는 가지만 숨기는 것이 오히려 호기심을 자극하는 법이에요. 저는 곧장 후키야에 대해 조사했고 이젠 사모님보다 더 자세한 사정을 알게 된 것 같습니다.

따님과 후키야의 관계는 양쪽 다 진지했던 것 같지만 굳이 따지면 따님이 더욱 진심이었던 모양입니다. 여기까진 사모님도 알고 계실 거라 생각합니다.

그런데 후키야는 그 이전부터 하녀 한 명과 꽤 깊은 관계가 있었습니다. 따님이 실종된 날 아침, 따님 침대가 비어있는 것을 발견한 코마쓰 말입니다.

저는 따님이 실종된 4월 2일 이후 후키야의 모든 행동을 조사해 봤습니다. 후키야는 3일 저녁에 갑자기 사직을 요청하고 그날 밤 기차로 고향인 오사카로 떠났죠. 그때 그가 혼자였고, 여자 동행자가 없었다는 것은 많은 목격자들이 입을 모아 증언하고 있습니다. 대부분 이집 하인들이긴 합니다만.

남편 분이 오사카에 갔다고 하셨죠? 후키야를 만나러 가셨겠군요. 직접 뵙고 자세한 이야기를 들을 수 없어 아쉽지만, 후키야는 따님의 이번 사건과는 아마 관련이 없을 겁니다. 다만 뭔가를 알고 있을 순 있습니다."

아케치는 그렇게 말하고 부인을 뚫어지게 바라보았다. 부인은 눈물을 글썽이며 고개를 숙인 채였다.

"표면적으로 드러난 점만 말하자면 가장 의심스러운 것은 하녀 코마쓰입니다."

아케치는 한층 목소리를 낮추어 말했다.

"코마쓰에게 따님은 연적이었어요. 하녀이기 때문에 언제든 의심받지 않고 따님의 방을 드나들 수 있었고, 따님이 안 계신 것을 제일 먼저 발견한 것도 그녀였습니다. 그 이후로 아프다며 방에 틀어박혀 있는 것도 수상하고요."

"아니에요. 그 아이만큼은 그런 무서운 짓을 할 리 없습니다." 야마노 부인은 황급히 아케치의 말을 가로막았다.

"코마쓰는… 불행한 아이입니다. 부모님이 모두 돌아가시고 무서운 삼촌 손에 끔찍한 곳에 팔려갈 뻔했을 때, 남편이 알게 되어 구해준 것입니다. 그리고 벌써 4년이나 딸처럼 키워왔습니다.

본인도 그것을 은혜로 여겨서, 입버릇처럼 주인님을 위해서라면 목숨도 아깝지 않다면서 정말 부지런히 일해주고 있습니다. 성품도 매우 착하고… 어떤 사정이 있더라도 코마쓰가 미치코를 해칠 리 없어요."

"저도 코마쓰가 악인이라고 생각하진 않습니다."

아케치는 머리카락을 손가락으로 헝클어뜨렸다.

"다만 드러난 정황상 그 여자가 의심받을 수 있음을 알려드린 것뿐입니다. 죄가 없더라도 뭔가 알고 있을 가능성이 크고요. 저번엔 코마쓰의 방에 가서 이런저런 것을 물어봤지만 모른다고만 하고 얼굴도 들지 못하더군요. 강하게 추궁하니 훌쩍거리며 울었습니다. 숨기고 있는 게 있을 거예요."

아케치는 야마노 부인의 아주 작은 표정의 변화도 놓치지 않으려고 그녀의 하얀 얼굴을 관통하듯 들여다봤다. 눈에 띄는 동요는 없었다.

"이 사건엔 어떤 기형인이 관련되어 있는 것 같습니다. 흔히 일촌법사라고 하죠? 들으셨겠지만, 몬조 군도 그저께 밤에 일촌법사를 봤다고 하고 이번 백화점 사건도 일촌법사가 엮여 있는 것 같습니다. 우메라는 마네킹 옆에 그가 있던 것을 점원이 봤다고 합니다."

"어머나." 부인은 눈에 띄게 몸을 부르르 떨었다.

"몬조 씨께 들었을 때는 몬조 씨가 잘못 본 거라고 생각했는데… 그런 기형인이 정말 있었다는 건가요? 저는 전혀 모릅니다. 어렸을 때 구경거리로 본 것 외 일촌법사는 여태 본 적 없어요."

"네, 그러시겠죠." 아케치는 부인을 향한 시선을 잠시도 풀지 않았다.

"몬조 군은 일촌법사가 요겐지로 들어가는 것을 분명히 봤다고 하는데, 절에는 그런 사람은 없다고 하고 근처 사람들도 본 적이 없다고 합니다. 백화점에서도 비슷한 일이 일어난 거예요. 점원이 한밤중에 일촌법사를 목격했음에도 그 전날이나 다음 날에 그런 자가 출입구를 지나간 걸 본 사람이 없고, 창문을 깨고 드나든 것도 아니었습니다. 일촌법사는 매번 연기처럼 사라지는 것 같은데, 여기에 어떤 의미가 있지 않을까 싶습니다."

아케치는 뭔가 아는데도 모르는 척하며 불필요한 대화를 나누는 듯했다. 저택에 왔을 때부터 연극을 하고 있는 것일지도 모른다.

"이번 사건에서 가장 기이한 점은 범인이 자신의 범행을 대중 앞에 드러내려 한다는 겁니다. 몬조 군이 본 것도 그렇고, 센주에서 발견된 외다리 사건도 그렇고(물론 이건 다른 사건일 수 있습니다), 이번 백화점 사건도 그렇죠. 범인은 살인사건이 일어났다는 것을 세상에 알리고 싶은 것처럼 보여요. 이번엔 반지까지 그대로 끼워놓았으니 '이것이 야마노 미치코 씨의 손목이다'라고 광고하는 것이나 다름없지 않습니까?

 살인자가 자기 범행을 세상에 알린다는 것은 쉽게 이해할 수 없는 일입니다. 바보나 미친 사람이 아니고서는, 아니, 아무리 바보나 미친 사람도 그런 무모한 짓은 하지 않아요. 특히 백화점 마네킹에 시신의 손목을 달아놓고 유유히 사라지는 일은 평범한 자는 할 수 있는 일이 아닙니다.

 연이은 사건들이 이토록 황당하니, 저는 어째 사건의 내막에 또 다른 속셈이 느껴집니다."

 아케치는 거기서 말을 멈추고 야마노 부인의 창백한 얼굴을 부자연스럽게 오랫동안 지켜봤다.

 부인은 그 눈빛에 무너진 듯 고개를 숙인 채 부들부들 떨기 시작했다. 정신이 혼미해져 말도 잘 안 나오는 것 같았다.

 "만약 일촌법사의 행각에 별개의 의도가 담겨 있다면, 결론은 하나입니다. 범인은 따로 있습니다. 따님의 시신 일부를 대중 앞에 드러내고 있는 자는 범인이 아니라, 그런 충격적인 수단으로 진짜 범인을 협박하고 있는 거예요. 어떤 목적이 있어서 비상수단을 쓰고 있는 거죠. 사모님, 어떻게 생각하십니까?"

 그때 야마노 부인은 화들짝 놀라 고개를 들었고 둘은 말없이 서로를 뚫어지게 응시했다. 서로의 마음 깊은 곳까지 꿰뚫는 듯한 눈빛을 교환했다.

다음 순간, 야마노 부인은 테이블에 얼굴을 묻고 격렬하게 울기 시작했다. 참으려고 해도 참을 수 없는 듯 귀를 찌르는 듯한 울음소리가 소매 사이로 새어 나왔다. 작은 어깨가 격렬하게 흔들렸고, 목덜미로 흘러내린 머리카락이 요염하게 떨렸다.

그때 문이 열리며 서생 야마키가 들어왔다. 심상치 않은 분위기를 보고는 돌아가려다가, 다시 생각하고 테이블 쪽으로 다가왔다. 서생은 매우 흥분한 상태였다.

"사모님, 큰일 났습니다."

부인은 겨우 눈물을 참으며 고개를 들었다.

"방금 이런 소포가 도착했습니다."

서생은 들고 있던 길쭉한 나무상자를 테이블 위에 올려놓으며 슬쩍 아케치를 쳐다보았다.

조악한 나무상자엔 단단히 못이 박혀 있었지만 서생이 억지로 연 듯 뚜껑이 반으로 갈라진 상태였다. 기름종이에 싼 무언가가 빠져나와 있었다.

나무상자는 오후 첫 번째 우편물에 섞여 있었다. 발신인의 이름은 없었지만 야마키는 별 생각 없이 뚜껑을 열었다. (이곳에서는 편지 외의 소포나 서적은 서생이 포장을 풀어 주인에게 전달하는 것이 관례였다.) 안의 물건을 확인하고 야마키는 숨이 턱 막혔다. 이것을 어떻게 처리해야 할 것인가. 병중인 주인을 놀라게 할 수 없었고, 그렇다고 이대로 두기도 곤란했다. 문득 객실에 아케치가 와 있다는 것이 생각나 부인과 아케치에게 가져 온 것이다.

아케치는 서생의 설명을 들으며 상자 안에서 기름종이에 싼 물건을 꺼내 조심스럽게 포장을 풀었다.

갈색으로 변색한 사람의 팔 하나가 나왔다. 팔꿈치 부분이 깔끔하게 절단되어 있었고, 절단 면에는 검은 피가 엉겨 있었다. 끔찍한 악취가 코를 찔렀다.

"사모님을 저쪽으로 모셔요. 보시면 안 될 것 같습니다."

아케치는 포장을 재빨리 상자 안으로 밀어 넣으며 외쳤다.

하지만 부인은 이미 모든 것을 보고 말았다. 그녀는 일어서서 무표정한 얼굴로 한 곳을 응시했다. 얼굴은 투명할 정도로 창백했다.

"빨리요!"

아케치와 서생이 동시에 부인을 부축했다. 부인은 서 있을 힘도 없어져 그들에게 안겨 일본식 방으로 물러갔다.

아케치는 다시 돌아와 포장을 풀어 물건을 꺼내 살펴보았다. 조심하지 않으면 피부가 흘러내릴 것 같았다.

젊은 여자의 왼쪽 손목이었다. 백화점에 전시된 것과 한 쌍을 이루고 있는 것 아닐까.

 아케치는 선반 위에 있던 벼루를 내려 먹을 갈아 조심스럽게 부패가 시작된 다섯 손가락의 지문을 채취해 수첩에 옮겼다. 이후 나무상자와 포장지, 상자 표면의 수신인 글씨 등을 빠짐없이 세밀하게 조사했다.

 그런 다음, 아까의 손수건을 풀어 미치코의 화장품 용기들을 꺼내 표면에 남은 지문과 방금 수첩에 옮긴 지문을 돋보기로 비교했다.

 "……맞네."

 한숨 섞인 낮은 목소리가 저도 모르게 흘러 나왔다. 상자 안의 손목도 미치코의 것이었다.

 아케치는 무슨 생각이 들었는지 다시 미치코의 방으로 올라가 잠시 무언가를 하다가 내려왔는데 그곳엔 서생 야마키가 기다리고 있었다.

 "사모님께서 조사가 끝나시면 이만 돌아가 달라고 하셨습니다. 경찰에 신고하는 일도 대신 부탁드린다고 하셨습니다."

 "걱정하지 말라고 전해 주세요. 그런데 주인 어르신을 잠깐이라도 뵐 수 없을까요?"

 "그게… 대단히 죄송합니다만, 주인께서는 따님 일로 상태가 좋지 않으셔서 되도록 귀에 거슬리는 일은 피하고 싶어 하십니다. 면회를 삼가달라 하셨습니다."

"알겠습니다. 이 상자는 어딘가에 잘 보관해 주세요. 곧 경찰에서 사람이 올 테니 그때까지 손대지 마시고."

아케치는 화장품이 든 손수건 꾸러미를 소중하게 품에 넣고 일어섰다. 야마키와 하녀 오유키가 현관까지 그를 배웅했다. 그때 복도의 어두운 곳에서 오유키가 작은 쪽지를 아케치에게 건넨 것을, 앞서 간 야마키는 눈치채지 못했다.

야마노가의 주인 야마노 다이고로는 오사카에서 돌아온 이후 줄곧 병상에 누워 있었다. 미열이 계속되고 끊임없이 심한 두통이 따랐다. 의사는 유행성 감기라고 했지만, 그 열의 원인이 하나뿐인 딸 미치코의 실종에 있다는 것은 의심할 여지가 없었다.

오사카 방문이 실망스럽게 끝난 데다가, 부재 중에 아케치 코고로의 발견으로 미치코의 실종이 단순한 가출이 아니라는 것을 알게 된 이후 그의 고뇌는 한층 더 깊어졌다.

다이고로는 집안사람들과 마주치는 것도 꺼렸다. 야마키가 부주의하게 손님을 안내했다가 큰 꾸짖음을 듣기도 했다. 상점 지배인이 업무 상담차 방문해도 대부분 만나지 않고 돌려보냈다. 그 무렵 주인의 방에 들어갈 수 있는 사람은 부인 야마노 유리에와 하루 세 번 음식을 들여다 주는 하녀 오유키뿐이었다.

부인은 불길한 나무상자를 선물 받은 이후로 아픈 사람처럼 거실에 틀어박혀 있었다. 저녁 식사 시간이 되어도 식당에 모습을 보이지 않았다. 오유키가 걱정되어 자주 상태를 보러 왔지만 말도 없이 생각에 잠겨 있을 뿐이었다.

일곱 시가 조금 지나자 무슨 생각이 들었는지 유리에는 옷을 갈아입고 다이고로의 방으로 들어갔다. 다이고로는 이불 위에 누워 초점 없이 천장 쪽만 응시하고 있었다. 연두색 비단으로 씌운 전등이 방을 한층 더 음침하게 만들었다.

부인은 다이고로에게 약을 권하고 습도를 조절하기 위해 베개 옆 화로 위 뚜껑이 열려 있는 은주전자에 물을 더 부은 뒤, 그의 안색을 살피며 말했다.

"잠시 카타마치까지 다녀오려고 하는데요."

"상담이라도 받으려고?"

다이고로는 수염이 자란 얼굴을 부인 쪽으로 돌리며 물었다. 부인도 요 며칠 사이에 부쩍 야위었고 눈은 충혈되어 있었다.

"자주 가서 죄송하지만, 몸 상태가 그리 나빠 보이지 않으시니 한시간 정도만 시간을 주시면……."

혼고의 니시카타마치에는 부인의 백부가 살고 있었다. 부모를 잃은 그녀에게는 백부가 유일한 친척이었다.

"그래. 조심해서 다녀오게."

다이고로는 다른 생각에 빠져있는 듯한 공허한 목소리로 말했다.

"다녀오겠습니다."

야마노 부인은 그렇게 말하며 일어서려다가, 문득 방에 펼쳐져 있는 석간신문이 눈에 띄었다. 연이어 터지는 사건에 혼란스러운 나머지 중요한 것을 잊고 있었다. 오늘자 석간신문은 다이고로에게 보여서는 안 되는 것이었다.

거기에는 예상했던 대로, 아니 예상 이상의 과장된 방식으로 백화점의 기이한 사건이 보도되어 있었다. 2면의 절반이 그 선정적인 기사로 채워져 있었다.

한 가정의 사적인 일이 사회적 사건으로 확대된 형국였다. 기사에는 미치코에 대한 언급이 없었지만, 부인에겐 이 기사가 야마노가와 관련이 있다는 사실이 여실히 다가왔다.

다이고로가 그 기사를 읽었다는 것은 의심할 여지가 없었다. 하지만 무엇을 알아차렸을까. 부인은 남편의 속을 읽어내려 했지만 기력 없는 무표정은 아무것도 말해주지 않았다. 아직은 이 대형 기사가 실종된 딸의 죽음을 암시하고 있다는 사실은 모를 것이다.

야마노 부인은 오유키에게 행선지를 알리고 외출 준비를 시켰다. 오유키는 야마키라도 데리고 가는 게 어떻겠냐고 권했지만, 근처에서 택시를 잡을 것이니 그럴 필요 없다며 혼자 대문을 나섰다.

대문 밖은 양쪽으로 긴 담이 이어져 있었고, 곳곳에 설치된 안전등이 둔한 빛을 내뿜고 있었는데 오히려 그것이 어둠을 더 강조하는 것처럼 보였다. 인적은 없었다.

그녀는 어두운 길에 서서 잠시 무언가를 생각하다가 이내 천천히 걷기 시작했다. 그런데 택시 정류장과는 반대쪽인, 한층 더 을씨년스러운 방향이었다.

첫 번째 모퉁이에 이르러 뒤를 한 번 돌아보고 아무도 없다는 것을 확인하고는 발걸음을 재촉해 어두운 구역만을 골라 걸어 갔다.

두세 블록을 지나자 길은 스미다 강의 쓸쓸한 제방으로 이어졌다. 강 건너편의 집들의 불빛이 마치 연극 무대의 배경처럼 보였다. 칠흑 같은 넓은 강면에는 화물선의 희미한 붉은 등불이 두세 개 떠 있었는데 움직이는 듯 마는 듯했다.

제방 위를 조금 걸어 길을 내려가자 미메구리 신사의 경내가 나왔다. 야마노 부인은 내리막길 입구에서 다시 한번 신중하게 좌우를 살핀 후 신사 안으로 들어갔다.

부인은 이렇게 무척 조심했음에도 미행자가 붙은 것을 알아차리지 못했다. 그녀가 저택의 문을 나서는 순간부터 하녀 오유키가 그녀보다 더 조심스럽게 그녀의 뒤를 쫓고 있었던 것이다.

미메구리 신사의 경내는 묘지처럼 고요했다. 안전등의 빛 외에는 새어 들어오는 불빛조차 없었다. 어둠 속에 거대한 입불상처럼 시비(詩碑)들이 우뚝우뚝 서 있었다.

야마노 부인은 바위 사이를 주변을 더듬으며 나아갔고, 유독 큰 시비 앞에 다다르자 누군가를 기다리는 듯 멈춰 섰다.

"오셨습니까?"

잠시 후 시비 뒤에서 무언가가 나타나 속삭이듯 말을 걸었다. 기모노 위에 봄 외투를 입고 큰 사냥모자를 깊이 눌러 쓴 남자였다. 어둠 속에서도 큰 안경이 먼 곳의 빛을 반사해 반짝 빛났다.

"……네."

야마노 부인이 희미하게 대답했다. 떨리는 것을 필사적으로 참고 있는 듯한 목소리였다.

"내가 뭐랬나요. 거짓말이 아니었죠? 말씀드린 대로 뭐든지 해낼 수 있습니다."

남자는 굵은 지팡이에 몸을 기대고 부인에게 화를 섞어 말했다.

"나는 목숨을 걸고 있습니다. 어떤 일이라도 해내요. 이것 이상의 일이라도요. 자, 이제 대답을 들려주세요. 내 요구를 받아들일 겁니까?"

"여기까지 온 이상 돌이킬 수 없어요." 부인은 울 것 같은 목소리로 말했다.

"하지만 전부 밝혀질 거예요. 게다가 아케치 씨가 나섰어요. 정말 무서운 사람이에요. 밑바닥까지 꿰뚫어보는 것 같아요. 왜 제게 더 일찍 말해주지 않은 거죠. 적어도 제가 아케치 씨를 부르기 전에……"

"아케치? 흥." 남자는 코웃음을 쳤다.

"그놈이 뭐가 어떻다는 겁니까? 두려워할 거 없어요. 이렇게 된 것도 당신 잘못이에요. 나를 얕보고 대수롭지 않게 여긴 잘못이라고요. 당신이 놀라지 않으니까 실행할 수밖에 없었다고요. 이제 와서 울먹거려봤자죠.

하지만 절망할 필요는 없어요. 모든 비밀은 내가 쥐고 있으니까요. 미치코가 살해됐다는 게 밝혀져도 누가 죽였는지, 시체는 어디 있는지 경찰이든 탐정이든 아무리 찾아도 모를 겁니다. 그러니까 걱정하지 마세요."

오유키는 두 사람에게 최대한 가까이 다가가 시비 그늘에서 은밀한 대화를 엿들었다. 호기심과 일종의 정의감이 두려움을 눌렀다. 평소에 경외하던 유리에 부인의 수상한 언행이 오유키를 흥분시켰고, 이제는 분노로 전신이 부들부들 떨렸다.

"안심하라는 말입니다. 나만 화나게 하지 않으면 만사가 괜찮을 거예요. 그런데 오늘 밤은 무슨 구실로 집을 나왔나요?"

남자의 낮고 억누르는 듯한 목소리가 이어졌다.

"카타마치에 다녀온다고 했어요."

"백부님 집이군요. 그럼 두세 시간은 괜찮겠네요. 제방 위에 택시가 기다리고 있으니 저와 함께 가시죠. 두 시간 후엔 꼭 돌려보내

드리겠습니다. 겁낼 것 없어요.

 만약 제안을 거절한다면 엄청난 일이 생길 겁니다. 모든 것을 다 폭로해버릴 거예요. 내 죄도 밝혀지겠지만 그쪽은 파멸입니다. 앞으로 살아갈 수 없을 거예요. 그러니 내 말을 받아들일 수밖에 없어요. 나 같은 놈한테 걸린 게 불운이라고 여기세요. 자, 시간이 없어요. 빨리 정하세요. 난 기다릴 만큼 기다렸어요."

 "당신이 이 정도로 끔찍한 사람일 줄은 몰랐어요. 깨달음을 얻은 은둔자인 줄 알았는데, 알고 보니 악마네요."

 부인은 절망스런 한숨을 쉬며 말을 이었다.

 "어쩔 수 없네요. 그 일을 비밀로 두려면 어떤 희생이라도 치러야겠죠……. 그런데 당신은 그런 짓을 하고서 잠은 잘 오세요? 전 어떻게 해도 당신을 좋아할 수 없을 거예요."

 "후후후후후후……"

 남자는 목소리를 죽인 채 소름 끼치게 웃었다.

 "십 년을 기다렸어요. 당신은 모르겠지만 그 긴 세월 동안 당신 생각만 하며 살아왔다고요. 내가 얼마나 고통스러웠는지, 얼마나 많은 바보 같은 계획을 세웠는지 이제 다 알려줄게요. 후후후, 틀림없이 놀랄 걸요. 당신을 사모했던 남자의 정체를 알게 되면 기절할 만큼 놀랄 거라고요.

 이제 보니 이번 일은 저에겐 큰 행운이군요. 이런 일이 일어나지 않았다면, 나는 평생 애타는 마음을 털어놓지 못했을 거예요. 자세한 이야기는 가서 하시죠."

남자는 그렇게 말하고는 자신만만한 걸음으로 경내를 나와 제방 쪽으로 걸어갔다. 야마노 부인은 조종당하는 것처럼, 답답할 정도로 순순히 남자의 뒤를 따랐다.

신사에서 제방을 따라 몇 분 걸으니 허물어져 가는 빈집 한 채가 덩그러니 있었고, 집 그늘에 숨은 것처럼 자동차 한 대가 서 있었다. 전조등을 끈 상태라 얼핏 보면 집의 일부처럼 보였다.

남자는 자동차 앞에서 야마노 부인을 손짓해 불러 밀어 넣듯이 차에 태우고, 운전사에게 뭔가 속삭이고는 자신도 차 안으로 들어갔다. 자동차는 곧바로 요란한 소리를 내며 아즈마바시 방향으로 쏜살같이 사라졌다.

오유키는 그늘에 서서 분하다는 듯이 차의 뒷모습을 지켜봤다. 더는 어찌할 도리가 없었다. 저택으로 돌아갈 수밖에 없었다.

그녀는 아케치에게 보고할 만한 사항을 적어도 두 가지는 기억해 두었다. 하나는 수상한 남자가 부인을 태우고 간 자동차 번호인 2936이라는 숫자. 또 하나는 남자의 모습이나 목소리, 특히 그 특징적인 걸음걸이가 그녀도 잘 아는 어떤 사람과 매우 닮았다는 사실이었다.

뜻밖의 인물이었기에 오유키는 잘못 생각한 건 아닌가 의심했다.

하지만 살짝 절뚝거리는 움직임은 분명 그 사람이 틀림없었고 어깨의 모양새, 지팡이를 짚는 방식, 그 외 모든 점도 확실했다.

이러한 사항들을 아케치에게 전화로 보고하기 위해 서둘러 저택으로 돌아갔다.

5

야마노 부인을 태운 자동차는 넓은 거리와 좁은 골목을 여러 번 돌아 어느 쓸쓸한 길모퉁이에 멈췄다.

"도착했습니다."

출발할 때부터 창문의 커튼이 내려져 있어서 야마노 부인은 자신이 어디로 끌려가는지 짐작할 수 없었다. 목적지를 물었지만, 남자는 실실 웃기만 할 뿐 답하지 않았다.

남자는 부인을 재촉하며 차에서 내렸다. 출발하기 전과 비교하면 다른 사람처럼 무뚝뚝해져 있었다.

부인은 차에서 내리며 주변을 둘러봤지만 모르는 곳이었다. 그리 오래 달린 것 같지도 않은데 도시와 매우 멀리 떨어진 곳 같았다.

남자는 지팡이에 의지해 다리를 끌면서도 빠르게 걸었다. 말도 없었고 뒤돌아보지도 않았지만 부인은 그의 뒤를 따라갈 수밖에 없었다.

좁은 길을 여러 번 돌아 몇 분쯤 걸으니 비슷비슷한 형태의 임대 주택이 늘어선 거리가 나왔다. 남자는 그중 한 곳의 집으로 들어가 유리창이 달린 격자문을 열었다. 야마노 부인은 이미 각오를 한 듯 태연하게 남자의 뒤를 따랐다.

남자는 운전사에게도 은신처를 알리지 않으려고 일부러 300미터나 앞에서 차를 내렸다. 오유키가 차 번호를 기억했지만 이렇게 조심스러운 상대라면 덜미를 잡기 어려울 것이다.

하지만 다행히 야마노 부인에겐 오유키 외에 또 한 명의 미행자가 있었다.

그는 정의감도 호기심도 아닌, 그보다 더 강렬한 동기에 의해 부인에 대한 감시를 게을리하지 않았다.

남자와 야마노 부인이 자동차에서 내려 어두운 거리로 모습을 감출 무렵, 택시 운전사 옆 보조석에 앉아있던 조수가 외투를 벗어 지폐와 함께 운전사에게 건넸다.

"적지만 감사 표시예요. 조수 분께도 잘 전해주세요."

조수로 변장하고 앉아있던 것은 다름 아닌 고바야시 몬조였다. 진짜 조수에게 빌린 외투를 벗자 하늘색 정장이 나왔다.

그는 자동차에서 내려 50미터 정도 앞서가는 남녀의 뒤를 미행했고, 그들이 작은 문이 있는 집으로 들어가는 것까지 확인했다.

몬조는 집 앞에서 감시를 이어갔다. 집 옆에 좁은 골목이 있었고, 그 골목이 집 뒷문 쪽으로 막혀 있어 골목 입구에서 지켜보고 있으면 누군가 뒷문으로 빠져나가도 놓치지 않을 수 있었다. 야마노 부인의 비밀이 무엇인지, 수상한 남자가 부인과 어떤 관계인지 알 수 없었기에 그 이상의 무모한 행동은 할 수 없었다.

몬조는 어두운 골목에 몸을 숨기고 끈기 있게 기다렸다. 운전 조수로 변장하고 어둠 속에서 수상한 인물을 감시하는 일이 탐정을 동경하는 그를 꽤 우쭐하게 만들었다.

격자문을 열고 들어가자 한 평 정도의 흙바닥이 나타났고 그 뒤로 3첩 크기의 현관과 2층으로 이어지는 계단이 있었다. 다리가 불편한 남자는 마치 어린아이처럼 양손을 바닥에 짚으며 계단을 한 칸씩 천천히 기어올랐다.

2층은 6첩과 4첩 반 크기의 두 개의 방으로 나뉘어 있었다. 남자와 야마노 부인은 6첩 방으로 들어가 미닫이문을 꼭 닫았다.

"저 방석에 앉으세요. 자, 유리에 씨, 드디어 오셨군요."

남자는 부인의 이름을 망측하게 웃으며 불렀다. 그리고 자신도 방석 하나를 가져와 외투를 입은 채로 그 위에 앉았다.

다리를 구부리는 것이 매우 힘든 듯 시간을 꽤 들인 다음에야 비스듬히 앉을 수 있었다.

"왜 그리 긴장하세요? 좀 더 편하게 있어요."

그는 안경 너머로 뱀 같은 눈빛을 번뜩이며 유리에를 바라보았다.

"아무도 없나요?"

유리에는 구석에 작게 앉아 마른 입술로 물었다.

"없는 셈이죠. 귀가 잘 안들리는 할머니를 고용해 두긴 했지만, 당신이 싫어할 것 같아서 나오지 말라고 일러뒀어요. 큰 소리를 내도 들릴 염려는 없어요."

남자는 그때까지 쓰고 있던 큰 사냥모자를 벗었다. 그 밑에는 부스스한 짧은 머리가 지저분하게 자라 있었다. 이상하게도 모자를 벗자 그의 용모가 확 달라 보였다.

"어!"

그것을 본 유리에는 깜짝 놀라 숨을 들이켰다.

"하하하, 이거 말이에요?" 남자는 머리를 휘저으며 말했다.

"가발이에요. 얼굴이 달라 보이죠? 이 정도에 놀라면 안 됩니다. 더 심한 것도 있거든요. 아무렴 어떤가요. 이제 당신은 내 겁니다. 도망칠 수 없어요. 도망치면 파멸이죠."

남자는 코 위에 흉한 주름을 만들며 기괴하게 웃었다. 조금씩 가면을 벗고 본모습을 드러내고 있었다.

"와하하하하하하!"

그는 갑자기 이를 드러내며 미친 듯이 웃었다.

"유리에 씨. 아아, 이제야 이렇게 당신을 부를 수 있게 됐어요. 연인처럼 부를 수 있게 됐다구요. 십 년 동안 나는 마음 속으로만 당신의 이름을 불러왔어요. 불가능하다는 걸 알면서도 희망을 버릴 수가 없었어요.

혹시 꿈이 아닐까요? 저는 너무 행복합니다. 유리에 씨, 나를 사랑해달라는 무리한 부탁은 하지 않겠어요. 다만 이 불행한 운명을 타고난 남자를 불쌍히 여겨주세요. 내 악행을 미워하지 마세요. 이렇게까지 할 수밖에 없었던 내 안타까운 마음을 헤아려주세요."

남자는 위압적인 태도를 바꾸어 몸을 비틀며 애원했다. 어느새 외투를 입은 긴 몸이 옆으로 누워, 대벌레처럼 몸을 꿈틀거리며 유리에에게 다가왔다.

"당신은… 대체 누구시죠. 제가 알고 있는 사람이 아닌가요? 누구시죠?… 누구시죠?……"

유리에는 구석으로 몸을 피하며 떨리는 목소리로 외쳤다.

"그렇게 알고 싶으신가요? 그럼 보여 드리죠."

누워있던 남자가 마치 용수철이 튀어 오르듯 일어나더니 순식간에 전등 쪽으로 손을 뻗었고, 딸깍하는 소리와 함께 방 안이 깜깜해졌다. 2층의 덧문이 완전히 닫혀 있는데다 거리에도 희미한 문등 외에는 불빛이 없어서 방 안은 완전한 어둠에 잠겼다.

유리에는 꼼짝하지 않고 암전 전 남자가 있던 방향을 응시했다.

그녀는 이번 사건의 진상이 밝혀지는 것을 무엇보다도 두려워했다. 그 비밀을 지키기 위해서라면 어떤 희생이라도 감수하겠노라고 각오하고 있었다. 순진한 처녀가 아니기에 비명을 지르진 않겠지만, 말로 표현할 수 없는 공포에 온몸이 떨리는 것은 어쩔 수 없었다.

금방이라도 덮쳐올 것 같던 남자는 어째선지 가만히 있었다. 잠시 동안은 방 반대쪽 구석에서 무언가 달그락거리는 소리와 함께 거친 숨소리만 들려올 뿐이었다.

"갑자기 불을 꺼서 놀랐어요. 빨리 켜 주세요. 안 그러면 저 돌아갈 거예요."

유리에는 억지로 태연한 척하면서도 강한 어조로 말했다.

"돌아갈 수 있다면 가보시죠. 허세는 소용없어요. 당신은 절대로 돌아갈 수 없어요. 불을 끈 건요. 당신이 무서워할까 봐예요."

소름 끼치는 웃음이 어둠 속에서 또 한 번 울려 퍼졌다.

"당신은 잊었겠지만, 우리가 처음 야마노가에서 만난 건 벌써 십년도 더 된 일이에요. 그때 당신은 앳되고 귀여운 아가씨였어요. 당신은 야마노의 전 부인을 자주 찾아왔죠. 야마노 저택이 니시카타마치에 있던 시절이에요. 그건 기억나죠? 나는 그때부터 저택을 자주 드나들었어요. 당신의 얼굴을 조금이라도 더 보고 싶어서요.

하지만 내색하지 않았어요. 나는 사랑 같은 건 할 수 없다고, 세상의 모든 것을 포기한 상태였거든요. 그런데 어찌된 일인지 유리에 씨, 당신만은 포기해도 포기해도 포기가 안 돼요.

차라리 당신을 찔러 죽이고 나도 죽어버릴까 싶었던 적이 몇 번이었는지 모릅니다. 당신이 야마노가에 시집왔을 때는, 정말 단도를 품에 넣고 만나러 간 적도 있어요. 나는 그토록 당신을 깊이 생각했던 거예요. 이런 저런 조금이나마 불쌍히 여겨 주세요.”

끊어질 듯 애절한 목소리였다. 그 목소리는 한마디씩 할 때마다 유리에에게 다가왔다. 검은 형체가 꿈틀거리는 기척과 함께.

유리에는 묘한 기분에 사로잡혔다.

섬뜩한 짐승에게 습격당하는 듯했지만 상대의 고백을 듣는 동안, 뱀 같은 집념에 이상한 기분을 느끼기 시작했다.

그것은 연민의 정이라기보다는 육체적인, 일종의 그리움 같은 것이었다.

갑자기 부드러운 무언가가 그녀의 무릎을 기어올랐고, 도망갈 틈도 주지 않은 채 차가운 땀이 밴 손바닥이 그녀의 손을 잡았다.

“어머!”

유리에는 낮은 비명을 지르며 그것을 떨쳐내려 했다.

하지만 집요한 남자의 손은 찰떡처럼 끈적하게 달라붙어 떨어지지 않았다. 점점 더 강한 힘으로 그녀의 가녀린 손가락을 조여왔다.

그와 동시에 기이한 소리가 들리기 시작했다.

처음엔 남자가 기침하는 줄 알았다. 콜록콜록 하며 목구멍에서 거친 소리가 났다가 코를 훌쩍이는 소리로 바뀌더니, 갑자기 크크크크 하며 숨 막히는 듯한 소리가 났다.

남자가 울기 시작한 것이다.

그는 유리에의 손을 계속 조여가며 그녀의 팔에 눈물을 떨어뜨리면서 미친 듯이 울어댔다.

유리에는 남자의 격정에 휩쓸려 어느새 기묘한 흥분을 느끼며, 붙잡힌 손을 남자의 의지대로 내버려 둔 채 그의 울음소리를 가만히 들었다.

유리에의 손 위로 비처럼 떨어지는 눈물의 감촉이 공포를 조금씩 누그러뜨렸다.

"유리에 씨…… 유리에 씨……"

남자는 흐느끼는 사이 몇 번이고 그녀의 이름을 불렀다. 다른 한 손은 커다란 곤충처럼 유리에의 온몸을 기어다녔다.

무릎에서 허리띠를 넘어 가슴을 간지럽게 기어올라가고, 부드러운 어깨를 미끄러져 내려가 등줄기의 굴곡을 어루만지듯 쓰다듬었다. 얇은 옷을 통해 땀에 젖은 손바닥이 직접 피부에 닿은 것처럼 생생하게 느껴졌다. 남자의 손길이 가는 대로 소름이 돋았지만, 동시에 그 손은 도덕심을 마비시키는 힘을 지니고 있었다.

유리에는 저항할 기력을 잃어버렸다. 남자의 달아오른 얼굴이 그녀의 뺨에 닿고, 뜨거운 눈물이 그녀의 입술을 적시며, 불꽃같은 숨결이 그녀의 호흡과 뒤섞여도, 그녀는 뿌리치지 않았다.

하지만 잠시 후 유리에는 공포의 비명을 지르며 남자의 팔에서 벗어나려 했다. 상대의 몸에 일어난 변화를 깨달은 것이다.

조금 전 그녀의 손은 무의식적으로 남자의 몸을 더듬고 있었다.

그러다 손이 다리 쪽에 닿았을 때, 지금까지 그가 앉아있다고만 생각했는데, 실은 짧은 다리를 다 펴고 서 있다는 것을 깨알았다.

그의 얼굴은 그녀의 얼굴과 같은 높이에 있었다.

그녀는 앉아 있는데 상대는 서 있었다.

남자는 등이 낮은 모습으로 변해 있었다.

유리에는 모든 상황을 깨달았다.

남자가 오늘 밤 가발과 안경, 외투로 변장한 건 알고 있었다. 하지만 그게 전부가 아니었다. 이전에 만났을 때 이미 한 차례 변장한 상태였던 것이다.

이중 변장 뒤에 숨겨진 진짜 모습을 유리에는 이제야 알게 되었다.

고바야시 몬조에게 미행당하고 백화점 점원에게 발견된 일촌법사가 이 남자라는 직감이 들었다. 그녀를 협박하는 남자와, 미치코의 시체를 절단해 죄악스러운 짓을 한 남자가 동일인물이라는 것을 눈치채지 못한 것은 참으로 부주의한 일이었다.

그가 십 년이라는 긴 세월 동안 괴로운 사랑을 고백하지 못하고 있었던 것도, 이런 범죄 사건의 그늘에 숨어 그녀의 약점을 이용해 그 욕망을 이루려 했던 것도, 그의 몸을 보니 얼핏 이해가 됐다.

상대의 정체를 알자 아무리 각오를 단단히 했다 해도 견딜 수 없었다. 잠시나마 흥분을 느꼈다고 생각하니 등골이 오싹해졌다.

유리에는 필사적으로 남자의 팔을 뿌리치려 몸부림쳤다.

상대는 그녀가 눈치챈 것을 알자 더욱 힘을 주어 껴안았다. 작은 몸이라고 해도 죽을힘을 다하는 완력에 연약한 여자인 유리에가 어찌 저항할 수 있겠는가.

"이제 와서 도망친다고? 절대 못 놔."

남자는 힘이 잔뜩 들어간 목소리로 말했다.

"소리를 지르고 싶으면 질러 봐. 잊지는 않았겠지. 도망가면 야마노 일가는 멸망이야."

남자는 몸을 일으킨 유리에의 허리에 착 달라붙어 협박의 말들을 늘어놓으며, 그녀가 움츠러드는 틈을 타 다리를 그녀의 다리에 얽고 무서운 힘으로 그녀를 넘어뜨리려 했다.

유리에는 소리를 지르려고 해도 자유를 빼앗긴 데다 힘도 없었다.

깨어나지 않는 악몽에 시달리는 것 같았다.

남자는 연체동물처럼 그녀의 반신에 딱 달라붙었고 허리를 옥죄는 양팔의 힘은 계속 더해만 갔다.

고바야시 몬조는 한기를 참으며 골목 입구에 서 있었다. 그리 늦은 시간도 아닌데 거리는 어둡고 조용했다. 어느 집이나 빈집처럼 침묵에 잠겨 있었다.

골목의 판자 담에 박쥐처럼 몸을 붙이고 어스름한 거리를 바라보고 있자니 가끔 회색 그림자 같은 것이 쓱 지나갔다. 분명 사람일 텐데도 소리를 내지 않아서 요괴가 아닐까 하는 생각도 들었다.

몬조는 야마노 부인이 2층으로 올라간 기척을 느꼈기에, 혹시 이야기 소리라도 새어 나오지 않을까 그쪽을 올려다보며 계속 귀를 기울였지만, 꽉 닫힌 창문 안은 쥐 죽은 듯 조용했고 등불 그림자조차 비치지 않았다.

문득 무슨 소리가 들리는 것 같아 귀를 기울이면 멀리서 들리는 힘없는 아기의 울음소리였다.

몬조는 최근 며칠 동안 오랜 권태에서 벗어나 기분 좋은 긴장을 맛봤다. 삶의 보람을 찾은 것 같았다. 기괴한 범죄 사건의 소용돌이에 휘말려 아마추어 탐정 행세를 하는 것도 그에게는 꽤 재미있었지만, 지금까지 격이 다른 상대라고 생각해 말을 걸기조차 어려 웠던 야마노 부인이 편한 태도로 그에게 다가온 것이 무엇보다 기 뻤다.

그는 미치코의 일을 핑계로 기회만 있으면 야마노 저택을 방문해 부인의 주변을 맴돌았다. 사랑이라는 것이 남자를 비정상적으로 예민하게 만들어, 부인의 일거수일투족은 그의 감시를 피할 수 없 었다.

결국 몬조는 오유키와 함께 오늘 밤의 밀회를 일찌감치 눈치챘 다. 그리고 오유키는 따라할 수 없는 재주를 부렸다. 재빠르게 괴 인이 타기 위해 준비해 놓은 자동차 조수를 매수해서 그의 은신 처를 찾아낸 것이다.

아케치 코고로를 따돌리고, 그가 꿈에도 모르는 단서까지 잡았 다고 생각하니 몬조는 차 안에서부터 어깨가 으쓱했다.

하지만 부인과 집에 들어간 남자의 정체는 짐작이 가지 않았다. 문득 어디선가 만난 사람 같았지만, 그 이상은 알 수 없었다. 몬조 가 알고 있는 것은 그자가 부인의 약점을 이용해 그녀를 협박하고 있다는 것과 부인이 무서운 비밀을 지키기 위해 순순히 남자의 뜻 대로 움직이고 있다는 것뿐이었다.

부인에게 어떤 사연이 있든 괜찮다. 증오의 대상은 저 남자다.

몬조는 남자에 대해 격렬한 질투심을 느꼈다. 연약한 부인이 지금쯤 그에 의해 무슨 일을 당하고 있을지 생각하면 미칠 것만 같았다.

온갖 추한 장면들이 눈앞에 선명하게 어른거렸다. 짐승 같은 남자와 요염하게 흐트러진 부인. 생각하면 할수록 몬조는 온몸에 통증을 느꼈다. 몇 번이나 집 안으로 뛰어들려고 했는지 모른다. 하지만 부인에게 해가 될까 싶어 간신히 참았다.

아무리 기다려도 그들은 나올 기미가 없었다. 거의 한 시간 가까이 어둠 속에 서 있었다.

망상은 점점 더 커지더니 참을 수 없는 지경에 이르렀다.

그때 2층에서 여자의 비명 같은 소리가 들렸다. 아니, 들은 것 같았다. 이때다 싶어 몬조는 반쯤 미친 상태로 대문 안으로 들어서서 거칠게 격자문을 열었다.

"저기요!"

집 안은 쥐 죽은 듯 고요했다.

"아무도 안 계신가요?"

큰 소리로 두어번 외쳤지만 아무런 대답도 없었다. 용기를 내어 현관의 미닫이문을 열었지만 그래도 아무도 나오지 않았다. 몬조는 자신의 행동을 변명할 구실이 있다고 자신했다. 그는 겁쟁이면서도 때로는 무모한 면이 있었다.

곧장 신발을 벗고 현관에 올랐지만 흥분한 나머지 그곳에 야마노 부인의 신발이 보이지 않는다는 것을 눈치채지 못했다.

미닫이문을 활짝 열고 다다미방으로 보이는 곳으로 들어가 안쪽 방과의 경계에 있는 문 하나를 열었다.

그곳엔 지저분한 노파가 깜짝 놀라 졸음에서 깨어난 듯한 멍한 얼굴로 앉아 있었다.

"아이고, 무슨 일이래. 누구세요?"

노파는 따지듯이 큰 소리로 말했다.

"죄송합니다만 아무리 불러도 대답이 없어서요. 여기 야마노 부인이 와 계시지요? 급한 일이 생겨서 모시러 왔습니다."

"누구시라고요? 지금 주인님은 안 계신데요."

노파는 귀가 잘 안 들리는 듯 동문서답을 했다.

몬조는 두세 마디 문답을 나누는 동안 답답해져서, 노파를 상대하지 않기로 하고 그 주변의 문들을 마구잡이로 열며 부인의 행방을 찾았다.

1층엔 없었다. 몬조는 노파가 말리는 것도 듣지 않고 2층으로 향했다. 언제 누구에게 공격을 받을지 몰라 경계하며 계단을 올라갔지만 2층에서도 사람의 기척은 느껴지지 않았다.

몬조가 들어간 두 방은 모두 전등이 꺼져 있고 가구들도 깔끔하게 정돈되어 있었다. 그 외엔 텅 비어 있는데다 방금 전까지 사람이 있었던 흔적도 보이지 않았다.

"이 양반 참, 무슨 이런 무례한 짓을 하시나요. 주인님이 안 계시다고 했잖아요. 저 말고는 고양이 새끼 한 마리도 없다니까요."

노파는 느릿느릿 2층까지 따라와서 몬조를 나무랐다.

"하지만… 분명히 이 집에 들어오는 걸 봤는데요. 할머니, 거짓말을 하고 계시죠."

무슨 말을 해도 노파에게는 통하지 않았다. 그녀는 점점 목소리를 키워서 마지막에는 이웃에까지 들릴 듯한 비명을 질렀다.

몬조는 벽장도 전부 열어보며 구석구석 집 내부를 수색했지만, 노파가 말한 대로 고양이 새끼 한 마리도 없었다.

계속 집의 정문과 뒷문을 감시하고 있었으니 만약 부인 일행이 나갔다면 눈에 띄었을 것이다. 그가 정문으로 들어온 소리를 듣고 그 틈에 1층으로 내려와 뒷문으로 도망칠 시간도 없었다.

남자와 부인이 집 안에서 사라져 버렸다고밖에 생각할 수 없었다.

몬조는 또다시 여우에게 홀린 것 같은 기분이었다. 생각해 보니 이번 사건에는 이런 일이 여러 번 일어났다. 미치코도 집에서 사라졌고, 섬뜩한 일촌법사는 요겐지 절의 부속 건물로 들어간 뒤 종적을 감추지 않았나.

오늘은 야마노 부인 차례였다. 몬조는 진저리가 났다.

그는 노파에게 꾸중을 들으며 풀이 죽어 집을 나왔다.

"내 머리가 어떻게 된 걸까. 정말 악마가 요술이라도 부리는 건가

......."

몬조는 전찻길을 찾아 어두운 거리를 걸으며 어린 시절 들었던 여우나 너구리가 사람을 홀리는 이야기가 떠올랐다. 평소엔 웃어넘겼던 옛날 이야기가 공포스럽게 다가왔다.

6

다음날 아침, 몬조는 멍한 얼굴로 야마노가의 현관에 나타났다. 밤새 악몽에 시달려 어디부터 현실이고 어디까지 꿈인지 잠에서 깬 지금도 잘 구분이 되지 않았다.

저택은 예전과는 확연히 달라 보였다. 대문부터 이어지는 자갈길에 쓰레기가 떨어져 있고 현관의 마루엔 먼지가 쌓였다. 덧문은 반밖에 열리지 않았다. 사람의 온기가 사라져 황폐해졌다.

안내하러 나온 서생 야마키도 생기를 잃은 듯 수척했다. 하지만 몬조는 야마노 부인이 행방불명이 된 것은 아닌지, 오직 그것만이 걱정이었다.

"사모님은?"

그는 저택 안쪽을 들여다보며 허둥지둥 물었다.

"안 계십니다."

몬조는 깜짝 놀랐다.

"언제부터?"

"네?"

야마키는 이상한 표정으로 몬조를 봤다.

"어젯밤부터 안 돌아오신 거지?"

"아니요, 방금 아케치 씨 집에 가셨습니다."

"아, 아케치……."

몬조는 서생에게 속내를 들킨 것 같아 부끄러움에 얼굴이 붉어졌다.

"어젯밤에는 어디 안 가셨나?"

"어제요? 카타마치의 친척 댁에 가셨습니다."

서생은 태연하게 대답했다.

"몇 시쯤 돌아오셨지?"

"아홉 시쯤이었어요."

아홉 시면 아직 몬조가 그 어두운 골목을 서성이고 있을 때다.

이해할 수 없다. 부인은 엄중한 감시를 어떻게 빠져나간 것일까.

눈도 깜빡이지 않고 지켜봤다. 불가능한 일이다.

몬조는 어떻게든 부인을 만나고 싶었다.

"그럼 아직 아케치 집에 계시겠네?"

"네, 조금 전에 가셨으니까요."

"최근에 뭔가 달라진 일은 없나?" 몬조는 돌아가려다 문득 생각나서 물었다. "어르신의 병세는 어떻고?"

"아직 좋지 않은 것 같습니다. 열이 높아서 아침부터 간호사가 두 명이나 오셨어요. 어휴. 집안이 엉망진창이에요. 거기다 코마쓰가 어젯밤에 의사를 만나러 간다고 나간 뒤로 돌아오지 않았답니다."

"코마쓰라면 두통이 있다며 누워 있던 하녀 말이지?"

"네, 갔을 만한 곳에 전화도 하고 사람도 보냈는데 아직 행방불명입니다. 또 오늘 아침 일찍부터는 경찰들이 와서 난리고요. 사모님 혼자 감당하시기에 정말 힘드실 거예요."

"경찰이 무슨 단서라도 잡은 건가?"

몬조는 매번 뒤처지는 것 같아 기분이 좋지 않았다.

"아니요, 더 밝혀진 건 없습니다." 서생이 퉁명스럽게 말했다.

"아케치 씨가 팔을 담은 소포 건을 경찰에 알려 줬나 봅니다. 그걸 조사하러 온 거죠. 시끌벅적했던 백화점 사건이 아가씨의 실종과 관련이 있다는 게 밝혀져서 경찰도 본격적으로 움직이기 시작했습니다.

아가씨가 사라진 일을 주인님께 비밀로 했었는데 이제 다 알게 되어서 병세가 더 악화되셨어요. 상황이 최악이에요. 저희도 잠도 제대로 못 자고 있다고요."

서생은 여드름투성이 얼굴을 찌푸리며 과장되게 불평했다.

몬조는 거기까지 듣고 저택을 떠나 아카사카에 있는 아케치의 숙소로 향했다.

그의 머릿속은 여러 일들이 뒤엉켜 소용돌이쳤다. 의심스러운 인물이 하루하루 늘어나는 것 같았다. 일촌법사를 시작으로 사직한 운전사 후키야, 실종된 하녀 코마쓰, 어젯밤에 놓친 괴인, 거기에 그가 동경하는 유리에마저 사건의 한복판에 있음이 분명했다.

어젯밤 일은 꿈이 아닐 테니, 좋게 해석하려 해도 부인이 이 사건에서 상당히 중요한 역할을 했다는 것은 확실했다. 나쁘게 생각하면, 부인이 자신의 의붓딸인 미치코를 어떤 수단을 써 없애버렸을 수도 있다.

몬조는 오늘 내내 이런 의심에 부딪혔다. 그때마다 소스라치게 놀라 억지로 다른 생각을 하려고 애썼다.

하지만 그 의심이 사실이라 해도 부인을 미워하기는커녕 그녀의 죄가 발각되는 것을 함께 두려워하며 비밀을 지켜주기 위해 노력할 것이다. 그리고 부인의 약점을 쥐게 된 것을 영원한 인연으로 삼고 기뻐할 것이다. 그녀에 대한 동경은 이 며칠 사이에 그만큼 깊어져 있었다.

그래서 몬조는 아케치의 재능이 두려웠다.

아케치가 미치코 살해범을 찾아냈는데 다름 아닌 야마노 부인이라면? 생각만 해도 마음이 조마조마했다.

"아니야, 그럴 리 없어. 사모님이 범인이라면 처음부터 아케치 씨를 찾지도 않았을 테고, 오늘 직접 아케치 씨를 찾아간 것도 말이 안 돼."

몬조는 스스로를 다독이며 아케치의 집으로 서둘러 갔다.

기쿠스이 여관을 찾아가자 아케치의 방으로 안내되었는데, 아케치만 있었고 정작 찾던 야마노 부인은 없었다.

"사모님은 안 계신가요?"

몬조는 자리에 앉으며 먼저 물었다.

"방금 돌아가셨어. 조금만 더 일찍 왔더라면 만날 수 있었을 텐데."

아케치는 웃는 얼굴로 몬조를 맞이했다.

"이런, 곧장 왔는데… 별수 없네요. 아케치 씨는 그 후로 뭐 좀 찾았습니까?"

나이나 사회적 지위는 달랐지만 예전 하숙 친구라는 친근함 때문에 자연스레 격식 없는 말이 나왔다. 게다가 몬조는 어젯밤의 모험으로 약간 우쭐해진 상태였다.

자신 같은 초보도 그 중대한 비밀을 알아냈는데, 명탐정이라는 아케치는 아직 아무것도 모르는 것 같아 답답하면서도 은근히 통쾌했다.

"아니, 특별한 건 없어." 아케치는 태연했다.

"이 사건은 꽤 어렵네요. 아케치 씨답지 않게 진전이 더딘 것 같은데요?"

몬조는 자기도 모르게 도발성 발언을 하고 화들짝 놀라 아케치의 안색을 살폈다.

"확실히 기이하지." 하지만 아케치는 화가 난 기색 없이 여전히 미소를 지으며 말했다.

"그건 그렇고 자네 어젯밤에 꽤 활약했다던데, 그 얘기나 들어볼까?"

몬조는 얼굴이 붉어졌다. 아케치가 어떻게 어젯밤 일을 알고 있는지 의아했다. 그의 미소가 갑자기 섬뜩하게 느껴졌다.

"야마노 부인에게 뭔가 들었을 것 같겠지만 그런 걱정은 하지 않아도 돼. 부인은 자네의 변장을 눈치채지 못했어."

아케치는 몬조의 표정을 교묘하게 읽어 가며 말했다.

"부인은 요즘 아무 말도 하지 않으셔. 사소한 일조차 숨기려고만 해. 나에게 수사를 의뢰한 걸 후회하는 기색마저 보이지. 오늘 온 것도 빨리 범인을 찾고 싶어서가 아니라, 내가 진상을 어디까지 파악했는지 알아내려고 온 것 같단 말야."

"그럼, 아케치 씨는 사모님이 이번 범죄와 관련이 있다고 생각하는 건가요?"

몬조는 아케치의 속내를 알고 싶었다.

"관련이 있는 건 분명해. 하지만 부인이 왜 자기 발로 찾아와서 나에게 수사를 의뢰했는지, 그리고 왜 이제 와서 그걸 후회하기 시작했는지, 그게 이해가 잘 안 가.

애초에 그 여자 자체가 수수께끼야. 정숙한 것 같으면서도 때로는 아찔할 만큼 요염한 면도 보여. 의중을 쉽게 파악하기 힘들어.

어쩌면 나에게 일부러 사건을 보여주는 대담한 연극을 펼쳤을지도 몰라. 들통날 가능성은 없다고 확신하며 방심한 걸 수도 있고. 여자 범죄자들 중에 그런 터무니없는 짓을 하는 경우가 꽤 있거든."

"그 얘기가 맞다면 최근에 사모님이 자신감을 잃게 만드는 사건이 있었겠네요."

"자네는 내가 수사도 안 하고 빈둥거린다고 생각했나 본데 그렇지 않아. 그 증거로 난 자네가 어젯밤에 한 일을 잘 알고 있지."

"어젯밤이라뇨?"

"하하하하, 시치미 떼봤자 소용없어. 자동차 번호까지 다 조사해 놨으니까. 자네가 어젯밤 조수로 변장해서 어떤 남자와 부인을 태우고 간 차, 번호가 2936번이야."

"아케치 씨도 어딘가에 숨어 있었어요?"

"이거 봐, 결국 자백하고 말았잖아. 그냥 추측이었어. 아마도 자네일 거라고 생각해서 미끼를 던져본 거야.

사실을 밝히자면 말이야. 야마노가의 하녀 오유키가 내 심복이야. 두 번째로 그곳에 갔을 때 하인들을 한 명씩 조사하면서 적당한 사람을 골랐지. 물론 보수도 약속했지만 하인들 중에서도 가장 충직한 사람이라, 저택을 위해서라면 기꺼이 부탁을 들어주겠다고 하더군. 꽤나 쓸모 있는 여자야.

오유키가 어젯밤 부인의 뒤를 밟아 자동차 번호를 기억해 두었던 거야. 오유키의 전화를 받고 그 다음은 내가 나서서 조사했지. 차 번호를 알면 영업소를 찾는 건 쉬운 일이야. 영업소를 알고 운전수까지 찾으면 5엔 한 장으로 모든 것을 알아낼 수 있어. 자네와 비슷한 인상착의의 남자를 차에 태웠다는 것도, 그 남자가 차에서 내리고 두 승객의 뒤를 쫓았다는 것도 알아냈지.

부인을 데리고 간 남자는 상당히 조심스럽게 행동했다던데, 악행에 익숙한 것 같아. 목적지인 집에서도 멀찍이 떨어진 곳에서 내렸고. 그래서 어느 집으로 들어갔는지는 모르는데, 자동차를 세운 곳이 나카노고 T정이니까 같은 나카노고 O정의 서민 주택 아닐까 싶어. 그 동네에 임대 주택이 모여 있는 골목 있잖아. 어때?"

"……그렇습니다. 어떻게 아셨습니까?"

몬조는 아케치의 추리에 놀라 부인을 위해 그 집의 존재를 비밀로 하려던 것을 잊고 말았다.

"역시 그랬군. 그럼 이참에 모든 이야기를 해주지. 그 전에 보여줄 것이 있어."

아케치는 손가방에서 길쭉하게 찢어진 종이 조각들을 꺼내, 정성스럽게 주름을 펴서 탁자 위에 늘어놓고 순서대로 맞추었다. 그리고 그것을 탁자 구석으로 밀어놓고 손가방에서 여러 물건들을 차례로 꺼냈다.

피아노 스프링에 걸려 있던 머리핀,

미치코의 화장대에서 가져온 화장품들,

미치코의 책상 위에 있던 지문이 묻은 흡취지,

정체불명의 석고 조각,

그물 같은 봄용 숄,

작은 여성용 핸드백,

사진 한 장,

편지 세 통.

물건들을 마치 노점상의 골동품점처럼 탁자 위에 죽 늘어놓았다. 그 외에도 가방 바닥에는 낡은 펠트 슬리퍼 한 켤레가 남아 있었다.

몬조는 말문이 막혔다. 눈앞에 펼쳐진 것들은 모두 이번 사건의 명백한 증거물이었다. 아케치가 언제 이토록 많은 물증을 수집했는지 굳이 설명을 듣지 않아도, 방금 전까지 그를 향했던 오만한 시선은 흔적도 없이 사라졌다.

"이 정도면 내가 게으르지 않았다는 증거는 되겠지. 이 물건들은 곧 내 손을 떠날 거야. 내 친구 타무라 검사가 이번 사건을 맡게 되었다고 해서 모두 넘겨줄 생각이거든. 이 정도면 상당히 수사에 도움이 될 거야. 아니, 도움이 되는 정도가 아니라 이것들을 충분히 검토하지 않으면 사건의 진상을 파악하는 데 애 좀 먹을걸.

증거들이 내 손을 떠나기 전에, 마침 기회가 됐으니 자네에게 보여주려고 해. 자네는 이번 사건의 주선자이기도 하고 꽤 탐정 일에 관심이 있는 것 같아서 말이야. 직업상의 비밀이지만 특별히 보여주는 거라고.

대신 이 물건들에 대한 내 판단은 일절 말하지 않겠어. 말할 수 없는 게 아니라, 말하는 것을 자제하려는 거지. 자네도 알다시피 나는 사건이 완전히 해결될 때까지는 애매한 추측 같은 건 말하지 않거든."

아케치는 그 물건들을 사랑스럽게 만지작거리며 잠시 속을 알 수 없는 미소를 지었다. 마치 골동품점 주인이 물건의 값을 매기는 모습이었다.

"어디서부터 시작할까? 그래, O정의 집 이야기를 하고 있었지? 자네가 놀란 것 같은데 사실은 이런 단서가 있었어. 이 찢어진 종이 조각 말이야. 글을 한번 읽어 봐."

양손 크기의 종이였는데 잘게 찢어진 데다가 곳곳에 그을린 자국
이 있어서 전문은 알기 어려웠다.

*……의뢰에 따라 매장하……과 소생과 후키야, 이렇게 세 사람만
이……이에 대해 상세히 상담드리고 싶……고오모테 (12자 정도
불명) 63 나카무라……읽으신 후에는 반드시 불태우시……*

아무리 봐도 이 이상은 알 수 없었다.

"어젯밤 자네의 행선지를 맞춘 것은 이 '고오모테' 운운하는 구
절 때문이야. 63이라는 것은 번지수일 테니, 그 앞 고오모테에 해
당하는 동네 이름은 도쿄 안에서 나카노'고 O'정뿐이지.

나는 그 주소로 가서 나카무라라는 표찰이 붙은 작은 대문이 있
는 집을 찾아냈어. 귀가 잘 안 들리는 할머니도 만났지. 집에 주인
은 없었지만 집을 차근차근 살펴보고 깨달은 바가 있어. 내 추측
이 맞다면 이 사건에는 어느 흉흉한 인물이 개입해 있어. 그자의
저주가 사건 전체를 복잡하게 만드는 중이야.

하지만 살인범은 아니야. 범인은 다른 곳에 있어. 그래서 진범이
잡힐 때까지는 유감스럽지만 그 악마의 정체를 밝힐 수는 없어.
진짜 범인을 놓칠 수도 있으니까."

몬조는 아케치의 돌려 말하는 방식이 답답하게 느껴졌다.

아케치가 말하는 자는 어젯밤 야마노 부인을 데리고 간 남자일 것이다. 그 남자가 부인을 협박하는 구도였다. 하지만 그가 범인이 아니라면 협박당하는 쪽이자 미치코의 계모인 야마노 부인이 범인이라는 말 아닌가. 그 외 다른 가능성이 없지 않은가.

아케치가 야마노 부인을 의심하고 있는 것은 확실했다. 그러나 범인으로 보고 있는지는 불분명했다.

"이 종이 조각은 어디서 찾아냈습니까?"

몬조는 이를 통해 뭔가 알 수 있을 것 같았다.

"오유키가 주워다 준 거야. 편지의 수취인은 야마노 유리에. 부인이 여기 적힌 문구대로 편지를 읽고 나서 잘게 찢어 부엌의 화로 안에 넣었는데 오유키가 몰래 주운 거지. 부인은 다 탔다고 생각했겠지만 화로의 불이 약해서 이만큼은 안 타고 남아 있었어. 봉투가 재가 된 것은 아쉽지만 이 정도도 훌륭한 단서지."

몬조는 이 정도면 야마노 부인을 향한 그의 의심을 확신해도 될 것 같았다.

"편지의 수취인이 사모님이라면 이 '의뢰에 따라'라는 것은 편지를 보낸 이가 사모님의 의뢰에 응했다는 얘기겠죠? '매장'이라는 것은 미치코의 시체를 어딘가에 묻었다는 뜻인 것 같고요. '…과 소생과 후키야'의 앞에는 당신(사모님)이 적혀 있었겠네요."

몬조는 추측을 이어가면서도 조마조마한 마음으로 아케치의 표정을 살폈다.

"그렇게도 생각할 수 있지. 하지만 단정은 못 해. 단정하면 범인은 부인으로 결정되는걸."

아케치는 속을 알 수 없는 미소를 지었다.

"그게 아니면 달리 어떻게 생각해야 합니까?"

몬조는 아케치의 본심을 끌어내지 않고는 못 배길 기세였다.

"부인을 의심하려면 기다려 봐. 아직 다른 증거도 있어." 하지만 아케치는 침착했다.

"이 숄과 핸드백, 그리고 이 가방 안의 슬리퍼. 이것들은 모두 미치코가 가출할 때 지니고 있었다는 물건들이야. 오유키가 부인의 방 벽장 구석에서 찾아냈어."

"사모님이 미치코를 가출한 것처럼 보이게 하기 위해 그 물건들을 숨겨뒀네요. 그렇다면 사모님이 더 의심스럽지 않습니까?"

몬조는 새로운 증거품에 놀라면서도 한층 더 강하게 추궁했다.

"아직 부인을 범인이라고 보기엔 부족해." 아케치는 가볍게 받아넘겼다.

"그렇게 부인이 의심된다면, 반대 관점에서 한번 보자고. 먼저 생각해야 할 건 부인이 자발적으로 나에게 사건을 의뢰했다는 점이야. 아까도 말했지만 방심한 범죄자의 대담한 연극일 수도 있지. 하지만 편지가 완전히 타 버릴 때까지 확인하지 않고 떠난 점이나 중요한 증거품을 자신의 방 벽장 구석, 조금만 찾아보면 금방 발견할 수 있는 곳에 둔 걸 생각해 봐. 피아노의 지문을 지우거나 시체를 쓰레기통에 숨긴 수완과는 천지차이지. 범죄자는 늘 사소한 실수를 저질러. 그래도 이건 너무 어리석지 않나?"

아케치는 애매한 말을 하며 잠시 몬조의 얼굴을 바라보다가 또다시 뜻밖의 말을 꺼냈다.

"하지만 부인에게 불리한 증거가 계속 나오고 있어. 이것도 증거 중 하나야."

그는 탁자 위의 석고 조각을 지문이 묻지 않도록 조심스럽게 집어 들었다.

"이것도 부인의 방 벽장 안쪽에서 나온 거야. 숄로 싸서 작은 장롱 뒤에 숨겨져 있었지. 가져온 건 파편 하나고, 거기엔 높이가 30센티미터 정도 되는 석고상이 깨진 채로 있었어."

몬조는 난처한 표정으로 아케치를 바라보았다.

"이렇게만 말해서는 이해하기 어려울 테니 핀으로 넘어가자."

아케치는 전에 피아노 안에서 발견했던 머리핀을 집어들었다.

"손다이크 박사처럼 현미경 검사를 해야 했어. 난 그런 일에는 서툴러서 의사 친구에게 부탁했는데 이 핀의 머리 부분이 심하게 휘어져 있다더군. 모서리가 있는 물건으로 내리친 흔적이었어.

집에 가져 와서 밝은 곳에서 살펴보니 구부러진 부분에 하얀 가루가 묻어 있었고 더 자세히 보니 바탕이 검은색이라 잘 보이진 않았지만 미세하게 혈흔 같은 게 있었어. 그건 지금도 잘 보면 남아 있어.

그 가루와 혈흔을 긁어내서 현미경으로 보게 했더니 가루는 석고와 염료가 섞인 것 같대. 브론즈칠을 한 석고 세공품의 가루일 거라고 하더군. 혈흔은 확실히 사람의 피로 판명됐지.

그래서 야마노 저택에 브론즈 석고상이 있었는지 조사할 필요가 생겼는데, 이것도 오유키의 증언으로 쉽게 알아낼 수 있었어.

미치코의 서재 선반 위에 머리 부분만 있는 파란 석고상이 놓여 있었다고 해. 거기엔 두꺼운 받침대가 붙어 있어서 던지면 맞는 부위에 따라 사람을 기절시킬 수도 있고, 경우에 따라서는 죽일 수도 있었을 거야. 야마노 부인의 방 벽장에서 나온 석고 조각에는 혈흔이 묻어 있었으니, 받침대 모서리를 머리에 맞은 피해자는 최소한 뇌진탕이라도 생겼겠지. 부인 방에서 발견된 이 석고 조각은 이번 사건의 흉기라고 할 수 있어."

"이렇게 증거가 잘 갖춰져 있는데도 사모님이 범인이 아니라는 거예요?"

"아니라고는 안 했어. 단정하기에 이르다고 했을 뿐이야. 이 사건은 복합적이야. 일촌법사가 팔을 들고 다니거나, 백화점 마네킹에 시신의 팔이 달려 있거나… 상식을 벗어난 기괴한 면도 사건 여기

저기에 섞여 있고.

　방금 말했듯이 흉기가 석고상인 점, 시체를 피아노 안에 숨긴 점으로 보면 이 살인은 계획된 게 아니야. 아마 범인도 예상치 못했을 거야. 죽일 생각까진 없었는데 이렇게 큰 사건이 되어 버린 거지. 그래서 더욱 수사하기 까다로워. 준비된 범죄는 계획의 흔적을 따라가면 실마리를 잡을 수 있어. 이번 건은 그런 게 없어."

"그래도 모든 증거가 야마노 부인을 가리키고 있지 않습니까?"

"좀 기다려 봐. 논의는 나중에 하고 설명을 마저 할게. 다음은 이세 통의 편지야. 발신인은 겉엔 모두 K라고 되어 있지만 봉투 안을 보면 키타지마 하루오라는 본명이 적혀 있어.

　이 사람은 겨우 열흘 전에 교도소에서 나온 전과자야. 자네는 미치코를 잘 알 텐데 정말 제멋대로인 아가씨잖아. 아버지는 외동딸에게 너무 다정하고, 계모인 어머니도 훈육까지는 못했겠지. 그런데 그런 차원이 아니야. 미치코라는 사람은 아마도 타고난 음녀가 아닐까 싶어.

　이건 야마노 부인에게 받아온 미치코 씨의 최근 사진이야. 이 사진만 봐도 미치코 씨의 진짜 성격을 짐작할 수 있어."

　아케치는 탁자 위의 큰 사진을 집어 들어 가까이 보며 말했다. 사진은 야마노가 전원이 함께 찍은 것으로, 주인 야마노 다이고로를 중심으로 하인들까지 모두 얼굴을 나란히 하고 있었다.

"나는 미치코뿐만 아니라 운전사 후키야의 얼굴도 알고 싶어서 일부러 이 사진을 얻어 왔어. 찢어진 편지를 보면 후키야가 사건에 관련이 있다는 건 확실하니까."

아케치는 몬조가 사진을 보는 시간을 잠깐 준 후 설명을 이었다.

"난 사람의 얼굴을 보는 걸 좋아해. 상대방의 얼굴을 뚫어지게 바라보고 있으면 얼굴에 내면의 뭔가가 배어나오는 것 같거든. 그 사람의 과거의 모든 이야기가 얼굴에 결정화되어 있는 느낌이 들지. 그것을 하나하나 읽어내는 게 매우 흥미롭단 말야.

미치코도 읽을 게 많았어. 곧장 느껴진 건 무척 인위적이라는 건데 머리 모양, 화장법, 양장의 차림새… 대충만 봐도 얼마나 기교가 뛰어난 여자인지 알 수 있잖아? 그런데 표정이 압권이야. 이건 미치코 자기 자신이 아니야. 연극 무대에 오르는 배우의 얼굴이 딱 이렇단 말야.

마침 바로 옆의 하녀 코마쓰와 재미있는 대조를 이루고 있어. 이쪽은 정반대로 기교가 하나도 없어. 옷차림부터 머리, 무표정한 얼굴까지 완전히 옛날 스타일의 일본 아가씨야.

하지만 이런 얌전해 보이는 여자도 한번 마음먹으면 꽤 돌발적인 일을 저지를 수 있지. 근시인지 안경을 쓰고 있는데 안경 때문에 눈썹이 잘 안 보이는 것 같지만 위치 관계를 잘 따져 보면 눈썹을 민 거야. 눈썹을 밀어서 옅은 눈썹을 타고났다는 걸 감췄다니까.

멋을 모르는 여자가 왜 이랬을까? 진면모는 다른 걸까? 그게 아니면 무엇일까?"

아케치는 점점 들뜨며 웅변조로 변했다. 그럴수록 몬조는 말의 의미를 짐작하기 어려웠다.

몬조는 키타지마 하루오라는 남자가 미치코에게 보낸 세 통의 편지를 만지작거리며, 문득 코마쓰의 실종에 대해 생각했다. 대화의 분위기로 보니 아케치는 코마쓰도 의심하고 있는 모양이다.

"코마쓰가 사라졌다는 걸 알고 계십니까?"

"부인에게 들었지. 방금 코마쓰에 대해 좋은 생각이 떠올랐어. 그 여자가 이 사건의 중심 인물일 가능성이 커."

그렇게 말하며 아케치는 머리카락을 손가락으로 헝클어뜨렸다.

역시 코마쓰를 의심하고 있구나. 하긴 미치코에게 코마쓰가 연적이었으니 그렇게 얌전한 성격만 아니었다면 가장 먼저 의심받아야 할 인물이다.

하지만 몬조의 이 추측은 나중에 보니 꽤 빗나간 것이었다.

"맞다맞다, 편지 얘기를 하고 있었지."

아케치는 자꾸 파생되는 화제를 원점으로 돌렸다.

"키타지마의 편지는 미치코의 서재 의자 쿠션 속에서 찾아냈어. 야마노 부인이 책상 쪽에서 편지 뭉치를 보여 줬지만 평범한 것뿐이라 관심이 안 갔어. 젊은 여자의 방이니 좀 더 자극적인 편지가 있을 법도 한데 말이야.

그래서 다음번에 갔을 때는 어딘가에 비밀스러운 은폐 장소가 있지 않을까 꼼꼼히 찾아봤어. 책장도 다 조사했고.

그러다 이 아가씨가 의외로 추리소설 애독자라는 걸 알아냈어. 국내외 추리소설이 책장에 늘어서 있어서 묘한 기분이 들었다가, 미치코가 추리에 관심이 크다면 수사 방침을 약간 바꿔야겠다고 생각했어. 그래서 추리 애호가다운 은폐 장소를 찾아 봤지. 답은 의자 쿠션 속이었어. 후하핫."

아케치는 우스꽝스럽게 웃었다.

"그런데 말이야. 쿠션 속에 숨겨져 있던 연애 편지의 양이 어마어마했어. 아버지의 감독이 소홀했고 어머니가 너무 눈치를 본 것도 문제였지만 남자를 밝히는 천성이 없었다면 불가능한 양이었어. 대충 훑어보니 약 2년 동안 일곱 명의 남자와 편지를 주고받았어. 모두 상당히 깊은 관계까지 진전된 것 같았어.

그 일곱 번째가 후키야야. 이번엔 미치코 쪽에서 빠져든 것 같아. 사진으로 봐도 여자들이 좋아할 만한 남자잖아. 후키야도 꽤 진지한 편지를 썼더군. 코마쓰와의 관계를 미치코가 책망하는 내용도 있었지.

그럼 여섯 번째 남자는 누굴까. 후키야 바로 이전의 남자. 바로 이키타지마 하루오야.

편지를 읽어보면 알겠지만, 자업자득이라고는 해도 이 남자는 좀 불쌍해. 미치코 때문에 감옥까지 갔으니까. 그 정도의 일을 부모가 전혀 눈치채지 않게 숨겼다는 걸 보면, 미치코도 참 무서운 여자지. 저 봉투를 열어서 읽어 봐."

키타지마 하루오가 보낸 편지의 날짜는 둘 다 ○○년 2월. 약 1년 전에 쓰여진 것이다.

너를 저주한다. 너의 환심을 사기 위해 얼마나 고생했는데 결국 도둑까지 되고 말았다. 너와 계속 만나기 위해서, 너에게 무시당하지 않기 위해서는 그것 말고는 방법이 없었다.

지금은 고소당해 끌려가고 있다. 예전에 너에게 돈 문제로 간청했던 일 기억나나? 그때 날 조금만 이해해 줬다면 이런 일은 없었을 텐데.

넌 마음이 변해 있었다. 다른 남자에게 가려고 서두르기만 하고 내 말은 들으려고 하지도 않았어. 그때 내 심정을 상상할 수 있나?

사랑의 원한과 죄의 두려움으로, 나는 몇 번이나 단도를 품에 넣고 너의 저택 주변을 배회했다. 이 원한을 풀기 위해 하숙집에 돌아가지 않고 근처의 값싼 여관에서 지냈다. 너의 미끈한 볼에 단도를 찔러 넣고 빙글빙글 휘저어주는 것만 생각했다. 하지만 기회가 없었다.

이제 끝이다. 나는 잡히고 말았다. 형사에게 애원해서 겨우 이 편지를 쓸 시간을 얻었다. 하고 싶은 말은 산더미 같지만 시간이 없다.

한 가지 약속하겠다. 나는 몇 년을 감옥살이할지 모르지만 출소하면 반드시 복수할 것이다. 그날만을 기다리고 있으니 너도 목을 씻고 준비하고 있기를……

다른 한 통의 편지는 그보다 열흘 전쯤 쓰인 것으로, 자신을 한 번만 만나달라는 애절한 호소의 말들이 줄줄이 이어져 있었다.

마지막 편지엔 올해 3월 27일자 날짜가 적혀 있었다. 미치코가 변사한 하루이틀 전에 도착한 것이다. 키타지마는 교도소에서 풀려나자마자 곧바로 우체국을 찾은 것 같다. 편지엔 연필로 휘갈겨쓴, 수신인밖에 모를 간명하면서도 무서운 문구가 적혀 있었다.

기뻐해 주십시오. 드디어 뵐 수 있게 되었습니다. 근일 중에 꼭 뵙고 약속을 지킬 생각입니다. 오래 전 약속을. K.

"이런 내용을 받고도 가만히 있었다니요. 무섭지 않았을까요?"
몬조는 읽자마자 의아해 했다.
"그러게. 나도 생각해 봤는데 제 아빠에게는 털어놨을 수도 있어.

아직 야마노 씨를 만나보지 못해서 확인은 못했지만.

 미치코가 경찰에게 보호를 요청하지 않은 건 확실해. 후키야를 의식해서 경찰을 부르긴 곤란했을 거야. 연인에게 자신의 전과를 알리는 건 괴로운 일이니까."

"그렇다면 이 사건은 집착 강한 실연자의 복수극일 수도 있겠네요."

 몬조는 잇따라 나타나는 새로운 증거품들이 당황스러웠다. 기쿠스이 여관에 오기 전까지는 어느 정도 사건의 진상을 파악했다고 생각했는데, 아케치의 이야기를 듣고 나니 자신감이 떨어졌다.

 이 증거품들이 무엇을 가리키는 것인지, 아케치가 어떤 판단을 내리고 있는지 알 수 없었다. 증거가 나올 때마다 사건의 진상이 밝혀지기는커녕 더욱 불명확해지는 것 같았다.

"글쎄, 그 점도 지금은 확실히 말할 수는 없어. 만약 이 남자가 범인이라면 여러모로 맞지 않는 부분이 생기거든. 일단 미치코가 사라진 밤에 외부에서 누군가가 들어온 흔적부터 없으니까.

 하지만 이 남자가 출소한 시기에 미치코가 살해됐다는 건 우연치고는 너무 딱 들어맞지. 1년 동안 감옥에서 복수할 생각만 했다는 키타지마가 기상천외한 수단을 생각해냈을 수도 있고. 실연과 전과 때문에 반쯤 미친 자포자기의 심정이었을 테니 그가 범인이 아니라고 단정 짓기도 어려워."

몬조는 이번에도 아케치가 말을 빙빙 돌리며 자신을 일부러 초조하게 만드는 것 같았다.

문득 일촌법사의 기이한 모습이 떠올랐다. 그는 요즘 이해할 수 없는 상황과 맞닥뜨릴 때마다 그를 떠올리게 된다.

"키타지마의 행방을 알고 계신가요?"

"지금은 모르지만 편지가 경찰 손에 넘어가면 전과자이기도 하니 금방 찾아낼 거야. 아, 증거품이 조금 더 있어."

아케치는 탁자 위의 화장품들과 흡취지를 눈으로 가리키며 말했다.

"부인에게 들어서 알고 있겠지만, 백화점의 한쪽 손과 어제 야마노 집으로 배송된 또 다른 손의 지문을 채취해서 미치코의 지문과 일치하는지 조사해 봤어. 불행히도 내 추측이 맞았는데, 이게 그 증거야."

아케치는 조심스럽게 마포 손수건을 풀어 여러 모양의 병과 니켈 제품 용기들을 늘어놓았다. 그 표면에는 수많은 검은 반점이 나타나 있었다. 지문을 선명하게 하기 위해 뿌려놓은 가루였다.

"미치코는 상당히 멋을 부렸는지 화장품 종류가 놀랄 만큼 많았지. 손 화장품이나 손톱 광택제, 줄, 버퍼도 한 세트는 갖추고 있었어. 그중 지문이 잘 묻은 걸 가져온 거야. 거울 표면이나 서랍 금속 부분도 조사했지만 청소한 뒤였어. 하지만 이 정도면 충분해."

아케치는 용기를 하나씩 집어 들어 조심스럽게 다시 늘어놓았다.

"과산화수소 큐컴버, 녹색 미즈오시로이, 연백분, 하나츠바키 향유, 과산화수소 크림… 다 일본산이고 비싼 것도 아냐. 미치코는 뚜렷한 기준 없이 자기 용돈 내에서 닥치는 대로 화장품을 사모은 것 같아. 꾸미기는 좋아하지만 고상한 취미까진 아니었던 거지. 그런데 이 폼피안 크림 병을 봐."

아케치는 그 마지막 물건을 한참 동안 만지작거리며 장난꾸러기 같은 웃음을 지었다.

"겉면은 뭔가로 닦아낸 것처럼 깨끗해. 그런데 안쪽에 이렇게 완벽한 지문이 남아 있었어."

마지막은 분홍색 흡취지였는데 미치코의 지문 외에는 주목할 만한 점이 없었다. 많은 글자를 흡수한 자국이 겹쳐져 있었지만 모두 불명확해서 읽어낼 수 없었다.

"자, 이것으로 내가 발견한 것들은 모두 보여줬어. 이제 자네 얘기를 더 들어볼까? 어젯밤의 일을 말이야."

아케치는 탁자 위의 물건들을 가방 안에 넣으며 재촉했다.

"글쎄요. 아케치 씨가 알고 계신 것 이상은 없을 거예요."

몬조는 머리를 긁적였다. 그러고는 어젯밤 남자와 야마노 부인이 집 안에서 증발한 일을 간단히 설명했다.

그런데 아케치는 놀란 기색도 없이 심드렁한 얼굴로 흘려듣는 것 같았다. 그러다가 갑자기 엉뚱한 질문을 했다.

"미치코는 혈색이 좋은 편이었나? 사진으로는 잘 모르겠는데, 혹시 붉은 기가 돌고 윤기 있는 얼굴이지 않았어?"

"정반대예요. 몸이 약했다는 얘기는 듣지 못했지만 어딘가 병적인 느낌이 있었고 얼굴도 창백한 편이었죠. 그걸 화장과 표정 연기로 잘 감추고 있었나 본데요."

이후 아케치는 몬조가 뭔가 더 묻고 싶어하는 것 같은데도 아랑곳하지 않고 하녀에게 차를 가져오게 했다. 오늘은 여기까지 하자는 뜻이다.

얼마 후 몬조는 작별 인사를 하고 기쿠스이 여관을 나왔다.

그는 걸으면서도, 전차를 타고 나서도 아케치가 보여 준 증거품들과 잇따라 등장하는 수상한 인물들로 머리가 어지러웠다.

"화장품과 흡취지는 미치코의 지문을 확인하기 위한 것이니 제외하고, 쿠션에서 나온 편지를 보면 키타지마 하루오를 의심할 수는 있겠지만… 머리핀, 석고상, 숄, 손가방까지 모두 다 사모님에게 불리한 증거야. 수상한 편지를 화로에 태우고 이상한 남자와 밀회까지 했잖아?"

몬조는 아케치의 변호가 있었음에도 의심을 떨쳐버릴 수 없었다.

그는 아케치의 추리와는 별개로 용의선상에 오른 인물들과 살인

동기를 자체적으로 정리해 봤다.

'의심해볼 만한 건 총 여섯 명. 그 중에서 일촌법사와 어젯밤 사모님을 데리고 간 남자는 정체를 알 수 없어. 운전기사 후키야는 사건 직후에 고향으로 돌아갔다는 점, 불에 타다 만 편지에 그의 이름이 적혀 있었다는 점을 보면 미심쩍긴 해. 하지만 이 셋은 미치코를 살해한 범인은 아니야. 직접적인 동기가 없어.

반면 사모님, 키타지마 하루오, 코마쓰 이 세 사람은 각자 미치코를 죽일 동기가 있어. 부인은 미치코의 계모이니 제멋대로인 딸과 사이가 좋지 않았을 테고 키타지마는 실연의 원한으로 미치광이가 됐지, 코마쓰는 후키야를 빼앗겼으니 원한이 있었을 거야.

그런데 이중 키타지마가 범인이라면 미치코가 실종된 날 외부에서 누군가 들어온 흔적이 없었다는 점, 미리 흉기를 준비하지 않고 석고상을 사용했다는 점, 미치코의 시체를 한 차례 숨겼다가 나중에 옮겼다는 점이 잘 들어맞지 않아.

코마쓰는 원래 얌전하니 그런 끔찍한 일을 벌였을 것 같지 않고, 만약 범인이었다면 왜 어젯밤까지 도망가는 걸 망설였는지도 의문이야.

……결국 가장 의심스러운 건 사모님이야.'

몬조의 추리는 어떻게 해도 야마노 유리에로 귀결되었다. 그 기저엔 아직도 생생한, 어젯밤의 기이한 경험이 깔려 있었다.

7

새벽 1시가 지난 시각. 아사쿠사 공원도 인적이 끊긴다. 평소에는 북적이는 곳이라 쓸쓸함이 배가된다.

특히 인왕문으로 들어가서 오른편의 오층탑, 경당, 누레부처, 벤텐 산으로 이어지는 구역은 저녁부터 사람의 왕래가 없다. 넓은 공원 안에서도 이곳만은 동떨어진 듯 으슥했다.

오층탑 뒤편, 공원에서 가장 쓸쓸한 장소에 신목처럼 큰 나무가 가지를 뻗고 있었다. 멀리 있는 가로등 빛은 오층탑 앞까지만 닿아 나무 주변은 암흑과도 같다. 공원에 귀신이 산다면 이곳이 집일 것이다. 이 근처는 순경의 칼 소리도 하룻밤에 두세 번밖에 들리지 않는다.

하늘에 별빛조차 없는 그날 밤, 나무 아래는 평소보다 한층 더 음산했다. 간간이 멀리서 '호우, 호우' 하는 불길한 새 소리가 들려왔다.

나무 밑동에서 버려진 듯한 썩은 거적이 꿈틀거렸다. 그 밑에 부랑자가 몸을 최대한 납작하게 해서 누워 있었다.

"형님… 주무시나요?"

거적 밑 부랑자가 누군가에게 물었다.

"안 잔다."

어디선가 굵은 목소리가 속삭이듯 답했다.

"너무 늦었잖아. 실수한 건 아니지?"

"걱정 붙들어 매세요. 늘 하던 건데요 뭐."

잠시 침묵이 이어졌다. 비구름이 낮게 드리워 있었으나 바람은 불지 않았다.

그때 가냘프게 삐걱거리는 소리가 들렸다. 약 10분 정도 소리가 끊어졌다 이어지길 반복하더니, 오층탑의 큰 문이 천천히 열렸다.

칠흑 같은 어둠 속에서 두 명의 청년이 그곳에서 살금살금 빠져나왔다. 둘 다 거친 무명옷을 입고 학생모를 쓰고 있었다.

"누구냐! 아, 너희들이구나. 오늘도 한 건 했나 보네."

거적이 움직이며 속삭였다.

"에이, 오늘은 기분만 냈어요."

청년들은 처마 밑에서 내려와 몸에 묻은 먼지를 털었다.

"난 괜찮지만 사다코의 몫은 잘 챙겨줘야 돼."

굵은 목소리가 말했다. 자세히 보니 나무의 검은 줄기 밑동에 큼직한 구멍이 입을 벌리고 있었다. 구멍 속에 누군가가 웅크리고 있는 듯했다.

"알죠. 자, 여기 세 장입니다. 잠깐 숨 돌리러 나온 건데 오늘 밤은 그냥 여기까지 할랍니다."

청년들은 아사쿠사 관음 경내 오층탑의 귀중한 금속 장식들을 떼어내 판 돈으로 생활하고 있었다. 근처 파출소의 순경들도 탑 안에 도둑이 숨어들어 있으리라고는 생각하지 못했다.

"호우, 호우, 호우."

멀리서 들리던 새 소리가 날카로워졌다.

"어어, 신호다. 위험해."

거적이 중얼거리며 움직임을 멈췄다. 청년들도 서둘러 문 안으로 숨었다. 칼 차는 소리가 탑 가까이 다가올 무렵, 이미 아무런 기척도 남아 있지 않았다.

순경의 눈은 피했으나 그들은 또 다른 눈이 있다는 건 눈치채지 못했다. 탑 처마 밑에서 네이비 색 양복을 입은 남자가 그들의 모습을 지켜보고 있었다.

"형님, 요즘 한동안 얼굴을 못 봤는데 또 어디 털고 다니셨나?"

순경의 발소리가 멀어지자 거적이 말을 걸었다.

"바쁜 일이 있어서 요즘 장난질은 자제하고 있어. 그런데 오늘은 오랜만에 '붉은 것'이 보고 싶은데."

구멍 속에서 목소리가 대답했다.

"그건 그렇고, 마무리는 됐나요? 여자의 팔 말이에요."

"우후후⋯ 잘도 기억하고 있구나. 그래, 너에겐 말해줘야지. 지금 세상은 난리야. 오늘 사회면도 내가 뿌린 씨앗으로 가득 찼다고. 아주 상쾌해."

굵은 목소리가 계속 이어졌다.

"다른 사람한테는 절대 말하면 안 돼. 알지? 나는 말이야. 한쪽 다리는 센주의 도랑에, 다른 다리는 공원 연못에 던졌고, 한쪽 팔은 포목점 마네킹에, 다른쪽 팔은 어떤 집에 소포로 보냈어. 후후후, 그게 지금 세상을 떠들썩하게 만들고 있어. 살면서 이렇게 흥분된 적이 없다니까."

구멍 속의 악마는 기괴한 웃음소리를 흘리며 끔찍한 사실을 태연하게 털어놓았다. 웃음 사이로 광희에 젖어 이를 가는 소리가 섞였다. 거적 아래 부랑자는 놀란 듯 대답하지 못했고, 한동안 침묵이 이어졌다. 구멍 속에서 다시 섬뜩한 웃음소리가 들렸다.

"너, 입 조심해. 만약 말했다간 다음엔 네가 그렇게 될 줄 알아."

"말도 안 되는 소리. 형님이랑 내가 어떤 사인데요. 입이 썩어도 말할 리가 없죠. 항상 형님한테 신세를 지고 있는데."

"그럼, 그래야지. 나도 알아, 사다코. 난 저주받은 몸으로 태어나 원한에 사로잡혀 미치광이가 됐어. 불행을 모르는 세상 놈들이 미워 죽겠어. 원수나 마찬가지야. 너에게만 말하는 건데 난 앞으로도 계속 일을 저지를 거야. 운이 나빠서 잡힐 때까진 할 수 있는 건 다 해치울 거야."

억눌린 목소리가 이를 가는 소리와 함께 구멍 속에서 울려 퍼졌다.

멀리서 종소리가 들렸다.

"어? 화재경보 종소리예요. 해냈나 보네."

"사다코, 주변에 아무도 없지?"

"네, 없어요."

그 말을 듣자 악마는 처음으로 구멍 속에서 모습을 드러냈다. 난쟁이였다. 그는 주위를 살핀 뒤 믿기지 않을 만큼 빠른 속도로 큰 나무 줄기를 타고 올라갔다. 팔이 다리의 부족함을 보완하면서 곡예사처럼 자유자재로 움직였다. 원숭이가 나무를 타는 듯했다.

"활활 타는구만. 바람은 없지만 이 정도면 열 채는 끄떡없겠어."

나뭇가지 위에서 악마의 저주가 들렸다.

불은 공원에서 서쪽, 1킬로미터쯤 떨어진 곳에서 보였다. 화재경보 종소리와 증기 펌프의 사이렌 소리가 번화가를 넘어 전해져 왔다. 그때 지저분한 행색의 소년 두 명이 탑 뒤로 달려 들어왔다. 사다코는 그들을 알아봤다.

"너희들이 한 거지?"

"맞아요." 소년들은 신이 나서 대답했다.

"아주 제법인데?"

큰 나무의 잎이 바스락거리더니 원숭이 같은 악마가 땅으로 뛰어

내렸다.

"다들 잘했다. 사다코, 나는 잠깐 구경하고 오겠다. 이걸 애들한 테 나눠 줘."

품속에서 지폐를 꺼내 거적 안의 손에 쥐어준 뒤 난쟁이는 껑충 껑충 뛰어 어둠 속으로 사라졌다.

탑의 처마 아래 숨어 있던 양복 차림의 남자는 남은 부랑자들에 게 들키지 않도록 반대편으로 빠져나와 그의 뒤를 쫓았다.

유흥가를 빠져나와 넓은 거리로 나오자, 늦은 밤임에도 구경꾼 들이 여기저기서 달려나오고 있었다. 처마 밑에 서서 붉은 하늘을 바라보는 사람들도 있었다.

일촌법사와 그의 미행자는 구경꾼들 속에 섞여 달렸다. 소란 통 이라 미행자는 상대에게 꽤 가까이 붙을 수 있었다.

화재는 갓파바시 정류장에서 100미터 정도 떨어진 기요시마초의 뒷골목에서 일어났다. 경찰도 아직 충분히 배치되지 않아 구경꾼 들은 자유롭게 화재 현장에 접근할 수 있었다.

불타고 있는 것은 꽤 규모 있는 장옥 주택으로 이미 대여섯 채로 불이 번져 있었다. 증기 펌프가 물을 빨아들이는 소리와 소방수들 의 절박한 고함 소리 외에는 이상하리만치 조용했다. 바람이 없어 불꽃이 거의 수직으로 솟구쳤고, 불똥이 구경꾼들의 머리 위로 떨어져 내렸다.

분주한 소방수들 사이로, 호스에서 새는 물 때문에 진흙탕이 된 길을 광희에 찬 일촌법사가 폴짝폴짝 뛰어다녔다. 붉게 물든 얼굴에 불길한 조소를 띤 입가. 세상에 화재라는 재앙을 가져온 악마처럼 보였다.

　양복 차림의 남자는 한쪽 군중 속에 섞여 그 광경을 뚫어지게 바라봤다. 그의 얼굴도 화기를 입어 벌겋게 달아올랐다.

　증기 펌프의 위력은 맹렬한 화세를 잠재워 갔고, 구경꾼들도 안심했는지 하나둘씩 떠나갔다. 일촌법사는 광란으로 지쳐 보였지만 동시에 지극히 만족한 채로 군중 속에 섞여서 왔던 길을 되돌아갔다. 양복 남자도 미행을 재개했다.

　일촌법사는 어두운 마을의 처마 밑을 따라 족제비처럼 재빨리 달렸다. 다리가 짧다고는 믿기지 않는 속도였다. 아이처럼 등이 낮고 옷의 색이 보호색처럼 어두워서, 나타났다 사라졌다 하는 요괴 같았다. 양복 남자는 그를 몇 번이나 놓칠 뻔했다.

　일촌법사는 공원을 가로질러 아즈마바시를 건너 혼조구의 복잡한 거리를 여러 번 돌아, 이상한 형상의 집 안으로 사라졌다. 세상에서 잊혀진 듯한 오래된 상가들이 늘어선 가운데 그 집은 유독 더 기이했다. 평범한 서민 가옥의 돌출된 격자창의 일부를 작은 쇼윈도로 개조했는데, 그 유리창 안에 서너 개의 큰 인형 머리가 나란히 놓여 있었다.

눈을 금색으로 칠한 붉은 도깨비 머리, 살아있는 듯 생생하게 웃고 있는 대흑천의 얼굴, 젊은 미인의 핏기 잃은 머리 등이 희미한 5촉 불빛 아래 골동품처럼 진열되어 있었다. 다른 상가들은 모두 문을 닫고 처마등 외에는 어떤 빛도 새어나오지 않는데, 이 초라한 쇼윈도만이 거리에 꿈 같은 빛줄기를 드리우고 있어 한층 더 으스스했다.

양복 남자는 긴장된 얼굴로 그 집을 둘러봤다. 일촌법사가 이런 곳으로 들어간 것이 의외였다. 표찰에는 '인형사 야스카와 쿠니마쓰'라는 글씨를 간신히 읽을 수 있었다.

일촌법사는 인형사의 집 안으로 들어가 문을 잠그고 안도의 한숨을 내쉬었다.

집은 흙바닥이 세로로 길게 이어졌고, 바닥 옆으로는 옛 상가를 연상시키는 넓은 가게 공간이 펼쳐졌다.

한쪽 구석에는 인형 제작에 사용하는 상자와 도구들이 어지럽게 쌓여 있었고, 정면의 팔각시계 아래에는 놀랄 만큼 큰 세라믹 큐피드 인형이 전등 불빛 아래서 보초병처럼 눈을 부릅뜨고 있었다. 얼핏 살아있는 사람으로 보일 만큼 리얼했다. 다다미도 붉게 바래 모든 것이 낡아 보이는 집이라 유독 이 큐피드 인형만이 새것처럼 보였다. 복숭아빛 피부도 윤기 있게 빛났다.

일촌법사는 흙바닥 끝의 뒷문을 열고 좁은 정원을 거쳐 더 안쪽으로 들어가려고 했다.

"누구야?"

그때 뒷문 옆 미닫이문 안에서 잠에 취한 목소리가 물었다.

"나야, 나."

일촌법사는 가볍게 대답하고 서둘러 걸어갔다. 미닫이문 안의 사람은 그를 나무라지 않았다. 아이처럼 작은 형체는 그대로 정원 안쪽의 어둠 속으로 사라져버렸다.

외부에 홀로 남겨진 양복 남자는 문틈으로 집 내부를 들여다보고, 집을 한 바퀴 돌아 뒷면을 살펴보고, 여러 표찰을 살펴보며 동네 이름과 번지를 수첩에 적는 등 거의 두 시간 가량을 집요하게 그 주변을 관찰했다. 그리고 동이 트기 시작할 무렵, 지친 발걸음을 끌며 왔던 길을 되돌아갔다.

아즈마바시를 건너다가 자동전화 부스로 들어가 수첩을 보며 아카사카의 기쿠스이 여관 번호를 불렀다. 상대방이 전화를 받기까지 10분 정도가 걸렸다.

"기쿠스이입니까?" 양복 남자가 호기롭게 말했다.

"이른 시간에 죄송합니다. 아케치 씨 계신가요? 매우 급한 용건이 있습니다. 자고 있겠지만 깨워주실 수 있을까요? 저요? 사이토입니다."

사이토는 발을 동동 구르며 아케치가 일어나기를 기다렸다.

고바야시 몬조가 아케치를 찾아가 여러 증거품에 놀라고, 하녀 코마쓰의 실종이 발견되고, 미치코의 살해 사건을 경찰이 본격적으로 주목한 날로부터 벌써 사흘째였다.

그 사이 몇 가지 중대한 사건이 일어났다. 사이토라는 남자가 일촌법사의 방화를 목격한 것도 그 하나였고, 아케치가 제공한 증거품을 바탕으로 실행력 있는 경찰이 미치코에게 복수를 맹세했던 키타지마 하루오의 행방을 수색하여, 어느 목조 여인숙에 잠복 중이던 그를 어렵지 않게 체포하기도 했다.

키타지마는 아직 취조 중이라 죄가 확정되지는 않았지만, 미치코가 변사한 당일 밤의 알리바이를 입증하지 못한 것, 가명으로 여인숙에 투숙한 것, 그 외에도 진술의 애매한 점이 많아서 다른 유력한 용의자가 나타나지 않는다면 가장 의심해봐야 할 인물로 간주됐다.

키타지마를 체포함과 동시에 경찰은 두 번째 용의자로 하녀 코마쓰의 행방을 수색했다. 그녀의 연인인 후키야가 오사카의 본가로 돌아갔으니, 다른 친척이 없는 코마쓰가 그를 찾아갔을 것이라는 예상 하에 현지 경찰에 조사를 의뢰하고 형사 한 명을 급파했다.

하지만 후키야의 본가에 며칠 동안 후키야도 없었고 코마쓰가 찾아온 흔적도 없다는 것만 확인되었을 뿐, 그 이상의 것은 밝혀지지 않았다.

한편 자기 방 벽장에서 발견된 수많은 증거품으로 야마노 부인이 취조를 받았다. 그녀는 그 물품들에 대해 기억이 하나도 없으며, 누군가가 그녀를 함정에 빠뜨리기 위해 준비해둔 거짓 증거라고 열정적으로 주장했다.

그녀가 범인이라면, 자신이 먼저 경찰에 수색을 의뢰하거나 아케치 코고로를 찾아간 일을 설명하기 어려워진다. 병석에 누워 침묵을 지키던 야마노 다이고로가 딸의 실종 당일 밤 야마노 부인이 한 번도 침실에서 나가지 않았다고 증언해, 야마노 부인에 대한 혐의는 여러 증거가 나왔음에도 그리 짙어지지 않았다.

하지만 고바야시 몬조만큼은 그 정도의 반증으로 부인의 무죄를 믿을 수 없었다. 어느 괴인과 나카노고 O정의 수상한 집에서 밀회한 일을 알고 있기 때문이다.

몬조는 아직 이 일을 어디에도 발설하지 않았는데, 어째선지 아케치도 침묵을 지키고 있어 경찰은 야마노 부인의 밀회 사건에 대해 모르는 것 같았다. 몬조는 부인의 은밀한 비밀을 알고 있다는 사실에 내심 기뻤지만 그녀에게 호의를 가지면 가질수록 의심은 깊어져 갔다.

신문은 야마노가의 기이한 사건에 대해 연일 대서특필했다. 백화점의 팔 사건이 전례 없는 흉흉한 사건인 데다가 피해자가 젊은 여성이라는 점, 용의자가 매우 모호하다는 점, 거기에 일촌법사의 괴담까지 더해져 그야말로 센세이션을 일으켰다.

사건이 화제가 되면서 야마노가 관계자들은 모두 시름에 잠겼는데, 특히 집주인 다이고로는 외동딸을 잃은 슬픔까지 더해 병세가 급격히 악화되어 집안의 또 다른 걱정거리가 되었다.

그런데 그 와중에 야마노 부인이 또다시 수상한 남자의 유혹에 응해 두 번째 밀회를 나섰다. 이번에는 대담하게도 한낮이었다.

여느때처럼 카타마치에 간다고 나갔는데, 그것을 들은 몬조가 설마 싶어 그녀의 백부에게 전화를 걸어 확인해본 것이다.

하지만 몬조는 부인을 뒤쫓을 기운이 나지 않았다. 부인의 안위는 여전히 걱정되지만 한편으로 그날 밤 속은 기분이 떠올라서 부인을 걱정하는 자신이 바보 같기도 했다. 질투와 비슷한 감정도 그를 계속 낙담시켰다.

부인의 행선지는 나카노고 O정의 그 집임이 분명했지만, 그곳까지 갔다가 보기 싫은 장면을 보게 된다면 그땐 정말 미쳐버릴 것 같았다. 그렇다고 부인이 돌아오기만을 서생 방에서 야마키와 잠자코 기다리고 있는 것도 괴로웠다.

일단 몬조는 야마노가에서 나와 갈 곳을 정하지 못하고 갈팡질팡하다가 문득 아케치가 떠올랐다. 사흘 정도 만나지 않았으니 수사도 꽤 진전되었을 테고, 지난번에는 왠지 숨기는 것 같았지만 O

정의 집의 비밀도 쥐고 있는 것 같으니 자세히 물어보고 싶었다. 무엇보다 이 사건에서 야마노 부인이 맡은 역할을 아케치의 입을 통해 빨리 듣고 싶었다.

아케치는 오늘도 숙소에 있었다. 언제 일하는지 알 수 없는 사람이었다.

"몬조 군, 마침 잘 왔네."

몬조가 하녀의 뒤를 따라 방에 들어가자 여느 때처럼 아케치의 미소 띤 얼굴이 있었다.

"미치코 사건이 대체로 윤곽이 잡혔어. 자네에게도 알려주려고 생각하던 참이야."

"범인을 찾았습니까?"

몬조는 깜짝 놀라며 물었다.

"그건 진작에 알고 있었지. 다만 오늘까지 발표할 수 없는 이유가 있었어. 이제부터 체포하러 가려고. 곧 경시청 사람들이 나를 데리러 올 거야. 내가 지휘관이라는 거지. 하하하. 게다가 오늘은 형사부장이 직접 출동하시거든. 친분이 있는 사이라서 모셔 봤어. 물론 이번 체포는 그만한 가치가 있어."

"범인은 그 일촌법사 아닙니까?"

"그 사람은 역시 평범한 자가 아니야. 일촌법사 중에 백치나 저능아가 많은데 그 자는 무섭도록 영특하지. 희대의 악당이랄까.

자네는 스티븐슨의 〈지킬 박사와 하이드〉라는 소설을 읽어본 적 있나? 꼭 그거야. 낮에는 점잖은 선인을 가장하고 있다가, 밤이 되면 악마의 형상으로 변해 거리를 배회하며 온갖 악행을 저질러. 살인, 도둑질, 방화, 그 밖에 여러 독을 어둠의 세계에 뿌리고 다녔어. 그것이 그자의 유일한 오락거리였다고.”

 “그러니까 그 녀석이 미치코 씨를 죽인 범인이라는 거죠?”

 “아니, 범인은 아니야. 지난번에도 말했듯이 범인은 따로 있어. 하지만 이 난쟁이는 범인보다 몇 배는 더 지독해. 지금까지 난쟁이를 체포하지 않고 기다린 것은 또 다른 범인을 놓치지 않기 위해서였는데, 이제 범인이 도망갈 걱정도 없어졌어.”

 “아케치 씨, 범인은 대체 누굽니까?”

 몬조는 숨을 죽이고 물었다. 야마노 부인의 아름다운 미소가 눈앞에 어른거렸다.

 마침 그때 숙소의 하녀가 들어와서 아케치에게 명함 한 장을 건넸다.

 “형사부장 일행이 왔군. 곧 출발해야 해. 같이 갈래? 범인이 누군지는 차 안에서 알려 주지.”

 아케치는 이미 일어나서 옷을 갈아입기 시작했다.

8

여관 문 앞에 경시청의 대형 차량이 서 있었다. 일행은 형사부장 외에 사복 형사 두 명, 거기에 아케치와 몬조가 동승했다.

"자네의 주의 덕분에 하라니와 서에도 준비를 부탁해 뒀네. 위험한 일은 없겠지?"

형사부장은 높은 지위에도 불구하고 사슴을 연상시키는 마른 남자였다. 편한 인상이지만 대화를 해보면 묘한 위압감이 느껴진다. 보통 체포 현장에 나오는 사람이 아닌 만큼 언행이 다소 어색하긴 했다.

"확답을 드리긴 어렵습니다. 상대는 지옥에서 기어나온 것 같은 악당이니까요. 작은 체구지만 달리기도 빠르고 원숭이처럼 나무 타기도 능숙하죠. 혼자면 좋겠지만 동료도 있고요."

아케치는 차 좌석에 앉으며 말했다.

"눈치채고 도망가지는 않겠지? 감시 쪽은 괜찮나?"

"괜찮습니다. 제 부하 세 명이 세 방향에서 단단히 지키고 있어요. 모두 신뢰할 만한 사람들입니다."

자동차가 달리기 시작하자 앞좌석과 뒷좌석 간의 대화가 어려워졌다. 아케치는 자연스레 옆자리의 몬조와 이야기를 나누었다.

"나카노고 O정의 집 말이야. 거긴 오랫동안 일종의 매춘굴이었어. 비밀리에 처녀나 부인들을 주선하는 집이었지. 그쪽에 밝은 사람들 사이에선 꽤 유명한 곳이던데, 이웃 사람들은 전혀 모를 만큼 보안이 잘 되어 있었어. 거길 그 수상한 남자가 빌린 거야.

그런 용도의 집이었으니 역시 비밀 통로가 있었어. 경찰이 들이닥칠 때를 대비한 도주로지. 2층 벽장 안에 이웃집 벽과 이어져 엉뚱한 곳으로 이어지는 좁은 통로가 있어. 저번엔 자네의 추적을 피해 남자와 부인이 그쪽으로 도망간 거야."

몬조는 서 있었다면 다리의 힘이 풀려 주저앉을 뻔했다.

"······어처구니없군요. 통로는 어디로 이어지죠?"

"요겐지 절 뒤쪽으로. 자네도 알고 있을지 모르겠지만 요겐지는 나카노고 A정에 있고, A정과 O정은 맞닿은 지역이 있거든. 즉, A정의 요겐지에서 들어가 O정의 집으로 빠져나가거나, O정의 집에서 요겐지를 통해 A정으로 나갔다는 거지. 큰길로 돌아가면 300미터는 되지만 이 통로로는 옆집이나 다름없어.

요겐지는 예전에 자네가 일촌법사가 들어가는 걸 본 절 아닌가. 대충 짐작이 가지? 이게 자네를 어지럽게 한 환각의 실체야."

"그렇네요··· A정과 O정··· 정말 맞닿아 있네요. 몰랐어요."

몬조는 머릿속으로 지도를 그려보며 수긍했다.

"하지만 그자의 도주로은 하나 더 있어. A정의 요겐지 묘지 뒤쪽에, 여기도 맞닿아 있는데, 어느 인형사의 가게가 있거든. 이 집에서도 드나들었다는 게 밝혀졌어.

즉, 일촌법사는 거처는 복수의 지역에 분산된 세 개의 출입구를 갖고 있었어. 그토록 많은 악행을 저지르고도 용케 잡히지 않은 건 전적으로 신출귀몰할 수 있는 통로 덕분이야."

"요겐지의 주지 스님이나 인형사도 일촌법사의 일당이란 말씀이군요."

"그 이상일지도 모르지." 아케치는 여느 때처럼 사람을 초조하게 만드는 말투로 말했다.

"그래서 오늘은 세 방향의 입구에서 포위 공격을 할 거야."

"그러면 얼마 전에 사모님과 함께 O정의 집에 들어간 남자는 누구입니까?" 몬조는 가장 궁금한 것을 물었다.

"일당 중 한 명인가요?"

"그 남자, 절름발이였지?"

"네. 절름발이였어요."

"그 사람이 그 일촌법사야. 얼굴이 낯익지 않았나?"

"네? 모자와 안경으로 가리고 있고 어두워서 얼굴은 잘 안 보였지만…… 어떻게 일촌법사가 그런 키가 커질 수 있죠?"

"그것도 그의 악행이 지금까지 드러나지 않았던 이유야. 그자는 어둠의 세계에서만 난쟁이고, 낮에는 일반적인 사람이야. 무서운 마술이지."

"어떻게 그런 일이 가능한 건데요?"

"그는 어린 시절 부상을 입어 양쪽 발에 큰 수술을 했다고 해. 수술 후엔 의족 신세를 졌어. 난쟁이는 머리와 몸통은 보통 사람들과 다르지 않아. 다리만 부자연스럽게 짧다는 걸 생각해보라고."

"의족이라고요? 그런 바보 같은 걸로 저를 감쪽같이 속였다는 건가요?"

"바보 같아서 오히려 의심을 받지 않았던 거야. 단순히 의족이라고 하면 믿기 힘들겠지만, 나는 그 실물을 봤어. 자세한 건 곧 알게 될 거야. 그리고 그를 직접 본 건 자네뿐이야. 야마노가의 사람들은 그가 난쟁이일 거라고 생각도 못했어. 처음부터 의족을 한 장애인으로 알고 있었던 거지."

"의족을 한 남자는 대체 누굽니까?"

"요겐지 절의 주지 스님이야."

소음이 심한 자동차 안에서는 이 정도의 대화를 나누는 것도 쉽지 않았다. 몬조는 아직 아케치의 말을 이해할 수 없었다. 잘못 들은 것 같기도 하고, 자신을 놀리는 것처럼 들리기도 했다. 하지만 더 물어볼 새도 없이 차는 혼조 하라니와 경찰서 건물 앞에 거칠게 정차했다.

서장을 비롯해 여러 사람이 그들을 기다리고 있었다. 일행이 차에서 내려 간단한 회의를 마친 후, 하라니와 서의 형사들도 합류

하여 근처의 O정으로 향했다. 형사부장은 서장실에 남아 좋은 소식을 기다리기로 했다.

형사들은 형사부장의 명이 있어 아케치의 지시에 따를 수밖에 없었다. 그들은 요겐지 절, O정의 집, 인형사의 거처, 이렇게 세 곳으로 나뉘어 각각 그 입구를 지켰다. 거기엔 아케치의 부하들이 아까부터 대기하고 있었다.

"제가 신호할 때까진 누구든 도망가지 못하게 해주세요. 여자든 아이든, 집에서 나오는 사람은 일단 붙잡아 둬요."

아케치는 거듭 말하며 부탁했다. 그리고 몬조와 한 명의 형사를 데리고 요겐지 절 문 안으로 들어갔다.

부속 건물의 미닫이문을 열자 꾀죄죄한 노인이 부뚜막 앞에서 뭔가를 하고 있었다.

"과자 가게 할아버지시죠?" 아케치가 말을 걸었다.

"주지 스님은 안 계신가요?"

"계실 텐데요. 누구십니까?"

"잊으셨나요? 엊그젠가 가게에서 뵀는데요. 오늘은 경찰 일로 왔는데 스님을 좀 불러주시겠어요?"

노인은 주지를 찾으러 조심스레 안으로 들어갔다가 잠시 후 아리송한 표정을 지으며 돌아왔다.

"안 보이시는데요. 나가는 걸 못 봤는데 언제 가셨는지……."

"저희가 직접 보겠습니다."

아케치는 그렇게 말하고는 재빨리 신발을 벗고 위로 올라갔다. 노인이 말릴 겨를도 없었다. 몬조와 형사도 아케치를 따라 신발을 벗었는데, 그때 몬조는 잠시 잊고 있던 일이 떠올랐다.

주지는 절 뒤쪽 통로로 O정의 집에 갔을 것이다. 그리고 그곳엔 야마노 부인이 와 있을 것이다. 주지가 발각된다면 부인도 함께 망신을 당할 뿐아니라 빠져나갈 수 없는 증거를 잡히는 꼴이다.

동시에 충격적인 사실을 깨달았다. 지금까지는 부인을 협박하는 남자가 누군지 몰랐기 때문에 단순한 질투를 느꼈을 뿐이었는데, 아케치의 말에 따르면 그 남자가 악행을 저지르고 다니는 난쟁이였다. 부인은 어떤 약점이 있어서 저런 불길한 자와 밀회를 이어가는 것일까 생각하니, 부인마저도 정체불명의 인물로 느껴졌다.

몬조가 그런 생각을 하는 동안 아케치는 본당 쪽으로 성큼성큼 들어갔다. 텅 빈 본당에는 이미 황혼이 다가와서 붉게 바랜 다다미 무늬도 잘 보이지 않았다.

이상한 조각이 새겨진 굵은 기둥, 한쪽 구석에 안치된 칠이 벗겨진 목상, 큰 위패들의 행렬, 기괴한 그림의 족자들, 향 냄새…… 사람의 기척은 없었다. 아케치는 주의 깊게 당의 구석구석과 물건 뒤를 살펴보고, 두세 개의 넓은 방을 지나 정원에 내려가서는 석등롱과 화초 사이까지 꼼꼼히 조사한 뒤, 판자 울타리의 여닫이문을 열고 묘지 쪽으로 나갔다. 몬조 일행은 마루 밑에 있던 정원용 조리를 신고 그 뒤를 따랐다.

묘지는 거의 어둠에 잠겼다. 길가에 면한 쪽의 생울타리 구멍으로 아케치의 부하가 감시하고 있는 모습이 어렴풋이 보였다. 몬조는 며칠 전 밤 그 구멍을 통해 묘지 안에 몰래 들어왔던 일이 떠올랐다.

"저기 보세요. 울타리의 검은 판자가 조금 부서져 있죠? 저 반대편이 인형사 야스카와의 작업실입니다. 저곳을 잠깐 감시해 주시죠. 우리는 O정의 집을 조사하겠습니다."

아케치는 형사 쪽을 돌아보며 정중하게 말했다. 형사는 거절할 수도 없어서 지시에 따라 판자 울타리 쪽으로 걸어갔다.

O정의 집 쪽은 듬성듬성한 대나무 울타리로 막혀 있어서, 조금만 애를 쓰면 쉽게 드나들 수 있었다.

"몬조 군, 이것 좀 봐."

아케치는 갑자기 걸음을 멈추고, 묘지의 한쪽 구석에 있는 은행나무 뿌리 근처를 가리켰다. 나무 기둥 그늘에 큰 구멍이 있었고, 그 안에 쓰레기가 산더미처럼 쌓여 있었다.

"절의 쓰레기장일 거야. 나는 엊그제 밤에 여기에 몰래 들어와서 이 더미와 새로 생긴 묘지 근처를 파봤어. 미치코 씨의 시신이 숨겨져 있나 해서."

시체를 찾기 위해 묘지를 팠다는 말을 아케치는 대수롭지 않은 일처럼 말했다.

"야마노 저택에서 미치코 씨를 빼내기 위해 누군가가 청소부로 변장하고 쓰레기차를 이용했던 거 기억나지? 쓰레기차는 아즈마바시에서 종적을 감췄는데 자네에게 일촌법사 이야기를 듣고 나서, 그 쓰레기가 여기로 운반되지 않았을까 싶었거든.

이 절 근처를 수소문해보니 마침 그날 아침 일찍 쓰레기차 한 대가 절 문을 통과했다더라. 시신을 숨기기에는 묘지만한 곳이 없잖나. 꽤 영리한 발상이라고 생각했지. 하지만 내가 찾아봤을 때는 이미 어딘가로 옮겨졌는지 시신은 없었어."

"청소부로 변장한 것도 그 녀석이었습니까?"

"의족으로 무거운 차를 몰긴 어려워. 다른 사람이야."

그들은 낮은 목소리로 이야기를 나누며 대나무 울타리 쪽으로 걸어갔다. 울타리를 지나자마자 돌담이 이어져 있었고 그곳부터 지면이 한 단 높아져 있었다.

아케치는 돌담을 기어올라 판자 담장과 토장 사이의 어두컴컴한 곳으로 들어갔다. 10미터쯤 가자 막다른 곳이 나왔고 또 다른 담장이 길을 막고 있었다. 아케치는 주머니에서 가는 철사를 꺼내 담장의 어떤 부분에 집어넣고 이리저리 만지작거리더니, 얼마 지나지 않아 무언가 빠지는 소리가 나면서 담장의 일부가 삐걱 열렸다. 숨겨진 문이었던 것이다.

문 안쪽은 벽과 벽 사이에 사람 한 명이 겨우 지나갈 수 있을 정도의 좁은 통로였다. 손으로 더듬으며 그 안으로 들어가던 몬조는 어린 시절 즐겨 하던 숨바꼭질 놀이가 떠올랐다. 불현듯 애처로운 감상이 스쳐 지나갔다.

조금 더 가자 앞서 가던 아케치가 "사다리!"라고 주의를 줬다. 다들 허술한 사다리에서 소리가 나지 않도록 조심하며 올라갔다.

올라간 곳에는 1평 정도의 좁고 긴 마루가 있었고, 마루 끝은 막혀 있었다. 마루는 좌우 모두 판자로 되어 있고 폭이 좁아서 몸을 비스듬히 하고 들어가야 했다.

"벽장 뒤쪽이야. 조용히."

아케치가 속삭였다.

그들은 잠시 어둡고 답답한 곳에서 서로의 호흡 소리를 들었다.

몬조는 벽장 맞은편에 야마노 부인이 있을 것을 상상하니 몸이 저릴 정도로 걱정되었다. 저택으로 돌아갔기를 기도하면서도, 한편으로는 흉측한 자와 나란히 있는 부인의 당황한 모습을 보고 싶다는 뒤틀린 욕망도 들끓었다.

방 쪽에선 한동안 아무 소리도 들리지 않다가 '찰칵' 하고 미닫이 문이 닫히는 소리가 나더니 "유리에 씨, 들키지 않도록 조심하세요"라는 남자의 굵고 쉰 목소리가 들렸다.

"어? 창문 밖에 수상한 놈들이 어슬렁거리고 있네요. 귀찮게. 얼마 전엔 젊은 녀석이 무단침입을 하지 않나… 이제 이 집도 정리할 때가 됐나 봅니다. 그래도 이 통로는 아무도 모를 거예요."

얇은 판자와 미닫이문으로 막혀 있을 뿐이라 저쪽의 대화가 손에 잡힐 듯 가까이 들렸다.

"빨리 도망가게 해주세요. 들키면 정말 돌이킬 수 없어요."

평소와는 달리 무척 급박한 말투였지만 분명 야마노 부인의 목소리였다.

"걱정 마세요. 내 힘이 어느 정도인지 알고 있잖아요."

지금 들리는 위압적인 목소리가 그 일촌법사라고 생각하니 기분이 묘했다. 우스꽝스럽기도 하고 섬뜩하기도 했다.

"그럼 가죠. 짐 잊지 말고 다 챙겨요."

남자의 목소리가 점점 이쪽으로 다가오며, 다다미를 밟는 소리와 함께 미닫이문을 살며시 여는 기색이 났다. 아케치는 어둠 속에서 몬조의 팔을 잡아 신호를 보낸 뒤, 판자의 한 부분에 손을 대고 소리 나지 않게 떼어냈다.

네모난 구멍이 뻥 하고 열리며 희미한 빛이 들어왔다.

몬조는 얼굴을 마주치게 될까 봐 흠칫 몸을 웅크렸지만, 구멍 너머에는 여러 개의 등짐가방이 쌓여 있어서 아직 상대의 모습은 보이지 않았다.

이내 맨 위의 등짐가방이 치워지고, 그 뒤로 한 팔이 슬쩍 나와서 두 번째 등짐가방의 끈을 잡더니 반대쪽으로 질질 끌어당겼다. 몬조의 팔을 잡고 있던 아케치의 손이 움찔움찔 움직였다.

두 번째 등짐가방이 치워졌다. 그 너머로 스님의 얼굴이 휙 하고 나타났다. 1미터 간격을 두고 여덟 개의 눈이 마주쳤다.

"와앗!"

네 사람이 일제히 비명을 질렀다.

스님은 옆방을 향해 전력으로 뛰었다. 아케치가 등짐가방들을 발로 밀어내고 쫓아갔다.

아래층엔 감시가 있으니 도망갈 곳은 지붕뿐이다.

스님은 재빨리 창문 밖으로 나가 빨래 건조장의 난간을 발판 삼아 지붕으로 기어올랐다.

한발 늦게 도착한 아케치는 지붕으로 올라가려고 매달려 있는 상대의 발을 잡았다. 잠시 실갱이를 하다가 발이 쑥 빠져나와 아케치의 손에 남았다. 흰 양말로 덮인 인형 같은 발이었다.

나무타기가 능숙한 스님에게 지붕 위는 최적의 도주로였다. 승복 차림의 그는 흰 도포 자락을 휘날리며 가파른 지붕을 기어 갔다.

"몬조! 창문에서 형사를 불러 줘!"

이런 말을 남기고 아케치도 지붕으로 기어올랐다.

긴 용마루 위 황혼의 하늘을 배경으로 스님의 흰 도포와 아케치의 검은 중국옷이 무서운 속도로 달렸다.

지붕 끝에 다다르자 스님은 전봇대와 담장을 발판 삼아 다음 지붕으로 옮겨 갔다. 때로는 공중의 전선을 붙잡고 건너가기까지 했다. 가히 원숭이의 곡예였다.

아케치는 모든 재주를 부리며 도주하는 그를 쫓기에 역부족이었다. 순식간에 두 사람의 거리는 멀어졌다.

정체가 탄로난 일촌법사는 사생결단이었다. 이미 포위망이 좁혀져 도주에 성공하기 어렵다는 걸 떠올릴 여유도 없었다. 적어도 인형사 야스카와의 집까지는 가려고 안간힘을 썼다.

이윽고 그의 앞을 목욕탕의 큰 지붕이 가로막았다. 뒤를 돌아보니 새로운 추격자가 두 명이나 붙어 있었다. 머뭇거리는 사이에 더 많은 사람이 몰려올지도 모른다.

그는 결심한 듯 목욕탕의 작은 지붕으로 뛰어내려 처마를 따라 몸을 낮추고 달렸다. 간신히 모퉁이까지 도달했을 때, 소란을 듣고 앞질러 온 형사가 맞은편 지붕 위를 기어오르는 것이 보였다. 형사는 그의 모습을 발견하자마자 맹수처럼 고함을 질렀다. 절체절명의 순간이었다.

스님은 마지막 힘을 짜내어 물받이를 타고 목욕탕의 큰 지붕으로 올라갔다. 그러나 그 위에도 숨돌릴 틈은 없었다. 형사들은 지붕 양쪽 끝에 이미 올라와 있었다.

더이상 도망갈 곳이 없었다. 바닥으로 뛰어내려 머리가 깨지거나, 얌전히 포박당하거나 둘 중 하나였다.

형사들은 자세를 낮추며 기와를 한 장 한 장 기어왔다. 스님의 흥분된 눈에는 그들이 세 마리의 큰 도마뱀처럼 보였다. 그는 막막한 심정으로 주위를 두리번거렸다.

문득 눈에 들어온 것은 목욕탕의 굴뚝이었다. 검게 칠한 굵은 철관이 기와 틈에서 하늘을 향해 솟아나 있었다. 그는 굴뚝을 붙잡고 나무타기 실력을 모조리 발휘해 순식간에 끝까지 올라갔다.

추격자들은 굴뚝을 따라 올라가는 어리석은 짓은 하지 않았다. 아래에 모여 나무 위의 원숭이에게 기와 조각을 던졌다. 상대가 지칠 때까지 느긋하게 기다릴 작정이었다.

하지만 스님에겐 다른 생각이 있었다. 배의 돛대처럼 굴뚝 꼭대기로부터 굵은 철사가 세 방향으로 뻗어 있었는데, 그중 하나가 좁은 빈터를 건너 맞은편의 빽빽한 장옥 지붕까지 이어져 있었다. 케이블카처럼 철사를 타고 건너편으로 건너가려는 것이다.

성공한다면, 그곳은 미로 같은 동네인데다 해도 거의 다 진 상태라 도주의 가능성이 생긴다.

목숨을 건 곡예가 시작되었다.

흰 옷을 입은 스님이 하늘에 붕 떠 철사를 잡고 발을 떼자마자 순식간에 10미터 넘게 미끄러졌다.

철사가 위잉 하고 진동하며 활처럼 크게 휘었다.

"크아아아아아!"

스님은 괴성을 질렀다. 철사가 손바닥을 파고들어 줄로 뼈를 긁는 것 같았다.

철사의 절반도 다 가지 못했지만 끔찍한 통증을 견디기 어려웠고 철사를 잡을 힘이 점점 빠졌다.

발 아래를 보니 대여섯 명이 모여 위를 올려다보며 소리를 지르고 있었다. 이렇게는 건너편까지 간다 해도 가망은 없었다.

'끝인가'라고 생각한 순간 힘이 다 빠진 손가락이 펴졌다.

세상이 팽이처럼 돌았다.

땅으로 추락한 스님은 그대로 정신을 잃었다. 빈터에 있던 사람들이 함성을 지르며 그의 주위로 달려들었다.

고바야시 몬조는 지붕으로 올라가기 직전 아케치가 남긴 지시에 따라 앞쪽 창문을 열고 고함을 쳤다. 감시하고 있던 형사가 달려 나갔다.

야마노 부인은 몬조의 발치에 엎드려 죽은 듯이 미동도 않았다. 자세히 보니 어깨를 미세하게 떨며 흐느끼고 있었다. 옷깃이 흐트러져 유백색 목덜미가 등까지 드러나 있었고, 그 위로 무수히 흘러내린 머리카락이 얽혀 있었다.

몬조는 잠시 아케치의 뒤를 따라 지붕으로 올라갈지, 여기 남아 부인을 돌볼지 고민했다.

지붕 위의 소란도 점점 멀어지고 1층의 노파는 모습을 보이지 않았다. 세상과 단절된 듯한 기묘한 정적이 찾아왔다.

"······사모님."

몬조는 부인의 어깨에 손을 얹고 낮은 목소리로 불렀다. 그러자 갑자기 부인이 일어나 외쳤다.

"제가 했어요! 미치코를 죽인 건 저예요! 경찰에 그렇게 말씀해 주세요. 고바야시 씨, 저를 경찰서로 데려가 주세요."

창백한 얼굴이 눈물에 젖어 있었고, 입술은 세차게 경련했다.

"아니야······ 그 전에 저를 집으로 데려가 주세요. 저는 돌아가야만 해요. 빨리요, 고바야시 씨."

그녀는 몬조의 팔에 매달리며 소리쳤다. 충혈된 눈으로 누군가 올까 두려워 하며 주위를 두리번거렸다.

몬조는 혼미했다. 간지러운 전율이 척추를 타고 올랐다. 아무리 핥아도 입술은 마르기만 했다.

"사모님, 갑시다."

그의 쉰 목소리는 음정이 느껴질 만큼 떨리고 있었다.

"네, 어서 집으로······"

"저와 함께 도망갑시다."

9

야마노 유리에는 격정 때문에 일어설 힘조차 없었다. 몬조의 어깨에 매달렸다가 이내 털썩 주저앉곤 했다. 몬조는 그녀의 가녀린 몸통을 안듯이 들어 겨우 계단을 내려갔다.

귀가 먼 노파가 서 있었다. 무슨 소동이 일어났음을 느끼고 겨우 거기까지 나온 참이었다. 노파를 밀치고 입구로 달렸다. 신발을 급히 신고 밖으로 나왔다. 감시하던 형사는 모두 일촌법사 쪽으로 가서 주변엔 아무도 없었다.

몬조와 유리에는 어두워진 거리를 사람이 적은 쪽을 골라 비틀비틀 달렸다. 전찻길을 건너자 어느새 스미다강의 제방에 도착했다. 그 외에 다른 길은 없었다.

유리에는 숨이 차서 기절할 듯했다. 몬조의 어깨에 매달린 그녀의 손이 꾸욱꾸욱 그의 목을 조였고, 흐트러진 머리카락이 그의 귀를 간지럽혔다.

그들은 곧 야마노 저택으로 진입하는 길모퉁이까지 도착했다.

"집으로 가면 안 됩니다. 지금 가면 경찰에 잡힐 뿐이에요. 더 뛰어야 해요."

"아니에요. 꼭 한 번은 집에 가야만 해요. 놓아주세요··· 놓아주세요······."

유리에는 미약한 힘을 짜내 저택 쪽으로 가려 했지만 몬조는 그녀를 단단히 붙잡았다.

"저는 사모님과 어디든지 함께 갈 거예요. 꾸물거릴 때가 아니에요. 가요. 도망갈 수 있는 데까지."

몬조는 유리에를 이끌면서 흥분된 목소리로 말했다. 그녀는 몬조의 팔 안에서 몸부림쳤지만 이내 모든 힘이 다했고, 몬조는 그녀의 몸이 갑자기 축축하고 부드럽게, 무거워진 것을 느꼈다. 몸도 마음도 지쳐 저항할 기력마저 잃은 것이다.

몬조는 유리에를 번쩍 들어 제방 북쪽으로 하염없이 달렸다. 가면 갈수록 민가가 드물어지고 황혼이 한층 짙어졌다.

몇 정거장이나 하염없이 달렸다.

문득 멈춰 서니 제방 오른쪽으로 어둡고 우거진 숲이 있었다.

몬조의 다리는 두 사람 분의 무게 때문에 더는 말을 듣지 않았다. 숨이 차서 가슴이 폭발할 것 같았다. 쓰러질 듯 말 듯 숲으로 들어가 거의 기절한 부인의 몸을 큰 나무 그늘의 풀밭에 눕혀두고, 제방 아래 강가에 내려가서 더러운 물을 떠 마셨다. 갈증이 가시자 손수건에 물을 적셔 들고 숲속으로 다시 들어갔다.

유리에는 좀 전의 자세 그대로 누워 있었다. 얼굴만이 선명하게 떠올라 있었고, 음란하게 휘어진 전신은 어스름에 녹아들어 몬조의 눈엔 환상처럼 보였다.

몬조는 젖은 손수건을 한 손에 들고 그녀의 모습을 망연히 내려다봤다. 어제까지만 해도 경외감마저 느꼈던 야마노 부인과 사랑의 도피를 하고 있다고 생각하니 비장하면서도 달콤한, 형언할 수 없는 감정이 심장을 아프게 했다.

그는 무릎을 꿇고 유리에의 목을 안아 올리더니 그녀의 입술에 손수건 대신 자신의 입술을 댔다. 어린 시절 옆에 잠든 사촌에게 했던 것처럼, 그녀의 입술에서 키스를 훔쳤다.

"어머… 뭐하는 거예요."

잠시 후 키스의 비를 맞던 유리에의 입술이 열렸다. 남자의 지나친 격정이 그녀를 깨운 것인지, 모든 것을 알면서도 지금 깨어난 척하는 것인지 몬조는 의심하지 않을 수 없었다. 그만큼 유리에가 깨어난 모습이 부자연스러웠고 깨어난 후에도 그녀의 목을 감싼 몬조의 팔을 뿌리치지도 않았다. 의심이 아니라는 생각이 들자 몬조의 눈 안쪽이 뜨거워졌다.

"괜찮으세요? 걸을 수 있겠어요?"

몬조는 젖은 손수건을 유리에의 입에 대며 말했다.

"조금만 더 견디세요. 저 앞에서 오른쪽으로 돌면 히키후네 정거장이 있을 거예요. 거기서 기차를 타죠. 그리고 어디든 좋으니 멀리 떠나요."

"아니에요. 이제 끝이에요. 도망쳐 봤자 소용없어요. 그 사람이…
이미 모든 걸 자백했을 테니까요."

"그러니까 도망가는 거 아닌가요? 당신이 도저히 도망칠 수 없다
고 한다면……"

그는 순정에 눈을 빛내며 연극 주인공 같은 목소리로 말했다.

"당신과 함께 죽게 해주세요. 당신과 죽는다면 목숨도 아깝지 않
아요."

"네? 고바야시 씨는 왜 죽겠다는 거예요."

"사모님은 교수대가 두렵지도 않으세요? 저도 도망칠 수 있을 때
까지 도망치고 싶어요. 하지만 정말 도망칠 수 없게 되었을 때는
스스로 목숨을 끊는 게 낫지 않겠어요?"

"그건 그렇지만……"

유리에는 그렇게 말한 채 어둠 속에 앉아 오랫동안 침묵했다. 몬
조도 그녀의 손을 꽉 잡은 채 말이 없었다.

"당신은 끝까지 제 편이 되어 주시겠죠?"

"왜 그런 걸 물으시는 거예요? 당연하잖아요."

"알고 있어요. 하지만 제가 지금처럼 야마노의 정숙한 아내로 있
어도……"

"그럼요. 전 사모님 편입니다."

"어떤 일이 있어도요?"

"맹세합니다."

"그럼 말씀드릴게요. 미치코를 죽인 건 제가 아니에요. 진범이 있어요."

"네? 누굽니까?"

몬조는 깜짝 놀라 물었다.

"야마노 다이고로. 제 남편입니다. 그러니 빨리 집에 가서 그 사람을 도망가게 해야 해요."

"야마노 씨는 미치코의 친부 아닙니까? 자기 딸을 죽였다는 게 말이 안 되잖아요. 아니, 그게 맞다 하더라도 남편을 도망가게 한다고요? 그 중병 환자를 어떻게요? 그리고 지금쯤이면 집에 경찰이 들이닥쳤을 거예요."

"아아… 역시 안 되겠죠? 스님이 잘 도망쳐 준다면… 그러면 비밀이 탄로나지 않고 넘어갈 수 있을 텐데……"

"일촌법사요? 그자가 열쇠를 쥐고 있다는 겁니까? 아… 그래서 당신은 그의 명령에 따르고 있던 거군요. 야마노 씨의 죄를 숨기고 싶어서요."

"그 외에 제가 할 수 있는 일이 없었어요." 유리에의 목소리가 흐려졌다.

"남편의 범죄를 알게 된 순간부터, 저는 야마노가의 명예와 남편의 안위를 목숨을 바쳐서라도 지키겠다고 결심했어요. 그것이 돌아가신 어머님의 가르침이니까요."

몬조는 상대의 격정을 바라보고만 있었다.

"고바야시 씨는 남편과 저의 관계를 잘 모르시겠지만, 우리 집에 야마노가는 큰 은인이에요. 제가 나이 차이가 많이 나는 남편과 결혼한 것도, 남편을 위해 희생하기로 결심한 것도 돌아가신 부모님의 뜻을 이은 거예요. 제 성정으로는 그렇게 하지 않고 살아갈 순 없어요."

"그럼에도 이해할 수 없는 점이 있습니다."

몬조는 겨우 정신을 차리고 말했다.

"사모님은 태워버렸다고 생각하시겠지만, 사모님이 받은 이상한 편지가 아케치 씨 손에 들어갔어요. 일촌법사가 사모님을 O정의 집으로 불러내기 위해 쓴 편지입니다.

거기에는 분명 '의뢰받은 미치코의 시체를 묻었다, 이 일은 누구누구와 나와 후키야, 이렇게 셋만 알고 있다'고 적혀 있었어요. 한 사람의 이름만 타서 알 수 없는데, 그게 편지를 받은 사모님이 아니면 누구겠습니까?

그 외에도 여러 증거가 있어요. 예를 들어 미치코가 갖고 나갔다는 숄이나 가방이 사모님 방 벽장에 숨겨져 있지 않았습니까? 미치코의 머리를 내리쳤다고 추정되는 석고상까지 방에 있었어요.

제가 사모님을 의심한 것도 무리는 아니라고요.”

몬조는 부끄러움을 감추려는 듯 여러 증거를 늘어놓았다.

“그런 것들이 제 방에 있었다는 거, 전 몰랐어요. 아케치 씨가 발견하신 거겠죠?”

“오유키예요. 아케치에게 매수당해 그의 손발이 되고 있어요.”

아름다운 꿈이 산산조각 난 몬조는 자포자기한 심경이었다.

“그랬군요. 어쩜 하나도 몰랐을까요. 아까 말씀하신 편지는 기억나지만, 그것까지 아케치 씨 손에 들어갔다니…….

맞아요. 그 편지를 통해서였어요. 제가 처음으로 진짜 범인을 알게 된 것은.

누군가 남편의 부탁으로 시체를 처리했다는 것을 알리면서 저를 협박한 거예요. 저와 남편의 관계와 제 성격을 잘 알고 있었기에, 그 약점을 이용해서 저를 마음대로 움직이려고 했던 거죠.

그 편지는 아케치 씨가 처음 저희 집을 방문했다가 돌아간 직후에 받았어요. 그때까지만 해도 미치코가 죽었다는 것조차 반신반의했어요. 만약 제가 미치코를 죽였다면 왜 아케치 씨에게 수사를 부탁했겠어요?”

비밀을 모두 털어놓은 유리에는 이제 모든 게 끝났다는 듯이 풀이 죽어 고개를 푹 숙였다.

몬조는 진상을 알고 기겁했을 뿐 아니라, 조금 전 부인과 함께 죽기로 결심했던 자신의 행동이 부끄럽게 느껴져 어떻게 이 상황을 수습해야 할지 혼란스러웠다.

"그럼 편지에 적혀 있던 세 사람 중 이름이 태워져 있던 한 사람 은," 한참 만에 몬조는 사무적인 어조로 바뀌어 입을 뗐다.

"야마노 다이고로 씨였군요. 일촌법사가 야마노 씨의 부탁을 받 아 시체를 묻은 거고요."

"그래요." 부인은 대답은 했지만, 이제 어찌 되든 상관없다는 듯 체념한 모양이었다.

"미치코가 사라진 후에 남편이 가게 돈을 꽤 많이 빼돌렸어요. 지 배인이 걱정되어 저에게 말해줬는데 남편에게 그런 큰돈이 필요했 을 리가 없거든요. 편지를 보자마자 그 일이 떠올랐어요.

그 돈의 절반은 후키야에게 건넸을 거예요. 남편이 그 사람을 오 사카까지 쫓아간 거 기억하시죠. 미치코를 되찾으러 간다고 했지 만, 알고 보니 비밀을 누설하지 못하게 하려고 돈을 주러 간 거였 어요. 저는 그럼에도 남편을 의심하는 기색을 결코 보이지 않았어 요. 남편이 속병까지 앓는 걸 보니 마음이 너무 아팠거든요."

"후키야는 어떻게 비밀을 알았을까요?"

"제 생각엔 쓰레기차를 끈 사람이 후키야가 아니었을까 싶어요. 남편이 직접 했을 리는 없고, 요겐지 스님은 다리 때문에 어렵죠. 그러면 미치코의 시체를 옮길 만한 사람이 후키야 말고 더 있을까요.

 하지만 이제 와서 이런 걸 캐봤자 무슨 소용인가요. 고바야시 씨, 저는 어떻게 하면 좋을까요?"

 "일단 저택으로 돌아가 보는 건요? 이젠 차마 달아나자고는 못하겠군요."

 몬조는 얼굴을 붉히며 농담을 던지듯 말했다.

 "스님이 운 좋게 도망가거나 지붕에서 떨어져 죽기라도 한다면 수습할 방법이 있겠지만, 이렇게 된 이상 각오는 해야겠죠. 앞으로도 저는 사모님 편이 되어서 할 수 있는 모든 것을 도와드릴게요. 그건 허락해 주시겠죠?"

 "오히려 제가 부탁드려야죠."

 부인이 순수하게 의지해오는 것을 보자 어리석은 몬조는 또다시 기쁜 마음이 들었다.

 잠시 후 두 사람은 숲을 나와 제방 위를 걸어 야마노 저택으로 향했다.

 "여전히 이해할 수 없는 건 야마노 씨의 마음입니다. 왜 친딸을 죽이려고 했을까요?"

 "남편은 상인답지 않게 융통성 없는 사람이에요. 그리고 화가 나면 꽤 과격한 짓을 하는 성격이라, 미치코의 부정을 눈치채고 혼내주려다가 격분한 나머지 일이 벌어진 게 아닐까 싶어요.

거기엔 또 여러 사정이 있어요. 하인들에게도 숨겨 왔지만, 코마쓰라는 아이는 사실 남편의 사생아예요. 꼿꼿한 사람이지만 젊었을 때는 실수도 있었던 거죠.

보통이라면 딸로 집에 들였을 텐데 미치코의 교육이나 체면상 좋지 않다며 뒤로는 신경 썼지만 겉으로는 하녀로 두었어요."

"미치코와 코마쓰는 배다른 자매였군요."

몬조는 매우 의외라고 느꼈다.

"그래요. 자매인데도 둘은 성격이 완전히 달랐어요. 미치코는 말괄량이였고, 코마쓰는 상인의 자식답지 않게 아주 착실하고 얌전한 아이였어요."

캄캄한 제방 위를 두 사람은 천천히 걸었다. 몸과 마음이 지친 탓도 있었지만 한편으로는 저택에 돌아가 진실과 마주하는 것이 두려워 자연스레 발걸음이 늦어지는 것이다. 두 사람 다 무언가라도 이야기하지 않으면 마음이 헛헛했다.

"자매가 한 남자를," 부인은 이야기를 이어 갔다.

"그것도 하필 운전사 같은 사람을 두고 다투는 걸 알게 됐으니 남편 성격상 화를 참을 수 없었겠죠. 그 심정은 이해가 돼요. 지옥이나 다름없지 않았을까요. 한 남자를 두고 다투는 딸. 그리고 그 중 한 명이 자신의 불륜으로 태어났다는 걸 생각하면 견딜 수 없었을 거예요. 저는 남편이 불쌍해요."

"왜 자수하지 않았을까요? 과실이라면 큰 죄가 되지 않았을 텐데요."

"그래도 사람을 죽였잖아요. 설령 죄가 가벼워도 세상에 낯을 들 수 없어요. 누구보다 체면을 중시하는 사람이니 자신의 안전뿐 아니라 가문의 명예 같은 것도 걱정했던 거예요. 자칫 남편의 옛날 불륜부터 딸들의 추한 다툼까지 모두 알려질 테니까요."

"야마노 씨가 미치코만 혼낸 건 무슨 이유였을까요?"

"공식적인 딸이니까요. 남편은 그런 것까지 꼼꼼하게 따지는 성격이에요. 그리고 마음 깊숙이, 남편의 사랑이 불행한 코마쓰 쪽으로 기울어 있었다는 것도 고려해야 해요. 말괄량이 딸은 남편의 기질과 맞지 않았거든요."

"사모님, 잠깐!" 갑자기 몬조가 부인을 제지했다.

"뒤에서 누가 따라오는 것 같습니다."

대화를 멈추고 귀를 기울이자 미미한 인기척이 느껴졌다. 이쪽이 발을 멈추면 저쪽도 딱 멈춰 섰다. 미행이 붙었다.

어둠을 뚫어지게 보니 바로 옆 나무 그늘에 누군가가 숨어 있었다.

"누구십니까? 무슨 일이죠?"

몬조가 태연한 척하며 큰 소리로 말했다.

"이런, 들켰군요."

그늘 속 남자는 느릿느릿 그늘에서 나와 능청맞게 굴었다.

"O정부터 미행했는데 두 분이 너무 흥분하셔서 이제야 알아채셨군요. 저는 아케치 씨를 돕고 있는 히라타라고 합니다. 한두 번 기쿠스이관에서 뵌 적이 있는데 기억 안 나십니까?"

그 말을 듣자 몬조는 수치심이 폭발했다. 조금 전 숲속에서 있었던 일까지 이 남자의 입을 통해 아케치에게 전해질 것을 생각하니, 당장이라도 상대에게 달려들고 싶은 심정이었다.

"저희를 왜 미행한 겁니까?"

"죄송합니다. 아케치 씨의 지시였어요. O정의 집 앞에서 두 분이 나오기를 기다리는 임무였습니다."

"……우리가 도주할 걸 알았군요."

"뭐, 그런 것 같습니다. 두 분이 그대로 저택으로 돌아가시면 좋겠지만, 그렇지 않으면 끝까지 따라가서 두 분의 대화를 자세히 들으라고 하셨어요. 그러다 두 분께 위험한 일이 생기면 구해드리라고 하셨고요."

"그러니까 아케치 씨는 O정의 집에 사모님이 계신 걸 알고 일부러 저를 데려갔군요. 둘이 도망쳐서 이야기를 나누는 걸 엿듣게 하려는 계획으로요."

"너무 몰아가지 마세요. 만일의 경우를 대비한 거예요. 부인께서 큰 오해를 하고 계신 것 같아서……"

10

그날 밤 인형사 야스카와 쿠니마쓰의 집에서 특별한 모임이 열렸다. 넓은 작업실 마룻바닥에 의자가 여럿 놓였고, 거기에 타무라 검사, 형사부장을 비롯한 경찰 관계자들이 앉았다.

그 사이에 기운 없는 고바야시 몬조와 안절부절못하는 인형사의 모습도 함께 있었다. 유리에는 심신의 극심한 피로로 저택에 남기로 했고, 큰 부상을 입은 일촌법사는 생사의 기로에 놓여 근처 병원으로 실려 가 참석하지 않았다.

작업실 한쪽에는 각종 인형들이 기이한 군상을 이루고 있었고, 그 옆에는 미완성의 머리, 팔, 다리 등이 굴러다녀 마치 식인귀의 집 같았다.

그리고 인형들과 구분하기 힘든 중국옷 차림의 아케치 코고로가 참석자들 앞에 서서 무언가를 열심히 설명하고 있었다. 옆에는 작은 탁자가, 그 위에는 전에 아케치가 몬조에게 보여 줬던 증거품들이 놓여 있었다. 미치코 살인사건의 진범을 넘기겠다며 친분이 있는 타무라 검사와 형사부장 등을 그곳으로 부른 것이다.

아케치는 지금까지의 경과를 요약해 설명한 후 본론으로 들어갔다.

"즉, 용의자로 의심할 만한 사람은 다섯 명입니다.

첫째는 요겐지 절의 주지. 지금 병원에 있는 일촌법사죠. 흉악무도한 미치광이임에 틀림없지만, 그가 미치코의 손목을 대중 앞에 드러낸 일이나 야마노 부인을 협박한 일을 미루어 보면 살인자일 가능성은 낮습니다.

둘째는 야마노 부인, 유리에 씨입니다. 미치코의 계모죠. 여기 있는 숄을 비롯한 미치코의 소지품들이 그녀의 방 벽장에 숨겨져 있었고 일촌법사의 협박에 응하는 등 수상한 정황이 많았죠.

하지만 전 잠시 후 말씀드릴 인물을 의심하고 있었기에 몬조 군처럼 성급하게 단정 짓지 않았습니다. 게다가 조금 전 부인이 어떤 일을 고백했기 때문에 그녀의 무죄는 명백해졌습니다.

셋째는 미치코의 연적인 하녀 코마쓰입니다. 이 여자는 사건이 있던 날부터 병을 핑계로 방에 틀어박혀 있다가 며칠 후 가출해서 지금까지 행방불명입니다. 이 때문에 경찰도 의심하고 있죠. 저는 코마쓰의 소재를 알고 있고, 그녀가 범인이 아니라는 것도 압니다.

넷째는 지금 구치소에 있는 키타지마 하루오입니다만, 이 남자가 범인이 아니라는 건 처음부터 확실했습니다. 미치코의 실종 당일 외부에서 침입한 흔적이 없었다는 것 외에도, 그가 범인이라면 살인에 석고상 같은 것을 사용할 리도 없고, 피아노나 쓰레기통 같은 수고스러운 방법으로 시체를 은닉할 이유도 없습니다.

다섯째는 운전기사 후키야인데요. 사건 다음 날 고향으로 내려갔기 때문에 의심을 샀지만, 미치코의 연인이었고 그가 미치코를 싫어했다는 증거는 일체 나오지 않았어요. 살인의 동기가 없습니다. 저는 후키야의 소재를 파악했고, 그가 범인이 아니라는 것도 확인할 수 있었습니다.

이 용의자 다섯 명 중엔 진범이 없습니다."

아케치는 늘 그렇듯 의미심장한 말투로 결론 외의 것들을 하나씩 배제해 가며 말했다. 지금 이 순간을 탐정 생활의 가장 큰 즐거움으로 삼고 있는 것 같았다.

이 방식이 청중의 호기심을 자극하는 효과는 컸다. 그들은 담배 피우는 것조차 잊은 채 마술쇼를 보는 어린이처럼 아케치의 매끄럽게 움직이는 입술만 바라보고 있었다.

"그런데 여기에 또 한 명, 여섯 번째 용의자가 나타났습니다. 방금 전 제 부하가 야마노 부인과 몬조 군의 뒤를 쫓아가 부인의 고백을 듣고 알아낸 겁니다."

아케치는 스미다 제방에서의 전말을 간추려 말했다.

"사실 전 야마노 부인의 수상한 행동을 통해 일찌감치 눈치챘습니다. 하지만 정숙한 부인의 남편을 위한 배려는, 부인께는 정말 안타까운 일이지만, 완전히 헛된 것이었습니다. 야마노 다이고로 씨는 친자식을 살해한 범인이 아닙니다."

아케치는 이렇게 모든 용의자를 하나씩 부정해 버렸다.

"부인께서 남편이 실수로 딸을 죽였다고 믿은 건 충분히 이해됩니다." 아케치는 청중이 의문을 제기할 틈도 주지 않았다.

"부부 사이에 그런 오해가 생긴다는 건 언뜻 이상해 보이지만요. 야마노 씨가 남다르게 엄격한 성격이라는 점, 부부의 사이가 주종 관계 같은 옛날 식이라는 점을 먼저 떠올려야 합니다.

그리고 사건 이후 야마노 씨의 행동은 부인의 심증을 확고하게 했습니다. 사건이 일어난 밤 유일하게 서양관에 밤늦게까지 남아 있던 야마노 씨는 운전기사 후키야를 쫓아가서 거액의 돈을 건넵니다. 집에 돌아온 후엔 신경성 발열에 시달리며 사건이 전개될수록 병세가 악화되었고요. 부인을 포함해 모든 사람을 멀리하고 말조차 하지 않는 날들이 계속되었습니다.

결정타는 일촌법사가 부인에게 보낸 협박장이었습니다. 거기엔 야마노 다이고로 씨의 이름이 적혀 있었습니다."

아케치는 탁자 위에 있던 불에 탄 편지를 집어 들고, 그것을 입수한 경위와 내용 등을 설명했다.

청중들은 모두 의외라는 표정이었다. 단 한 사람, 야스카와 쿠니마쓰만이 아케치의 설명을 귀담아듣지 않고 떨고 있었다.

몬조는 갸우뚱했다. 야마노 씨마저 범인이 아니라면, 이제 의심할 사람이 남지 않은 것이다. 오늘 진범을 넘기겠다고 공언한 아케치는 무슨 생각을 하고 있는 것일까. 범인은 지금 이 집에 있는 것일까. 설마 저 인형사가 범인일까?

그때 놀라운 생각이 몬조의 뇌리를 스쳤다. 그리고 경악과 기쁨으로 얼굴이 새빨개졌다.

'맞아, 그 사진. 아케치가 그 사진을 보고 쓸데없는 말을 했어. 그래, 이거야. 사진을 더 깊이 생각해 봤어야 했는데.'

예전엔 아케치의 책상 위에 있었고, 지금은 탁자 위에 놓여 있는 야마노 가족 전체의 사진. 아케치가 왜 그 사진을 의미심장하게 다루었는지 그 이유를 이제야 알 수 있었다.

"이로써 용의자가 없어진 셈이지만, 살인 행위가 있었던 이상 범인이 없을 리 없죠." 아케치의 설명은 계속되었다.

"다만 너무나 뜻밖의 존재이기 때문에 누구도, 야마노 부인조차도 눈치채지 못했던 것입니다. 저는 약속대로 오늘 밤 그 범인을 인계할 생각입니다. 하지만 그전에 제가 진범을 발견하게 된 경위를 간단히 말씀드리고 싶습니다. 경찰 분들께도 어느 정도 참고가 되리라 생각합니다."

아케치는 말을 에둘렀다. 타무라 검사는 답답함에 다리를 꼬아 앉았다.

"아케치 군, 너무 궁금하게 만드는군. 범인부터 바로 알려주지 그

429

래."

아케치는 이 상황이 유쾌한 듯 웃음을 흠뻑 지었다.

"검사님도 아직 짐작이 가지 않는 모양이군요. 그러면 순서대로 이야기하게 해주시죠."

"참, 알겠으니까 가능한 한 간단하게 해주게."

"제가 이 사건에서 처음으로 부조화를 느낀 것은 이 화장품 크림 병입니다."

아케치는 탁자 위의 폼피안 크림 병을 집어 들었다.

"음악가가 불협화음에 민감한 것처럼 탐정은 사실의 부조화에 민감해야 합니다. 사소한 부조화가 추리의 출발점이 되곤 하거든요. 이것들은 모두 미치코의 화장대에서 가져온 화장품입니다. 다른 병들에는 지문이 있지만 이 폼피안 병만은 닦아낸 것처럼 어떤 흔적도 보이지 않습니다. 가장 기름기가 잘 묻는 크림 병인데 말입니다.

그런데 화장품의 외부는 철저히 닦아냈음에도 불구하고, 천려일실이었을까요? 내부엔 선명하게 지문이 남아 있었습니다. 그리고 이 지문은 다른 병이나 절단된 손목의 지문과는 다른 것이었습니다. 현미경 검사를 통해 확인된 결과입니다.

미치코는 꾸미기를 매우 좋아해서 화장대에는 이것 외에도 많은 화장품이 있었는데, 이미 사용했음에도 지문이 없는 것들이 있었습니다. 미치코가 화장품을 쓸 때마다 병을 닦았을 리 없으니 누군가 어떤 의도로 지문을 지웠다고 봐야겠죠.

그렇다면 여기 있는 것들만 지문이 남아 있는 이유는 무엇일까요? 이것들만큼은 지문을 없애서는 안 되었기 때문입니다."

몬조는 내심 기뻤다. 그의 상상이 맞아떨어지고 있음이 명확해지고 있었다.

"이것들은 미치코의 화장품이 아닙니다. 위조된 것들입니다. 그 증거로, 지문이 묻어 있는 이 화장품은 사치스러운 미치코의 것이라기에 수수한 취향이고요. 이 과산화수소 큐컴버와 크림은 지성 피부에 적합한 것인데 미치코는 하얗고 메마른 피부였습니다. 쓰지 않았다고 단언할 수 없지만 그리 어울리지 않죠.

분도 그렇습니다. 피부가 창백한 사람은 장밋빛을 사용하는 것이 보통인데 여기 있는 건 붉은기가 도는 얼굴에 적합한 녹색 계열이에요. 이 동백기름도 미치코가 주로 하는 양식 머리엔 잘 쓰지 않죠.

어느 쪽으로 보나 이 화장품들은 미치코가 평소 쓰는 거라고 하기엔 어색합니다. 다른 곳에서 가져와 미치코의 방에 둔 거예요.

다시 말해 기존 화장품 병에 묻은 미치코의 지문은 모두 지워졌고, 다른 사람의 지문이 묻은 화장품이 미치코의 것처럼 위조되었습니다. 폼피안 크림 병 내부에 묻은 지문만이, 미처 닦이지 않은 미치코의 지문이에요."

아케치의 설명은 더욱 세세한 부분으로 들어갔다.

"이 흡취지로도 알 수 있습니다."

그는 분홍색 흡취지를 보여주었다. 표면에는 엄지의 잉크 지문이 선명하게 나타나 있었다.

"이 흡취지는 미치코의 책상 한가운데 놓여 있었습니다. 흡취지가 책상 중앙에 떡하니 놓여 있는 경우는 드물어요. 눈에 띄게 하려는 의도가 느껴졌습니다.

그런데 흡취지엔 글자를 흡수한 흔적이 희미하게 남아있었어요. 점선처럼 되어 있어 쉽게 읽을 수 없지만, 연필로 조심히 흔적을 따라가 보면 흡수된 글자가 나타납니다.

문구 자체엔 딱히 주목할 점은 없습니다. 중요한 건 필체예요. 여기 미치코의 필체가 있습니다. 흡취지의 필체와 비교해보면 둘 다 젊은 여성의 글씨체로 언뜻 비슷해 보이지만, 흡취지의 것은 왼손 글씨입니다."

아케치는 휴대용 거울을 들어 흡취지 위에 비추며 청중들이 볼 수 있게 했다. 타무라 검사는 가까이 얼굴을 가져가 두 필적을 비교하며 감탄을 흘렸다.

"거울로 비춰서 오른손 글씨체로 바꿔 보면 육안으로도 다른 사람의 글씨란 것을 알 수 있어요. 이 흡취지도 미치코의 것이 아니에요."

"그러면… 대체 무엇이란 말인가?" 타무라 검사가 놀라며 말했다.

"일촌법사가 갖고 다닌 팔의 주인을 알기 위해 이 지문을 사용했
었지. 지문들이 미치코의 것이 아니라면, 그 팔도 미치코의 것이
아닐 수도 있다는 건가?"

"네. 아닙니다."

"그러면 사건은 근본부터 뒤집어지게 되는데."

"뒤집어집니다. 출발점부터 잘못되어 있었죠."

아케치는 태연하게 대답했다. 타무라의 얼굴이 점차 어두워졌다.
형사부장도 한 발 앞으로 몸을 기울였다.

"그러면 아케치 군. 혹시 미치코는 죽지 않았다는 얘긴가?"

"그렇습니다. 미치코는 살아 있습니다."

"혹시 자네가 하고 싶은 말은……."

타무라 검사는 복잡한 감정으로 아케치를 노려보았다.

"검사님의 생각이 맞아요. 미치코는 피해자가 아닙니다."

"피해자가 아니라면……"

"가해자입니다. 미치코가 범인입니다."

"그러면 피해자는 누구지?"

"기다리세요." 아케치는 검사를 제지하고는 구석에서 웅크리고
있는 인형사를 불렀다.

"야스카와 씨. 여기 늘어서 있는 인형들은 모두 주문품인가요?"

"네, 그렇습니다." 인형사는 입술을 핥으며 대답했다.

"모두 하나야시키*에 들어갈 실물 크기 인형들입니다."

"저 구석에 늘어서 있는 큐피드 인형들은 꽤 큰데요. 역시 하나야시키에 전시할 건가요?"

"⋯⋯네."

인형사의 몸이 떨리는 게 멀리서도 잘 보였다.

"그런데 이 큐피드 인형 말입니다. 어제까지 이 작업실이 아니라 가게 안에 전시해 놓지 않았나요? 지금은 왜 다른 인형들과 섞어 놓은 거죠?"

"⋯⋯⋯."

인형사의 행동이 모든 것을 말해주고 있었다.

아케치는 갑자기 방해가 되는 인형들을 쓰러뜨리고 조금 전 지목한 큐피드 인형으로 다가갔다.

그리고 근처에 떨어져 있던 망치를 주워 인형의 우스꽝스러운 얼굴을 향해 일격을 가했다.

인형의 얼굴이 부서지고 대팻밥과 흙덩이가 바닥으로 흩어졌다.

"이번 사건의 피해자입니다."

---

* 1853년 개장한 일본에서 가장 오래된 유원지로 아사쿠사에 위치.

아케치가 손가락으로 흙을 파내자, 그 안에서 검은 머리카락이 흐트러진 시신의 남색 얼굴이 나타났다. 역한 악취가 풍겨 와 코를 찔렀다.

"하녀 코마쓰입니다. 딱하게도 양팔과 다리가 반으로 잘려서 마치 일촌법사의 모습으로… 사랑의 신 안에 묻혀 있었습니다."

그때 시신의 목이 드러났고, 목의 피부에 검은 멍이 보였다. 손가락으로 잡은 흔적이었다.

"머리를 내리친 것만으로는 죽지 않아서, 손으로 목을 졸라 죽인 것 같습니다."

정적이 덮쳤다. 경험 많은 경찰들도 이 전대미문의 잔혹함을 직시하기 힘들었다.

모두 숨을 죽이니 방 전체가 공포 영화의 한 장면 같았다. 붉은빛을 띤 전등 빛이 사람들의 얼굴의 절반을 비추며, 바닥과 벽에 요괴 같은 그림자를 드리웠다. 살아있는 사람들은 죽은 듯이 움직이지 않고, 생명 없는 인형들은 서로 얼굴을 마주보며 키득키득 웃고 있는 것처럼 보였다.

"미치코가 연적인 코마츠를 이렇게 만든 거군."

한참 만에 타무라 씨가 한숨과 함께 말했다.

"아무래도요."

모임 내내 즐거워 보이던 아케치도 숙연해져 있었다.

"미치코와 코마츠의 후키야를 향한 사랑, 일촌법사의 야마노 부인을 향한 사랑… 이번 사건은 모두 연정에서 시작되었습니다."

"코마쓰를 이 인형 안에 묻은 것도 미치코인가?"

"그건 일촌법사일 거예요. 이 야스카와도 공범자고요.

제가 인형사를 의심스럽게 본 것은 일촌법사가 어젯밤 여기 들어오는 것을 목격했기 때문이기도 하지만, 일촌법사가 보통 사람으로 변장했을 때 그 의족이 일반적인 의족이 아니라 나무로 만든 인형의 다리였기 때문입니다. 특수 제작으로 관절이 접히는 부분까지 아주 정교하게 만들어져 있었어요. 인형사의 솜씨죠. 일촌법사가 항상 신발을 신고 있었던 것도 이 때문이었어요. 저 야스카와와 일촌법사는 아주 오래된 악연으로 맺어져 있습니다."

"그런데 아케치, 뭔가 이상한데."

타무라가 문득 뭔가를 깨달은 듯 아케치의 설명을 가로막았다.

"내 계산이 잘못된 걸까. 불가능해 보이는 일이 있어. 코마쓰가 피해자라면 말이야. 일촌법사가 가지고 다닌 팔은 누구 거지? 코마쓰가 가출한 건 불과 2-3일 전이고, 백화점 사건 때는 야마노가에 있었잖아. 시간이 안 맞는 것 같은데."

아케치는 검사를 바라보며 설명했다.

"미치코의 실종이 있던 다음 날 코마쓰는 병이 났습니다. 다른 사람에게 얼굴을 보이는 것도 꺼렸어요. 제가 병문안을 갔을 때도 베개에 얼굴을 파묻고 절 똑바로 보지 못했습니다. 수상하긴 해도 더는 어떻게 할 수 없었는데, 부디 나가 달라는 손 동작에서 겨우 포착해냈어요. 코마쓰가 부주의하게 흔든 손의 끝, 손톱에 매니큐어가 발라져 있다는 것을요. 성실한 하녀가 매니큐어를 바를까요?"

"그럼 설마… 아아……"

"저도 처음에는 설마 싶었습니다. 하지만 이 사진을 찾았을 때 제 생각은 굳어졌습니다."

아케치는 그렇게 말하며 탁자 위에서 야마노가 일동이 찍은 사진을 꺼내 타무라와 형사부장에게 내밀었다.

아케치는 사진 속 미치코의 얼굴에 '유치한' 장난을 해놨다. 그녀의 눈썹을 분으로 완전히 지우고 그 위에 안경테를 그려 놓은 것이다. 타무라와 형사부장은 얼굴을 마주 보며 "닮았네"라고 중얼거렸다.

"미치코의 눈썹을 지우고 안경을 씌우면 코마쓰와 구별이 안 됩니다. 놀랄 일도 아닙니다. 코마쓰는 사실 야마노 씨의 숨겨둔 자식이고 미치코와는 자매니까요.

코마쓰는 조용하고 무표정한 데 반해 미치코는 과장된 표정을 짓는 말괄량이라는 점, 여기에 머리 모양이나 안경, 눈썹의 차이로 평소에는 알아채리기 어렵습니다. 가족 사진을 찍는 중엔 평소의

과장된 표정을 지을 수 없었을 테니 두 사람이 닮았다는 것을 판단하기 쉬웠어요

이제 이해가 되시나요. 그러니까 미치코는 그날 밤, 연적인 이복동생과 다투다가 격정에 못 이겨 석고상을 던져 상대를 죽이고 만말았어요. 그리고 코마쓰로 변장했습니다."

"그래봤자 아닌가? 하녀로 변장했다고 죄가 사라지는 것도 아닐텐데."

형사부장이 말했다.

"아까 말씀드린 키타지마 하루오라는 무도한 자는 바로 전날 출소해 미치코에게 복수를 예고하는 엽서를 보냈습니다. 실연으로 눈이 멀어버린 광인이라 미치코는 정말 살해당할 수도 있는 상황이었죠. 사건 당일도 이 위험한 인물 때문에 걱정이 가득했을 거예요.

키타지마의 보복과 코마쓰 살인 혐의를 동시에 피하고, 야마노 부인에게 그 혐의를 씌울 수도 있으니 미치코가 생각하기에 변장은 묘안이었어요.

시신을 피아노에 숨긴 것도, 쓰레기통 트릭도, 부인의 방에 위증을 만든 것도 모두 미치코 자신의 발상이었습니다. 쓰레기차를 끈청소부는 남자친구인 후키야가 변장한 것이고요."

"허⋯ 그걸 집안 모두가 몰랐다는 게 희한하군."

"아니요. 미치코의 아버지 야마노 씨는 알고 있었습니다. 마침 사건이 일어났을 때 서양관에 있었거든요. 야마노 씨는 가문의 체면을 지극히 중시하기에 미치코의 계획에 동의하고 맙니다. 그리고 미치코와 함께 모든 것을 비밀에 묻으려 했어요.

코마쓰로 변장한 미치코에게 돈을 주어 가출하게 한 것도, 요겐지 주지와 후키야를 매수한 것도 야마노 씨였습니다. 야마노 씨의 그런 처신이 부인의 의심을 사게 되어 결국 사건을 복잡하게 만들어버렸죠."

"그러면 요겐지 주지… 그 일촌법사는 코마쓰의 시신을 묻는 일을 맡았다가 그 역할을 이용해 야마노 씨에게서는 돈을 뜯어내고, 한편으로는 부인을 협박했다는 거네."

"네. 야마노 씨는 스님이 그 정도의 악당일 줄은 몰랐어요. 둘은 매우 친밀한 사이였어요. 오래 전부터 스님이 어떤 이유로 잘 접근했거든요. 야마노 씨는 지금까지 줄곧 도움을 줬으니, 사정을 설명하고 부탁하면 스님이 배신하는 일은 없을 거라 생각했겠죠.

"정말 복잡한 사건이군. 그래도 자네 설명으로 윤곽은 파악했어. 그럼 약속대로 범인을 넘겨주겠나? 미치코는 어디에 있지?"

형사부장은 문득 자신의 임무를 깨달은 모양이었다.

"넘겨드리긴 해야죠." 그런데 아케치는 침통한 목소리로 답했다.

"저는 미치코가 안타깝습니다. 방탕한 행실은 그녀의 잘못이지만, 복잡한 가정환경 속에서 자란 외동딸이란 점을 고려하면 이런 일이 벌어진 것은 그녀만의 죄는 아닙니다.

그리고 지금 미치코는 자신의 행동을 깊이 후회하고 있어요. 살인이라고는 해도 과실이니 검사님, 이런 정황들이 잘 참작되겠지요?"

"알았네. 자네 바람을 최대한 들어주도록 하지. 어쨌든 빨리 범인이 있는 곳을 알려줘."

"미치코는 이 집에 있습니다."

아케치가 신호를 보내자 인형사의 거처 쪽 문이 열렸다.

아케치의 부하와 하녀 복장의 미치코, 그리고 뜻밖에도 운전사 후키야까지 함께 모습을 드러냈다. 미치코는 비통하게 울며 고개를 들 기력조차 없어 보였다.

"후키야 군도 애초부터 이 집에 있었습니다."

사람들의 의아한 표정을 읽은 아케치가 설명했다.

"이것도 야마노 씨가 요겐지 주지를 과신한 결과입니다. 시신을 운반한 후키야 군도 공범임이 분명했기에, 스님의 권유대로 그를 여기에 숨겨두기로 한 겁니다. 스님에겐 또 다른 흉계가 있었겠죠. 이 집 뒤편 창고를 급조해 은신처로 삼고, 후키야는 변장한 미치코가 가출해 오기를 기다렸습니다. 살해된 것이 미치코로 알려지면 코마츠로 변장한 미치코의 역할도 끝나니까요.

야마노 씨는 적절한 시기를 봐서 변장한 미치코를 가출시켜 이곳에서 후키야와 만나도록 계획했습니다. 미치코가 하녀라는 설정이면 운전사와 함께 도망쳐도 그리 체면이 깎이지 않을 테니까요. 야마노 씨는 이런 것까지도 미리 계산했던 모양입니다."

아케치의 설명이 일단락되자 미치코와 후키야, 야스카와 구니마츠 세 사람은 근처의 하라니와 서로 연행되기로 했다. 처연하게 느끼는 미치코, 겁에 질려 있는 후키야, 덜덜 떨고 있는 야스카와를 보니 방안의 공기가 무거워졌다. 형사 세 명이 그들을 재촉하면서 뒤따랐다.

그들이 막 작업실 입구를 나서려는 순간이었다.

"⋯⋯⋯미치코 씨, 잠깐만요."

큐피드 인형을 뚫어지게 보고 있던 아케치가 무언가를 깨달은 듯하더니 미치코를 불러세웠다.

"혹시 이 시신의 목에 난 손가락 자국을 기억하시나요? 당신이 코마쓰의 목을 조른 거죠?"

미치코는 잠시 망설이다가 의아한 표정으로 대답했다.

"아뇨. 그런 짓은 안 했어요."

"정말인가요?"

"네."

아케치는 그 말을 듣자 갑자기 활기를 띠었다. 그리고 여느 때처럼 호흡이 거칠어지며 긴 머리카락을 열심히 헤적였다.

"타무라 검사님, 잠깐만요. 어쩌면 진범은 미치코가 아닐지도 모
르겠어요."

"뭐라고요?" 검사는 어이없다는 듯 아케치의 얼굴을 바라보았다.

"방금 전까지 미치코 씨가 범인이라고 단언하지 않았습니까?"

"아니 그러니까… 제가 조금 틀렸네요."

"틀렸다고요?"

"피해자의 목에 난 손가락 자국 말입니다. 미치코 씨의 손가락으
로 보기에는 멍이 너무 커요. 방금 그걸 깨달았네요. 게다가 미치
코 씨는 목을 조른 기억이 없다고 하고요. 이제 와 잡아 뗄 이유도
없을 텐데요."

"그러면 뭐가 어떻게 되는 거지?"

"혹시 이것은……"

마침 그때, 아케치의 부하인 사이토가 급하게 뛰어들어왔다.

"아케치 씨, 잠깐만요."

아케치는 그를 구석으로 데려가 소곤소곤 이야기를 나눴다.

"제 추측이 틀리지 않았어요."

아케치는 기쁜 듯이 사람들을 향해 돌아섰다.

"역시 진범은 다른 데 있었습니다. 미치코 씨는 코마쓰를 죽인 게
아닙니다."

"그럼 누굽니까?"

타무라 검사와 형사부장이 거의 동시에 외쳤다.

"요겐지 스님입니다. 사이토 군이 가져온 새로운 사실을 말씀드리겠습니다.

스님은 병원 침대에서 숨을 거뒀습니다만 죽기 전에 자신의 모든 죄를 고백했습니다. 그 수많은 죄가 얼마나 잔혹했는지는 언젠가 말씀드릴 기회가 있을 겁니다. 지금은 이 사건과 관련된 부분만 전해 드리죠.

스님은 미치코 씨의 실종 당일 아침 쓰레기에 뒤덮인 코마쓰의 시신을 후키야 군에게 받았습니다. 그날 밤 시신을 사람 눈에 띄지 않는 곳으로 숨기려고 쓰레기 속에서 끌어안았을 때, 코마쓰는 숨을 쉬고 있었습니다. 완전히 죽지 않았던 거예요.

스님은 처음에는 놀랐지만, 즉시 잔혹성이 고개를 들었습니다. 그는 온전한 모든 이들을 저주하고 있었거든요. 게다가 코마쓰가 지금 살아난다면 야마노 씨에게 돈을 뜯어낼 수도 없고, 야마노 부인을 협박할 수단도 없어집니다.

그래서 겨우 살아난 소녀를 다시 목 졸라 죽였습니다.

그리고 팔다리를 여기저기 전시해 야마노 씨와 부인을 각각 다른 의미로 두렵게 했죠. 전율스러운 범죄 노출욕까지 충족시키면서요.

하지만 시신의 얼굴만은 전시할 수 없었습니다. 부인이 진상을 알아차릴 테니까요. 그래서 얼굴과 몸통을 숨길 장소를 찾다가 큐피드 인형이라는 좋은 장소를 발견한 겁니다. 모든 정황과도 맞고 임종 직전의 자백이니 믿을 만합니다."

몬조는 그 직후의 광경을 오랫동안 잊을 수 없었다. 아케치는 머리카락을 거의 뜯다시피 하며 작업장의 마룻바닥을 이리저리 걸어 다녔고, 미치코와 후키야는 울상에서 벗어나 겸연쩍은 표정을 지었다.

야마노 저택으로 사람이 달려갔다. 희소식을 듣고 중병의 야마노 씨가 부인과 함께 달려왔다.

"살인죄가 아니니까요. 아직 어린 아가씨기도 하고…… 잘하면 무죄가 될지도 모르겠네요."

타무라 검사도 어깨의 짐을 내려놓은 듯 미소 지으며 야마노 씨를 위로했다.

이후 미치코, 후키야는 야스카와 쿠니마쓰와 함께 하라니와 서로 연행되었지만, 타무라 검사의 말처럼 그들의 신변을 크게 걱정하는 사람은 없었다.

몬조는 아케치와 함께 인형사의 집을 나섰다.

난해한 사건이 해결되어 두 사람은 자연스레 말수가 많아졌다.

택시 정류장까지 걸으며 사건에 대해 이런저런 이야기를 나눴다.

"정말 잘 됐네요. 아케치 씨가 여태 관여한 사건 중에서 이렇게 매끄럽게 풀린 건 드물지 않나요?"

몬조가 아첨하듯 말했다.

"매끄럽다라……" 아케치의 말엔 의미심장한 뉘앙스가 섞여 있었다.

"뭐, 뉘우치고 있는 자에게 죄를 씌울 필요는 없으니까. 죽은 자가 가여울 뿐이지. 그자는 희대의 악당이었잖나."

"네? 무슨 말씀이신지……"

몬조는 서늘함을 느끼며 물었다.

"하하하. 어디까지나 가정이지만 말이야.

코마쓰가 목 졸려 죽었다는 사실을, 큐피드 인형을 부수기 전에도 내가 이미 알고 있었다면?

그리고 참회하는 미치코 씨를 구하기 위해 죽어가는 일촌법사를 설득해서 거짓 자백을 하게 했다면, 조금 전 내 추리는 잘 꾸며진 한 편의 연극일 수도 있지 않을까?

……어때? 무슨 말인지 알겠나?

죄를 전가한다는 건 말야. 경우에 따라 그리 나쁜 게 아닐 수도 있어. 특히 미치코 같은 아름다운 존재를 이 세상에서 없애지 않기 위해서라면 말이지.

미치코 씨는 정말 깊이 뉘우치고 있었다고."

아케치 코고로는 상쾌한 목소리로 말하며 봄날의 기분 좋은 어둠 속을 큰 폭으로 걸었다.

아케치 : D언덕 살인사건

2025년 2월 21일 초판 1쇄 발행
지은이 | 에도가와 란포
발행인 | 김기웅
발행처 | 프리디우스
번역 및 디자인| 프리디우스
인쇄 | 예림인쇄
ISBN 979-11-991389-0-2